李思纯 著

蚕门

陕西新华出版
太白文艺出版社·西安

图书在版编目（CIP）数据

蚕门 / 李思纯著. — 西安：太白文艺出版社,
2024.1(2024.8重印)
ISBN 978-7-5513-2572-1

Ⅰ.①蚕… Ⅱ.①李… Ⅲ.①长篇小说－中国－当代
Ⅳ.①I247.5

中国国家版本馆CIP数据核字(2024)第016747号

蚕　门
CANMEN

作　　者	李思纯
责任编辑	史　婷　熊　菁
封面设计	朱　微
出版发行	太白文艺出版社
经　　销	新华书店
印　　刷	永清县晔盛亚胶印有限公司
开　　本	880mm×1230mm　1/32
字　　数	337千字
印　　张	14
版　　次	2024年1月第1版
印　　次	2024年8月第2次印刷
书　　号	ISBN 978-7-5513-2572-1
定　　价	68.00元

版权所有　翻印必究
如有印装质量问题，可寄出版社印制部调换
联系电话：029-81206800
出版社地址：西安市曲江新区登高路1388号（邮编：710061）
营销中心电话：029-87277748　029-87217872

李思纯 中国作家协会会员,编剧,沙画师。陕西文学艺术创作人才百人计划首批入选作家,鲁迅文学院陕西中青年作家高研班学员,先后出版有散文集《泉音倾城》《归处》和小说集《李思纯中短篇小说集》。《秦巴水乡石泉十美》《汉水长歌》《水色白河》等大型民俗风情歌舞剧编剧。

一只蚕，一个茧，一根丝；一群人，一条心，一辈子，一起拼。这信念，终将在大地穿梭织锦，生生不息。

——作者手记

目　录

第一章 / 1

第二章 / 53

第三章 / 82

第四章 / 114

第五章 / 170

第六章 / 204

第七章 / 241

第八章 / 302

第九章 / 332

第十章 / 389

尾　声 / 436

后　记 / 438

第一章

1. 生命拐弯的秋天

方文贺从缫丝车间出来,身体就像一只冒着气的蒸锅。

他抹了一把脸上的汗。不知是因为高热还是突然滋生的沮丧,竟有些眩晕。

这一次,他高估了自己的判断力。就在过去的大半天时间里,抽调回来试机的九十个缫丝工上了立缫机竟被搞得手忙脚乱,一大早煮下的六包茧,缫出的丝粗细均匀程度能达标的连三分之一都不到。虽然提前也在试缫机上对每个庄口的蚕茧按批次进行了试缫和数据分析,但显然,这些女工们在索绪、理绪的技术掌控上还有一些差距。这也意味着工厂如果现在投产,仅技术这一关就过不了,更别提质量了。

还得再练手。

想着废掉的三百来斤白花花的好茧子,他的心都是疼的。

刚刚任命的副厂长兼生产科科长吕蒙现在实际上是他的助手,也是唯一能和他思维同频且愿意随时听他差遣的人。吕蒙随后从车间出来,问:"明天还试吗?"

"还试？不试了！"方文贺懊恼地看了他一眼。

"但这是必须的。好在我们通过试缫有了数据分析，对需要加强的地方都进行了标注。"吕蒙说。

方文贺还是摇摇头。虽然厂房和办公区建好了，但两栋职工宿舍只起了一栋，另一栋宿舍、厂区幼儿园、澡堂的绿化改造都还在紧锣密鼓的建设中，眼下若急着投产运营，配套的硬件设施都没法跟上。

缫丝车间的正前方设计的是一个环形花园，花园正中要建一个装有假山的荷花池。三四米高的山石已经堆砌好造型，几个戴着草帽的工人一块砖一块砖地砌着圆形围子，旁边搅拌砂浆的那个男人和一桶桶往围子边送砂浆的那个女人看起来应该是两口子，不时高高低低地拌几句嘴，过一阵子又互相擦汗递水的。闷热的空气中，铁锨在水泥地上一下下的刮擦声格外刺耳。

方文贺羡慕地说："看，我倒希望像他们那样，做现成的事，下点力出点汗都行，别让我费脑筋。"

"那不能！"吕蒙笑，"有智吃智，无智吃力嘛！每个人在社会上都有自己的位置，你呀，就该在领头羊的位置！"

"哼！马上五十的人了，还领头羊？"方文贺朝他翻了翻眼睛，"什么'有智吃智'，我这脑瓜子现在乱成一锅糨糊了。"

吕蒙哂笑。眼下厂里大大小小一堆事全靠方文贺撑着，一般人确实扛不住。

"从无锡请的技术顾问啥时候到？"吕蒙问。

方文贺叹了口气："可能半个月，也可能一个月。"

"没定？"吕蒙急了，"这种事肯定要说定的吧！怎么能模棱两可呢？"

方文贺苦笑："人家可是国内缫丝技术顶尖的专家，本该颐养天年了，儿女一千个一万个不愿让他出来。能屈尊到咱们江城来，是因为这里自古是兴桑养蚕和丝织作坊的兴盛之地，出于对这一行的热爱，还有咱们县经委的努力。否则，人家来你这弹丸之地？"

这时，拎着砂浆桶的女人一脚踩滑，扑通一声，屁股重重蹾在地上。男人过去拉她，也摔了一个嘴啃泥。一旁的工人被逗得哈哈大笑。方文贺咧咧嘴，却笑不出来，琢磨了一会儿，跟吕蒙嘱咐："你明天早一点儿，安排四五个人到各乡镇供销社或者养蚕专业户家里去摸个底，预估一下蚕茧收成，不能坐等着供销社的数字。在投产前，我希望给计划局的生产计划能报得更准确一点儿。"

吕蒙点点头，说："那我去给值班班长安排一下。这批叫回来的缫丝工，要不明天先给她们放假？"

"放什么假！"方文贺跟他抬了抬眼，"不能放，一放就松劲了！拟个函，派值班班长把她们都送回市里，正在培训的不是还有两百多工人吗？把这拨安排在一厂继续培训。哼，学了三四个月还是些拌汤疙瘩，我就不相信，要是她们上心，个把月练不出来？你告诉她们，培训限定时间考核，厂里投产前回来，考核合格了正式定级上岗。不合格的，如果延迟三个月还学不出来就解聘回家。你跟她们说，以后回来要计量定工资。本事是学给自己的，想混日子就是跟自己过不去！等我们请的技术顾问一到，你再下去将考核合格的工人带回来。"

吕蒙点点头，折身往车间走。他听得出方文贺言语里的失望和慎重。这么多天，两人天天绑在一起处理厂里这些事，所以他明白，方文贺现在所表现的作为一厂之长的狠，是在处处为女工的以后着想。学技不学精，就是留祸根——总有些手笨眼不灵的人不明白这个道理。

"等等!"方文贺又叫住他,"我明天中午跟你一起下乡。"

这是一九八六年的夏末秋初。

改革开放虽然早几年前就通过广播、报纸、收音机等广而告之了。就连江城这个深藏在秦岭腹地的小县城,无论粮站、百货公司、体育场的围墙,还是乡下的土屋、猪圈,都刷着改革开放的宣传标语。但对于近几年深陷生产、转厂和新厂筹建等一大堆烦琐事之中的方文贺来说,显然是反应迟钝了。若不是接触丝业,他甚至还像听个新词那样,并没有把改革开放与自己的职业、生活紧密联系起来。

四十九岁的方文贺,身材挺拔,脸庞瘦削刚毅,眉目温和,有着中年男人的成熟风度。只是在筹建江城缫丝厂的短短两年时间里,他耗费了太多心力,耳侧的头发像不小心染霜的草茬似的,令他平添了几分沧桑。

他在数不清的缫丝厂筹建推动会及县委县政府领导传递的国际国内缫丝行业形势的信息中,终于厘清了"改革开放"四个字之于小小的江城以及江城缫丝厂的力量,之于一个工业企业的命运,还有之于他未来人生之路可能存在的改变。这些年,借改革开放的东风走进国门的商品尚且不说,眼下,国内有多少企业都在盼着借此东风抢占国际市场。就国内缫丝业来说,陕南安康市区缫丝厂出产的丝虽然比较有名,但比起东部浙江和南部广东的丝还是有很大差距。现在,上级领导把陕南丝业的希望寄托到还没有正式投产的江城缫丝厂上,对方文贺来讲,这个压力不是一般的大,是真正的"任重道远""道阻且长"。

江城这地方,有人说好,有人说不好。说好,是因为它地处秦头楚尾，恰好避开了秦岭高峰。山势俊秀，还有汉江穿行其间，土壤肥沃，气候温和，雨量充沛。说不好，是因为它与省会之间被大秦岭阻隔，山区交通不便，贫困的帽子如望不到边的山峦一样始终压在人们的身上。

江城缫丝厂建在汉江北岸的老县城东头，高堤之上，盈盈独立，一座体育场和一所小学校将其与更靠北的新县城分开。

所谓的老县城，不过百米街道。起先是水码头商埠，当年一个运送蚕茧、蚕丝、茶叶、黄表纸和桐油的水码头集散地，也曾商贾云集。老县城的花墙灰檐下，乡音婉转，丝毫没有大西北的粗犷之姿，反倒有几分南方人的温婉和秀雅。到如今，老街深巷里依然能寻见戏楼、会馆和银行票号等一些昔日繁华的遗迹。

江城得名是因依傍汉江，而出名却是因为蚕桑。从商周时期，江城沿江两岸就阡陌纵横，绿桑遍野。加之后来汉王朝诏劝农桑，设蚕馆，立蚕官，使蚕桑业迅猛发展，江城在那时便成了华夏西部版图上的"蚕桑之乡"。蚕桑业的兴盛，又推动了家庭缫丝、丝织、印染业的发展，家家户户饲蚕缫丝。有史料记载："汉江两岸，直河川道，桑树密植，男耕女织，处处可闻机杼之声。"在汉水流域各临江郡县中，唯有江城距离长安较近。无数商贾将江城的生丝绢纺、绫罗锦缎通过子午道源源不断运往长安中转，再经丝绸之路销往西域各个国家。因此，江城便成为古丝绸之路重要的货源地之一。据说光绪年间，江城一彭姓官员鼓励百姓养蚕，还专门成立机构，设立章程，聘请蚕师，购买蚕种。蚕种照本分售，蚕养成后，蚕茧定价收购。到新中国成立后的一二十年间，江城县委县政府在抓好粮食生产的同时，也一直劝导广大妇女兴桑养蚕，甚至鼓励机关干部和学校师生采桑籽，育桑苗。历任县领导对蚕桑生产的肯定，突出了江城蚕桑业的优势地位。到方文贺开始筹建缫丝厂时，江城的蚕茧年产量已经超过了六十万公斤。

所以从历史渊源来说，江城县要想在国内缫丝业占上一席之地不是没有希望。毕竟，这里有蚕桑缫丝的根基在。

但凡江城人，谁还没个养蚕的记忆呢？就拿方文贺自己来说，他到现在都记得爷爷奶奶养蚕的情景。

爷爷奶奶家里的桑树不多，养蚕量也不大，但年年都养。中途好些年政策不允许，爷爷就等天擦黑才去坡上打桑叶，再等夜深人静踩着月光一趟一趟把桑叶从地里背回来，固执地将养蚕坚持了下来。奶奶腾出最好的一间屋子侍弄蚕宝宝，她除了操持家务，大半时间耗在了养蚕上——将桑叶铺满蒲篮，等蚕吃饱了，再将它们一只只从蚕沙和桑梗中拈出来，放进另一个干净蒲篮里，然后再铺上桑叶……周而复始。

记忆中，他在绿树成荫的院子里滚铁环，奶奶在昏暗的屋里拈蚕宝，两人一起唱和童谣："猫也来，狗也来，搭个蚕花娘子一道来……"

这些白色蚕宝并不好养，怕寒，怕风，怕老鼠，若遇到蚕瘟，就会一蒲篮一蒲篮地僵死，整间屋里的蚕都会毁掉。

奶奶跟所有养蚕人家一样，家里悄悄地供着蚕神娘娘。每年一到年关，桑树还在沉睡的时候，家里就开始盼着蚕神娘娘的眷顾，好保佑即将到来的春天。除夕夜，奶奶在神龛中点燃油灯和蜡烛供奉一整夜的香火，直到正月初一的天光照进屋。

清明之后便是蚕月，"关蚕门"的时候到了。蚕门一关，谢绝串门，奶奶也忌讳这个，会早早准备好红纸，让爷爷找村里的文书写下"蚕月知礼"四个字贴上大门。

养蚕是实在活，偷不得懒。你敢哄蚕，蚕也会哄你。你不把蚕喂饱，蚕到"上山"的时候身体透亮，吐不出多少丝来就死掉了。茧层薄，轻飘飘的，茧卖不上价。所谓蚕"上山"，就是把熟蚕移放到供它做茧的蚕蔟上。大概耳濡目染，言传身教，江城乡下的农民都会养蚕，出的茧又白又大，茧层率高，自然也能缫出最好的丝。

总之，压力归压力，希望还是有的。

方文贺在原地站着，老半天不想动。但脑子里就这么想七想八，横竖蹦出来的不是回忆，就是这种患得患失与自我宽慰的凌乱，自我肯定与自我否定的纠缠。

不知怎的，他好像对秋天特别敏感。哪怕是初秋，似乎一闻到这个季节的味道就会滋生出一种说不清道不明的紧迫与焦虑，就像是被什么追赶着，到了一个拐弯的岔路口。

旁边的香樟树下有一块溜光的大青石，他挪到那里坐了下来。

约莫半个小时，吕蒙开完会，女工们三个一群五个一伙从车间跑出来。虽然车间棚顶几台大风扇一直吹着，但架不住茧水槽里的水汽蒸腾，这些女工都似被蒸笼蒸过，头发汗津津地贴在额头，连背后的衣服都透湿了。不过，她们叽叽喳喳从他旁边走过去的时候并没有因此显出很大的不满和烦忧，她们扬着雪白的脖颈，大声嚷嚷着"热死了"，脸上却神采飞扬，雀跃的脚步毫不掩饰地表露着她们蓬勃的活力。

一个扎着马尾文文气气的姑娘看到了他，一边向他走过来一边欢喜地跟他打招呼："方叔，你咋还没走？"

她脆生生的招呼引得好些姑娘朝他张望。

定睛看了看，他认出是夏姑娘，至于叫夏丽丽还是夏莉莉他搞不清楚。她的父亲老夏是林业局蚕技站的站长，热衷于钻研蚕桑技术。据说江城漫山遍野种植的良桑品种"泉桑一号"就是他试验培植的。老夏比方文贺大十几岁。老夏退休之前，在一次全县技术科研人员集体外出考察的时候与方文贺相识。那时，他听老夏一路念叨自己家的老姑娘，说她爱好文艺，心气高，学习却不怎么样，复读了三年都没考上大学，一直在家待业。眼看二十五六了还没工作，没嫁人，这几乎成了老夏的心病。老夏当初一路拜托同行的人给女儿介绍对象，大家当面也不好说什么，但谁都没放在心上。为此，老夏带着女儿还专门找过他。

现在想来，这丫头应该差不多三十了吧，好在厂里这批招工让她赶上了。

眼前的夏姑娘比四五年前看起来更成熟了些。

"小夏，当工人累不累？"方文贺站起来。

夏莉莉羞涩一笑："累啊！站一天腿怪酸的，手也要长时间浸在水里，但我比那些手上过敏的姐妹好多了。再说，干啥活不累？再累，厂里开着工资呢！我老爸都说了，缫丝厂有前途，让我好好干。他还说要谢谢您呢，改天要请您到我家喝酒！"

方文贺一听，乐了："谢我什么？我可没有帮什么忙。这次从吃商品粮的城镇户口中招收工人，是县里劳动局定下的政策，解决了一大批待业青年，你算是赶上了。不要怕辛苦，要好好学技术，将来，争取做厂里的技术标兵，我给你戴大红花！给你爸说，空了我找他喝酒去。"

"好！我会好好干的。"夏莉莉一脸灿烂。

正要转身，方文贺想起来问了一句："哎，这几年没见，你结婚了没有？"

夏莉莉脚步顿了一下，脸一下红了。"没……还没找呢。方叔，我走了。"她慌乱跑开，脚步如一阵风掠过。

"还是年轻啊！"方文贺自顾自感慨，心里生出老迈的危机感，但凡见着比自己年龄小的，他都羡慕。对于一个事业型男子来说，四五十岁正当年。但这两年，他肩上的担子一直没轻过。有时候太沉，甚至想一甩了之，可从小受的教育又令他良心难安。社会的责任和道义，有时候确实比个人活着的价值意义要大得多。

就拿他今天走到的这一步来说，举步维艰也好，困难重重也罢，都是他自己的选择。

三年前，他所在的氮肥厂因为机械设备老化，产品没有竞争力，西安总厂一纸公文下令东迁汉中。设备拉走的拉走，拆除的拆除，厂部负责人和工人全部转移。当时这份文件压根儿没考虑到江城这边职工的生活处境。有几十号职工是安置就业的退伍老兵，经历了半生坎坷好不容易在县城娶妻生子、安家立业，再迁往他乡又面临两地分居和照顾父母子女的重重困难。最后落实下来，不愿随厂东迁的竟有一百多号人。这些人天天去找政府，希望重新安置工作。方文贺那时是江城氮肥厂负责生产的副厂长，总厂在氮肥厂东迁规划中将他和厂长的位置已提前定好，要提拔去西安总部任职，不仅分配住房，工资待遇也比在江城好。对于他来说，离开江城将迎来一片更广阔的天地。

然而在关键时刻，发生了两件事，最终导致方文贺留了下来，他的人生轨迹也由此改变了。

先是与他同在氮肥厂工作、陪伴他近二十年的妻子突然撒手人寰。妻子突然晕倒在工作岗位上，工友将她送到江城县医院才给正在西安总部开会的方文贺打电话。那些天，生产车间实际已经停工，大部分工人到汉中上班去了，留下部分青壮工人在协助厂方处理遗留事项，包括拆卸一些可再利用的重要设备零部件。

妻子素来敬业，作为会计她想坚守到最后，结果这一晕倒竟然查出脑癌来。

医生说发现得太晚，已经扩散了，顶多能活两三个月。如果早点发现，动了手术，说不定还能多活几年。方文贺赶回来，当时就瘫倒在急救室门口。他狠命地揪扯自己的头发，悔恨不已。就像医生所说，脑癌也有个过程，怎么会没有征兆呢？唯一的解释，只能是家里人太马虎了。是呀，妻子把平常的头疼没当回事，或者当成感冒吃吃药就得了。可作为她的枕边人，自己竟丝毫没有觉察。

妻子比他大三岁，从结婚起就负担了所有的家务，无论是照顾老人还是照顾他这个做丈夫的，从来没有过怨言。多年来，他一心扑在工作上，以厂为家，常常晚上回去倒头就睡。妻子笑他拿家当旅店，拿她当旅店服务员，他心安理得地一笑，觉得这就是自己命定的福气，从来没有觉得对不起她，更没有想过有一天旅店会坍塌。那个拿他当宝一样的旅店服务员，仿佛一眨眼之间，像一缕云或者一阵风永远地飘走了，留下他和正在准备高考的儿子。

妻子从确诊到咽气仅仅两个月零七天，当护士用白色床单轻轻地掩住妻子全身的时候，他除了锥心的痛，还有一丝手足无措的张皇——他不知道没有妻子的家还叫不叫家，也不知道未来的路在哪里，他该何去何从。

而在这个时候，县委县政府急需给出合理的方案安置那些留在江城天天上访的氮肥厂工人。方文贺有一个在经委当主任的学妹何立秋向县委大力举荐了他。

何立秋比他小七八岁，与他毕业于同一所大专院校，是他的初恋何立夏的妹妹。何立夏在与他订婚的前夕意外遭遇车祸去世。起初，他去何立夏家中探望她父母的时候与何立秋有过几次照面，后来他参加工作重新谈了对象，何立秋也上了大学，他与何家几乎断了往来。

这次举荐他的事，何立秋并未征得他同意。

当然，在一干人都束手无策的紧急情形下，征不征求他的意见并不重要。虽然那时候他还没从悲痛中缓过劲来，压根没办法集中精力做旁的事。

这就是其二了。

县委和经委一致希望他留下来，一是协助解决氮肥厂的遗留问题，对氮肥厂那部分滞留本县、面临失业的工人来说，也算力挽狂澜，救人生计于水火；二是全县工、商、农都在寻找突破发展的新路子，改革之初，正是用人之际，希望他留在江城为地方工业发展出一份力。不过，即使在这个时候，方文贺仍然可以为了自己的未来而拒绝。但是，他竟被县委书记柯万屹和何立秋两个说动心了，不仅留了下来，还豪情万丈地表了态。

当时的场景，他到现在历历在目。也就是在那会儿，他第一次听说江城县正计划筹建缫丝厂的事。

那也是一个秋天的午后，县委书记柯万屹站在办公室一扇临江的窗户前，望着江对岸远处斑斓的秋山，对他和何立秋侃侃而谈："整个江城县年收茧量超六十万公斤，这几年分别供给安康市的缫丝一厂和二厂，还有陕北的清涧。如果说蚕桑种植的地域资源优势，我们比这些地方好多少倍？如果我们县建了缫丝厂，不仅能把蚕茧利润、生丝利润牢牢掌握在自己手里，还能因此让农民贫变富，富更富，对全县的工业经济也是巨大贡献哪！放眼全国，改革开放让工业市场百废待兴，形势向好，我们得抓住这个机会。只是……"

他看了一眼面前正襟危坐的何立秋和方文贺，欲言又止。

"财政困难？"何立秋小心翼翼地说出自己的判断。

柯书记点头微笑。

"还是你女子灵醒啊！我们估算了一下，只能拿出三百多万。建厂地可以选择在县城周边。只是我们都要想想，用这点钱能不能建成一个上规模的缫丝厂？"说着，柯书记再次看了看方文贺，"这可关系到你们氮肥厂现在这批工人的后半辈子。"

柯书记是湖北襄阳人，中等个子，相貌自带几分书卷气，穿一件洗得变色的深灰色衬衣，操一口浓浓的湖北普通话。听说当年中专毕业之后分配到陕西安康，十年前从市农业局局长的位子调到江城县，从副县长一路干到县委书记，算是从基层一步步提拔起来的干部。在江城老百姓中间，关于这位柯书记时常下到田间地头、亲自主抓农桑的传闻很多，方文贺对此也是有所耳闻的。

现在，方文贺从柯书记眼里看到了这位平易近人的一把手对他的期待。但按最简单的盘算，置地、建厂房、采购设备和建筑原材料，要想建规模较大的厂子，这三百多万显然不够。一时之间，他不知道怎样回答才好。

何立秋倒是马上联想到方文贺他们氮肥厂刚刚迁走的地盘："柯书记，如果新建缫丝厂三百多万肯定不够。但是，如果将现成的场地和厂房进行改造扩建，省去一大半征地钱，我看还是可以的。"

"哦？"柯书记眼睛一亮，"说说看！"

何立秋说："第一，氮肥厂后期一处理干净，厂房空出来了，咱们旧瓶装新酒，建厂用地的钱省下一大笔；第二，厂房虽然不够但有两栋，宿舍楼也还可以用，不够再扩建两栋，这又能省下一笔；第三，氮肥厂的布局规模建缫丝厂显然小了点，但旁边有废弃的砖瓦厂和荒地，我们再征用四五亩完全没有问题。"何立秋的分析让柯书记和方文贺都为之一振。柯书记当即叫来秘书，要将何立秋的建议以书面的形式提交县委常委会研究。这次的三人会谈，方文贺没有说几句话。但是无论是柯书记的雷厉风行，还是何立秋敏锐的思维、超群的智慧，都令他又激动又佩服。本来，方文贺对何立秋不顾他的丧妻之痛替他擅作主张还有微词，现在一看，何立秋确实是一个能干事、会干事的人，值得他方文贺敬佩并视为伯乐。他当即对柯书记表态："虽然我没有办厂经验，但我愿意接受组织安排，留下来筹建缫丝厂。"

"好！"柯书记拍着他的肩膀高兴地说，"就等你这句话！经验是慢慢积累的，我给你两年时间，两年之后希望你能让我看到咱们江城的缫丝厂投产！"

如今，方文贺再回忆起这些，不免感慨自己当时的热血澎湃，豪气冲云天。有骄傲，有勇气，同时又感到现在的力不从心。

不过，想到柯书记，方文贺突然觉得自己好像忘记了什么。他想了半晌才记起，一周前何立秋就告诉他，柯书记即将离开江城到地区经委赴任。于情于理，他都得赶在柯书记离任前再去汇报一次缫丝厂目前的建设进展。

也不知柯书记是不是已经离开，他心里直打鼓。

2. 扶上马，送一程

方文贺按照何立秋给的地址，找到了县委书记柯万屺隐藏在老街巷道深处的家。

这是一个不起眼的老四合院，砖房，瓦屋，小小的天井里，放着两口养着睡莲的大瓦缸和几盆山里移栽的兰草。

屋檐下吊着的鸟笼里有一只画眉，方文贺一进门，鸟儿就开始扑腾翅膀，使劲地叫唤。柯万屹像是刚洗完脚，卷着裤腿趿拉着拖鞋开门倒水，见到方文贺有点意外。迎进屋，立马喊夫人泡茶。

客厅靠墙的木桌上，放着一台黑白电视机，《新闻联播》刚刚开始。

"打扰您了，柯书记。"方文贺讷讷的，有点局促不安。

柯万屹一摆手，笑道："你来得正合适！来送我的几个老伙计刚刚走。我还跟立秋说呢，走之前一定要见见你。虽然要走了，但是，我撂给你那么重个担子，不能说不管就不管了……"

见柯书记这样亲切，方文贺眼睛突然湿润。"书记，您这样器重我，这样惦记建设缫丝厂的事，我嘴笨，倒不知道该说啥了呢！"

"哼，我就没见你嘴皮子溜过！你不是个善于表达的人，这一点，你得跟立秋学。"柯万屹笑了，问道，"眼下，缫丝厂是个什么情况？你把当前的问题说说。"

方文贺就把原计划近期试投产的事说了，还有面临的配套设施还没完工，技术不成熟，原材料储备不足，项目资金缺口大等一系列问题。

"重点还是原材料和资金吧？"

方文贺点点头。

柯万屹语重心长地说："眼下，首先是收购蚕茧的资金要到位，将全县秋茧悉数收回储备，不得外流。这件事回头我跟林业局、计划局、工商局和各乡镇打招呼，供销社发挥主导作用，你们自己厂里也要派人去盯。从长远来说,蚕丝质量取决于蚕茧质量,而蚕茧的质量好坏和是否丰收还得靠蚕农。我多次在农村工作会议上讲,我们要认识到'一手抓桑一手抓粮'是帮助农民致富的捷径,但每位领导对蚕桑认识的广度深度不同。同样,也没法要求每一个人都用改革开放的眼光准确把握形势,看清建立产供销产业链对江城县农业和经济发展的重要性。如果我在,我当然要全力以赴,让大家看到咱们江城县桑林满山坡的喜人景象。我调走了,这个愿望就只能留待新上任的县委领导来实现了。还有一点你要记住,你作为企业负责人,每年在扶持种桑养蚕上,要主张投入。兴桑养蚕和缫丝,兴的是地方经济,也是让农民过上好日子的一种最快途径啊!"

柯万屹其实比方文贺大不了几岁。早在几年前,方文贺就听说这位县委书记在抓兴桑养蚕方面很有一套。那时候农村已经实行土地承包责任制,按说地里种啥得农民自己当家,但偏偏当时有人认为兴桑养蚕耽误种粮,还是多种粮食解决温饱更重要。当然,也有一部分人认为兴桑养蚕是在犯路线错误。这些言论一传开,很多胆小怕事的蚕农连夜将栽了几年的桑树连根挖掉。据说这位柯书记知道后,不但要求县蚕技站积极普及推广扦插育苗技术,推广蚕桑优良品种,还立即出台了巩固发展蚕桑生产的规定。方文贺虽在氮肥厂工作,但这些传闻在街头巷尾听得多了,当时他还纳闷,怎么一个堂堂县委书记对蚕桑这么上心!现在看来,是自己格局小了。方文贺面对面听了柯万屹的一番言论,犹如醍醐灌顶。

柯万屹并不知道方文贺心里的百转千回,他满是希望地走到方文贺身旁坐下,认真地说:"对你,我要扶上马再送一程。资金的事,你和立秋商量如何做计划,争取县财政的支持。原材料必须保证，一上生产线就不能随便停产。如果时间不合适，就缓一缓，开弓没有回头箭！我还有一周才去报到，后天，我让人筹备个会，到时候你参加，我再唱一次白脸，为咱们江城县的蚕桑产业以及未来的缫丝产业抡上一鞭子！"

方文贺感动得紧握柯万屹的手，半天说不出话来。

从巷子出来，已是八九点光景。

夜幕下的江城，闪闪发光。这光一下子就钻到了方文贺心里，熨帖极了。他就这样，眼角润湿，推着自行车，一路漫步到深夜。

后来，柯万屹书记主持的那一场会，成为方文贺多年来自我鼓舞的号令。他每每跟人提起，都禁不住热血沸腾。

那天进会场，方文贺和所有与会人员都收到工作人员递来的一把崭新锃亮的大桑剪。

他当时的诧异不亚于其他人。干过多年基层工作的人一眼明了，柯书记这是又要抓人手下乡去侍弄蚕桑了。也有没见过柯书记这阵势的，丈二和尚摸不着头脑。

"哎，这该不是用来吓唬人的吧？"一个斯斯文文的年轻人用胳膊肘撞了撞方文贺，压着嗓子问他。方文贺抬眼看了看他，心想，看起来挺灵光的一个小伙儿怎么问这么幼稚的问题。

"一个县委书记拿剪刀吓你？你可真会想。"

"对呀，要吓人也不用发剪刀嘛！"那小伙子坐到了方文贺身后，不屑地将剪刀啪地拍到桌子上。

"这是桑剪，剪桑枝条的。"

方文贺嘲弄地看了他一眼。

主席台上，领导很快就座。

分管农业的副县长和县长陆续发言，介绍近期工作安排。轮到县委书记柯万屹总结讲话的时候，前面已经铺垫得差不多了。

柯万屹的话极为煽情，他说："很多人已经知道，我即将到新岗位赴任。但是很对不住啊，在临走前，我还要给大家压担子。看到发的桑剪，大家想必明白，我要讲的，就是蚕业生产。蚕业在我国有近五千年历史，它刚好又是我们江城的资源优势，是商品生产优势，同时也是一个短平快的项目。这就是为什么江城自一九七八年以来换了三任县委书记都有一个共识，要把蚕桑生产当作本县多种经营的龙头产业，一届接着一届抓。早先，我们推进了'三三制'养蚕布局，在桑树采用冬春伐的前提下，全年养三批次蚕，每次养的量占全年的三分之一。这种蚕桑生产布局形式，既缩短了全年养蚕周期，又充分利用夏季桑叶生长旺、叶质好的特点，提高了蚕茧产量和质量。眼下，我们要加强桑园管理和芽接改良，扩大桑园面积。按照地委、行署的规划，我们县要在今年二十五万亩的基础上，发展到一九九〇年的三十五万亩。蚕茧争取突破两百万公斤，将来再到五百万公斤。目标是宏伟的，但我们努努力是可以完成和超额完成的。我们争取用自己的蚕茧做最好的原材料，把江城缫丝厂扶持起来。我们的初衷是蚕农能把茧子卖个好价钱，卖了茧都能给老人孩子买得起肉，最终让我们县的经济税收因为有了缫丝厂而迅速提升。所以今天，我给每位领导干部发了一把剪刀，组织部把人分片划区进行包干，下乡去推广和普及养蚕兴桑先进技术，要桑叶增产，要蚕茧提高等级质量。扩建桑园面积，改良桑树品种，扦插也好，栽苗也罢，缺技术了你们就去找技术好的同志传帮带，缺桑枝了就去桑树多的村子找！蚕桑起来了，蚕茧质量上去了，将来缫丝厂上马了，今天在座的都是江城县的功臣！我相信，我的这个主张，凡是热爱农民群众、热爱农村工作的同志一定能够理解。凡是愿意看到江城工业经济借助改革开放的契机乘风破浪的同志,也一定能够支持!另外,我建议咱们县委县政府尽快成立江城县蚕桑工作领导小组,全力推进这项工作。"

他的话引来会场一片窃窃私语。

"自己升就升呗,都要走了还要连累我们下乡做这种事,真是!"

"我们家往上三代都是泥腿子,我这好不容易进了县委大院,要是天天下乡去剪桑枝,乡下那些亲戚看到了还不笑话死我!"

身后的小伙子听完柯书记的话之后,一直和身旁的同事叽叽咕咕。

这些牢骚话钻进方文贺的耳朵里特别刺耳,他终于没了耐心,冷不丁回头不满地盯着他们。见方文贺阴沉着脸,说话的两个年轻人心虚地噤了声。

坐方文贺旁边的恰是一位认识方文贺的乡长,散会起身,他向后努努嘴,问道:"方厂长不认识他?他叫韩青阳。"韩青阳?方文贺想了想这个名字,又看了看已然走到他前面的那个背影,摇摇头,确实没听过。乡长提醒他:"这小子起先分到乡镇的,听说政府办公室主任汪汉江是他姑父,半年前他调进了组织部。他平常咋咋呼呼的,爱扎势,你别理他,遭人记恨犯不着!"

"在乡镇干过?他刚才还说连桑剪都不认识!"方文贺不解。

"装的……年轻嘛!"乡长笑着说,"吃商品粮了,嫌泥腿子丢人呗!"

3. 但道桑麻长

与方文贺同样在这个初秋时节感到忧心忡忡的，还有丝银堡村的杨宝根。

丝银堡，史书上有记载的蚕桑兴盛之地，缫丝小作坊众多，以产丝雪白如银而得名。这里被一条倒流的神秘小河环绕，河水滋养了村庄的山林土地之后顺着自北向南的支流豁口与汉江贯通。让人忍俊不禁的是，这块土地上的人们却幽默地将这条神秘的U形小河称为直河。直河之畔，村庄的山梁滩涂满是桑树和稻田，也散落着星星一样的农家院。

其中，就有杨宝根的家。

天刚撕开亮口，杨宝根已经在后山的桑园忙碌了。

如同汉江沿岸的所有山民一样，杨宝根看上去身体结实而有力，面相却比实际年龄显老。古铜色的皮肤，头发野草似的支棱着，留着又粗又短的髭须，穿着媳妇手工缝制的毛蓝布便衣。但他的眼睛炯炯有神，镶嵌在一张憨厚的国字脸上，无声地昭示着他这一生暗藏的无限激情。

早上扑面的凉意令杨宝根无比舒畅。远处，直河边的稻田刚刚显露出淡淡的黄，藕塘的荷叶依旧娉婷葱绿，浓郁的油画般的田园本色跟河边高高低低的麻柳与坡上的瓦舍相互映衬，美丽极了。而他的身旁，是一丛一丛茁壮伸展的白皮桑枝，枝条中间的嫩叶显然已经摘过了，只剩下靠近根部的老叶和新近长出的两三片黄绿嫩芽儿。

摘秃了一半的枝条直挺挺的，比杨宝根的个子还高。他抓一枝压下来，快速剔掉下方的三四片青碧老叶，再一松手让它弹回天空。然后，再薅下来一枝，如此反复，不一会儿背篓里就有了重量。

三四年前扦插的这片桑园，眼下正是丰产期。那时候，这项技术才推广，初中刚毕业的女儿海玉跟着乡上的蚕桑辅导员一起去采桑葚，淘出桑籽，下种育苗，隔年苗长到半米，再找来最好的"泉桑一号"良桑枝条剪成段进行嫁接。没想到，学着样扦插的桑枝竟全部成活。这之后，乡上的蚕桑辅导员忙不过来的时候，就找海玉帮忙，一来二去，海玉便成了丝银堡村的蚕桑辅导员。

在整个丝银堡村，脑瓜子比杨宝根灵活的还真找不出第二个。杨宝根忘了是哪年从父母手里接过养蚕这活计的，总归是见着钱得了利，就觉得比死守着庄稼地种苞谷和红薯划算。当然，五谷杂粮还是得种一点，自家几张嘴要吃，圈里的牲口家禽也要吃。不过，杨宝根还是把四季劳作的重心放到了兴桑养蚕上。花了四五年时间，把家里十多亩地全部栽成了桑树，成了全村种植面积最大的桑农。那时候肉稀缺，城里人买猪肉用肉票。没有肉票用现钱买猪肉的话，对于庄稼人来说还是挺贵的。自己家辛辛苦苦养上一两头猪吧，到年底却要卖掉交统购税。但猪肉再贵，比起可以缫丝织布的蚕茧来说，还是蚕茧值钱一些。杨宝根每次卖蚕茧回来，总会先给家里割上两吊四指膘的肉，一家人打打牙祭，香嘴一个月。他因此总拿肉价和茧价比："一斤茧子能买两斤半猪肉呢！"

也因为这个，女儿海玉最欢喜养蚕。俗话说："勤喂猪巧养蚕，四十五天见现钱。"一批蚕忙个把月就能换来钱，比栽苗种瓜来钱快，也比在地里顶着日头犁田打坝轻松。海玉人聪明，消毒、防病，她一点就通。自打当了村里的蚕桑辅导员，她兴奋又骄傲，走哪家帮忙，叔伯婶子、爷爷奶奶都把她当个人物敬着。

为此，她暗自发誓要守住这份荣耀。

不过，海玉积极的态度和过硬的技术也招来一些人的嫉恨。比方同村那个叫大野的，早两年就盯上了海玉，海玉初中毕业一回家，大野就找人来提亲。海玉不喜欢他流里流气的痞子样。被海玉拒绝后，大野怀恨在心，这不，今年春蚕关蚕门之际，瞅着杨宝根一家关门闭户不注意，竟悄悄给她家最好的一块桑园喷洒了稀释过的农药，害得那半亩地的桑树叶子悉数掉光，枝丫差点枯死，到现在也没缓过来。

杨宝根想起这个事就闹心。因为这半亩地的桑树减产，影响了春蚕的纸张量，现在看来伏蚕桑叶也差很多，有啥办法呢？

儿子海军不屑于喂蚕或者清理蚕沙这一类细致活，这个身高快一米八的壮小伙更喜欢面朝黄土背朝天，犁地耙田，栽苗薅秧。顶着寒风酷暑在地里捣腾的时候，他觉得翻开的泥土在笑，在跟他说话，地里的红秆秆绿叶叶在跟他说话，这令他很容易忽视掉被烈日灼伤的脸、肩膀、手臂，忽视掉脊背和腰身的疲累。跟田地庄稼打交道的日子，那感觉才像是天地间的主人，像荒野上能任意撒欢的爷们儿。高兴了，还可以对着山川吼上几嗓子。不过，这些年家里养蚕的纸张量越来越大，忙不过来的时候，他还是得帮忙。

七张纸的伏蚕已进入最后被称为"赶叶子"的阶段，已经壮硕圆滚的蚕宝要在这一个礼拜疯狂进食，以便积聚能量完成吐丝前的冲刺。但吃得多就排泄多，这些天，老伴和女儿为了这些蚕宝，顾不上吃饭睡觉，每天除了喂蚕就是清理蚕沙。似乎"赶叶子"的不仅仅是蚕，也有养蚕人。到了夜间，还要给蚕宝上"夜饭"，也要一竹匾一竹匾地清理桑叶残梗和蚕沙，还得用漂白粉稀释水给竹匾和桑叶喷洒消毒。

过去的一年，是令杨宝根无比自豪的一年。

春夏秋三季养了二十一张纸的量，出的茧个大又干净，三季茧子一加足足九百多公斤，在全乡养蚕户中一下子冒了尖。在他家蹲点的蚕技站技术员晓鸥和在县直部门包区蹲点的经委干部何立秋乐得合不拢嘴，逢人就夸。杨家也高兴，将留作过年的肥公鸡宰了，请晓鸥、何立秋和村支书一起庆祝。

别看何立秋刚刚四十出头，可已经是工作十几年的老干部了，下乡跟农民兄弟在一起表现得实在又爽快。每次来杨宝根家遇上饭点就一块儿吃，一点儿不矫情，杨宝根一家都喜欢她的随和。

何立秋跟杨宝根半认真半开玩笑地说道："你家蚕养得好，我在县上跟着受表彰。但我绝不白沾你家的光！我联系县妇联给你家娃娃报一个省上先进吧，要是报上了，那你一家人都光荣。看你家海玉人灵醒，又勤快又懂礼，有个荣誉在身上，将来好找对象不说，说不定还能有机会安置工作！"

没想到这事很快就成了。省妇联下的红头文件，安康市江城县仅批了杨海玉一个。县里妇联主席陪着杨海玉去省上领奖，戴着大红花回到县里，在全县的干部会上做先进事迹报告，一家人因此荣耀了好些天。

对比上一年，杨宝根预计今年的蚕茧产量要低些。

开春天气就不好，十天半月的连阴雨，下得屋里满是霉味。为了不让蚕宝生病，女儿海玉和技术员晓鸥费尽心思给屋子里里外外犄角旮旯都消了毒，给桑叶和竹匾也细心消了毒，但最终还是出现了一部分白僵蚕，产量受了影响不说，还因为潮湿，蚕宝不好好进食，最后送到供销社的蚕茧一检验，茧层率薄，因此降了级。伏蚕养得要好些，桑叶也足量，产量和质量都在上乘。但是秋蚕就不好说了，秋蚕本身受季节影响就特别容易生病，加上桑叶也不太够。杨宝根这些天一直担忧，生怕在这个节骨眼上因为雨水天气再引发蚕宝生病。

他将压得平平整整、瓷瓷实实的满背篓桑叶用力提到地头的一个高高的石包上，坐下来给自己点起一锅旱烟。

隔着烟雾，眼前一溜一溜的桑树宛如战场上列阵的士兵，在等待他的指挥号令。是啊，桑园何尝不是他杨宝根的阵地呢！这块大约两三亩的地，祖祖辈辈称之为营盘，历史上兵家屯兵驻扎的地方。现如今，他发家致富的梦想也要在这块土地上安营扎寨——这想法令他生出无限希望，心思也渐渐活络起来。

从他坐的地方远眺，正好望见对面山坡上有一处突起到半空的浓绿，那是一株需要四五个人才能合围的铁甲木，据说长了四百多年了。华盖一样的树冠遮蔽了树下的草庙子，那里的神龛上供奉财神，也供奉蚕神娘娘。每季关蚕门之前，老伴就会叫上女儿带着香烛火纸去祭拜蚕神娘娘，二三十年了，从来没间断。以前是他母亲，他母亲养蚕讲的规矩比他现在多。他记得，小时候但凡家里一开始养蚕，他睡觉前鞋子都会被母亲藏进柜子，说是小鞋子招老鼠，老鼠会吃蚕。母亲不允许他进入养蚕的屋子，怕他带了不干净的东西，怕他敲敲打打，怕他口无遮拦，他不明白母亲为什么这么小心翼翼。后来长大一些，母亲跟他讲，蚕是气化而成的，香能散气，臭能结气，所以麝香、檀香、葱、蒜、韭菜等都不能带入蚕室。如果因为这些气味或者污言秽语、吵吵闹闹惊扰了蚕，蚕不安箔，就会游走而死。养蚕的那个月，母亲还会提前在门上插一些桃树枝和柳树枝，故意让亲戚邻居看到，避免他们走家串户。如今，他和老伴把母亲传的那些养蚕禁忌省略得差不多了，只有大年三十、正月十五、关蚕门和开蚕门的祭拜祈福、点蚕花灯、烧田蚕的规矩还始终坚持着。

　　杨宝根连抽了两锅旱烟，才磕掉烟灰起身。他顺手将旱烟锅塞进裤腰，然后半蹲下身子，抓住背篓的肩带使劲一甩，背篓就到了背后。

　　丝银堡村不大，两百来户人家分散居住在直河两岸，星星点点散落在山坳或林间的土坯灰瓦的房屋，让水汽氤氲的丝银堡有了许多江南水乡的神韵。河边地角，连片的桑林傍着阡陌纵横，大地似被绿云笼罩。

　　从桑园下一个陡坡走到菜园子，再从篱笆中间长满蒿草的小路走上一个平坦的院子，一溜高高大大的土墙瓦屋便是杨宝根的家。

　　瓦屋墙上用白粉刷着醒目的标语，一边写着"谁致富谁光荣"，一边写着"谁贫穷谁狗熊"。标语是那年新房落成村支书让人刷上去的，那口气，像极了杨宝根老伴数落杨宝根的话，跟谁打赌似的。屋前是一个被果树围起来的宽敞四方的院子，泥巴地被踩得光洁而坚硬。母鸡带着一群小鸡在院子边角的树下扒拉，不时扑腾着翅膀，将灰尘扬得四处都是。一只大黄狗趴在院子中央，慵懒地盯着菜园那边的小径。屋后侧，偏厦猪圈里的猪大概是饿了，扯着嗓子高一声低一声哼哼。但它们的叫声还没来得及传到主人耳朵里就被旁的声音覆盖，尖厉的蝉鸣从树梢响起，划破这个睡眼惺忪的早晨。

　　从堂屋门进入，两边各两间卧室，那时候并没有预估到将来会养这么多蚕，也没有建专门的蚕室，以致后来蚕越养越多没办法铺排的时候，夫妻俩不得不在堂屋隔出一个角落将他们的床铺从卧室搬出来，又在正房的两侧盖上了相对简易的偏厦。腾出来的两间卧室外加半间堂屋，老杨都钉上放竹匾簸箕的木架。俗话说："小蚕火里生，大蚕风里长。"考虑到保暖和通风需要，杨宝根给两间改建的蚕室前后加了地火笼，后墙的窗户在扩宽之后为了方便通风和保暖又改成了可以撑开的木格子活动窗。

杨宝根看女儿和儿子的卧室门都大开着。

再进蚕室，就见女儿海玉在里面忙碌。蚕宝眼见着比前几天粗大了许多，海玉将显得拥挤的竹匾里的蚕分拣出来一些，一匾变两匾，一层一层整齐码放在高高的蚕架上。桑叶从她手里纷飞出去，手臂在簸箕竹匾间舞动，指尖在蚕和桑叶上跳跃，那些桑叶便花瓣一般散落在竹匾里，盖住了蠕动的蚕宝。女儿干活麻利，他瞧着心里美滋滋的，但他也只会偶尔在人前用"麻利"这个词夸一句。村里人都说女儿又漂亮又能干，一点儿也不像乡下人。

"爸，赶紧把背篓放下来。你起来也不喊我一起去。"海玉放下手里的蚕，替父亲卸下背篓。

杨宝根也笑："我连你妈都没喊。昨晚上腰酸背痛，想到今天怕是要下大雨。还好，今天早上还没下。抓紧时间备上两天的桑叶，以免雨水来了着急。看这个天，下午说不准就下了。"

屋里充满生石灰和漂白粉的味道，呛得他连打了好几个喷嚏。

屋角堆着前两天摘下的没有用完的桑叶，用白色塑料薄膜捂着，害怕干了水汽。他掀开塑料薄膜，将刚背回来的桑叶一把把抖散，桑叶堆很快高出一截。

"爸，至少还要狂吃四五天，地里的桑叶够不够？"海玉问。

"还差得多。"杨宝根看着簸箕里密集的一张张匆匆进食的小嘴，有些无奈，"宁叫蚕老叶不尽，不叫叶尽蚕不老。唉！不知道村里有没有没养秋蚕的人户，得想办法去其他户找，按斤头买也行。心大了，拿了多了半张蚕种，无形中桑叶就差了一大截。年底你记得要找桑枝再扦插一块，地边上补栽十几二十株没问题。"

他走出屋子，看到儿子海军从牛圈出来。儿子比自己高大壮实多了，皮肤也比任何人都要黑。

"我今天去给二叔犁地。"他说。

杨宝根鼻子里哼了一声。他兄弟虽算不上懒汉，但疲疲沓沓的性格着实让他看一眼都心焦。丝银堡村是乡镇上定下的蚕桑重点村，像杨宝根这样的兴桑养蚕专业户占了八成，三季蚕加上一些其他农作物，一家人咋都饿不上肚子。可就他这个兄弟，每年日子紧巴巴的，遇到买肥料种子没钱，还要找他拆借。

"二叔说他种晚苞谷，现在来得及。"海军知道父亲打心眼里瞧不起这个叔叔，替叔叔解释了一句。母亲这时从灶房出来，见儿子犁头拐在肩膀上正牵牛要走，一边在围裙上擦手一边嘱咐道："下午都要去打桑叶，我留一碗饭在锅里你回来吃。记得把麦草拉回来，蚕子还有几天就上架了，得抽空把蚕蔟编了。"

海玉从里屋出来倒蚕沙，听见母亲的话忍不住抱怨："供销社早都在卖塑料蚕蔟了，干净省时又省力！爸就是舍不得买。"

杨宝根说："麦草消毒之后一样用，花那个钱实在没必要！"

海玉无奈，她就知道，但凡需要花钱置办的家什，父亲总要思量再三，推脱再三。

父亲杨宝根在她看来一年四季都在为挣钱打算。每年开春前把地里的油菜和土豆一种就和哥哥去直河淘金；家里三季蚕一结束，又会和村里其他人一样，整个冬天都守在河滩里。但海玉知道，父母把辛苦挣来的一分一毛都存了起来，除了交税，大部分还得用来还账。那年盖房，父亲在房梁钉椽子，一不小心掉下来摔断一根肋骨和一条腿。为了医治好父亲的伤，母亲借遍了所有亲戚。父亲的身子养了将近一年才算恢复。后来，虽然父亲请工匠上房将顶子盖好，但也因此欠下了一大笔钱。如何挣钱还债，也成了这几年父母最大的心病。好在年年卖蚕茧，让一家人的压力慢慢减小。眼看账要还完了，好强的父亲又开始计划着要修蚕室、给海军说媳妇、给她打嫁妆……

总之，用钱的地方多着呢！

秋雨一下就没个停。

平常清澈见底的直河因为山洪汇聚，水涨得老高，滔滔浊浪漫过淘金之后大坑小窝的河滩，漫过杨柳和蒿草，很快上了田坎。沿河一块沙土地里才育一年的新苗子，嫩嫩的，看着就喜人，现在眼见着保不住了。

杨宝根一家人时不时跑到院坝边看看河里的涨水情况，但也只能"哎呀""哎呀"地叹息。每年从农历四月开始的汛期要持续到九月才会结束，这样的涨水对于他们来说早就习以为常。直河毕竟小，涨水也不算什么。再去看汉江交汇处翻卷的浊浪和从山上冲刷下来的浪渣，那才叫一个壮观。海军和海玉很小的时候，杨宝根同村里人领着他们跑十几里路去看汉江发大水。但是现在，守着蚕就是守着命，其他什么都提不起兴致。

雨下到第三天晌午，桑叶只剩下一筐不到，一家人站在屋檐下眼巴巴地瞅着不断线的雨珠子犯愁。

"这瞎眼的雨呀，把天都下漏了！"

杨宝根听老伴叹气，也跟着叹了一口气。无论如何坐不住了，他把墙角淘金用的长雨靴拖出来换上，戴上斗笠，从屋后放草料的阁楼上找出自己许久不曾穿过的蓑衣。

"爸,你干啥呢?"海军问。

"去后山的桑园里把没摘干净的老叶子再搜一搜。"他说着,随手将沉重的蓑衣费劲地甩到背上。

海军从草垛上拿下两个背篓和一块塑料布。"我也去。"他说。进桑园没办法打伞,他抓着塑料布在自己脖子上使劲打上结,能勉强从背后罩住上半身。

父子俩顶着小雨,深一脚浅一脚踩着泡软的黄泥,花了整整一个下午,摘回紧紧实实三背篓桑叶。但即便是省着喂,这也只能维持到第二天早晨。

夜里,海玉和母亲照例守着竹匾清蚕沙,海军找父亲商量,想趁着下雨去其他人家的桑园里弄一些桑叶回来。杨宝根还没等他话说完就生气了:"弄?你这是去偷!我杨家不丢那个人。"海军不服气:"春蚕我们家桑叶用不完,那些人还不是不打招呼就去桑园里摘了!"杨宝根正色道:"人家是人家,我们是我们。明天早上你和你妹去村支书家问问,他知道哪个户上没有领秋蚕种,搞清楚了再去没有养蚕的人家花钱买上些。"

海军悻悻走开。杨宝根坐在黑暗中抽烟,安静的屋里,蚕的沙沙声越发清晰有力,这种生命的律动和屋外的雨声时而重合,时而次第滴滴答答,响声长久地循环在他的耳畔,令他毫无睡意。

"要是离老屋近一点就好了……梁上几棵荆桑怕是长疯了都没人动。"杨宝根老伴突然嘟囔了一句。

杨宝根正要躺下,老伴的话让他一激灵。

对呀!自六七年前他们一家从山梁上搬到山下,除了放牛,平常几乎没有再上山过。老屋附近可不是有好几树老荆桑吗?野生的荆桑耐寒耐旱,枝条长且茂盛,就是叶片薄,从春到秋都是一副营养不良的样子,少了现在良桑的肥大和水嫩。

"你今天脑壳倒比我灵光,我咋就没有想起来呢?"杨宝根望着老伴笑了,这一整天揪在一起的心终于舒展开来。

一夜无梦。

第二天一大早,杨宝根叫上海军,花了一个多钟头爬上老屋的山梁。

老房子掩没在半人高的蒿草后面,后墙的土坯塌了一个窟窿,屋顶的青石板还好好地架在房梁上。父子俩站在石板房前缅怀了好一阵子,才抽神出来。原先横亘在山脊上的坡地早已荒芜,现在放眼望去,尽是一丛丛的荆棘。即使如此,他们还是一眼看到了包围在其中的四五株荆桑。

幸好他俩都带了砍柴的弯刀,一通劈砍,很快便将桑树周边清理干净。海军三下五除二就上了树,将支棱在半空的桑枝砍下来,杨宝根只管站在地上摘。为了这一趟,两人带了两个大背篓,还有几条尼龙袋。

等他们将带来的背篓和尼龙袋悉数塞满,已经过了正午,天也放晴了。上山容易下山难,负重下山更难。有些地方根本没有路,他们不得不一边小心翼翼避开悬崖陡坎,一边砍掉挂住裤腿的荆棘。

就在他俩庆幸已经走了三分之二的路程之时,杨宝根突然被脚下一根葛藤绊住,他一个趔趄,赶紧抓住旁边一株小树。谁知背上的桑叶太过沉重,背篓连同尼龙袋朝一侧倾倒,同时他的胳膊从背篓肩带中滑出来,瞬间他便倒向了另一边陡坎。

走在前面的海军听见父亲的惊叫回头,就已经不见了父亲的身影。

海军叫来乡亲,把父亲连同桑叶一起送到山下,已经是两个小时之后的事了。

浑身裹满泥巴的海军在大马路上拦停了一辆小车。

4. 能遇见的都是有缘人

海军临上车不忘交代帮忙的几个人要将桑叶赶紧送到他家去救急。他十分懊恼，早知如此，还不如花钱买桑叶。

方文贺坐在副驾驶，正好靠路边，也注意到那几个人脚下背篓连着捆绑结实的口袋。

"你们摘桑叶摔的？"他回身问一直龇牙咧嘴的杨宝根。

"是呀！"杨宝根说，"下山的时候脚缠到葛藤了，身子一歪连带着背篓就歪到土坎下了。"

"本来树林子的路就难走，你也不知道小心点……这下倒好，为打这点桑叶你说划算不划算？！"坐在杨宝根身旁的海军忍不住抱怨了一句。

杨宝根不同意儿子的说法："走路不小心是我粗心大意，跟桑叶扯不上关系。"

吕蒙听着好笑："你们父子俩可真是，这有啥好争的呢？受伤是意外，也不是谁犯傻故意去把自己摔伤，是吧？事情已经出了，治好不就完了！"

"对，老乡，不要太担心。"坐在副驾驶的方文贺看了看杨宝根的腿安慰道，"去检查一下，只要没伤着骨头就好。"

海军突然想起自己和父亲出门，身上压根儿就没带钱。他赶忙跟方文贺商量，他得先回去拿钱，然后才能去医院，求方文贺先把父亲送到医院再说。

吕蒙一听不干了，一转方向盘将车靠边停下，说："我们方厂长心眼好才让你们搭车的,但你不能把你爸就这样扔给我们,知道的是你自己不孝,不知道的还以为是我们害你爸受伤的呢!"

海军红着脸解释:"不是这意思!大兄弟,我们是去打桑叶的,所以身上没带钱。我回去取了肯定立马来医院,绝对不会把我爸扔给你们不管的呀!"

吕蒙还想说什么,被方文贺制止了。"让他下车吧!"他说,"我们负责把你爸送到医院,不过你可要快点来,我们还有事,不能在医院耽搁。"

海军应着,千恩万谢地下了车。

方文贺和吕蒙一大早去了一趟市缫丝一厂,了解了一下女工培训的情况,下午本来约了何立秋谈厂里的资金缺口以及打算与供销社协商蚕茧收购的事,没想到在医院耽误了。两人赶到经委的时候,何立秋已经走了。

等他回到家,意外见到在省城上大学的儿子方海竟然回来了,还给他做好了饭菜。

自打妻子去世,他从原先的大房子里搬出来,住进了父母留下的筒子楼。儿子方海上大二,一般寒暑假才会回来,父子在一起吃饭谈天的次数屈指可数。

他其实一直觉得愧对儿子,当年妻子的身体他几乎不关注,妻子走了,他把自己困在巨大的悔恨和悲恸里,压根儿没考虑儿子的心情,儿子失去了母亲何尝不是跟他一样悲痛!偏偏他不去想,直到儿子去了学校,他一个人在家的夜晚,才慢慢体会到自己的失职。现在看着眼前英姿勃勃的儿子,他的欢喜溢于言表。

"请假回来的?"他问。

"是的。"方海见父亲疑惑,笑着解释说,"正事!我有一个课题研究,是关于四五线城市改革开放之后各项政策对工业和农业的冲击。我有一个礼拜的时间在江城调研,顺便也是想回家来看看你。"

儿子学的是工商管理专业,能对课题研究这么认真,方文贺十分欣慰,随即说道:"你专心做你的课题,有什么需要我帮忙的就随时跟我说。你住我们原先的房子去,那边清静些。"

方海正在给父亲盛饭,听了父亲的话不解地问:"你也觉得那边清静,那你为啥还住这里?"

方文贺一怔,想了一下才说:"我这个年纪的人,按说是喜欢清静的。可自从你妈妈离开,我老觉得家里像冷庙似的,这日子过得不踏实,在半空中悬着呢。当初,我和你妈刚结婚就在这筒子楼里,与你爷爷奶奶挤在一起生活,如今他们都不在了,我每天下班来这里听着过道里锅碗瓢盆的声音,听着那些邻居肆无忌惮地开玩笑,吵吵嚷嚷的,就好像你爷爷奶奶和你妈都没走远似的,亲切!再说,这里离我们厂近,走几步路就到了。我在这里住,睡得也踏实。"

"那是你孤单了。"方海看了看父亲,"爸,你要是遇着合适的阿姨就再找一个。"

"你以为大街上买白菜呢!一大把年纪了,每天忙得脚不沾地,哪有那心思!"方文贺白了儿子一眼,"我找不找都没关系。将来你好好地有个工作,成个家,我也就给你妈有交代了。"

方文贺想起下午要跟何立秋谈的事不由得在心里叹了口气,吃饭也没了胃口。说到房子,他觉得有必要跟儿子说说自己的打算。他和妻子的积蓄本就不多,除了供儿子读书,剩下的钱大部分在妻子去世前的最后两个月花掉了。现在收茧在即,配套宿舍幼儿园也并非可以停的项目，如果贷款不到位或者补不了缺口，他自己必须另想办法。但他能有什么办法呢？他们两口子就是普普通通的工薪阶层，既没有旁的投资，也没有特别富裕的亲戚可以私人借支。所以，他唯一想得到的，就是将自己和妻子住了十几年的那套房子卖掉，以解燃眉之急。

"小海，你是知道的，你爸我接手筹备这个缫丝厂，既要对信任我的领导负责，也要对一个人应坚守的职业操守负责。厂子生产线到位急需尽快投产，但收秋茧需要一大笔钱。咱们总不能一开厂就打白条，那会寒了蚕农的心。贷款我这几天才去想办法，因为厂子宿舍楼一些配套设施还在建设，也欠着账呢！所以我想把县城那套大房子卖掉，应个急。你妈走的时候说房子要留给你结婚用，所以，我想征求你的意见。如果你同意，我保证这个难关过了之后，厂子正常运转了，这部分钱一收回，我就新买一套给你，将来你回县里工作住起来也方便。如果你不同意，爸爸也能理解。"

方文贺说这番话的时候，语速放得很慢。他不希望儿子为他担忧，也不希望儿子产生不好的情绪。

方海坐在父亲对面，第一次见他如此郑重其事地正式跟自己谈话。以前他不懂父亲，老觉得父亲特别自私，把家里一切都推给母亲。他上初中了，父亲都没去给他开过一次家长会。直到他高中毕业那年，那时候正闲在家等高考成绩，有一天听母亲说氮肥厂出了安全事故，父亲晚上不能回家，母亲让他去给父亲送饭。他一到车间就看见父亲被一群人围着，有位老人坐在地上，死死抱着父亲的腿，怕父亲走掉不理会刚刚工伤的儿子。父亲被老人拽得摇摇欲坠，非但没生气，还温和地跟老人解释政策，安慰老人别着急，跟老人承诺说自己会负责到底。他当时虽然很多话都没听懂，但明显感觉到那一群围着父亲的人对父亲有一种坚定的信任。抱父亲腿的老人松手之后，起身突然给父亲深深鞠了一躬。也就在那个瞬间，他觉得自己的父亲很伟大。

现在看着坐在他对面的父亲，他分外心疼。父亲脸上写满疲惫，发际线眼见着向上移了许多。

"爸，只要有住处就行。"方海看着父亲，不以为意，"那个房子本来是您和我妈攒钱买的，妈不在了，您做主。再说，我现在女朋友都没有，结婚还没影儿的事，说不定我将来自己能买大房子，您现在完全不用操心这个事。"

方文贺听了，松了一口气，夹起一块肉放进儿子碗里。

对女人来说，天热就这点好，随便一条连衣裙或者一件短袖配个半身裙就能显出身材的娇俏和女性的柔美。何立秋作为小县城长期工作在中层领导岗位的白领丽人，精致典雅，看起来比实际年龄要小许多。

她打小生活在知识分子家庭，父亲退休前是县委秘书，母亲退休前是中学校长。这种家庭氛围造就了她与生俱来的谦和有礼，端庄大方，既善于思考又果敢刚毅。但有些事情，她也会依靠感性的直觉去做出判断，比如方文贺。姐姐何立夏在世的时候，方文贺去她家吃饭，父母都夸方文贺为人正派，做事务实，是个搞事业的好苗子，也是他们理想中的好女婿。唯独她羡慕姐姐这个男朋友长得帅气，那时她就想，自己将来找男朋友有没有才都没关系，一定要和这个未来姐夫一样俊朗才行。后来姐姐不幸走了，那年她还在上高中，方文贺每次来看望父母，除了给父母买营养品还会给她带礼物，暖心得很。她甚至偷偷地喜欢上了这个没成为姐夫的男人，直到有一次听见父亲说，让方文贺不要总来，因为他每到家里来一次，他们的伤口就会撕开一次，就会不由自主地想起自己苦命的大女儿。当时看着竭力想要从悲痛中走出来的父母，她就知道自己不会与这个男人再有什么交集了。之后，她顺利考上大学，再没有见过方文贺。等再见到这个曾经令她心动的男人时，她已经在经委工作，已经做了母亲。两个人见面，客气，矜持，她的心里再无半点波澜。

但也有不一样的地方，那就是每当她在会议场合看到方文贺，会不由自主站在他那一边，希望有朝一日能帮助到他，支持到他。

她的丈夫曾一鸣是县医院治疗心脑血管疾病的专家，比她更忙，夫妻两人回家碰面还得提前预约。当初工作分配之后，按父母的说法，就是到了必须谈婚论嫁的年龄，两人经人介绍相识。对丈夫，她说不上喜欢，也说不上不喜欢，但是觉得他比较适合自己。有志向，有才华，有相貌，有家世——他在外人眼里既得体又庄重，话不多，偶尔说句冷笑话能把人笑死。有魅力又讨喜，这是她身边所有人对曾一鸣的评价。既然如此，那就谈呗！两人谈了大半年，顺理成章就结婚了。她也是在婚后才发现，他可能确实因为工作量太大，一回到家就浑身散了架似的瘫软在沙发上，全无光彩。

起初何立秋还会发发牢骚，表示一下不满，后来发现没用，说多了倒显得做妻子的一没气量二不体贴。好在双方父母身体健康又通情达理，帮着他们带大孩子，让他俩从琐碎的柴米油盐中解脱出来专心搞事业。

夜深人静的时候，她也会自省。若自己完完全全是事业女性的话，现在的状态是再好不过了，她已经四十一岁了，再心无旁骛地奋斗几年，升到副县级退休完全没问题。她应该知足，毕竟当下她是诸多事业单位女性羡慕的对象。可问题在于,她何立秋偏偏不完全是事业女性,更不喜欢谁将她归到"女强人"行列。她自认为无比丰富的内心世界还没打开,她想找到令她活力全开的热烈,那将是她这一辈子最为期待的事情。总之,不是当下这样的不温不火,更不是春风徐徐令人慵懒的惬意与舒适。

她心里这样多的不甘,有时候连自己都不知道一天天是怎样消解的。或许,时间真是个魔幻过滤器,将人无用的情绪悄然过滤掉,剩下的才是该接受的生活本来的样子。

这样一个早晨,她挑挑拣拣,还是将已经穿上身的时尚连衣裙脱下,换上领子带蝴蝶结的白衬衫和香芋色的百褶裙,看起来更端庄一些。

收拾停当,看了看时间还早。她昨天跟司机说不用来接,想自己走着去单位。家距离经委走路也就三十分钟,既然不急,她仍然可以沿着江边步行去。

江城县四季如春。虽然已经入秋,江边的空气中还弥漫着各种浓郁的花香。何立秋穿过一大片白桦林,大概常年浓荫蔽日的缘故,林下显得格外阴凉。路边石凳上坐着几位来练乐器的老人,一个正在解手风琴的背包,一个刚拿出竖笛。他们正准备张嘴吊嗓子,看到了何立秋,便停下来远远地跟她打招呼,叫她小何主任。何立秋也认出他们是县剧团颇有名气的几位老艺人。她母亲是汉剧票友,有时候去县剧团跟着练嗓子,她陪母亲去过几次。虽然他们看她的眼神充满了赞许、亲切和鼓励,但还是搞得她有些难为情,不了解的人还以为她当了多大官似的。

何立秋到单位门口,方文贺已经在那儿等着了。

"你倒是早得很!"何立秋笑。

"是我太心急了,对不住。"方文贺不好意思地挠挠头。

何立秋坐下来，想着怎么跟方文贺聊这件事。其实她和方文贺一样，提起借钱贷款就头疼。方文贺面对的是一家企业，而她面对的是整个县的工业企业。作为经委一把手，她必须保持清醒的头脑。缫丝厂是县委县政府举全县之力扶持的企业，现在只差临门一脚。若她不帮方文贺，这一脚踢不开，她不知道方文贺能不能扛起四处举债的压力。

方文贺说道："首先是正式投产的事我想跟你商量一下。我建议推迟一个月，甚至一个半月。一是原材料储备不足。恰好秋茧快下来了，我想，等供销社先把这一季的茧子全部收回来，烘干后交给我们入库，这才妥当。二是我们请来的技术顾问还没到，在安康培训的缫丝工技术有待加强，不宜操之过急。三是宿舍楼、幼儿园、澡堂正在加紧建设中。"

何立秋说："这件事我昨天已经跟县里领导汇报过了，原则上由你来决定开工时间。"

"那就定在一个半月之后。"方文贺说，"第二件事就是贷款，请你尽快报计划。我现在说得比较晚了，正在建设中的宿舍、澡堂、健身广场、幼儿园的材料款从去年就欠着，现在已经被迫停工一周多了。你知道，缫丝厂本身以女工居多，上夜班的话不住在厂里不安全，宿舍、幼儿园、澡堂这三样在生产线启动时就必须要投入使用的。特别是宿舍，没有住的地方怎么让人家安心上班呢？这也意味着不能再停工了，必须赶在投产之前，让女工无后顾之忧。"

何立秋问："行！准备贷多少？我马上安排人做计划。"

方文贺从公文包中取出提前列好的数据，递给她。

"计划头一年生产七十吨生丝，保守估计产值六百万元，眼下我们的基础设施建设和干茧采购急需一百八十万元左右，贷二百万不知是否可行？你定！"

"行。说第三件吧！"何立秋说。

方文贺挠挠头笑道："你咋知道我还有第三件？"

何立秋佯装起身，说："那是我猜错了？没有的话，我就去忙了。"

"有！"方文贺忙起身，按住何立秋。

"第三件事就是和供销社签订合作协议的事。"方文贺说，"收茧子的钱我这边目前没有着落，是我们先打订金，还是供销社完全先垫付收茧？收购鲜茧价格是多少？干茧价格是多少？我们要支付给供销社收茧的工费是多少？鲜茧的定价和干茧的定价问题我想政府是会做出调控的吧，我倒没有太大担心，但其他事项，比如订金数额、工费等，要先定下来我这边也好做预算。但有一点我要强调，我个人素来不主张给老百姓打白条。蚕农养蚕辛苦，我们还要鼓励人家多养，让人家有点盼头，所以我希望在跟供销社协商的时候，县上蚕桑工作领导小组和计划局以及你们经委能充分考虑这一点，要能将这些思想贯穿到议价过程中。"

何立秋说："你呀，就是心善，自己还没投产呢，先考虑到不要让老百姓吃亏。那和供销社协商的事，我就定在明天。我马上跟县蚕桑工作领导小组和计划局汇报一下，争取他们都派领导到场。秋茧收购在即，争取尽快定下来。"

方文贺一听，觉得挺好，看向何立秋的眼神中又多了一分感激。他打心眼里佩服眼前这个妹子，无论在管理经验上还是在分工协作上，考虑问题周到又细致。

临走，何立秋将他送到单位大门口。

"你要注意自己的身体！投产之前事情多，你也别着急，一步步来，一样样办，总会渡过难关的。虽然压力大，但困难毕竟是暂时的,我一定会全力以赴地帮你。"她最后安慰道。

方文贺一抬眼恰好与何立秋担忧的目光碰到一起,这种发自内心的深切关怀让方文贺心头一热。

虽然预计到贷款计划经过审批再报给农村信用合作社,兜兜转转怎么都得一个多礼拜,然而,一个多礼拜银行批复还没有下来的时候,方文贺就再也坐不住了。

厂里基建处的同志眼巴巴瞅着停工的场地,天天来找他问结果。这笔款子尚且解决不了,供销社又要求缫丝厂在开秤收茧前先预付三分之一货款。预付款的事他决定再放三两天,但基建已经不能再等了。

县城的房子卖不上价,也鲜有人会买二手房。方文贺让吕蒙打印了几十份房屋销售广告,拿到老街和新县城挨个电线杆贴上。又叮嘱他,多转告一些亲朋好友帮忙打听,看谁有购房意愿,只要给现金,他愿意便宜处理。

吕蒙劝也不是,不劝也不是,为难地说:"现在的房价就是卖了也没几个钱哪!三万?四万?五万?江城的房撑破天就这价了吧?何况咱们一套房卖了能买多少块砖、多少吨水泥……"

方文贺洒脱一笑:"卖的钱能解决多少问题就先解决多少问题。你就想着,这房子卖了咱就能给厂里换点别的,比如澡堂子——厂里要有了自己的澡堂子,下班后咱就能洗去一身臭汗,多清爽!再比如换成一个大幼儿园,以后能解决咱厂里职工子女的抚育问题,你有了孩子也可以在这儿上幼儿园呀!你这样一想,是不是就值了?"

吕蒙有个在县城做买卖的亲戚,之前跟他提过想在江城买房安家的事。吕蒙想着那亲戚手里应该有现金,决定晚上贴完广告就去找他问问。结果，在老街巷子口恰好遇见了散步的何立秋。得知方文贺急于售房，何立秋急忙拉着吕蒙找到方文贺家里。

"你疯了！"何立秋生气地说，"方海他妈妈去世才多久，你就忍心把住了十几年的房卖掉？售房的事无论如何先搁一搁。何况现在你就是把房卖了也是杯水车薪，解决不了问题！"

方文贺有些焦躁，说："贷款不是还没到位嘛，我不能每天这样干等着呀！宿舍楼、幼儿园，这些配套设施的建设是需要时间的，停一天，就推迟一天建成。工厂一旦正式投产，这些宿舍、幼儿园都要同时启用的！你让我天天停着，等生产上线了你让那些没住处的姑娘们上哪儿去？让那些带着娃的妈妈们把娃往哪里放？"

何立秋半天没吭声。走时，让他等信，她会再去银行联系。

何立秋一走，方文贺一脚踹过去，差点将吕蒙踹倒。

"让你贴个广告，你咋贴何大姐家门口了？你咋啥都给她说？我倒是忘了，你是经委的人！"

"冤枉！"吕蒙哭笑不得，对他一番赌咒发誓，"我要是故意跟她打小报告就不得好死！谁也没想到会遇见她呀！我正往我亲戚家去呢，谁知道她正好出巷子口……"

"你亲戚家？"

吕蒙点头："我亲戚之前托过我妈，让帮忙打听一个两居室的套房，人家娃结婚用呢！"

"那正好，卖给旁人我还有些舍不得呢！你现在拿了我的钥匙直接带你亲戚看房。差不多你就做主了！"方文贺高兴地说，又叮嘱道，"千万不要让何立秋知道！"

方文贺从公文包里拿出钥匙交给吕蒙。

何立秋回到家，将自家的存折找了出来。因为夫妻俩都忙，家里平常开支并不大，两人的工资大部分都存到了一张折子上，足足有十三万多。她想把这个钱偷偷取出来给方文贺应急，等贷款下来了再补上就是。但就在她翻箱倒柜的时候，曾一鸣回家了。虽然她极力掩饰自己的异样，曾一鸣还是看到了她手里翻出的存折。她知道曾一鸣也是通情达理之人，便将缫丝厂的困境以及自己的想法对曾一鸣和盘托出。

曾一鸣听完她的叙述倒是没有明确阻止，只是有些许不悦，告诫她道："公是公，私是私，我看你现在是公和私搅和到一起，你又在领导岗位，这样容易出问题。"

因为与一心要帮的方文贺，到底牵绊了私人关系，所以何立秋此时也听不进任何劝告，只当是曾一鸣不放心，便安抚他说："我先不取，拿着折子以防万一。我先去找银行，只要贷款这一两天能到，也就用不着我帮忙了。"

一周以后，遵照县里指示，各乡镇、计划局、经委及缫丝厂均派人去各供销社蹲点督促收茧工作。

直河沿岸的养蚕户多，直河乡供销社每年春夏秋三季蚕的收茧量和蚕茧质量都是全县第一。但分开来讲，秋茧无论是质还是量都比不上春夏两季，茧层率低一点儿，价格上便有明显的差异。比如今年夏季鲜茧收购价每斤三块五，秋蚕的鲜茧价格却跌到了三块，甚至两块五。

开秤三天，来卖茧子的农户一天比一天多，到了第三天，收到的蚕茧已经突破了一千斤。供销社里负责质检定级和过秤、分类入库的师傅，像往常一样做好了从这一天开始连轴转一周的思想准备。人一多，从早上一开秤他们就没法子起身，一边要有条不紊地定级定价，一边要按级按斤头折算，再将收到的茧分类码放。

这一天，是各大供销社开秤收茧后的第四天。

丝银堡村的杨宝根一家天刚麻麻亮就开始下蚕茧了。这季秋蚕，他家的茧子成熟期相对晚了几日，但茧子看起来一点不比夏季的差。个大浑圆，拿在手里一摇就能听到蚕蛹在干燥的茧壳中利落晃动的声音。闲不住的杨宝根带着伤还是闲不住，他比谁都积极。对他来说，从蚕蔟上摘下蚕茧带给他的喜悦，就跟手握镰刀割下一把把麦子或者一把把稻穗的感觉是一样的。

女儿海玉在他屁股底下支了一个小板凳，让他刚接好的那条腿尽量伸直。麦草做成的长长的环形蚕蔟像草龙盘在地上，挂满了白亮白亮的蚕茧，像繁密的果实长在了麦草枝上。他腿旁放着圆形宽大的竹编蒲篮，几个人的手灵巧地从麦草中扯下蚕茧再丢到蒲篮里，不一会儿便成了雪山似的一堆。

"这一季茧子收入应该还可以！"杨宝根喜上眉梢，忍不住伸手从蒲篮里捞起一大把茧，爱不释手地说，"你们看这茧头多均匀哪！再掂掂这一把的分量，我敢说，没人比得上我们家的茧子。就是我这些年，摔了一跤又一跤的，把家里养蚕的收入都白瞎了！"

"本来就是意外，又没有人怪你！你自个儿倒把摔跤的事挂在嘴边。"儿子海军白了父亲一眼。提到腿，海军突然想起一件事："那天在医院垫付医药费的人还没打听到，莫要忘了，我们还欠人家的。"

"那是！无论如何要打听到人，我腿好了上门感谢。当时听开车的司机说那个人是什么厂的厂长，可惜，我也没打听是什么厂。"杨宝根说。

"要把好心人长啥样子记着才行。"海玉说着，问海军，"哥，你能记得人家长啥样不？"

"我当然记得。"海军道,"记得也没有用啊,上哪儿找去?"

几个人说着话的工夫,地上蒲篮里的蚕茧也堆满了。从村子到乡供销社要三公里的路,在供销社卖茧还得耽误一会儿,来回咋都要三四个小时。海军让妹妹海玉背上两口袋先走,他再下一挑蚕茧随后赶到。

杨宝根注意到女儿脚上的解放鞋侧边布面撕开了一道口子,心一酸,提醒说:"海玉去换一双鞋吧!"海玉跷起自己的脚来看了看,笑道:"没关系,谁看人还能看到鞋上去不成?我去换身衣服就行。"说着,进屋将打了补丁的蓝布衣裳换掉,穿了唯一一件半新不旧的红格子夹衣裳出来。

杨宝根老伴怜惜地看了女儿一眼:"来回只这一件衣裳能穿出门了。卖了钱就在供销社买一双新胶鞋,再扯些卡其布回来做衣裳。"

"鞋子不用买。妈,要想给我添置新衣服,你就让我扯块灯草呢的料,那种料子结实又好看得很!"懂事的海玉跟母亲撒娇道。头上高高扎起的马尾随着她胳膊用力在头顶上下左右摇摆。她蹲下身,胳膊穿过背篓的肩带,一使劲站了起来,背篓上的口袋顿时遮住了她半个脑袋。她回头跟海军说了声快点,扭身就出了门。

海玉走完一长段田埂路,好不容易上了国道,她将背篓顺势搁在桥墩上歇息。

吕蒙清早开着厂里唯一的那辆老桑塔纳正从县城往直河乡供销社赶。天气闷热,一路疾驰。正过一道横桥时,眼角余光神奇地停在了歇脚的杨海玉身上。

这个鹅蛋脸的姑娘眉毛高挑,一双好看的丹凤眼远远地盯着来车的方向，仿佛在等待某个人或某种惊喜，眼神充满期待，神情却有几分俏皮。他顿时被吸引，同时，也留意到她身后的背篓与口袋。已经驶过了桥的他心血来潮，缓缓将车倒到姑娘身边。

"请问直河供销社怎么走？"

杨海玉愣了一下，好奇地看着眼前这个问路的人。看穿着，小伙子周周正正的很像是干部，却比她见过的乡上干部都显利落。她回答道："就这条路，一直往前开再走两里路就到了。"

"你卖蚕茧？"他又问。

海玉点点头。

"也去供销社？"

海玉再次点点头。

"你叫什么名字？"

"杨海玉。大海的海，宝玉的玉。"

"杨海玉？杨海玉同志，我捎你吧！我也去那里，顺路。"

留意到她的犹豫和羞涩，吕蒙不等她思考或者点头同意，直接下车将她的背篓搬进后备箱。打开副驾驶的车门，请她上车。

吕蒙瘦瘦高高的，棱角分明的脸上双目含笑，鼻梁高挺，用英俊一词形容再恰当不过了。但就是他一副与生俱来的笑模样，总给人一种调皮捣蛋没正形的错觉。已经上车的杨海玉面孔发烧，局促不安地紧紧抿着嘴，不时偷瞟旁边的吕蒙，确定自己确实没见过此人，也隐隐后怕自己竟没有拒绝陌生人的帮助。如果碰上坏人，比如说人贩子会怎样？她越想越不安。

吕蒙以为她着急，安慰她说："十分钟就到，很快的。"

"你……认识我？"杨海玉问。

"认识！杨海玉，大海的海，宝玉的玉，对吧？你刚说的。"吕蒙一本正经地回答道。

"那你就是不认识我了。"杨海玉被他逗笑了，不好意思地说。

看着杨海玉尴尬、拘谨、小心翼翼的样子，吕蒙扑哧一笑，不忍再逗她，大方解释道："你别担心，我不是坏人。真是顺路，我一看你是去卖蚕茧的，而且还是个勤劳又节俭的姑娘。我呢，正好到乡供销社去了解今年蚕茧的情况，所以，顺便的事！"

到了直河乡供销社门口，远远看见院子里已经站满了人，大大小小的背篓、尼龙袋子一堆一堆挤在人群中。吕蒙下车帮杨海玉把背篓搬下来，杨海玉红着脸对着吕蒙慌乱地鞠了一躬，不等吕蒙反应过来，她就背上背篓转身跑进了院子。

吕蒙望着杨海玉小鹿一样慌张的背影，哑然失笑，心里泛起一丝怜爱。

方文贺头天晚上拿到了吕蒙家亲戚送来的四万块钱买房款。他知道，旧房能卖到这个价全靠吕蒙在中间说话。令他感动的是，那位亲戚很理解他眼下的难处，给他一个月的腾房时间。并且看在吕蒙的面子上，如果一个月后方文贺反悔，连本带利给他退回钱即可。好强的方文贺第一次在外人面前含着眼泪好一阵感叹"真是遇着贵人了"，连连给吕蒙的那位亲戚鞠躬。

但他考虑着何立秋已经给各个供销社打过招呼，预付款可以晚三四天再付，所以收到的房款整个中午都躺在他随身携带的公文包里，他想等下午把这四万块交到基建处先解决职工宿舍楼的复工问题。

中午，他一直守在厂办的座机跟前，等何立秋到银行催款的消息。到了下午，没有等来何立秋的电话，倒是接到了吕蒙从直河乡派出所打来的电话。

"我跟人打架了。"还没等方文贺反应过来，又补了更具体的一句，"去直河供销社看茧，让蚕农把我给打了。"方文贺一听就蒙了："供销社收茧，又不是让你直接收茧，你咋跟人搞起来了……"他还想问问打伤了没有，严重不严重，那头却直接把电话挂断了。方文贺怔怔地看着手里的话筒，愣了半晌。吕蒙大学学的是纺织专业，毕业之后分到经委，又恰逢缫丝厂筹建，他在经委办公室连三个月都没坐到，便被下派到缫丝厂协助方文贺的工作。两人天天在一起，比跟自己家里人在一起的时间还长，他的性格方文贺了解，有时候会耍酷开开玩笑，但绝不是惹是生非的人。他随即给经委党办打电话，说是有急事找何立秋。不到五分钟，何立秋把电话回了过来。

"你过二十分钟到大门口等着，我接上你一起去直河派出所。"何立秋在电话中说。

方文贺见了何立秋才知道事情的原委。

原来，直河乡供销社下午三点前将县供销社分配来的收茧款全部都兑付给蚕农了。三点之后，卖茧的蚕农还在源源不断赶来，供销社工作人员收也不是，不收也不是，请示领导后，领导的意思是收购可以继续，但只能先打白条，两天后再兑现。对于打白条这事，很少有蚕农能够接受，即使接受也是担惊受怕的，生怕一个来月的辛苦打水漂。蚕农背蚕茧回家的有，现场骂人的也有。一名工作人员被骂得急了，解释道："打白条也是临时的，顶多两三天就会给大家兑现的呀！我们也不愿意打白条，往年收的茧子供给市里的企业，人家早早就预订的，不缺钱。可今年不一样，今年收的茧子都是留着给咱们新开的缫丝厂的。这新厂有难处，买茧子的钱没到位，包括订购茧子的预付款也还要等几天，所以先给你们打白条。"蚕农一听更不乐意了："新厂指着我们供应蚕茧,不是更应该替养蚕户着想吗?怎么能一开厂就亏老百姓呢?"

吕蒙知道方文贺一直不主张打白条的,因此听到供销社的人这样一说就急于解释。但他跟供销社的人不熟悉,蚕农更没有人认得他是谁,因此他在人群中说的话基本没人听。当时的收购现场吵吵嚷嚷乱成一锅粥,看到很多蚕农失望地挑着茧打算回家,吕蒙在大门口极力劝阻。但这样的劝阻反倒令老实巴交的蚕农误会,以为供销社要强买强卖。几个血气方刚的庄稼汉子推推搡搡就动起手来了。还好很快被人拉开,只是受了点皮外伤。

何立秋头日晚间给供销社负责人打过电话,所以一出事,供销社负责人就赶紧跟何立秋联络,说明了情况。

方文贺怪自己思虑不周,半晌没说话。何立秋以为方文贺在埋怨自己办事不力,将脚下一个帆布包提起来递给方文贺,解释道:"银行的钱最快后天到账。我个人筹集了十三万,你先拿着应急。一会儿把打架的事情处理完了,去跟供销社谈。大家都不容易,也要感谢他们的配合。"

方文贺惊讶地看着她说:"你拿家里的钱给我?你家曾医生知道吗?这样不行!"

何立秋说:"我家里就我做主!你咋这么迂腐呢?这是借给你的,到账了还给我不就得了!"

"你给我们报贷款计划,又去和银行交涉,已经是帮我了,不能再让你拿家里的积蓄出来。再说,你家里人知道会怎么想你?拿回去吧!"方文贺诚恳地说,"再说,我的房已经卖了,卖房款有几万,在我包里装着呢。我本来今天想把这几万拿去顶基建那边的欠款。中午,我也一直在等你那边银行的消息,所以,没跟你说卖房的事。"

"还是把房卖了？你……"何立秋气得脸扭向窗外。

方文贺很是感动，调侃道："我说你脾气这么火暴，是不是在你家，医院的大专家都得看你脸色呀？"

"我在你跟前脾气火暴有用吗？你看，倒贴着好心还不是被你拒绝？"何立秋见方文贺脸上极不自然，语气这才温软下来，说，"取的这笔钱我丈夫是同意了的。你呀，认识这么多年还不了解我？我之所以想帮你一把，一是为公，职责所需。你为人太过正直，也太过耿直，什么都表现在脸上，我就担心你这个性格容易吃亏。二来，我们毕竟算故交，你呢，差一点就成了我姐夫，对吧？于私，我也希望你事业顺利……"

方文贺苦笑，回答道："我也知道，走上领导岗位不学会钻营取巧不行，可心理上还是不习惯，下意识地都会去排斥。只是辛苦你了，老为我的事费心劳力！……你不让我卖掉房子，却把自己几十年的积蓄取给我用，这人情欠得太大了，我拿着烫手！"

何立秋一听，知道这算是方文贺答应收下了，粲然一笑，说："一不是受贿来的，二不是白送你的，烫什么手？矫情！"

杨海军那日下午一路跑着回家告诉杨宝根，说见着恩人了。

"帮着付钱的那位恩人？"

"不是，是当时开车的司机。他跟付钱的人是一起的。"

"人呢？"

"打架，进派出所了。"

杨宝根一着急起身就想往出走，忘了自己的腿还伤着，一个趔趄只好又坐回凳子。

杨海军和妹妹海玉站在父亲面前面面相觑，不知道从哪儿说起。

杨海军说:"我和旁边一个婶子的茧同时提样定级,我的级刚说出来,旁边负责给钱的人就说账上的钱只够兑现一个人的了,其余的打白条,两天之后兑付现金。旁边的婶子说他儿媳刚生完娃急等着用钱,我就把那一个兑现名额让给她了。"

杨海军说完,将手里攥了一路的字条递给父亲。

杨宝根看了看字条,上面写着欠多少斤两蚕茧的销售款多少元,落款盖章的地方写着直河乡供销社。

"问你司机呢?你说这白条……这咋给上白条了?供销社没钱了?"

"嗯,说供销社暂时没现钱了,过两天就有了。"

"那个司机,他是供销社的人?"杨宝根疑惑地问。

"不知道,我听供销社的人叫他吕科长。"海军说,"他起初在查验定级的技术员跟前,后来不同意打白条的人开始吵,他出去劝阻,让人把茧留下,说来回跑会把茧子折损了。但是没人听他的,后来不知怎的,卖茧子的人就和他打起来了。"

"哥,人家打他了?那他伤着了吗?"这时,一旁的海玉着急地问。

"人家说他是骗子……"海军也纳闷。

海玉生气地说:"他肯定不是骗子!"

"你知道?!骗子又不会写在脸上。"杨海军瞅着妹妹。

杨海玉说:"你不也相信他吗?要么你怎么同意拿白条呢?"

妹妹这样一说,杨海军不吭气了。确实,他也相信这个司机不是骗子。小伙子一脸正气,在验茧那儿站着的时候海军就认出他来,本来想等卖完茧去跟他打招呼,感谢他的话还没来得及说……

杨宝根一时间搞不清儿子口中这个神秘的司机到底是什么来头，这个人到底是做什么的，还在派出所吗，他很是担心。

杨海玉心里也暗自忐忑，看着哥哥和父亲一脸疑惑，她后悔当时坐上他的车怎么就没大胆问问人家是做什么的。

"海军，你跑一趟，快点。"杨宝根一根筋的毛病又犯了，让儿子赶紧跑一趟供销社，供销社的人肯定知道这个人是干什么的。杨宝根教儿子说："你就跟人讲这个师傅之前半道上救过你爸，是恩人，要请他到家里来吃饭。"

"爸，你这主意好！"海玉高兴地说，"我也去！"边说边拽着哥哥杨海军往外拖。海军不情愿地嘟囔："我连一口水都没喝呢，饿得前心贴后背了。"海玉笑嘻嘻地从自己口袋里摸出一块油纸包着的点心，塞到海军手里。

何立秋和方文贺接到吕蒙一返回直河乡供销社就碰到正在打听他们的杨家兄妹俩。

杨海军已经知道了方文贺和吕蒙的身份，见人从车上下来，远远地就弯腰鞠躬："领导好！"

方文贺吓一跳，也没看清杨海军的容貌，以为群众认错了人，急忙闪身将何立秋让出来，说："这才是领导！"

何立秋和杨海军都被他逗笑了。

"他叫杨海军，直河丝银堡村养蚕能手杨宝根的儿子，我蚕桑包户就分的他家，跟他们一家可是老熟人了，他这一鞠躬肯定不是冲我。"何立秋笑着介绍说，"他们家是丝银堡养蚕最多、养得最好的农户。这不，蚕技服务站也派人盯他家的养蚕流程和技术指导，下一步还准备收购他家的茧培育蚕种呢！"

说完何立秋又冲杨海玉招招手，杨海玉红着脸走过去，何立秋亲热地搂着她肩膀，跟方文贺和吕蒙说："她叫杨海玉，去年我们江城县唯一一个被评为省级三八红旗手的先进女子。"

吕蒙一听，嘴角上扬，有几分得意。

杨海军说："我就找您二位领导，十天前我爸腿伤了，在路边搭你们的车去的医院，还记得不？"

吕蒙恍然大悟，说道："对！下午我就看你面熟，硬是没想起来。"

方文贺上下打量了一下杨海军，那天一身泥，他确实也没仔细看海军的模样。

"你爸的腿好些了吗？"方文贺问。

"谢谢您记挂，我爸好多了！"海军说，"这不，垫付的四十多块钱医药费还没还给您呢！"海军回头示意海玉赶紧把钱掏出来。

海玉兜里虽然正好装着中午卖完茧留着买衣料的钱，但她记得清清楚楚只有三十一元五角六分，两人并没想到会这么快找到恩人，否则，肯定将钱凑够了数再出来。但海军说出口了，海玉只好将兜里手帕包着的毛票递给方文贺。

"还差十块，等茧卖完再还。"海玉怯怯地说。

方文贺推辞道："不急，你先收着，等你父亲养好了腿再说。下次，我跟何主任还要一起去你家向你这劳模学习呢！"

杨海玉红着脸，攥着钱不知如何是好。何立秋见状，一把从杨海玉手中拿过钱塞进方文贺口袋："能遇见的都是有缘人，矫情个啥呢！今天人家要还这个人情，你就收着。他爸的性格我知道，你若不收，他还得千辛万苦找到你老方家里去，岂不是让人为难吗？剩下的不要可以，等哪天我们去老杨家了，就当你买只鸡招待我，也谢谢我今天给你的帮助，如何？"

她干脆利落的豪爽劲把几个人都逗笑了。

方文贺拱拱手,感叹道:"我这个学妹呀,我不服都不行!"

第二章

1. 蚕神娘娘赐的宝

　　转眼一个月过去了，秋风吹过，大地已有了萧瑟之意。

　　方文贺抚摸着库房里满满当当、方方墩墩的干茧大布包，如同一个即将孕育宝宝的母亲，热烈期待着一个新生命的降生。

　　这一个月，他和吕蒙，还有其他几位新分配来的厂办工作人员分工合作，没日没夜地紧盯供销社送来一车车的干茧，分庄口抽检、验收，按等级重新打包、分装。为了保证储备充足，他还特地跟何立秋一起跑了一趟邻县，协议采购了一大批干茧。当然，这期间他还和何立秋、吕蒙忙里偷闲，去了丝银堡的杨家。一是为放松心情，二是为了调研养蚕技术。结果方文贺与朴实热忱的杨宝根一见如故，杨宝根叫来村里一些蚕农，也帮他搜集到了他想要的数据。

　　那天在杨家，酒桌上喝高兴了，杨宝根趁着酒兴给方文贺看了他藏在床底下的一个跟蚕有关的宝物，那是何立秋都不曾见过的宝物。

　　当然，还听杨宝根细细讲了这宝物的来路。

故事得从两年前的寒冬腊月说起。

杨宝根和直河的其他村民一样，一入冬进入农闲就去河边淘金。杨宝根家不远处的直河与汉江交汇的大片石滩上，随水流迂回的沙长年累月沉积，是淘金的好地方。

那天午后，太阳从他们的头顶缓缓西移，金色的阳光洒在清凌凌的直河水和更远处的芦苇、杨柳和大片大片蓊郁的水草上。抽水机突突突的轰鸣声一直没有停歇，巨大的噪声震得人耳膜发颤。尽管如此，他们家的金窝子里还是漫出了小半坑的水。

杨海玉穿着齐膝的胶雨靴站在窝子里，一铲一铲将窝子里的沙石铲起来倒进哥哥海军的竹编挑筐里。海军嫌她铲得慢，多数时候会自己动手将挑筐装满，然后弯下魁实的腰身将挂好的扁担往肩背一扛，承着两只挑筐的重，晃晃悠悠就起来了。他将这些沙石挑到父亲杨宝根身旁，再一桶桶倒在金门上，让卷起来的流水反复冲刷。

通常他们一早吃过饭，会从上午九十点光景一鼓作气忙到下午三四点。但这天，整整过去六七个小时了，他们还只是淘出来很少的沙金和一小块麸皮金。金黄的沙金末子跟头皮屑似的轻薄，连带一些细微的沙被杨宝根倒进一个竹筒里。

阳光没了正午时的温暖，清清浅浅地在跟大地做最后的告别。杨宝根的老伴站在远处的田埂上大声唤一家人回去吃饭，声音跟唱戏似的拐了几道弯，煞是好听。海军嗓门大，隔着杨柳枝和哗哗啦啦的河水应了一声。

"收拾收拾，不淘了。回去吃饭，今天也淘不出啥了！"杨宝根吆喝着。

"爸，你就是心急。你看人家都还在淘呢！"海玉站在深坑里舍不得走，指着不远处的乡邻。从她的视线看过去，三三两两的人守着自家窝子仍在不辞劳苦地挑沙冲金。

"时间耗得久也不一定能淘到东西。你不信问问,他们今天估计和我们差不多,也没有多大收获!"杨宝根说。都是丝银堡的人,乡里乡亲的,有了收获大家都不兴藏着掖着,别说淘出瓜子金,就是麸皮金多了也会不由自主大了嗓门,收获的喜悦能让这冰冷的河滩沸腾。

杨宝根常挂在嘴边的一句话是,淘金是碰运气的事。碰到你有财运你才能有所收获。在有没有财运这件事上,杨宝根也是和村里大多数人一样迷信。当然他不可能每次都去找草庙子的王住持卜卦、烧香、祈求保佑,这样花钱的事也只在淘金起事的头一天做做,就如同敬拜河神一样是一个隆重而庄严的仪式。而在大多数稀松平常的日子里,杨宝根完全靠自己的直觉或者前一晚的梦境来判断当日的运气。如同现在这个午后,他的心情随着太阳的落下,变得蔫蔫的,他说"估摸着今天淘不出什么了",那就表明了他的判断。

就在他拿起竹刷子准备清理金门的时候,女儿海玉突然被铲子里的什么东西晃了一下眼睛,以为铲到玻璃碴儿了,定睛一看沙石里并没有透明的东西,她用手扒拉了一下,看到一截比火柴棍稍微粗一点的东西,等她拂去上面的细沙,结果看到露出来的一丁点儿金色。

"爸,哥,快来看,这是什么?"海玉惊奇地将手里的东西递给海军。

海军捏着这截东西看不出是什么,掂在掌心轻飘飘的,而形状明明像一条虫。他又递给父亲杨宝根。杨宝根拿着在水里洗了又洗,发现竟像蚕的模样。

"莫不是什么玩具吧?"海玉问父亲。杨宝根摇摇头,说:

"不像玩具,但可能是工艺品也说不定。"他把这东西放在牙间咬了咬。

不远处的乡邻很快注意到他家的异样,都跑过来一探究竟。虽然同样觉得惊奇,但谁也不确定到底是什么东西。有人建议杨宝根拿到金店去,金店有检验金子的办法,肯定能验出这个东西有没有价值,到底是不是宝物。

杨宝根马上叫海军海玉收了一摊子家什回家去,自己将那物件用手帕包了,径直往直河奔去。

再从集镇回来天已擦黑。杨宝根从怀里掏出手帕包着的蚕形物件递给老伴,让她收起来。

老伴已经听说女儿海玉淘到东西的事,好奇打开,一看是蚕的形状,顿时惊奇得合不拢嘴。

"我的乖乖,咋这么像呢!"她把蚕宝一样的东西举到亮光底下瞅,"你们看,这头昂起来的样子多像要吐丝呢!依我说,肯定是蚕神娘娘知道咱们家养蚕养得好,这是送宝来了!"

杨宝根压根没想到这一层,听老伴一说半信半疑。老伴见他不吭气,用胳膊肘撞撞他,问:"要不,宝根,我们把它供起来吧?"

"供起来?不供!就是蚕神娘娘送宝,也是送给丝银堡所有养蚕户的。就你一家蚕养得好?亏你想得出!"杨宝根回过神来,瞪了老伴一眼。

"妈,你这是迷信!"海军说。

杨宝根老伴便嘟囔着用手帕将那东西包起来。

"到底是不是金子呀?"海玉着急地问父亲。

"一看爸那样子就知道,肯定不是。凭啥你手气那么好,哦,一铲子下去就捞这么大的金蚕?"海军戏谑道。

"就你聪明！"杨宝根训了儿子一句，"确实不值钱，里面黄铜的。上面镀了一点点金箔，就是刮下来也没用。金店老板说了，回头让他给过过眼，看是不是文物。"

"要是文物的话，那我们家岂不发财了？"海军问。海玉也笑："这要是宝贝也是我淘的呀，爸，你要给我奖励个大衣柜。"

杨宝根眼皮都不抬一下，脱下胶靴，闷声道："要是文物必须免费上交国家。倒卖犯法！"海军和海玉面面相觑，顿时索然无趣，各自回房。杨宝根老伴看着手里的金蚕，不知该往哪里放。

但丝银堡有人淘金淘到宝物的消息还是不胫而走。而且，这消息越传越神，越传越走样，很多人说，宝物挖出的时候，天上霞光万丈……

两年前挖到宝的故事讲完了，听故事的三个人惊讶地望着杨宝根，他们觉得不可思议。

"那这两年你都没有再问过其他人这到底是不是文物？"方文贺问道。杨宝根摇摇头："咱这乡下地方，左邻右舍都大字不识几个，大不了认识一两个乡政府的干部，谁能看出个啥呢？"

方文贺想想也对。是不是宝物暂且不说，偌大一个江城县压根儿没有会鉴定文物的专家。虽然是蚕形，上面还有包浆，但也不好说那就是宝物，或许就是一个不值钱的工艺品。这种事本身是个新闻没错，但越是不明白的东西才越容易被没有常识的人传来传去，最后成了笑话。

"不过说到金蚕，我倒认为真可能是文物，而不是工艺品。"吕蒙说。

"怎么讲？"方文贺好奇地问。

吕蒙说："你忘了，我是学纺织专业的。当年我们上织造课的时候，老师曾跟我们提到，咱们陕南曾经蚕桑丝织业发达。汉武帝时期也曾号令遍植桑树，并铸造金蚕嘉奖蚕农。那时候，民间还兴供奉蚕神娘娘和举行开蚕门的仪式，这习俗现在江城乡下不都还保留着吗？那这个金蚕会不会是一种具有象征意义的物件或者其他什么？"

方文贺听了，叮嘱杨宝根："你把东西收好，谁的话都不要轻信，更不能被贩子或者骗子弄走了，得找人鉴定才行。回头我们来帮你找人问，你等我消息。"

杨宝根老伴端来茶水给他们喝，一会儿又煮了甜香的酒酿汤圆给一人盛了一大碗，见客人手里的金蚕，笑着说："我说是丝银堡的人蚕养得好，是蚕神娘娘送来的神物，他们都不信！"

几个人都被她逗笑了，何立秋打趣道："还别说，真是挺神的。江城人蚕养得好，江城县缫丝厂马上投产的时候出现了这宝物，而且是在丝银堡出现的，你们说是不是巧？吕蒙，套用老故事里的话怎么讲？"

"天降祥瑞！"吕蒙配合着说。

方文贺连同杨宝根一家都被逗乐了。

几个人吃完茶食准备返程。

临走，杨宝根有些激动："我知道轻重了，你放心，没搞清是什么东西之前我肯定不会卖。如果真是宝物，我不交国家，我无偿交给江城县缫丝厂。这不是金蚕吐丝嘛，作为你们缫丝厂的镇厂之宝正好！"

方文贺握住他的手道："谢谢老哥的心意。如果是宝，你交给缫丝厂我还真不敢收，犯罪呢！"

末了，突然想起什么来，问杨宝根："你家海玉多大？"

杨宝根说："十九了。"

……

回城的路上，何立秋问："你刚才问人家杨海玉的年龄干吗？该不是要给人保媒吧？"

方文贺神秘一笑，说："不是！她不是安康的养蚕能手嘛，我有个想法，不过还不成熟，回头我和县上领导商量了再说吧！"

吕蒙仍沉浸在杨宝根的淘宝故事里，这阵记起何立秋的玩笑话，说道："那金蚕要是个宝，还真像何姐说的……"

方文贺戏谑地看看何立秋又看看他："你还在想天降祥瑞？那金蚕要是宝，也是蚕神娘娘赐的！"

"看，说明你心里还是相信了吧？"吕蒙乐了，"管他谁赐的，都是好兆头！你想，这宝物在直河埋了多少年？早不出来，晚不出来，就在咱们厂子要开张之前出来，这不是好兆头是什么？"

"年轻轻的，竟信些迷信东西！"方文贺白了他一眼。

何立秋笑："玄学的东西可说不准……不过，说真的，这金蚕若真的是古物，也许能印证丝银堡直河之下深埋的历史呢！"

2. 偌大一份家业

江城缫丝厂正式投产。

这一天对方文贺来说，是人生之路突然拐入另一个轨道的开始，对江城县来讲，也是具有划时代意义的。

整个江城的人好像都在喜气洋洋地庆贺。不少居民的子女被招进厂，有的做了缫丝车间的缫丝工，有的做了煮茧车间的煮茧工，有的做了选茧工，还有的进仓库、进锅炉房。总之，厂子还没开工家长们就已经松了一口气，孩子终于不用在家里待业了。即使听说上班要在机床前一站好几个小时，眼不歇手不停的，但那又怎么样呢？比起铁饭碗，这点儿苦在家长们眼里根本不算什么。正式投产这一天，想着自己的子女可算是正正经经的工人了，想着他们可以为这个厂、为江城、为国家做贡献了，这些家长们就激动不已，当然还有骄傲。恨不得再多出些心灵手巧的儿女送到厂里去，满足他们此刻无处安放的巨大荣耀。

前来祝贺的嘉宾柯万屹激动得热泪盈眶，上台讲话的时候更是几度哽咽。前些年，党委班子里意见不统一，很多人说兴桑养蚕是不务正业，建议将桑树砍掉，一心一意种粮食。他力排众议，号召全县大力发展蚕桑，为此得罪了许多人，甚至有人向上级举报，说他搞一言堂。但是今天回过头再看，他觉得自己受的那些委屈简直不值一提。缫丝厂的投产是传统蚕桑丝织业走向新生、走向欣欣向荣的重大标志，更是他倾尽心血、梦寐以求的结果。

马路旁电线杆上的高音喇叭正在播放着缫丝厂开业的新闻。街旁的饭馆、理发店、商店，人们纷纷驻足，聆听这一振奋人心的好消息。很多人情不自禁地对身旁人说，自己家的亲戚也进了那个厂……

这时，缫丝厂大门口的仪式已经完毕。方文贺陪同柯书记和县委县政府的领导一同前往车间参观。

进到缫丝车间，一行人立马感到一股高热的气浪扑面而来，整个车间通过锅炉管道输送热水，水汽蒸腾，经过化学处理的蚕茧在水里氤氲着浓郁刺鼻的熟茧味道。

宽敞的车间里，当头放着一台试缫机，后面并列五排立缫机。煮茧车间送过来一桶一桶经过蒸汽渗透和高温水煮的茧分配到每台立缫机的操作台。缫丝工聚精会神地盯着眼前的操作台，她们不仅要看机床当头的索绪锅，不时用谷穗刷子在里面搅动索绪，还要兼顾眼前索绪槽水涡里浮浮沉沉的茧和高速转动的机床，捻丝，理绪……

丝头挂上索绪轴，一根丝便会随着飞速转动绕到一个个小篡上。丝断了，眼明手快的女工纤手一挑，将两个丝头捻起一绕便是一个结，嘴凑上去快速咬断接头线，索绪轴接着抽丝旋转。

当初招缫丝女工的时候，筛选的两个必须具备的条件，一是眼睛要亮堂，二是牙齿要齐整。现在，这些眼亮牙齐的女工一个个如武林高手，早已练就了火眼金睛和刹那接丝的功夫。断了的得续上，续不上丝就细了。续快了或者续错了，那一截丝又可能粗了。

为了不影响姑娘们缫丝，方文贺提前安排了技术过硬的夏莉莉在试缫机上专门给领导演示缫丝的过程。她修长的手臂和灵巧的手在操作台上上下下，收放自如，犹如舞蹈一般，惹得一行没见过缫丝的领导干部瞠目结舌，好奇地问这问那。

趁领导听夏莉莉讲缫丝的工艺流程，何立秋将方文贺往后扯了几步。"你干吗呢？"方文贺不解地看着她。"我能干吗呀？"何立秋没好气地说，"又没人吃了你！还不是为你们厂的事。"

两人又往角落里挪了几步。

"劳动局调来十个人，让我先给你说一声。"何立秋说。

"劳动局调人？我们没有送计划报告啊？现在各科室的人够用了。怎么又给我们招人了？"方文贺一头雾水。

"因为是特殊照顾性质。"何立秋说，"这么跟你说吧，大多是县局单位的干部家属。解决他们的就业问题呢，也是为了让县局领导都有个安稳的大后方嘛，领导也都是批示了的。正是因为不在你们计划之内，所以劳动局才让跟你提前通个气儿。别到时候人家去报到，你拒收，或者说些难听话，再传到领导耳朵里就不好了,你说是吧!"

"这不乱弹琴嘛!"方文贺哭笑不得,"你说这十个都放在机关,我这机关用得了那么多人吗?这不是摆明了让我养闲人嘛!"

"你别说得那么难听!"何立秋说,"那些人来了,你安排活难道他们会不干?什么叫养闲人呀!人家劳动局的同志很尊重你才让我告知你实情。就正常分配,不给你打招呼你不一样得接收嘛!"

方文贺听了更生气:"你的意思是,他们让你知会我一声是吧?真是的,这算什么事?我科室就那么些业务,现在的干部职工都分工明确。他们来了可不就是多余的吗?哦,每天来了没事干,都看报纸,谝闲话,喝茶?我把他们分到车间,他们愿意吗?"

他不喜欢这种办事方式。这样的人在机关,管理起来话重不得轻不得,难道让他方文贺堂堂一个厂长以后要把这些人当爷侍候不成?

何立秋当然知道他的心思,宽慰道:"其实也没什么大不了的,等人来报到的时候把话挑明,既然到了厂里,不管是谁介绍来的,是谁招来的,都必须服从厂里的规章制度。领导亲戚更应该以身作则对不对?刚好你厂里开业后,过不了多久就会大量招工,到时候,你现在的总务科、财务科、党办都需要增人的嘛!"

方文贺无奈地摇头:"用不用得了那么些人我知道,你也知道……行了,不说了。"

何立秋不再理会他的情绪,又嘱咐道:"财务科分了个女子,我特别交代你一下,姓韩,原先倒也是在造纸厂干过一年半载。"

"哼,正正经经招工招干不行吗?真是……"

方文贺一生气,嗓门大了几分,引得几位领导诧异地转头看向他俩。

"你小声点！"何立秋不满地责备他，"怎么这么沉不住气！我们有些事是政策覆盖不到的地方，不一样也要去求别人吗？这个世界不是非黑即白，你明白吗？"

何立秋注意到夏莉莉已经讲完了，好些人朝他们看过来，忙微笑地走过去，将一行人领向其他车间。

夏莉莉抬头的方向刚好正对着方文贺，她一直悄悄地注视着何立秋和方文贺，再看着何立秋领着人离开，一脸疲惫的厂长方文贺还站在原地沉思。她能感受到他在生气，甚至有些愤怒……对这个自己称呼"叔叔"的厂长，她突然心生一丝怜惜。

值班班长过来敲了一下她的头。"漏绪了！"值班班长提醒道，"你看啥呢？心不在焉的。"

"哦！我看厂长呢，他好像蛮可怜的……"

夏莉莉抿嘴一笑，不好意思地低下头。蚕茧在她面前的水涡里打着转，被水汽冲起来又压下去。

值班班长奇怪地瞅了她一眼："人家堂堂一个厂长要你可怜？"

"厂长怎么了？厂长也是人，也有喜怒哀乐。"夏莉莉看了方文贺一眼，说道。

"何况全厂那么多的事都要让他来管，怕是有三头六臂也操不完心，他咋不可怜？"

"你还是操心索绪吧！粗细不合格扣工资的时候就没人可怜你了。"值班班长说她。

她忙收回目光，在水涡里翻卷浮沉的茧亦如她无法平静的思绪。

方文贺缓了缓，追上一行人。领导们已经站在建了一大半的幼儿园门口了。

有人问:"这里为什么还没完工?"方文贺正要回答,何立秋抢先道:"当时建厂只下拨了三百来万,我们为节省经费用氮肥厂旧址改建,但厂区东扩,两栋宿舍楼的建设、设备购置等,费用根本不够,所以后期建幼儿园、澡堂和母子楼宿舍的钱方厂长只能通过贷款来补充。前期因为贷款一直没到位,原材料供应方欠账太多,所以不得已停工了快一个月,导致今天配套没有完工。开业前,为了收茧,方厂长可是把自家住的房子都卖了。"

在场领导一听,纷纷向站在后面的方文贺投去赞许的目光。

柯万屹走到方文贺身边,恳切地跟他握手,虽然什么也没说,但这一握给予了方文贺无限温暖和力量。

现场领导当即安排下去,要尽快联系财政协助解决缫丝厂开业期间的债务问题,必须全方位保证缫丝厂每一天的正常运转。何立秋听完欣喜不已,意味深长地看向方文贺。

方文贺接着了何立秋的眼神,暗自忖度,这人情怕只有这么继续欠下去了。

参观结束,一行领导准备离开。柯万屹一只脚踏进车子又下来,当着众人的面回头问方文贺:"方厂长,我记得你们厂有台小轿车是吧?可否劳烦你等会儿送我一程?"大家便猜他还有话要私下与方文贺说,便纷纷告辞先行。

柯万屹问何立秋要来纸笔,写了一行字撕下递给方文贺。方文贺一看,纸上写着"时间就是金钱,效率就是生命"。方文贺不解,柯万屹说:"深圳刚开始宣布改革开放的时候,给一栋建筑上就刷了这十二个字的标语,遭到了很多人的批判。邓小平同志到深圳考察时,有人就请示邓小平同志这个标语对不对。邓小平同志说,对!现在,缫丝厂全面投产了,你方文贺是掌舵人,我希望你将这十二个字落到实处。"

他拉着方文贺站到更远处,指着路那边的一排排厂房说:"你回头找搞宣传的人将这十二个字落到楼顶上去,要让每一个从厂区经过的人都能看到。"

方文贺说:"我马上安排!"

柯万屹点点头:"创业容易守业难!从现在开始,方厂长你要明白,县里偌大一份家业交给你,你的每一天每一分每一秒都不是你自己的了,都是这个厂里的!你要考虑成本,要在有效时间里见到效益,要看着机器运转,要看着每天的产品保质保量地生产出来,要盯着销售科从现在开始联系省外贸出口公司和其他省市的同行,了解市场才能开拓市场。你明白吗?"

方文贺和一旁的何立秋听了他的话,心潮澎湃,一时入了神。

寒露一过,倾盆大雨在黎明突然而至。

这天一大早,方文贺带着吕蒙巡视完几个车间,见工人都安全上岗了,这才放心地让吕蒙带两个保安去巡视厂区外围。

到厂长办公室门口,方文贺正将雨衣往廊檐下的护栏上搭,一抬头就看见角落站个女子。齐耳短发,的确良衬衣,蓝布裤子,中规中矩的衣服鞋袜配着脸上滴溜溜转的眼睛,让方文贺一下子联想到革命电影里的区公所妇联主席。

"你找谁?"

"是方厂长吧?您好!我叫韩秋燕,找您报到来了!"那女子一听他问话,脸上立刻露出讨好的笑,像一个拧紧了发条的玩具青蛙,两步就到了方文贺面前,对着他鞠了一躬。

方文贺惊讶地后退两步。

"韩秋燕?"他把名字在脑海里过了一遍,想起一周前开业那天何立秋的话，随即明白这可能就是分到财务科那一个，便指指沙发，让她坐下，问道："一共十个人吧？怎么你一个人来了？我记得劳动局下的文件说你们下周一才报到。"

韩秋燕道："是呀，十个，下周一报到。但是我兄弟说让我积极一点，提前来，给厂长留个好印象。我兄弟名叫韩青阳，亲弟弟，您一定认识！"

方文贺倒了一杯水递给她，听她提及兄弟便笑道："我不认识，抱歉得很。"

"下次我叫我兄弟来见您。"韩秋燕赶紧说。

方文贺笑了笑没说话，走到办公室门外的走廊上大声朝前面的办公区喊了两嗓子。

"叶会计，叶会计。"

头发花白的叶会计以为有什么急事，慌忙出来。

方文贺给韩秋燕介绍说："这位同志叫叶茂盛，你向他报到就行了，他是财务科的科长。"

又转头跟叶会计介绍："这位韩秋燕同志，新调来的人。至于会计还是出纳，具体岗位你安排。"

叶会计点点头，将韩秋燕上下打量一番，也不多言，做了个走的手势就径直回办公室了。韩秋燕却扭捏着不肯跟叶会计走。

方文贺问："你还有什么事吗？"

韩秋燕红了脸，吞吞吐吐地说："厂长，我……我还带个孩子呢，厂里能不能单独给我安排一间宿舍？孩子她爸扔下我们娘俩也不知死哪儿去了。这不，孩子还在上小学三年级，方厂长你就当照顾照顾我们娘俩……"

"你以前住哪里？"方文贺问。

韩秋燕说："以前在县城兄弟家挤着呢！我兄弟说了，缫丝厂大，比县里任何工厂都要大。我在财务科算干部身份，应该有特别照顾，对吧？我请求厂里分我个单间。"

方文贺抬手制止她再说下去："厂子新宿舍还在建设当中，目前已经在使用的只有两栋宿舍楼，基本上都住满了。财务科是干部，但也没有要特别照顾谁这一说。至于你说要单间，目前厂里还满足不了你。"看韩秋燕脸上红一阵白一阵，方文贺又于心不忍，想了想，不帮也不合理，口气温和了一些："你去找总务科安排，让管宿舍的师傅给你分一个人少点的宿舍。等厂里新宿舍楼修好了，可能会有专门供母子住的单间。"

韩秋燕脸上表情变了几变，点点头，退出方文贺的办公室。

3．两个男人的小心思

方文贺中午收到一封挂号信，是碑林区博物馆寄来的。他没想到，博物馆的专家这么快就给回了信。当初，他将杨宝根家挖到的金蚕做了非常详尽的描述，包括长度、粗细、颜色、造型等，因为也具体不认识哪位老师，直接将咨询的事宜写清楚就那么寄给了碑林博物馆。博物馆的专家的确很重视，回复说，根据描述应该是一件历史文物。据他们所知，这种蚕形物件分鎏金和纯金铸造两种，古代多用作陪葬或者供奉、奖励等。但具体情形，他们还须见到实物方可做准确判定，希望最好能把东西带去博物馆进一步确认。随信还附了几张介绍古代金蚕的剪报。

方文贺有点兴奋，带着孩童般炫耀的心情拿着信去找吕蒙。车间里事无巨细，要操心的事太多，吕蒙暂时走不开。他草草将信看了一遍，跟方文贺约着周日了再去杨家一趟。

工人平常两班倒，周末都放了假。吕蒙跟工人不一样，没人跟他分两班，开业之初，他就得从早到晚地盯着，好不容易逮着周六，他美美睡了一天。周日一早不知道又私下鼓捣啥，直到中午才精神抖擞地出现在方文贺面前。

方文贺上了车才意外地发现吕蒙这个从来不背包的人胸前竟然挂了一个挎包。

"搞什么鬼？"方文贺盯着他的挎包问。

"没搞什么呀！"吕蒙极力掩饰着他的慌乱。

"没搞什么就没搞什么，你慌什么呀！好好开车。"方文贺假装不在意。趁爬坡车速慢了些，他手一伸，一个黑虎掏心直接从吕蒙挎包里扯出一条红纱巾。

吕蒙急了，一脚将车刹在路边夺了红纱巾重新塞进挎包。

方文贺见吕蒙红着脸猴急的样子大笑："你至于吗？不就是喜欢杨海玉吗？还生怕我知道！那我知道了不刚好能给你当媒人吗？真是的！"

见心事被看穿，吕蒙也不藏着了，不好意思地央求说："方厂长，您大人大量，能不要笑话我不？能让我有点隐私不？"

"不。"方文贺绷着脸憋着笑，"你比我儿大不了几岁，我把你当自己人，你为啥还瞒着我？你今天带着东西去给人家，即使现在不让我看到，等会儿你偷偷给完说不定过两天我也就知道了，因为老杨肯定向我打听你的人品呀，收入呀，家庭呀……对吧？那你要我说你好，还是说你这小伙子不行啊？"

吕蒙听了方文贺的话，十分无奈。索性也不害臊了，将包里装的纱巾和一包蚕蛹、一包白糖拿了出来。

"还有啥？"方文贺假装咳嗽两声，一本正经地问。

"没了。"吕蒙小心翼翼地看着方文贺，老老实实地回答，"我今天也是想知道，人家心里有没有我……但这事我不说的原因,不是我非要瞒你,是我妈我爸不准我找农村的,一定要我找吃商品粮的……我本来不想说,又怕夜长梦多,你们再给她介绍别的人。我就喜欢杨海玉,挺朴实的女娃子。"

"你爸你妈不允许你找农村的你还招惹人家海玉?"方文贺不满地说,"既然父母这个态度,你就得先说服他们。你不能招惹了人家姑娘,到时候又不成!"

吕蒙傻眼了。

"俗不可耐!"方文贺嫌弃地看了一眼他买的红纱巾,直接给他塞到后座上,叮嘱道,"纱巾先不送,白糖和蚕蛹这两样就当给你未来老丈人和丈母娘的。下次记得带瓶好酒,再买些肉来。"

"不给海玉?"吕蒙问。

"不能给。"方文贺正色道。

"你听我说,我本来有个计划没告诉你——海玉是省上的三八红旗手,又是年养蚕量最多的专业户,所以我准备打报告给县上,为鼓励更多人兴桑养蚕,可以将这样的典型按一个标准招收进厂,当工人。这样呢,一来体现了我们厂在用人制度上的开明;二来,你喜欢的杨海玉,她将来就有机会进城了。但是,这个报告我还没递交上去。所以……我的意思是,等到县里批复了你再来表明心意,是不是更稳妥?"

方文贺一番耐心的解释让吕蒙听完竟感动得眼角酸涩。平常两个人哥们一样自在相处,但这一刻,方文贺给了吕蒙一个长辈最大的关怀和照顾。

"我听你的。"吕蒙将蚕蛹和白糖塞进挎包。

杨宝根一家正在吃午饭,见到两人高兴得很,非要给他们倒酒喝。

吕蒙本来还推辞着,杨海玉看了他一眼,直接拿酒杯倒满了递给他,他便也不推了,美滋滋地接下。

方文贺在旁边看得心领神会,知道吕蒙有戏,不禁也替他高兴。

再说到文物的事,方文贺将信的内容和剪报的内容一一念给杨宝根一家听,杨宝根简直难以置信。

"咱家祖坟冒青烟哪,竟真的挖到了宝贝。"杨宝根高兴地对儿女说。儿子杨海军一直不怎么说话,见父亲兴奋,忍不住泼凉水:"这宝贝又不算你的,什么祖坟冒青烟!"

"这宝贝不归我,那我们挖到也是一种光荣,对吧?"杨宝根不理会儿子。

"是啊!"方文贺笑着说,"虽然还没有定文物的级别,但至少可以肯定是文物,那你们一家是有功劳的。如果鉴定是一级文物,就相当于无价之宝,那你们家的功劳更不是用金钱能衡量的。"

"有功劳也没用,换不来钱也换不来粮!"杨海军不满地瞅了一眼父亲,阴阳怪气地说,"就我爸……哼,给他个无价之宝他都不会享受!现在,整个丝银堡怕都找不出他这么老实的了。人老实了一辈子吃亏,人家笑话,他还说那是福!"

吕蒙见海军说话不好听,瞅着海玉端菜的机会跟出来,问道:"你哥跟你爸吵架了?"

海玉点点头,笑道:"你咋看出来了?直河集镇上的金店老板前几天领来个外地人,说要出八千买我们家那个金蚕。我爸东西也给人看了,人家也出了价,可他最后犹犹豫豫还是不卖。我哥怪我爸到手的钱不赚,说烦了,两个人大吵了一架。"

"八千哪?那确实是一大笔钱。"吕蒙说。

"是呀！我爸想再盖两间蚕室，又想攒钱给我哥说媳妇，结果每年也存不下啥钱……"

"嗯，你别着急，我去劝劝你哥。"吕蒙安慰海玉道，"你爸其实是对的，不是自己的财物坚决不能要。至于别的，再努力呗，总会有的。"

吃完饭，方文贺和吕蒙要走，杨宝根拉着方文贺的手诚恳地说："等我把这几天活忙完了我就去省城。再说，还得指望海军海玉再淘几天金，总得准备点路费才是！"

方文贺交代他别着急，迟一点去省城也没关系，关键是他要保管好这个宝贝，千万不能丢了。

方文贺往路口紧走了几步，故意让吕蒙和前来送行的海玉多说几句话。

"寒露了之后很快霜降，河里的水冰冷，你要再去淘金记得穿厚尼龙袜子，别把鞋弄湿了，容易着凉。"吕蒙叮嘱道。

海玉嗯了一声，不走了，站在一株桑树下捻着枝条默不作声。

"我们厂才开业，要忙一段时间。有时间我和方厂长还会来，那个……你要是赶集的话来缫丝厂找我，我带你进厂参观。"吕蒙继续说。

海玉一听，红了脸，说了声"我回去了"，丢下吕蒙自己三步并作两步跑回院子。

吕蒙心里吃了蜜似的，等不见了海玉身影，才折身去追方文贺。

4. 越过山丘的向往

　　夏莉莉和小芳是一起招工进厂的好姐妹。两人的家都在县城老街，是前巷后院的邻居。到了厂里之后，宿舍也分到了一处，三单元三〇三，当然，这是小芳要求的。夏莉莉比小芳大整整七岁，小芳打小就像跟屁虫似的黏着她，莉莉姐长莉莉姐短地叫着。但进了缫丝厂，夏莉莉分在缫丝车间，小芳分到了煮茧车间，每班负责将煮过的茧子一桶桶送到缫丝车间分发到每个操作台。相比于小芳，夏莉莉的活苦，整日手浸泡在茧水里，捞茧、索绪、挂丝，水里的丝胶很伤皮肤，起先到了周四或者周五，夏莉莉也会和其他缫丝工一样手指皮肤过敏，手掌起疹子，非得周末休息上一两天不沾水才能恢复正常。但自从小芳拿了自己父亲用猪胰子配制的"独门秘方"润手膏给夏莉莉用后，夏莉莉的手再也没过敏过。

　　小芳的父亲在肉联厂上班，虽然有正式工作，但人长得五大三粗，一副凶悍模样，到三十多岁才经人介绍娶了乡下务农的小芳她妈。小芳出生后，为了贴补家用，母亲到肉联厂做了洗猪大肠的临时工。这活又脏又累，十几年来也没人跟她争抢，倒是随着市场放开，工钱上涨，她家的收入越来越高。小芳初中的时候，她们家就已经是远近闻名的万元户了。夏莉莉家在距离小芳家不到一百米的巷子后面，那儿有几处带天井的四合院，四合院外面隔着一道高高的围墙，围墙里面就是县一小。四合院当中就有夏莉莉一家，她父亲是分管农业科技的干部，母亲生病以前是供销社的裁缝师傅，没日没夜地踏缝纫机，生病后成了偏瘫，常年卧床。但夏莉莉和小芳两人都是独生女，都是被父母捧在心尖上的。特别是夏莉莉，即便是她待业在家，父亲也从来没把侍候病妻的事交给她，总是鼓励她多读书，要做一个对社会对国家有用的人，要自食其力。上班之后，夏莉莉成了父亲的骄傲，但凡她上白班，下了班都会骑车赶回家去，父亲总是先她一步下班回去做好了饭菜。上夜班时她不回家，在宿舍一觉睡到第二天中午十一二点光景才慢悠悠起床吃饭。

那时厂里女工之间正流行织毛线围巾，用钩针钩毛线帽子。女工们下了班，一吃过饭就跟参加手工大比武似的，三个两个凑一块儿织围巾钩帽子，说说笑笑，快乐的日子过得津津有味。但也有例外，小芳和夏莉莉就不喜欢这活动。小芳喜欢跳舞，夏莉莉喜欢安静地一个人躲在蚊帐里看书。

这天，小芳一吃完中午饭就来找夏莉莉。原因是吃饭前回来的路上，听夏莉莉讲她正疯狂迷恋琼瑶的小说，还说只要是女孩子，就没有不被琼瑶小说吸引的，因为小说里的爱情浪漫、唯美、忧伤。

小芳好奇地问："女孩子都喜欢琼瑶小说了，那男生喜欢啥小说？"夏莉莉说："男生喜欢《射雕英雄传》，还喜欢《少女之心》。"说完怪笑。小芳说："那有啥好笑的呀！我又不是没听说过，不就是那种书嘛！我们初二的时候就有男生女生在偷偷看了。不过我胆小，没敢看而已！现在谁要拿给我，我照样敢看。"

夏莉莉笑："你比我厉害，不愧为你爸你妈的亲女儿，匪！我屋里还真有，我同桌当时让我帮他藏着一个手抄本，后来估计他忘了，到现在还在我箱底。哎，你看不？"

"看！咋不看？我看《少女之心》，你还得把琼瑶的小说也给我拿一本。"小芳说。

"行！"夏莉莉答应再回家就给她拿出来。

总务科管宿舍的阿姨要将韩秋燕安排到夏莉莉她们宿舍，夏莉莉那天恰好早班一下便回了自己家。第二天上班便去总务科问，宿管阿姨说："人家宿舍早就是三个人、四个人了，就你们三〇三是两个人，我如果再把这个人安排到三个人的房间说不过去呀！"

宿管阿姨告诉她，来的是新进厂财务科的人，但是带着一个女儿。如果将来厂里有专门的母子楼了，人家就搬走了。

"还有小孩子？"夏莉莉一听，便担心自己随意扔在桌上床上那些个小玩意儿会被乱动。

中午，她和小芳回宿舍，推开门，果然见宿舍多铺了一张床。新来的女人正在给蹲在床边的小女孩扎辫子，听见门响，两人齐齐转过头来望着门口。

"哦，你们是一床二床的吧？我是三床，我叫韩秋燕，你们叫我韩姐就行！"韩秋燕招呼夏莉莉和小芳，"以后我们就是住一屋子的姐妹了，我女儿跟我住这里。"

夏莉莉一看，这女人比自己吃得开，有种见人熟的劲儿！人家一开口，她和小芳倒像新来的一样了。她和小芳心照不宣地对视了一眼，"嗯嗯"地应着。她们俩放在桌上的东西都被韩秋燕挪到了门背后的地上，化妆包、镜子、洗漱用品、煤油炉、不锈钢饭盒和一些工艺品小玩意儿，乱七八糟一大堆。夏莉莉和小芳心里不快又不好说，从床下找了一个纸箱出来，一样一样往里捡。

梳头的小女孩一直怯生生盯着她们俩。韩秋燕瞥了一眼两个姑娘，看脸色就知道她们生气着，但她不以为然。

"只有那么大一张桌子，我想着把该放上面的放上面，不用的东西就放下面。"韩秋燕解释说，"这不，我还没收拾完！"

小芳一下子火了："你这叫什么话？你就认为你自己的东西

才该放上面，我们的东西就该放地上吗？你可真是，也不等我们回来就动我们的东西！"

"我说了，我还没收拾完！"韩秋燕不满地看了她俩一眼，"再说，我的东西放上面也是应该的。就一张桌子，我带着娃呢，人家在外面排队、坐车都知道先让孕妇和孩子！"

"你……"

小芳还想跟她理论，被夏莉莉一把拉住。

"当个煮茧工还这么霸道！"韩秋燕嘟囔着，牵着女儿出去。

"听听，她还说我霸道！"小芳惊讶地看着韩秋燕的背影气得跺脚。

"你管她说什么呢，一点儿也沉不住气！"夏莉莉说，"这么大个宿舍，回头找一张桌子来不就行了？人家在财务科，你犯得着得罪她吗？"小芳一想，也是。

那时候还没有闺密这一说，但夏莉莉和小芳的好是真正青梅竹马的好，是不是姊妹胜似姊妹的好。小时候小芳买一根冰棍都会让莉莉先尝，然后两个人你舔一口我舔一口；稍过几年，莉莉高中，小芳初中，放学后两人趴在体育场围墙边看男生打篮球，互相猜对方喜欢哪一个。猜对了一准会忍不住笑得咯咯的，猜错了也会互相抓抓挠挠，谁也不嫌谁傻气。

现在，两个人手脚麻利地将东西分类安置，能用布包装了的就装起来，不需要装的先搁自己床底，回头再找桌子。弄完这些，夏莉莉将带来的手抄本和书一股脑儿塞到小芳被子里。"你不看的时候千万收好，不能到处扔。"夏莉莉交代小芳，"琼瑶的小说倒是不要紧，但那个手抄的书让外人看到不好。"小芳笑道："我知道要藏起来！我哪有那么不懂事。"

海军本来要到集镇金店卖沙金的，硬是被海玉说服去县里的金店卖。到了县城，海玉兑现了自己的承诺，用私房钱请哥哥下馆子吃了一碗饺子，还到百货公司给哥哥和父亲各买了一双解放鞋。事办完正晌午，海玉从县城出来一路向东，这里瞅瞅，那里看看，虽然是回家的方向，但她没有半分要回家的样子。海军纳闷："没事了吧？我们往回走。"海玉说："咋没事？我的事还没办呢！"海军惊了："你要做什么事？提前没跟我说，你要是想跑的话我可不同意啊！"那段时间江城四处传言，说从外地来了人贩子，好些个山里的姑娘到县城逛街莫名其妙就被人拐跑了。海玉扑哧一笑："我要跑的话跟咱妈来不好哄？要跟你来？！"海军问："那你倒是说呀，还有啥事？"海玉抬眼指前方，跟海军撒娇道："哥，咱们去缫丝厂看一看好不好？就看一眼！"海军白了她一眼："人家那么大个工厂咋会让咱们进去？"海玉说："不进去就不进去呗，我就是想看看缫丝厂啥样，再说，咱们不是认识方叔叔和吕蒙嘛，说不定能遇上呢。"

　　海军挠挠头，其实他也想看看去。

　　气派的江城缫丝厂占据了东门外一大块开阔地。大门雄伟，六七米高的白色平顶被三根方形大理石柱子稳稳托起。中间铁栅门拦住的是宽敞的车道，下班时，这道大门是打开的。旁边过人的一道小门也立着半人高的门栏。大门一侧有一个带宽敞玻璃窗的门房，值班的门卫一里一外站着。

　　海军和海玉到厂门口时正赶上早班的工人们下班。他俩怯生生地倚着大门旁的铁栅栏往里瞧，一群群姑娘有的往楼里跑，有的骑着自行车摁着车铃一路冲出大门，上了通向新城区的街道。她们穿的衣服好看极了，长得也好看极了，吵吵嚷嚷、叽叽喳喳的声音无比鲜亮地展示着她们的勃勃生机。

"哎，哎，你看，还有男工！"海军指着从大门口出来的几个男工笑着让海玉看，惹得大门外站着的门卫老郭和从他们身旁过去的工人都看了过来。

"看啥都稀奇！嘿嘿，一看这小伙子就没见过世面！厂里有女工，当然也有男工，要不重活累活谁干哪？"老郭觉着海军憨得可爱，走过来跟兄妹俩搭话。

"那男工做什么？"海军好奇地问。

"做保全哪，做搬运哪，烧锅炉哇，还有我这一行，不都是男工嘛！"老郭说。

"啥叫保全？"

"保全嘛，说白了就是修理工。"老郭解释，末了也对海军好奇起来，问道，"听你口音就是直河的人嘛，到这里来做什么？"

一旁的海玉说："我们就是丝银堡的。这里的工人是不是都是县城的人？"

"有县城的，也有你们直河的。姑娘，你认识谁？我能帮你叫出来。"老郭热心地问。

"姓吕，叫吕蒙！"海军脑子突然灵光，狡黠地望了妹妹一眼。

"哎呀，吕科长？他可不是你们直河乡的。"老郭惊讶地看着海军，"我们厂里就他一个人姓吕，吕蒙，生产科科长，城里人。"

他正说着，海玉眼尖，一眼看到从厂房里走出一个人，走在正中间那条道上，那姿势神态眼熟极了。

"看！哥你快看，那是不是吕蒙？"海玉喊道。

海军也看见了。老郭见状，替他们大声招呼："吕科长，吕科长！"

吕蒙抬起头远远看到扶着铁栅栏的兄妹俩，不禁笑起来："你们怎么来了？"

海玉脸一红，眼睛就去瞅别处，结果哥哥海军直接把她出卖了："我们来卖沙金给我爸凑路费。卖完说回去呢，海玉非要来看看缫丝厂啥样。"

吕蒙知道海玉肯定是想来看自己，心里特激动，直接揽过海军的肩膀，叫上海玉："杨海军同志，杨海玉同志，走，我带你们参观去！参观完跟我去食堂，尝尝我们食堂的甜饼子。说不定，还能在食堂碰到方厂长呢。"

海军和海玉兴奋极了。吕蒙这样熟络而亲切地揽着海军的肩膀，令海军心里美滋滋的。

正是吃饭交班时间，几个车间除了清洁工在扫地，几乎看不到一个工人。吕蒙带着兄妹俩从选茧和煮茧开始，按工艺流程挨个进车间参观了一遍，看了看那些刚停下来的热气腾腾的机床操作台，还有已经卷到籰子上的一卷一卷洁白光滑的蚕丝。

海玉小心翼翼地用指尖触摸了一下籰子上的蚕丝，激动地问了好些问题。多少个茧子才能做这一圈丝呀，一个茧子能抽多长的丝呀……吕蒙极有耐心地给她讲了一路："这些丝都是一个个的茧子抽出来的，只不过根据客商对粗细的要求，决定用多少粒茧的丝合成一股。茧子抽出来的丝都叫生丝，因为是银白色的，所以我们叫白厂丝……"

方文贺一个人坐在机关食堂角落里，他中午很少回家，除了必要的应酬和招待，他一般都在食堂吃。食堂的大师傅专门为他准备了一副碗筷。吃完饭他在办公室里稍事休息。

等吕蒙带着海军海玉到食堂，大部分职工已经吃完回宿舍了，坐在这儿的人寥寥无几，他们一眼便看到了方文贺。

"方叔叔！"海玉亲热地跑过去跟他打招呼。

趁方文贺招呼兄妹俩说话的当口，吕蒙很快打来了三份饭菜，特意多买了七八个大糖饼子。

"这个是给你带回去吃的。"吕蒙指着又黄又酥的饼子跟海玉说。

"这也太多了，很贵吧？"海玉问。

吕蒙说："不贵，一个饼子五分钱。你尝尝，甜的！"

海玉尝了一口，果然又甜又香，便毫不客气地接受了。她现在一点儿也不害羞，看吕蒙像哥哥一样宠着自己，心里蜜一般沉醉。

"海玉同志，想不想来我们厂做女工啊？"方文贺笑着打趣。

正大口扒饭的海军一时惊讶得张大了嘴巴。

"我……没那个命！"海玉不好意思地答道，"我听何姐姐说了，要城镇户口才符合招工条件。"

"你何姐姐说的是一般情况，也有特殊的。"方文贺吃了一口菜，放下筷子，认真地说，"海玉，你记住了，永远不要相信自己的命运，也不要认命。命运即使不好也是可以靠奋斗来改变的，知道吗？"

方文贺的话，海玉半懂不懂，一时不知道说什么好。虽然父母从他们兄妹小时候就教育他们做事踏踏实实，只有认命，心才踏实。但看着方文贺诚恳而坚定的眼神，她还是更相信方文贺的话。

得知兄妹俩是来卖沙金的，方文贺从钱包里取出五十块钱交给海军，嘱咐道："怎么也得凑一百才敢出远门啊。这五十你带给你爸，就说是我给他的，让他安心去，路上注意安全。"

兄妹俩吃完饭就要走，吕蒙不想让海玉再步行那么远的路回家，硬是将自己的自行车取出来让海军骑着。

"你过几天赶集再给我骑来不就行了！"吕蒙跟犹豫不决的海军说。海玉翻翻眼睛，知道吕蒙是为着她，心里偷着乐呢，故意东张西望不去看他。

海军一路蹬着自行车跑得飞快。

"这哥们儿真够意思！"海军偏着头跟海玉说话。

"哎，你说我跟吕蒙哪个大？"

海玉说："我哪晓得！我看一定是你比他大，看你脸黑的，胡子拉碴的，跟人家能比吗？"

海军乐呵呵的，也不恼。依山而行的公路下边，是碧绿的一望无际的汉江水，倒映着蓝天白云和两岸的青山密林，不时有两头尖尖的渔船渡江，船上的人无声划动着双桨，悠悠荡荡，惬意又静谧。海军一口气骑到直河地界一个山岭的尽头才气喘吁吁地停下歇脚。这是通向丝银堡村的山脊，放眼望去，夕阳西下，汉江和直河相接，丝银堡的山丘房屋尽收眼底。

"明年我也要买一辆自行车。"海军扶着自行车的轮圈对海玉说。

"嗯，好！以后卖茧子、卖菜都可以用自行车驮！"海玉赞同哥哥的想法。

岭上秋风浩荡，空气里拂过一阵阵清甜寒意，两人坐在路边，望着身边的自行车，望着远方层叠青山留在灰色天际的黛蓝剪影，望着夕阳余晖金光灿烂的家园田野，感觉岁月正向他们伸出一双温柔的手。

半月之后，江城县出了这一年最轰动的一个新闻事件：江城县丝银堡的杨宝根将自己两年前淘金挖到的一枚鎏金铜蚕无偿捐献给了碑林区博物馆。经鉴定，这枚鎏金铜蚕为汉代一级文物，距今已有两千多年的历史。

这消息"仿佛一股旋风从汉江上刮过,从江城县的城市乡村田野里刮过",当时的广播上这样说。

一时之间,说什么的都有。有人说老杨傻,太老实,人家给八千都不卖;有人说他就是为了得奖励,本来指望国家重奖一番,名利双收,结果啥也没捞着;也有人说老杨就是胆小,被吓着了。

这一年直河乃至江城县的汉江边多了好些个金窝子,人们三个一群,五个一伙,穿着笨重齐腰的橡胶裤,在寒冷的水边兴致勃勃地打捞各自的希望。

当然,人们在传扬杨宝根事迹的时候,也会顺带说说他家的家风,比如勤劳致富,比如兴桑养蚕,也会顺带说起他家那个养蚕十分了得、还得了省三八红旗手的女儿杨海玉。

方文贺瞅准时机将设定标准招收养蚕能手亲属入厂的建议报送县政府和县劳动局,不久之后,他的建议被劳动局采纳。

这一年春节前夕,方文贺和吕蒙如愿以偿,他们把招工文件直接送到杨宝根手中,算是他们给予这位无私蚕农力所能及的也是最大的帮助——他的女儿杨海玉终于能以一个养蚕标兵的荣耀身份招工进厂了。

第三章

1. 当你离开家的时候

立春，丝银堡家家户户沉浸在节日的喜庆气氛中。

明月高悬的元宵之夜，杨宝根用竹篾捆扎成长长的火把，领着一家人在桑园中燃烧祭拜。晃动的火光划破黑夜，如流星一般绽放，消散，又迅速闪现。请来的先生站上高高的石台一边敲锣一边吟唱："火把举得高，三石六斗稳得牢；火把照到东，屋里堆个大米桶；火把照到西，蚕花丰收笑嘻嘻……"

杨宝根家今年尤为热闹，不光因为他成了十里八乡的献宝名人，还因为女儿海玉即将成为工人。在乡亲们眼里，这一喜事貌似比他的无私奉献来得更为实在和受用。

不管怎么说，因为这两件喜事而赶到他们家拜年的乡亲络绎不绝，大家都想沾沾这喜气，为来年的营生讨个彩头。杨宝根自然喜上眉梢，隔三差五杀鸡买酒款待客人，半个正月吃掉了五六张茧子钱。

杨海玉有了快离开家的紧迫感。按吕蒙估计，劳动局一番批复下来怎么也要到三月底四月初，也就是说还有个把月时间可以在家。她担心自己这一走,村里一时半会儿也选不出合适的蚕桑辅导员,但凡有事全都指望乡蚕技站技术员晓鸥显然是不可能的。早春最适宜给桑园施肥和剪穗条。施肥的事乡亲们自己就会去做;但是剪穗条的事,如果她现在不帮乡亲们做了,等他们自己反应过来,估计就错过了最佳时令。

元宵节第二天的清晨,海玉麻利地套上毛蓝布外套,刚出门,就碰到晓鸥。得知她要去帮着蚕农干活,晓鸥便答应跟她一起去。

两个人冒着寒气熟练地剪下光洁修长的枝条,再一捆一捆扎好放到背阴处。整块桑园剪完,再教乡亲如何在地里铺沙、浇水,如何将一捆一捆的穗条立着放好,用稻草保湿,等着这些穗条发芽。家里没有年轻人的,海玉帮着老人将穗条安置好才放心离开。看着海玉忙碌操劳,晓鸥忍不住劝她:"你其实也不用太认真。我还有一份工资拿,你这蚕桑辅导员都是义务帮忙,就是一拍屁股走了人家也埋怨不到你呀!你这么认真,可有谁会记得你的好?"

海玉抿嘴一笑,从衣服兜里摸出两颗鸡蛋塞到晓鸥手上:"喏,谁说没人记得我的好?!"

"就这呀!"晓鸥举着煮鸡蛋哭笑不得。

海玉抬了抬眼,望着灰扑扑的天空:"本来我就没想图人家啥。工作之前给乡里乡亲再做点好事,举手之劳。这个时候看丝银堡的人谁都亲得很……当你要离开家的时候,你就明白我这种感觉了。"

"我怎么会离开家?我的家就在直河,工作也在直河,哪儿都去不了。"晓鸥惆怅地望着天空飞远的麻雀,郁郁寡欢。

晓鸥的家就在直河小镇,与直河乡蚕技站不过一里路的距离。她有一辆自行车，下乡的时候早晚骑着。这两三年与杨宝根家走得近，杨家也没拿她当外人。往日遇上他们一家人忙不过来的时候，她也会留下来帮忙，晚上同海玉钻一个被窝，两人说说体己话，胜似亲姊妹。晓鸥个子小，与海玉站一起要矮上半个头，人生得秀秀气气，白白净净。海玉以前常常取笑，说晓鸥将来找对象一定要找个温柔又斯文的男人，最好是教师，有文化的。若是找个五大三粗的野蛮人，就会有种被糟蹋的感觉。

才立春，天还寒着，夜黑得也特别早。海玉和晓鸥这天回来得有些晚。两人的腿脚冻僵了，一进屋就先拥着坐到火炉边，一边烤脚，一边搓手。两人说着，笑着，又喝了许多热水，海玉这才注意到哥哥海军也坐在火炉边正目不转睛地看着她俩。海玉一扬手，使劲推了海军一把。

"哥，饿死了，给我们把饭拿来好不好！"海玉佯装跟海军撒娇。

晓鸥突然回过神来："糟了，我不吃了，我要回去呢！"说罢，赶忙穿好鞋，起身背上挎包就要走。

"天都擦黑了，你不要走了。阿姨肯定知道你在我家的！"海玉起身挽留。

海军虎着脸不知怎么就生气了，忍不住凶海玉："都是你！一天瞎表现！以后你爱表现是你的事，别把人家晓鸥拉扯上！这大正月呢，你折腾得人家热饭吃不上不说，还弄得这么晚！"

海玉很奇怪他为啥突然发火。晓鸥见海玉遭训斥倒不好意思起来，便大大方方坐下来，答应和海玉一起吃了饭再走。反正骑车到集镇左右不过二三十分钟的事，也不急于一时。默不作声的海玉母亲这时已经将饭菜端出来，悉数放在两个姑娘面前。

海玉瞧着海军低着头仍是一脸不高兴，故意用腿去碰晓鸥，使眼色让晓鸥留意看她哥的表情。晓鸥一看,也搞不明白,但隐隐觉得跟自己有关。

海军送晓鸥回来,海玉还坐在火炉边等他。

"哥,你是不是惦记上人家晓鸥了?人家可是吃商品粮的,有文化,有工作。你想跟她好,你问她了没有,她会不会答应跟你好?"海玉着急地问。

"你吃多了吧?跟人家一样来说混账话!"海军起身,一脚踢开一个凳子,气冲冲地回了睡房。

杨海玉不解,抬头看看父亲又看看母亲。

"他今天本来就受了气,你还说他。人家外人笑话他癞蛤蟆想吃天鹅肉,说晓鸥成天往我们家跑,说你哥想祸害人家姑娘。你刚才也那样说你哥,他能不生气吗?"

海玉母亲说。

杨海玉愣住了,原来是自己误会哥哥了。她没想到是这样,难怪回来晚了哥哥那样生气。而且,刚刚她还非要让哥哥去送晓鸥,这岂不是让哥哥更难做!

"村里那些人胡说什么呀!真是闲的。"海玉嘟囔着。

杨宝根拿火钳拢了拢炉里的柴火,叹了口气说:"人言可畏!你们还是要注意。这些话对你和海军倒没啥,要是传到晓鸥和她单位、她爸妈耳朵里,影响不好。"

"是呀,要是传到人家父母耳朵里,指不定人家还真以为我们海军有啥企图!其实,海军老实的,把晓鸥跟你一样当亲妹妹了。"海玉母亲不无担忧地说。

"说一千道一万,海军该说媳妇了。他要是有媳妇了,就没有那些闲话了。"杨宝根说。

海玉将附近每个桑园都整理了一遍,回头轮到自己家,发现该沤的肥料、该修的枝穗父亲都弄好了。海军早出晚归依然在守着金窝子淘金,他终于用淘金换来的钱买了一辆自行车。这一段时间,晓鸥隔三岔五地还来,并无异样,这让海玉放下心来,至少说明那些闲话没有传到她耳朵里。海军大概是怕了,他基本没有再面对面跟晓鸥讲过话,即便晓鸥跟他说话,他也离得老远。

这天,父亲和哥哥都去淘金了,海玉和母亲两人将屋里的蚕架和蒲篮都抬到院子,将室内全部撒上生石灰消毒清理,再用兑好的漂白粉水将一摞一摞的蚕具挨个洗刷。中午太阳好,蚕具一晾晒干,春季蚕种来之前的准备工作也就算做完了。

晓鸥来的时候,她们已经干完一大半。晓鸥怪海玉:"怎么也不等我来给你搭把手?"

晓鸥兴致勃勃,主动聊起自己工作上的事,说海玉这么勤快又聪明伶俐的一个人不搞蚕桑实属可惜了,就等于给她的研究砍掉了一个帮手。原来,以前江城县的蚕种都靠县里外调采购,这两年眼见蚕桑形势大好,蚕茧质量也上了一个新的台阶,她所在的蚕技站便从原来的林业局单独分离出来,专门搞配种研究。她原本打算和海玉合作,每一季严格按照要求精心培育一批种蚕,提取优质的茧,培育健康的良种。但海玉一进缫丝厂,她就得重新考虑人选。

"你可以把这个事交给我爸,他比我妈和我哥都细心。"海玉说。晓鸥想了想,摇摇头说:"我还是觉得应该找个像你一样心灵手巧的女孩子,同龄人说话做事都方便。"

海玉没再坚持,想想人家说的那些流言,她真怕晓鸥的名声受影响。

2. 一个人的熟能生巧

到了四月底，杨海玉进厂就两个月了。

当她想起当初进厂的见闻和感受，以及这么多天学习技术的苦辣酸甜，眼中仍闪耀着热烈的光芒。

按照劳动局的特招政策，和杨海玉一样新招进缫丝厂的工人还有两个，也是三八红旗手，不过比杨海玉早两年获得表彰。

本来，吕蒙那天一大早就等在厂门口，准备亲自带杨海玉报到。杨海玉坚决不让，催他赶紧走了。她暂时还不想让其他工友知道他们认识，让人误会她进厂都是凭关系。

杨海玉是哥哥杨海军起了个大早骑自行车送来的，后座上还拴着铺盖卷、脸盆和她的换洗衣物。她和一同招工的另两个姐姐已经约好了在厂门口碰面，然后一起到劳资科报到。

门卫老郭之前见过吕科长招呼杨海玉兄妹，大概猜到他们关系不一般，得知三个姑娘是入厂报到的，便热情地给她们引路。在劳资科登记完，老郭又领着她们到总务科，找人给她们安排食宿。老郭在总务科门口喊了一声什么，海玉没听清。走出来一位三十岁左右的年轻女子，老郭说："交给你了，这三个新来的，一个分到缫丝车间，两个分到煮茧的，你看哪个宿舍有空位给她们安排一下。"

老郭临走盯着那女子，指了指杨海玉。那女子心领神会，点点头："行了，郭大哥，你回去上班吧，我来安排！"

那女子让分到煮茧车间的两个姑娘在宿舍楼下等着，她先带杨海玉进了一单元。

"听说你们是省上的劳模，真是优秀啊！人长得也攒劲！我叫宋玲子，也才调到这个厂没多久。我们后勤三四个人，以前管宿舍的阿姨现在管伙食和饭厅，我只管宿舍和澡堂，宿舍里要有啥麻烦事解决不了的，你可以找我。我给你安排好点的宿舍，以后升官了记得照顾我啊！"那女子心直口快，满脸带笑地给海玉介绍自己。

宋玲子性格火辣，瓜子脸上一双好看的丹凤眼分外撩人，头发高高盘起，穿着高跟鞋，胸挺臀翘，走路噔噔噔地一路曼妙。跟在她身后的杨海玉第一次见这么洋气又热心的女子，禁不住心里又喜欢又感激。

杨海玉被安顿在三楼最西头的一间宿舍，里面四个铺，临门空了一个铺板，说是之前住的人结婚刚刚搬走。宿舍陈设简单，靠窗一张桌子，上面放着化妆品、镜子，下面屉子放着碗筷和饭盒，另外还有一把椅子、三把电壶、一个脸盆架。

海军帮着海玉把蚊帐挂好就回家了。杨海玉跟随宋玲子到总务科找阿姨买了饭菜票，然后被宋玲子领到缫丝车间报到，将她交给车间的值班班长。

杨海玉一进车间，便被浓烈的熟茧气味呛到了。车间里灯火通明，机器隆隆，女工们专注地看着机床，手上麻利地动作着。海玉忍着刺鼻的味道，好奇地打量着偌大的车间、成排的机床和女工们翻飞的双手。她从来没见过这种景象，以为都像画报里那样，穿着漂亮的工作服，高高兴兴，气定神闲地操作。眼前女工们如此认真工作的场景，令她生出几分胆怯，甚至恐慌，怕自己学不会技术。

杨海玉很快被车间值班班长带到机床前，认识了她的师傅夏莉莉。

在这个车间，除了值班班长，就数夏莉莉的缫丝技术过硬。开始两天，夏莉莉带着她学习厂纪厂规；第三天，才让她跟着学习穿瓷眼。穿瓷眼是考验耐心的活，急不得。白色瓷眼只有大拇指大小，中间有一个特别小的孔，只有头发丝粗细，要想将十几股蚕丝从瓷眼孔穿过，必须气定神闲才行。按照要求，缫丝女工每分钟穿八个瓷眼才算过关，杨海玉笨手笨脚地试了试，好不容易一分钟才穿一个，很是气馁。

夏莉莉不急，手把手地教，给她讲穿瓷眼的技巧。下班的时候，嘱咐她带一个瓷眼和一些生丝回宿舍练。

被熟茧气味熏了一天，杨海玉吃不下饭，老犯恶心。见同宿舍的女工吃完饭都坐在楼道里织围巾，她钻进蚊帐里盘腿坐下，独自练习起穿瓷眼。穿困了就睡会儿，夜里醒了又打开手电筒接着练。

这样几天下来，杨海玉不仅慢慢习惯了车间里的味道，也终于明白为啥当初招工进厂的时候必须要求眼睛亮牙齿齐。眼睛不亮瓷眼穿不了不说，要想在茧子中快速找出头绪连接在缫丝机上更难。而丝断裂或者丝线走完了得用牙齿咬断打结。好在杨海玉有一口齐整的白牙，等她花了半个月时间练好穿瓷眼后，师傅夏莉莉便教她用牙齿接结和咬结。

"结要短，要齐，不能用牙齿磨。只有勤学苦练才能成为合格的缫丝工，基础必须牢靠！"在技术方面，夏莉莉要求特别严。因为要考核合格才允许上岗，不练好功夫就过不了这一关。

海玉也终于有了自己的立缫机位。

小小的操作台面连接着接绪装置、鞘丝装置、络交装置、卷绕装置、干燥装置和传动装置。每台二十绪，就在她面对的二十个水涡里缠绕而出。

现在，她已明确作为一个缫丝工的责任，就是看管着那些水涡里翻腾着的似以另一种生命呈现的一只只茧，看着它们在机器转轴的引导下从囹囵的椭圆变成一根千米长的纤纤银丝，看着那一绪一绪白丝最后神奇地在她视线上方绕成银白的线圈。

她的看管不是静止的。

她流畅翻飞的双手在添绪、索绪、理绪、添新茧、拾落绪茧、捡蚕蛹的过程中已经练成肌肉记忆。

她将理出的丝头用一根引丝针穿过，再穿瓷眼，手抓住蚕丝由上鼓轮绕到下鼓轮，放胳膊上拉一下，然后与上面小簟子上的结连起来。

从最开始的手忙脚乱到后面的行云流水，对海玉来讲，既是一个漫长的熟能生巧的过程，也是她拼死拼活的过程。这个苦，没有人能替代，是每一个想要成为熟练工的人的必经之路。

吕蒙在车间巡视，来她的机床看过好几次，见到她一天天地进步，每次都忍不住给她竖大拇指。

这天，厂里工会贴出通知，为了丰富女工们的业余生活，要在周五晚上举办建厂以来的第一场舞会，所以周五只上到一点半早班交班就放假。消息是一大早贴在厂区大门口公告栏里的，上班没上班的得了消息都兴奋不已。

杨海玉在上班前就收拾好了换洗衣物放在宿舍床上，原准备下了班就走的，结果在上班的时候被师傅夏莉莉给劝了下来。

"下周再回你家吧！我们都没参加过舞会呢，你肯定也没见过，难道你不想留下来看人家是怎么跳舞的？"夏莉莉说。

海玉当然很想看，即使不懂城里人怎么跳舞，哪怕见识一下热闹场面也行。她最不喜欢人家嘲笑她乡巴佬，虽然同车间姐妹有时候在茶余饭后开玩笑才这样口无遮拦的，但她还是感觉被人小瞧了，以至于原先在家大大咧咧的性格如今变得干啥都小心翼翼了。

这两个月，海玉只进过两次城，还是被莉莉师傅和跟她一起的小芳姐生拉硬拽去的。她其实对一切都感到好奇，大到街道上突然多起来的服装店、电器行、饭馆，还有县百货公司柜台后的那面墙上样式越来越多的衣裳，小到车间里的立缫机、索绪刷、箅子和性格迥异的缫丝姐妹。她也很庆幸给自己分了一个脾气好、长相好、技术过硬的缫丝师傅。在这个车间，大都是吃商品粮的城里人。莉莉师傅不仅一点儿没有嫌弃她，还老邀请她在外面加餐。前几天，莉莉师傅怕她下班了烦闷，还专门带她去集镇买毛线，让她跟同宿舍的姐妹学着织毛衣。

想到这儿，海玉抬头去看身旁的莉莉师傅，这个比自己大八九岁的干练女子眉眼秀气又精致，头发用手帕随意扎在脑后，给人一种邻家姐姐的亲近感。海玉最喜欢师傅身上的气质，这和她从小看到大的丝银堡的女子完全不同。

夏莉莉觉察到杨海玉的目光，莞尔一笑。

"想什么呢？看好你眼前的水涡。"

"嗯，我知道。"海玉看着师傅，有些动情地说，"我就是觉着自己挺走运的，一进厂就碰到你这样好的师傅。"

夏莉莉看了看海玉，奇怪地说："每个师傅带徒弟不都这样吗？只要人灵醒、用心，学起来就快。这技术就靠多练手，熟能生巧而已，又没啥可保密的！"

"不一样。"海玉讲，"我听说，之前有的师傅带徒弟不怎么指点，学了两个月打结咬丝都不会，每天出好多野丝，老遭值班班长骂呢！"

夏莉莉让海玉操作给自己看，正经说道："你野丝虽然不多，但你每天都有，这可不好。还有一个多月就要考核上岗了，你打个结我看看。"海玉盯着眼前飞速旋转的缫丝轴，很快发现一根浮丝曲卷,停下转轴,两个手指一挑,断掉的丝头两端就到了她指尖,只见她反手一绕,嘴巴凑过去一咬,结就打好了。整个结丝下来就是一秒钟的事。夏莉莉用手挑起她打的结看了看,打结处断头差不多两毫米,笑着重新启动转轴。

"还可以。不过,我敢说,你这怕是在被窝里练了几百次了吧?继续努力!"夏莉莉亲热地搂了一把海玉的肩膀,笑着说。

海玉得意地翻了翻眼睛。

一阵铃声炸响,下班时间到了。海玉操作台索绪池的茧也恰好缫完,两人迅速将操作台收拾干净,一抬眼,还有好几个立缫机还在转动,茧子没有缫完的人得将涡里的茧缫完才能走。

"看到没?如果没有缫完,泡在这池子里的茧到第二天就不好缫了,颜色也会受影响。所以,得和煮茧工配合好,送茧多了少了都不行。"夏莉莉一边同情地望着那些还没缫完的姐妹,一边教导海玉。海玉认为,这正是莉莉师傅的过人之处,她总能根据一批次的解舒率算出当天规定时间内能缫的茧量。她和每个煮茧工都亲热得跟亲姐妹似的,人家也都买她的账,根据她的速度把控送茧速度,与她配合得默契极了。

3. 在春水荡漾的河流上

县城从东到西一路到头差不多三里路,夏莉莉和小芳一直以来都是自己骑自行车回家。时间紧张,她们趁着回家吃饭的空,还要挑漂亮的衣服,还要化妆打扮。这个舞会对她们来讲,如同一个盛大的节日。

杨海玉独自去食堂吃饭。厂里伙食一向不错,早班五点半起床后就可以来吃,包子、馒头、油条、稀饭,要啥有啥。中午晚上的米饭和两三样炒菜对于还在当学徒的海玉来说稍稍有些奢侈。为了节省点，她只要了二两米饭和一个炒菜，花了八毛钱和四两饭票。

回到宿舍，房间里的姐妹各自为晚上的舞会奔忙，杨海玉好半天才从人家嘻嘻哈哈的言语中搞明白，这种舞会之所以叫联谊会，原来就是帮青年交朋友的。再通俗点来说，跳跳舞，顺便相相亲。为此，厂里工会还特地联系了男工比较多的水泥厂和水电厂。

海玉像个局外人，她不知道自己该如何准备，她只有两件衣服，一件是身上穿的这件，为进厂特意去城里裁缝铺做的，桃红的灯草呢，不薄也不厚，里面套件衬衣现在穿刚好。另一件是穿了三四年的淡紫色平布衣裳，那是自己当年用一盆桑葚染的布料，虽然颜色已经旧得不像当年那样好看，但她自己却非常喜欢。一想到家里父母和哥哥的辛劳，她就没了买新衣服的念头。

窗外阳光和煦，她决定独自出去转转。

刚走到楼下花园，就看见迎面而来的吕蒙。

不知为什么，自进了厂，杨海玉一遇到吕蒙就会心跳加速，满脸通红。吕蒙脸上那几分痞痞的笑，总让人不禁怀疑他在憋着什么歪点子。杨海玉当然知道他是好人，而且还是一个喜欢她的好人。也正因为这一点，她架不住"做贼心虚"呀，老担心其他姐妹看到会乱开玩笑，或许还会嘲笑。她们背过男人扎堆的时候，总是带着嫉妒心取笑各种男人，也取笑她们认为不自量力的乡下女人、风骚的女人以及她们高攀不上只能仰望的女人。她们的话粗俗、直接，常常令海玉这种没见过什么世面的姑娘面红耳赤，避之不及，生怕一不小心就会撞在她们话头上。可海玉越是躲避，吕蒙越是挖空心思地来车间找夏莉莉搭话，顺便和她说上几句。这份心思海玉心知肚明,也每每令她胆战心惊,她真担心吕蒙哪天不管不顾地来拉她的手,或者做出什么其他亲近的举动。

"你要回家吗?"吕蒙问。

他已经离她一步之遥,她抬眼望着他笑了一下,迅速地转过头将视线落到旁边一丛盛开的月季上。月季粉红的花苞被她揪着叶子的惯力一拉扯,浅浅的芳香顿时扑面而来。

"不回去,师傅让我留下来跟她们一起参加舞会,她们回家换衣服去了。宿舍的人也都在说舞会的事,我……想出去转转。"她像个跟家长汇报的孩子一五一十地说。

吕蒙看她圆润的脸颊上瞬间显露出羞怯的酡红,又看了看旁边艳丽的花朵,不由自主地想到"甜美"二字,不禁怦然心动。

"我下午没事,陪你去转吧!"吕蒙说。

"不用。"海玉一口拒绝,看吕蒙愣在那里,察觉到不妥,想解释又不知道怎么说,沉吟半晌,才吞吞吐吐地补了一句,"我是说,你忙你的,我就随便转转。"

吕蒙叹了一口气:"我都说了,我下午没事……你好像怕我似的。你以前不这样啊,我们去过你家那么多次,都是老熟人了……你怕我什么?"

海玉看出吕蒙似乎不高兴,又赶忙解释:

"我是特招来的,你又是厂里领导,大家都看着呢!我怕我们走得近了人家说闲话。车间里那些人都说你没有女朋友,她们好些人都说要追你……"

吕蒙被她的话逗笑了:"原来我还这么抢手哇!"

海玉白了他一眼。

吕蒙说:"我明白,你是怕人家说闲话,怕她们都针对你,是吧?好,我答应你,我什么都不说。但这会儿也没有人注意到你，我去车棚骑车，你到厂门外等我，我带你去一个你没去过的地方。"说完，不等海玉同意，转身往车棚奔去。

海玉看着他矫健的身姿，心里说不出的欢喜。

这个长得白皙、相貌英俊、干干净净的阳光青年吕蒙，便这样进入了她的青春。这与爱情有关吗？她一会儿肯定，一会儿否定，却压抑不住内心的欢愉，朦胧的，怯怯的，像看着一艘帆船从未知的、充满想象的大海驶过来，悄然滑行在春水荡漾的河流上，风吹起鼓胀的帆，她的胸膛也被这种鼓胀填满。

吕蒙把自行车蹬得老快，一路向西，穿过青石板的老街，又出了西门，径直顺着一个斜坡驶入一个狭窄的巷道。巷道两边是高高低低的吊脚楼，楼下是敞开的门脸，有卖豆腐的铺子，有卖包子稀饭饺子的小饭馆，有卖糖果麻花爆米花的小商店，还有卖坛坛罐罐的店铺。

这里没有新城市场里那种毫不掩饰的吆喝声，安静的买卖似有似无。倒是吊脚楼上谁家婴儿哭闹，谁在拉着胡琴，谁呵斥着调皮的孩童，声音嘈杂又亲切，如同误入了烟熏火燎的院子，想伸长脖颈探寻清楚，等着里面的人招呼一声。

"这叫瓮城子。"吕蒙说。

海玉一脸狐疑地问："为什么叫瓮城子？"

"瓮，就是这坛子模样。"吕蒙弯腰抓起路边一个做泡菜用的土陶坛子，在海玉眼前晃了晃又嘻嘻哈哈地放下。

海玉说："我懂了，就是这一截巷道的形状像一个瓮。"

瓮城子走到头，视线豁然开朗。眼前被一座钢架桥和连接的山峦分开，靠北是滩地平坝，盛开着大片金黄的油菜花，靠南是碧波悠悠的汉江，汉江之上，巍然耸立着一道大坝。此时正在开闸放水，汹涌的水流从大坝之上轰鸣着倾泻而下，气势恢宏，奔腾激越地砸向坝底，浪花飞溅，清凉的水似扑面而来。

吕蒙与海玉并肩站在钢桥上，沉醉在这壮观的景象里。

好一阵子，吕蒙激动地说："人生就像这水流，不管遇到悬崖还是巨石都将奔流不息，一往无前。一路有掀起巨浪的惊险，有浅滩处的平静无声，无论哪一种，等我们走过，回头再看，一定也会是这样的壮观。"

海玉听着吕蒙动情的感慨，转头看着他，笑道："你这会儿不像你了。"

"像什么？"

"诗人！"海玉说。

吕蒙张开双臂，闭上眼睛："你像我一样闭上眼睛听，你能听到不一样的声音！"

海玉学他的样，也闭上眼睛。微风拂面，耳畔除了大坝水流的轰鸣，还有低处江水的哗哗声，还有时远时近的各种鸟鸣、风吟……

"这是春天的声音！"吕蒙说。

"不对！"海玉睁开眼睛，"明明是初夏了！"

吕蒙被她认真的表情逗得哈哈大笑。两人在江边石滩上坐下来，这一刻，即使一句话不说，也都感觉到了生活的美好。

"海玉，你做我女朋友吧！"吕蒙激动地说。海玉有些难为情，她舍不得说"不"，也不敢答应，只能将视线投向更远处的大桥、山峦和山村。

她心里莫名地涌动着一种悲伤。那时，她还不知道这种悲伤是自卑所致。只觉得鼻头酸酸的，心里难过，视线模糊。

"我就初中毕业，农村户口，而你是城里人，是大学生，还在厂里当着领导。这叫门不当户不对……"海玉说出心里的顾虑。

吕蒙说："我就猜到你会这样想。"

这时，一只白鹭旁若无人地落到水边。它像一个纤瘦而优雅的美人，一会儿临水梳理羽毛，一会儿探头觅食，一会儿引颈振翅。

吕蒙指着白鹭说："海玉，看见那只白鹭了吗？你就像它一样纯洁、美丽，可是你没有它自信，因为你还不知道自己身上有那么多优点。你长得好看，勤劳善良，心灵手巧，靠自己的本事当上了省上的劳模，这些难道不值得你为自己骄傲吗？"

海玉突然情不自禁，眼泪奔涌而出。

"我相信你。可是，文凭、身份，即使你不介意，我知道家里的大人也会介意的。我害怕被人说成'乡巴佬'，害怕被长辈看不起……进厂的时候，方叔叔说，劳动局允许我们特招的人办城市户口。我现在还是合同工，等办了户口就能转成正式的工人。你等等好吗？等我把户口办了，我就做你女朋友。"

吕蒙眼眶湿润，他充满愧疚地紧紧地握住海玉的手，重重地点头。

"你不想被别人说三道四，我能理解。我也会说服我的父母接受一个我喜欢的姑娘。你放心吧，我会等着你愿意坦坦荡荡快快乐乐面对和接受我的那一天。"

海玉破涕为笑，说："看，你啥都明白。就是这样的，我不喜欢太张扬，影响你工作，也影响我进步。马上要考核了，我要尽快上岗，我还要跟莉莉师傅一样，成为车间的技术标兵。"

"好！"吕蒙开心地站起来，从背后猛然抱起海玉，转了一圈又一圈。两人的笑声像鸟儿扑扇着翅膀，荡漾在水云之间。

4. 撕碎了一个沉醉的夜晚

海玉回到宿舍洗了把脸就去找莉莉师傅。果然，夏莉莉和小芳都已经回到了宿舍，正在相互摆弄着头发。

"你怎么还这一身哪！"小芳看到海玉进门就嚷嚷。

夏莉莉瞪了一眼小芳，怪她不该说。她知道海玉没有多的衣服。

海玉说："我这是下午才换的！再说，我又不会跳舞，只是去看热闹而已，打扮给谁看呀！"

"也对！"夏莉莉笑着说，"海玉人长得漂亮，这叫天生丽质，纯洁质朴，用不着像我们一样。我和你小芳姐才叫'没自信'呢！"

海玉这才注意到她俩都换了时新的带绣花的羊毛衫，还有流行的喇叭裤，不过小芳穿的是白色的，而夏莉莉穿着牛仔布的。她不由得赞叹道："师傅和芳姐真好看！"

"好看吧？"小芳扬扬自得地翻翻眼睛，对海玉说，"所以你也要打扮打扮，等会儿和我们一起去，不能让别人比下去了呀！你有没有听说，今天咱们厂可请来了水电厂和水泥厂的男职工，里面肯定有长得一表人才又会跳舞的……"

"那又怎样！我又不找对象。"海玉嘻嘻地笑。

"她年龄小，你不要戏耍她。"夏莉莉白了小芳一眼，护着自己的徒弟。

其实海玉听着小芳花痴似的描述，脑海里闪出的是吕蒙那张英俊的脸，这个甜蜜的专属秘密令她心里鼓荡着小小的窃喜，不由自主地想笑。

"哎，你们说，方厂长会不会来参加舞会呀？"夏莉莉突然问。

"应该来吧！"小芳说，"这可是咱们厂第一次举办这种联谊舞会。"

"活动是工会组织的，方厂长会不会来讲上几句话就走？你们说，方厂长他会跳舞吗？"夏莉莉还在琢磨。

"他会跳舞。"海玉脱口而出。因为下午在路上她听吕蒙说的方厂长会跳交谊舞，而吕蒙啥都不会。

说完她才意识到不对，赶紧捂住嘴巴。一抬头，见夏莉莉和小芳都一脸疑问地看着她。

"你咋知道？"两人异口同声地问。

"我……我猜的，嘿嘿！"海玉遮掩着，"方厂长那么厉害的人，又那么大岁数了，肯定啥都会呀！"

夏莉莉又好气又好笑："在你眼里，方厂长长了三头六臂，啥都会！再说，人家还不到五十，哪里就岁数大了？！"

小芳拿一根筷子在煤油炉子上烤烫了给自己卷刘海，完了又拉扯着海玉非要给她卷。海玉只好蹲在她面前，由着她摆布。夏莉莉自己收拾停当，见海玉蹲着，索性将海玉的辫子重新编了一下，又拿出自己包里两个毛线编织的蝴蝶结发带给她扎上。海玉一头乌黑的秀发被她们这么横竖一捯饬，再站起身时，她的脸庞顿时生动许多。

这时，外面传来音响播放的流行歌曲，楼下也开始大声喧哗。三人跑出去一看，三三两两的人都在往健身广场走。下午才挂的彩灯此时已经亮了起来，五颜六色的光芒炫目地旋转着，在楼房和香樟树之间的空隙里摇曳生姿。

夏莉莉和小芳赶忙将床上乱七八糟的化妆品收起来。小芳拉着海玉就往外跑，关门的瞬间，夏莉莉突然想起这一下午竟没见着韩秋燕和她女儿，很是奇怪。

"哎，你见着韩会计了没有？"夏莉莉追了几步，对着小芳的背影喊道。

"她有钥匙，你管她干吗呀！我就见不得她，在我们跟前老是摆个行政干部的臭架子！"小芳不满地唠叨。

"她去学校了，我见着的。"海玉说。她下午在厂门口遇到了骑车匆匆而过的韩秋燕，当时听见她在跟厂里的人说学校老师找她。

夏莉莉走在她们后面，"哦"了一声，紧几步跟上，听见小芳的话，笑道："人家干啥关你啥事？你看不惯，人家倒是马上要搬到新宿舍楼住专门的大房子去了！"

"那又怎样？我又不羡慕。等她搬走了，海玉搬来和我们同住。"小芳朝夏莉莉翻了个白眼，扯着海玉的胳膊就跑。

原来供大家打篮球的场地被长条椅围了起来，长串的彩灯缠着塑料花，在头顶上空交错，伴随着舞曲的节奏一闪一灭，梦幻极了。长条椅上坐满了人，陆续来的女工和夏莉莉她们一样，簇拥在角落里好奇地打量着周遭穿戴一新的工友。本厂的男工就那么二三十个，除了保全就是锅炉工和为数不多的煮茧工，即使叫不上名字，也是看着面孔熟的。夏莉莉她们目光搜寻了一圈，果然看到好些个陌生的面孔，那些人也在四处打量着场上的女工，他们目光恣意而热烈，似笑非笑地看着还在不断拥进舞场的人。

音乐戛然而止，工会主席和方文贺一块儿走进场。工会主席简单介绍了一下举办联谊舞会的事，就让大家欢迎厂长讲话。方文贺笑着说："春宵一刻值千金哪！这个时候就不多讲了。作为江城缫丝厂的大家长，我先欢迎咱们特地邀请来的兄弟厂的男同胞们！你们好！"场上掌声雷动。他接着说："咱们厂多是女工啊，责任重大！咱们又是国营企业，国营企业职工就要有国营企业职工的样子，厂风如同家风，必须端正。眼下，社会上流行跳双人舞，江城也有两个大舞厅，但我让工会管着大家，不允许女工出入舞厅，这是为了大家的安全着想啊，希望大家理解。但是，我也要满足咱们女工爱美、爱生活的需求，以后每周末都会在厂里安排舞会，让大家尽情地享受你们的青春时光，展示你们优美的舞姿！下面，就把舞台交给你们！"

他的讲话赢得了全场热烈的掌声。

海玉欢喜地拍手，转眼竟看到莉莉师傅热泪盈眶。

"师傅，你咋这么激动呀！"海玉悄悄地趴在她肩膀上笑。

"他讲得太好了！他真的是一个好厂长。"夏莉莉激动地说。小芳白了她一眼："那还用你说呀！方厂长从来都是和我们工人一条心的，我就没见过他跟谁说话打官腔。"

舞曲响起，提前约了舞伴的人旋转到舞池中间开始翩翩起舞。

小芳伸长了脖颈，搜寻自己心仪的舞伴。还真有一个戴着流行的茶色眼镜、穿着花衬衣喇叭裤的男青年远远地接住了她的目光，径直过来，向她做了一个邀请的手势。小芳瞬间迟疑了一下，她刚刚只是觉得那家伙身材颀长，长头发带点微卷，穿着像港台明星，所以多看了两眼，没想到人家这么主动。她害羞地看向夏莉莉和海玉。"去呗！快跳去。"夏莉莉鼓励她。

小芳羞怯地伸出手。

看着两人滑入舞池，夏莉莉笑道："她呀，别看她咋咋呼呼的，其实胆小得跟啥似的。没人找她跳，她心急；人家请她跳了，她又扭扭捏捏了。"

"这叫什么舞呀？"海玉趴在夏莉莉耳边大声问。舞池里随着节奏摇摆的身影让她眼花缭乱。

"这叫双人舞。"夏莉莉说,"双人舞有三步舞,有四步舞,你听着音乐的节奏,再注意看他们的脚,蹦擦擦、蹦擦擦、蹦擦擦……踩着点子,对吧?这就是三步。"

一支舞很快结束。夏莉莉注意到方文贺和工会主席站在角落里说话,大概是准备离开。

"你站这里别乱跑!"夏莉莉嘱咐海玉,然后自己快步往方文贺那边跑去。

"方厂长,我可以邀请您跳支舞吗?"夏莉莉挡住了两人的去路,大胆地邀请方文贺。方文贺认出她来,指着她跟工会主席笑道:"这是缫丝车间的技术标兵小夏!今晚打扮得这么漂亮,我都快认不出来了。怎么,没有找到舞伴?场上这么多优秀的青年,你今晚可得好好把握机会呀!"夏莉莉很是难为情地说:"什么呀!我就是想邀请厂长您跳一支舞!"方文贺挠挠头,为难地看着工会主席。工会主席怂恿道:"今晚大家都高兴,方厂长不妨接受姑娘的邀请去跳一曲吧,与民同乐嘛!"

方文贺不好推辞,对夏莉莉说:"那就勉为其难跳一支。但先说好,踩到你的脚你可别嫌疼!我还是十几年前跳过,早都忘了。""没事,我带您。"夏莉莉自己也不怎么会,心脏突突跳个不停。

好在两人的乐感都不错,下到舞池踩错几个点之后竟然很快合拍了。

小芳这曲没跳,和海玉瞠目结舌地看着舞池中的夏莉莉,被她的勇气折服。

"你说,你师傅是不是喜欢人家方厂长了?她今天老是提方厂长,这会儿竟然背着我跟人家跳舞!"小芳对海玉说。音乐声大,小芳说话都是喊着说的,这一喊不要紧,引得旁边的人纷纷看过来,吓得海玉连忙捂着她的嘴。

"芳姐,你别胡说!"她瞪了小芳一眼,"人家哪里背着你了?你下场,她上场,你不是看着嘛!"

小芳不服气地甩开海玉的手。看旁边有空座,拉着海玉挤到长凳中间坐下。

"你咋不跳了?"海玉问。

小芳悄悄地附在她耳边说:"我想跟那个人跳,可人家不来邀请我,我也不好意思过去。"

小芳指了指斜对面角落里环抱胳膊站着的一个人。

"就是那个穿西装戴眼镜的?看那派头倒不像是工人。也许人家像我一样不会跳舞呢!你认识他吗?"

"不认识。"

"那为什么喜欢他?"

"他看起来斯斯文文的,一看就很有文化!我刚跳第一曲的时候,碰巧转到他身边,你知道吗?我和他一对视,马上不想和别人跳了。"

正说着,先前请她跳舞的小伙子又来了。她不等人家开口,飞快地拒绝说:"我累了,不想跳。""那我也不跳了,陪着你!"那小伙子倒也不急,站在她身旁似笑非笑地看着她。小芳见他这样,想捉弄他,她凑近了盯着他的眼睛半响,吓得他别开脸退后一步:"你干吗?"小芳捂着嘴笑:"你晚上还戴着茶色眼镜,我试试你到底看不看得见人的脸呀!你该不会把我认错了吧?"小伙子愣了下,讪讪地取下眼镜,讨好地看着小芳:"咋能认错呢?你那么漂亮……我是水电厂的电工,我叫孟苏州。你呢?"

看着小伙子眯缝成一条线的眼睛，小芳和海玉捂着嘴偷偷地笑。他一问，海玉脱口而出："她叫小芳。"

"你倒是嘴快。"小芳连忙掐了一把海玉的腰，转身遥遥地望向另一个人的身影。

"你应该和莉莉师傅一样勇敢点。"海玉压着嗓子对她说。

夏莉莉送走方厂长回到两人身边，小芳刚准备嘲讽两句却被海玉抢了先。海玉拽着夏莉莉跑到舞池外，偷偷地将小芳相中的那青年指给她看，问她认不认识。

过了一会儿她俩回来，小芳已没了开玩笑的兴致，郁闷又不甘地望着舞池里一张张男男女女的面孔发呆，不理夏莉莉和海玉，也不理一旁站着不时盯着她看的孟苏州，就连有人站在她对面了她都没反应过来。

海玉扯了扯她的衣角，她才注意到，那个她一眼相中的文文气气的青年正伸着手邀请她。她慌乱地扯了扯衣服，海玉干脆推了她一把，两人差点就鼻尖对鼻尖了。

孟苏州看着眼前这一幕，一脸失落。

夏莉莉和海玉则心照不宣地会心一笑。

小芳和那位青年连跳了两曲。"有戏！"夏莉莉断定地说，但她和海玉都没想到，一场灾难马上就会降临到此时正满脸洋溢着幸福的姑娘身上。

就在小芳和男青年结束了又一曲舞之后，他们猛然听到门口有人使劲喊着小芳的名字。

"小芳，你给我出来！汪小芳，你这个不要脸的女子，你出来——"是韩秋燕的声音。

小芳不知道发生了什么事，一脸吃惊地循着声音过去。这时，刚还和她跳舞的青年却先她一步走到韩秋燕身边。

"姐，怎么了？发生啥事了？"

韩秋燕看到他愣了一下，气呼呼地推开他："你怎么跑这里来跳舞？你走开，我要找那个不要脸的婊子算账！"

夏莉莉也跑出来了，她疑惑地看着小芳。

"我也不知道啥事呀！"小芳跟夏莉莉说。

"你喊啥呢？韩会计！小芳又没惹你，你咋说这么难听的话？"夏莉莉问韩秋燕。

不一会儿，舞场又拥出来好些个看热闹的人。

"她没惹我，但她惹我女儿了。"韩秋燕直愣愣看向小芳，眼睛能喷出火来。

"姐，到底啥事？有啥到一边说，这里人多。"她兄弟拽着她胳膊，想把她拉开。韩秋燕再次推开他："你走开，不用你管。我今天非修理修理这个妖精不可！"她飞快地从手腕上的布包里拿出一卷纸举到小芳面前，冷笑道："这是什么？我今天倒要问问你小芳，你一个没嫁人的姑娘家，为啥在宿舍放着黄书？"

夏莉莉脑海里嗡的一下，心想：糟了。韩秋燕手里不是别的，正是当初她带进宿舍塞到小芳被子里的《少女之心》手抄本。

小芳顿时脸色煞白。

韩秋燕声泪俱下："可怜我女儿才几岁呢，竟然受她这种毒害呀！要不是我女儿带到学校让老师发现了，我还不知道我们女工宿舍竟然住着女流氓！"

"那是《少女之心》，上学的时候好多男生偷看。"

"可她是女孩子！太不要脸了。"

"说不定平时就骚着呢！看这个好学一下怎么勾引男人吧！"

围观的人都在窃窃私语，女工们对着小芳指指点点。不知哪个男工打了声口哨，一群人跟着发出猥琐的笑。

"你为啥要将这种书放到宿舍？你说，为啥？"韩秋燕愤怒地一边质问，一边几把将书撕碎甩到小芳脸上。小芳惊恐地后退了一步，还没反应过来，就被猛扑过来的韩秋燕啪啪扇了两巴掌。小芳一个趔趄，被海玉一把拉住。

她一眼瞥见站在韩秋燕身边那位刚刚还带给她梦幻般感受的男青年正带着嘲弄的神情看着她。她使劲地摇摇头，想解释，却忽然间被强烈的羞耻感梗塞着喉咙，什么也说不出口。她转脸无助地看着夏莉莉和海玉，屈辱的眼泪夺眶而出。

夏莉莉上前一步挡在小芳面前，呵斥道："你凭什么打人？是你自己不管好孩子，宿舍是我们大家的宿舍，不是你一个人的。是谁允许你和小孩乱动别人的东西？大家都是成年人，谁也不会将这书放到明处！"

韩秋燕不说话，扑过来还要打小芳，被夏莉莉死死拽住。就在她俩剑拔弩张的时刻，小芳悲愤地捂着脸飞也似的跑了。

"海玉，快去追。"夏莉莉喊。

海玉只顾往前跑，却没留意小芳一闪身拐进了隐藏在花坛后面的自行车棚。她追到厂门口才发现不见了小芳的身影，折身四处张望。

小芳骑着自行车直接从海玉身旁出了厂门，等海玉反应过来再追出大门，小芳已经往城里方向骑出去好远。

那是一段长长的下坡路，小芳机械而飞快地蹬着车，眼泪不断地涌出来顺着脸颊流淌，又被呼呼的晚风吹散。视线一次次被泪水模糊，就在她抬起胳膊擦眼睛的刹那，车子链条断开，车轱辘一滑，顷刻间倒向路中间，将还没意识到危险的小芳直接扔了出去。

海玉追了一截，看着小芳渐远的背影，累得直喘。也就在瞬间，看到小芳突然从自行车上摔了出去。她惊讶地喊了一声"芳姐"，半天没合上嘴。

5．风中凌乱的流言

又一个周末。

星期六一大早，杨海玉骑着吕蒙的自行车天刚亮就出发，不到一个小时就回到丝银堡。

杨宝根打开门，女儿海玉一猫腰进了屋。

"你这女子，咋个那么早哇！"杨宝根心疼地接下女儿手里装得鼓鼓囊囊的旅行袋。

海玉亲热地看看爸妈，又高兴地跑到偏厦屋里找正在洗漱的哥哥打招呼。

"哥，我给你买了刮胡刀。"海玉说。"嗯，还买了啥？"杨海军使劲吐掉嘴里的水，朝她翻了翻眼睛，一把抹掉唇上的牙膏沫子。

"还买了红糖、白糖、姜片、晶果、麻花，还有你和爸爸的背心，给咱妈扯了两尺做裤子的平布……"海玉掰着手指头得意地一样样数给海军。

母亲过来，心疼地责备她："你也不省着点儿花，还没正式上岗呢，哪来这么多钱？"

"学徒也有工资的嘛！"海玉掩饰不住见到家人的喜悦，欢快地在父亲和哥哥面前跳了跳，兴奋地说，"我这两个月，每个月三十，等正式上岗了最少有八九十块吧！按每天生产的量计数的，我师傅一个月都快拿到一百一十块了。而且听吕蒙说，今年产品质量好，下半年全部职工工资都会上调，美不美？"

"那也没多少呀！算起来，还不如咱一家养一年蚕的收入多呢！"海军说。

"能一样吗？"杨宝根瞪着儿子，"工人旱涝保收，农民靠天吃饭，养蚕也要靠运气，万一蚕子得病就一分钱收入没有。再说，我们养蚕是全家齐上阵呢，一个人能有多少收入？你账都算不清楚！"

数落完儿子又怪女儿："就三十块钱一个月还买这么多东西，花光了你吃啥？才上班，手要紧一点！"

海玉捂着嘴和海军相视一笑。

"晓鸥最近还到我们家来不？"海玉问。杨宝根一听晓鸥的名字，脸拉得老长，海军扭身就走开了。

海玉料定是因为自己走了，晓鸥也不到他们家来了，这才惹得父亲一听晓鸥的名字就不高兴，因此也没多想。

不过，海军在对待养蚕这件事上的变化倒是让海玉宽心不少。以前他是没有耐心待在家里侍弄蚕宝的。海玉一走，家里大片的桑园，如果减少饲养量的话便会白白浪费桑叶，但如果跟以前一样每季蚕都养个六七张，"赶叶子"的时候老两口又忙不过来。海军在妹妹进厂之后，淘金是没有时间再去了，田里的油菜和稻子这些还是要种的。他将时间安排得很紧凑，忙完地里的播种栽种再忙家里的摘桑养蚕，这样，倒像是海军取代了父亲杨宝根成了家里的顶梁柱。

海军和父亲在蚕室喂蚕，海玉趁着帮母亲做饭的当口问起晓鸥的事，这才知道，原来关于晓鸥和哥哥的流言竟给家里惹下了麻烦。

海玉走后，晓鸥又来过家里两次，每次都让海军陪着她去蚕农家里检查工作，还帮着海军把家里的桑园都喷了杀虫剂。

结果,村里又传出流言蜚语,而且很快就传到了晓鸥耳朵里。晓鸥误以为海军对她有想法才会在村里生出这样的流言,跑来质问海军。海军否认后,她就没再来了。但这些闲话还是让晓鸥父亲听到了,他径直跑到丝银堡找到杨宝根和海军,非要面对面问清楚。杨宝根本来以为,这一场误会解释清楚就没什么了,毕竟自己儿子为人正派,又没有做错什么。即使陪着晓鸥为村上的蚕农做做事,也是晓鸥主动提出来的。谁知道晓鸥父亲咄咄逼人,非要海军表态,对他家晓鸥没有任何非分之想。杨宝根觉得这是对自己家和海军的侮辱,非常生气,直接将晓鸥父亲轰走了。

这之后,不知道是被她父亲管束住了,还是直接让单位调整了工作岗位,总之,晓鸥再也没来过他们村。

"我哥也没去找她吗?"海玉问。

"你哥倒是去过蚕技站一次,想找晓鸥解释一下,没让你爸知道。不过,也不晓得见到人家没有,回来我咋问他也不说。"海玉母亲道,"我昨天还跟你爸说呢,改天去请村里的孙姨娘给你哥打听个姑娘。家里你工作了,进了城,我们也松口气。专心给你哥找个媳妇,他也心安,我们也心安。"

海玉听了心里很不是滋味,一来为自己哥哥海军叫屈。晓鸥父亲如此不分青红皂白地质疑哥哥,肯定伤了哥哥的自尊。哥哥是明事理的人,他曾告诉过海玉,他要找的一定是一个泼辣持家、贤惠能干的媳妇。他想要的,并不是晓鸥这种文绉绉的姑娘。二来是为晓鸥。这个比自己小一岁的姑娘,从来都生活得认真又乖巧,被家里保护得太好了,外面有一点点风吹草动,她和她家就如惊弓之鸟。如果因为这些闲言碎语而影响工作,真就得不偿失了。

因为周日下午要返厂,海玉起了个大早,随父亲和哥哥从桑园里摘回几背篓桑叶，又帮着清理蚕沙和竹匾。做完这些，海玉借口想在邻居家转一转，独自去了一趟直河乡蚕技站。没想到，她还真见到了晓鸥。

晓鸥看到海玉一点儿也不吃惊，她大概猜到海玉会来找她。

"我刚还想着什么时候去厂里看看你呢！咱们两个现在隔着几十里却好像几百里似的。"晓鸥让海玉自己坐，她戴着卫生手套，正在调试药物喷剂。

海玉问："你最近还好吧？"

"就一个字，忙！"晓鸥笑着说，"我们直河良桑育苗好，蚕茧质量优，自从去年省蚕桑丝绸研究所在我们这里建了江城蚕桑科学试验示范基地，任务就更重了。你知道给我们这个区下的任务吗？包括直河乡在内的四个乡镇今年一年要完成兴桑三百万株，产茧五十万公斤。另外，我还有数据汇总分析以及蚕种研制的事情……"

"你一个人要负责这么多事呀？我看你真得有三头六臂才能行。"海玉很是惊讶，问道，"莫非你现在当了什么？"

"江城县蚕桑技术指导站，副站长。"晓鸥苦笑。

"难怪呢！"海玉说，"早知道你这么忙，我就不来打扰你了。"

"你不来找我，我也会去找你呀！见一面的空总是有的。"晓鸥笑，"是不是回家就听说我爸去你家无理取闹的事了？"

"是呀！没想到村里的闲言碎语把你们一家吓到了。"海玉闷闷不乐，"所以，我必须来见见你，不知道你有没有受这事的影响。但是，我发誓，我哥对你真没有歪心思，他就把你和我一样当妹妹看待了。哪知道你和你爸都不相信他！"

"我也是一时糊涂，听到流言蜚语误会你哥了，也难怪我爸后来跑去你家问。"晓鸥难过地说，"其实，我挺喜欢你们家的人，待谁都好。只是没想到，我爸会……我知道，以后也没脸再去你家里了，杨伯伯肯定伤透心了。你们家谁都没把我当外人，我还给你们惹麻烦。"

海玉听晓鸥这样讲，倒是放心了。

这时，她注意到晓鸥的育种室竟有一个高大的蚕架，上面养了至少二十蒲篮种蚕，每只蚕油光水亮，一看就喜人。

"哎，到底是搞技术的，竟将蚕养得这样好。就是养蚕辛苦，你咋忙得过来？"海玉惊讶地问。

晓鸥笑了笑，说："我也不想这么辛苦，没白没夜地守在这里！因为你走了，没人帮我养种蚕了。我要自己突破育种技术，就得以最科学的方式养出最高质量的蚕，这样，才能保证我有健壮的蚕蛾。"

晓鸥抬眼看了看海玉，继续说道："本来我看你哥对养蚕上心了，就想把培育种蚕的任务交给他。谁知道你们村的人那么封建，说那些闲话，我爸哪受得了啊，这么一闹啥都弄不成了……我爸专门给我们单位领导打了招呼，把我的桑园养护巡查工作放到了旁的村。"

海玉很是惊讶："天哪，叔叔管你管得这么厉害呀？"

"这还不止！"晓鸥悻悻地说，"他说了，如果我继续往丝银堡去，他就托关系直接把我调到你们县缫丝厂去。不过，他有这想法不是一天两天了。自打缫丝厂建成，他就天天跟我妈和我念叨，就想我主动跟他说'我也调到缫丝厂吧'。他也不知道听谁说的，好多大领导都把亲属的工作关系往缫丝厂转，说江城缫丝厂是直接归省丝绸进出口公司主管，前景好，将来工资比任何单位都高。"

"这倒是真的！"海玉笑道，"我听方叔叔讲，江城缫丝厂还真的是归省丝绸进出口公司主管，主要是生产的产品直接交给人家。而且，还真如你爸爸所说，好多有门道的人但凡有个中专文凭的，都以进缫丝厂为荣。晓鸥，要不你听你爸安排，也进缫丝厂机关，以后还可以关照我，而且我们天天都能见面！"

"你想啥呢！"晓鸥气笑了。

"你应该看出来了呀，我就喜欢简单的生活。做现在的本分工作有啥不好？跟蚕桑打交道比跟人打交道简单多了。"晓鸥说着，抬眼溺爱地看了看自己养的那些蚕，继续道，"所以，他们不让我去丝银堡村那就不去呗！但该做的工作不能因为有情绪就不做了。"

"我明白了。我也会劝我哥不要再为这事闹心，把心思放在养蚕上来。"海玉道。

晓鸥说："对呀，你回去跟他讲，让他好好养，遇到蚕有啥病变记得来找我。再说，我爸后来也知道是自己冤枉你家了！所以，你哥，他也还是我哥，要是他养下特别优质的蚕，收茧的时候，我们蚕技站以育种室的名义收购，种茧的价格可比供销社给的多多了。"

"还有这样的好事？行，我回去就告诉他！"海玉激动地拉起晓鸥的双手原地转了两圈。

海玉这个礼拜回来其实还有一件事要跟父亲商量，但看到父母为哥哥海军说媳妇的事忧心忡忡，一直到下午该走了她也说不出口。

厂里办联谊舞会那晚，吕蒙回了他父母家，将自己存了半年的工资存折拿来，上面有差不多八百元钱，说是要帮海玉凑一凑办户口的费用。海玉当然不肯要，她不想让吕蒙父母一开始就看不起她，好像她就是图吕蒙的钱似的。但吕蒙说："我就想你因为做了我女朋友而变得有底气，不担忧。我能尽最大努力照顾你。"

杨宝根在女儿走的时候，递给她一个存折，嘱咐女儿说："你哥淘金存了一千五，他说全部给你。我又把去年卖茧子的钱取了三千。你把这钱拿给方厂长，你不懂，就请他替你办。"原来，当日方厂长来家里送招工文件的时候提到户口的事他一直记在心里。

"要不了这么多。"海玉讲。她鼻子酸酸的，不敢抬头，看父亲一眼就忍不住想哭。

杨宝根没说话，将存折小心翼翼地用手帕包好，塞到海玉手里。

第四章

1. 做大事的人

　　海玉终于迎来了考核。考核合格才能拿到基本工资,这让她的心一直悬着,紧绷了三个多月。
　　负责考核的主考官不是别人,正是副厂长兼生产科科长吕蒙。和他一起对海玉进行考核打分的还有两位值班班长。三人拿着秒表站在海玉身后,她必须按照厂里缫丝工统一的考核标准完成考试程序:第一关,一分钟之内穿八只瓷眼,凿出十二根鞘,咬出十八个结。第二关,半个小时内至少索两桶新茧,两锅中茧,两锅薄皮茧。必须多粒拿备,先理后缫,还必须把二十绪瓷眼调配好。
　　第一关海玉轻松拿下。第二关开始才十分钟,由于紧张,她额头上便渗出了细密的汗珠,那二十只瓷眼在她眼前活蹦乱跳,令她做每个动作都提心吊胆。在一旁观看的师傅夏莉莉着实替她担心了好一阵子。不过还好,她最终以总分八十一分的成绩通过了考核。
　　夏莉莉也在那天工会组织的缫丝技术大比武中拿了第一名,

成功晋升为车间值班班长。

小芳因为腿伤一直在家里养着，海玉和莉莉师傅约着周末去小芳家探望。吕蒙赶来约海玉去江城看电影，说是要奖励她顺利通过考核，得知情况便坚持要和她们一起去小芳家。小芳好久不见两姐妹，正想得不行，见两人带着吕蒙上门来看她，自然乐得找不着北。立马让父亲割块好肉回家，几个人一边谈笑风生一边包了一大锅纯肉馅饺子。对海玉来说，吃上一顿纯肉馅饺子是比看电影更奢侈的事了，她觉得自己幸福得不得了。

又一个月后，海玉拿了人生中作为正式工人的第一份工资：基本工资三十六元，中班费十块，质量奖金三十八块四，共计八十四块四毛。这对于海玉来说是一笔巨款，她背过人躲在厕所里数了一遍又一遍。那天晚上，她怎么也睡不着，心里盘算着等哪天下早班去集镇上给父母和哥哥各买一块布料，然后再买一大块新鲜猪肉送回去，也在家里包上一顿纯肉馅饺子。

第二天，海玉喜滋滋地给自己买回一个煤油炉和一口小铝锅，这样，不当班的时候她就可以自己下面条。

俗话说，伤筋动骨一百天。可小芳想念厂里的姐妹，腿还没完全恢复非要夏莉莉带她到宿舍来玩。

韩秋燕在小芳摔了的第二天就离开了集体宿舍，搬进了新宿舍楼的母子间。其实，那晚小芳摔伤后，她先前的气焰顿时没了。厂里好多女工都对韩秋燕不满，对着她指指点点，说她那晚左一个"女流氓"，右一个"不要脸"，着实骂得太过了。对于厂里这些年龄相当的女工来说，《少女之心》谁没看过呢？那几乎是一代人青春里的记忆。所以，除了少数思想封建的人偶尔还在茶余饭后嚼舌根子，大多数青年男女并不认为看个《少女之心》有什么值得大惊小怪的。

那天来帮韩秋燕搬东西的,就有她的兄弟,也就是舞会那晚小芳迷恋上的那个人。

他见到和小芳在一起的夏莉莉似乎有些羞愧,一句话也没说,提着韩秋燕的铺盖卷和装锅碗瓢盆的网兜就走了。

夏莉莉也对韩秋燕搬走的事只字不提,怕小芳难堪。但小芳见海玉搬到了原先韩秋燕的那个床位,就什么都明白了。

这次众目睽睽之下经历的难堪何尝不是她青春道路上的一次小考。一个人在家时,她想了很多。虽然恨,但她最在意的并不是韩秋燕的辱骂,而是当她人生第一次遇见让她芳心萌动的人,还没来得及表露情愫,就遭遇如此难堪的境地。

小芳若无其事地跟那些曾在一个班组的姐妹聊最近车间的各种八卦,一直等夏莉莉下班她才心满意足地在欢愉中回家。

在这些好姐妹的调侃中,她听出了一件与她多少有些瓜葛的事,就是那个看起来像港台歌星的江城水电厂的电工居然托关系调到了缫丝厂。水电厂是多好的单位,满江城的人都知道。她隐隐感觉,这个电工是冲自己来的,同时也有一丝丝的欢喜,不管她爱不爱这个人,但如果这个人能为她做到不惜降级调动工作,他就值得她高看一眼。

他叫什么来着?她想了一路,终于在进家门的刹那想起来——孟苏州。

农历七月末,正是江城天气最热的时候。

方文贺终于能重新坐回办公室吹吹风扇喝喝茶了,回到家,老宅子阴凉舒适也正合他意,单凭这一点,他就忍不住感叹了多次:"金窝银窝不如自己的狗窝,外面哪有家乡好啊!"

过去的两个月里，他几乎没怎么在厂里停留，六十天一晃就过去了。先是县里安排的到广西、浙江、四川三地的调研学习，调研重点就是缫丝和丝织加工的产业发展。同行的除了县内几位优秀企业负责人，还有县政府的领导同志。回来之后，县里又马不停蹄地召开学习研讨会和上半年产业经济发展工作总结表彰大会。经过上半年的多次检测，缫丝厂生产的白厂丝，质量已迅速冲到了全省第一。产量也从刚投产那会儿的计划年产七十吨，提高到半年就生产了近五十吨，产值近四百万元。一个才投产九个月不到的企业，能有如此骄人的成绩，方文贺岂能不喜！

　　面对他的激动和无限感慨，与他同路的何立秋不时点一点江城缫丝厂与外省丝业存在的差距，让他保持清醒。方文贺也没有全然如何立秋担心的那样得意忘形，他回厂立马召开了全厂干部职工总结表彰大会，通报了缫丝厂的成绩，还表彰了一批生产标兵。

　　但那时，他已经在酝酿一个更大的计划。

　　他决定利用现在的资源扩大生产线，缫丝车间五组机床的生产已经不能满足外贸市场所需。通过这次在其他缫丝厂的参观，他明确了适合江城缫丝厂的生产规模与格局。两个缫丝车间各安排十台机组的话，需要再采购十五台立缫机，产能扩大到两千四百绪。另外，他还想拓展生产品类，新建织绸车间。这事拿到厂部党委班子会上研究讨论，大部分人拍手叫好，也有人持不同意见。他们认为，织绸虽然说是在白厂丝的基础上进行深加工而已，但织绸是织绸的技术，缫丝是缫丝的技术，机器不同，产品不同。若没有一套成熟的技术，到时候生产出来的产品不符合国内国际市场标准，销路就会大有问题。

　　方文贺说："咱们不是还有从无锡请来的老专家嘛，有现成的顾问在,咱们还怕什么?"因为大多数人举手通过,方文贺在扩建生产线和拓展生产品类的计划上并没有半点迟疑。

但当他去经委跟何立秋报他的计划书时,何立秋并不赞同他的做法。

"能专心做一件事,并且在能力范围内把它做到极致,再长期保持技术与质量的同时进步,这就很厉害了。你不能看别人做啥赚钱你就眼红,人家织布你也织布?人家做服装你也做服装?如果这样,那你就是跟风,一旦生产有瑕疵或者技术有问题,影响将是巨大的,你知道吗?所以一定要慎重。"

方文贺笑着问:"你觉得我是那种盲目跟风的人吗?"

"你怎么不是?"何立秋严肃地说,"自打受表彰回来,你的心就飘了,觉得自己啥都能行,好像无往不胜!你是一厂之长,你的言行决定了这个厂的走向。我必须以经委主任的名义提醒你,这样的思想很容易把厂子带偏。"

这一瓢冷水泼得他半晌没吭声。他想,这些天自己确实沉浸在莫名的亢奋和喜悦中,沾沾自喜是真的。那么,这些心理变化来源于他一直都想得到的社会认可,还是来自上级领导给予的肯定和荣誉?这些问题都值得他安静下来认真去琢磨琢磨。但同时他仍然固执地认为,想要做成一件事就不能瞻前顾后、畏畏缩缩。作为厂里的一把手,他必须有敢于试错的能力。

何立秋看他不高兴了,便不打算再劝。响鼓不用重锤,她想她已经说得够清楚了。

临了,方文贺告辞,她还是明确表示尊重他的决定。

"一周以后,我会将你的计划书原封不动地上报计划局。刚才说的那些,是于私的话。于公,我知道,发展经济需要你这种开拓创新的进取精神。好在,南方搞织绸的多,你若真要做就想办法找找资料,再深入研究一下。"

方文贺点点头,说:"我心里有数。"

儿子方海大学毕业回到了江城。

因为先前的房子卖了,他现在只能和父亲一起住筒子楼。

父亲方文贺一忙起来就顾不得回家,更不要说父子在一起吃饭,这让方海觉得家里过于冷清。县城没有多少可供游玩之处,去市里又觉得不方便,一个人在家里除了看书还是看书,很是无趣。

这天中午,他去菜市场买了猪肉和土豆,想做顿红烧肉吃。买完菜,他骑着自行车到厂里恰好十二点。下班铃声响过,车间里的姑娘们叽叽喳喳地鱼贯而出。他一只脚蹬着地,一只脚踩着踏板,从姑娘们中间穿过。到了车间门口,一眼瞥见父亲和吕蒙站在车间门口好像在商量什么事。

方海就这样跨坐在自行车上等父亲。这还是他第一次见到缫丝厂女工下班时的壮观场景,环肥燕瘦,花枝招展,圆脸和瓜子脸,披肩长发和充满青春朝气的短发,通通与他擦肩而过,带着香气,一阵风似的,令他眩目。

夏莉莉认出了方海。去年方海回江城做市场调研期间,刚好她父亲请方文贺去喝酒,见方海在,就叫上一块儿去了。

"嗨!小海,你回来了?"她走近按了一下他自行车的铃铛。

方海一怔,一时没想起来这是谁。

"我是夏莉莉呀,去年你回来,和你爸一块儿去我家的,江城东街簧学巷的,记得不?"

方海想起来,笑着招呼:"莉莉姐呀,你下班了,我接我爸回家吃饭。"

夏莉莉看到他车筐里的菜,问:"你会炒菜?"

"不会。"方海不好意思地说，"我爸会，我把饭焖好，等我爸回去炒菜。他在厂里吃的话，我除了吃面条都不知道该吃啥。"

夏莉莉笑道："这样啊！那我去你家混顿饭吃，咋样？"

"好呀！我爸手艺可不怎么样，只要莉莉姐不嫌弃。"方海指了指父亲，"估计还得等会儿，他半天说不完。"

夏莉莉笑道："你这大学生，傻呀你！你先去给你爸打声招呼，就说让他一定回家吃饭。我和你先回去把菜炒上，你爸说不定一会儿会叫上你吕蒙哥一块儿回来，你吕蒙哥有自行车。"

"行。"方海高兴得一蹬脚踏板，溜到父亲跟前。方文贺转身看了看夏莉莉，点点头。如此这般，方海带上夏莉莉就往家去。

"你真料事如神。"方海说，"我爸说他要和吕蒙哥一块儿去锅炉房看看，好像说有什么问题，怕不安全。还说一会儿会和吕蒙哥一块儿回家吃饭。"

"家里还有菜没有？就你这点儿菜哪够四个人吃呀！"夏莉莉问道。

"有！"方海说。

夏莉莉第一次来方文贺家，心里怦怦直跳，隐藏在心里的秘密像突然发出警告似的，令她脸颊发烧。她没想到方文贺堂堂一个大厂长住在这样简陋的筒子楼里，看起来比她家的房子还破旧。方海见夏莉莉一直在打量房子，解释道："去年厂子快投产的时候，我爸说厂里缺钱急用就把房子卖了。我们俩现在住的是我爷爷奶奶的老房子。"

听方海这样一说，夏莉莉对方文贺又多了几分崇敬，对方海说："你以后想吃啥就跟我说，我得空就过来帮你做。或者我炒的时候你学学，你爸心思都在厂里……"

"谢谢你，莉莉姐！"方海感动地说。

"快分配工作了吧？"夏莉莉问。

"档案已经提交到劳动局了，工作等组织分配。估计也没那么快，一个月是要等的吧！"方海说。

菜炒好了，方文贺还迟迟不见回来。夏莉莉闲不住，趁着这点工夫麻利地收拾了客厅和卧室。等都打扫干净了，抱出一大包父子两个的脏衣裤，一股脑儿放进卫生间的大塑料盆里。

"莉莉姐，你别弄，我下午有时间洗呢！"方海说。

"你去看会儿书。我手快，这点儿衣裳一会儿就洗好了。"夏莉莉说，"这家务啊，还得女人来做。"

方海不好意思闲着，赶忙帮着拿水桶接水。他好奇地问："莉莉姐，你咋那么能干呢？"

夏莉莉笑道："我妈瘫痪在床，全靠我爸。这些家务事我起先也不会做，都是逼着自己学的。洗衣、做饭、生炉子，啥活都做。习惯了，做家务也挺有意思的。你就说这炒菜吧，同样一盘菜，一百个人能炒出一百种味道，你知道为啥？"

"为啥呀？"方海笑。

"因为每个人对待生活、对待一餐饭的态度不一样。有些人老想着凑合着过，睡觉凑合，工作凑合，吃饭也凑合，所以做出的饭菜索然无味。有些人就想着，我每一餐都要对自己好，饭要好，菜也要好。吃饱饭，心情好，工作也顺，所以顿顿饭菜有滋有味，那是用心做出来的。"

"有意思！"方海站起来搭手拧干衣物。

夏莉莉嘱咐道："你一会儿把衣服晾到外面去。你爸回来，千万别跟他提洗衣服的事。下次我再帮你把被单啥的洗一下。"

方海笑道："我爸他又不瞎，家里突然变亮堂了他能看不到？"

夏莉莉也不辩解，抿着嘴笑："反正你爸他没提你就别说。你爸呀，是做大事的人！厂里的事情够他操心的了，不能让他在家务琐事上再劳心费神！"

这个月刚过，何立秋捎口信让方文贺去经委一趟。

这期间，为织绸车间的事方文贺专门跑了一趟省城进出口公司，考察真丝被面、电力纺、美丽绸的生产可行性，对坯绸、锦缎和真丝服饰的国内外市场前景与质量要求也进行了比较全面的了解。但对于江城缫丝厂目前生产承载量和技术成熟度的问题，还需要方文贺自己进行综合评估。

或许在这件事情上，方文贺正如何立秋料定的那样先入为主了，心里已经认定了的事情，即使在某些操作细节上还存在不可忽视的问题并且现在也没有答案，但他依然想试着闯一闯。从省城回来的路上，这种想法一直在他内心涌动，以至于一下车他便径直去了何立秋办公室，再次向她表明了决心。

他以为何立秋找他是计划书报批的事。

"还没批下来？这都过去半个月了，我还等着招工呢！"方文贺说。

"我听说计划局已经报县委上会了，估计就这三两天，别急。"何立秋说，"今天找你来是别的事。"

"别的事？我别的还有什么事？"方文贺狐疑地看着她。

何立秋嘲弄地将手里的笔在桌面上敲了敲："在你眼里，我找你除了公事难道就没有别的事了？想想，你家还有啥让你操心的事？"

方文贺看着何立秋一脸故作神秘的样子，越发摸不着头脑。

"当厂长入魔了。"何立秋叹了口气,"你对方海的分配一点儿也不操心?"

方文贺这才反应过来。"怎么,分配的事有眉目了吗?"

"有眉目了还用我来跟你说吗?"何立秋没好气地说,"没见过你这么当父亲的!人家孩子大学没毕业家长都到处托人安置工作。你倒好,不闻不问!"

方文贺羞愧地点头道:"你批评得对!我这段时间都在琢磨厂里的事。"

"白天琢磨厂里的事可以理解,晚上总可以关心关心孩子吧?不听听孩子有什么打算?"何立秋瞅着他就想起自家老公,对孩子学习生活漠不关心的态度简直一模一样,"你们这些男人啊,说得好听了是事业心重;说得不好听,就是不称职。当老公不称职,当父亲也不称职!"

看方文贺一脸尴尬,她便换了话题:"我听到一点儿消息,你家方海本科毕业,大学期间既是学生会主席,又在校团委协助工作,在江城县青年人才中可算是佼佼者了。劳动局的意思呢,一是考虑作为党政工作的年轻干部培养,让他进县委组织部;二是考虑到他学的工商管理专业,现在江城县大型国企算上你们缫丝厂就三家,且普遍缺乏他这种有既知识又有见识的管理人才,如果不把他放到组织部就会暂时放到我们经委,将来时机成熟也可能分到厂里挂职。所以现在还没定,可能后面会找方海谈话,征求方海的意见,这或许将起到关键作用。所以……你们父子尚有思考和选择的余地,明白吗?这可是关系到孩子一辈子的大事!"

"我知道,谢谢你提醒我!"

方文贺郑重其事地与何立秋握手,对何立秋的提醒他非常感激,但同时心里也很不好受。儿子回来一个月,父子俩一起吃饭的次数屈指可数。就在饭桌上,他也是在跟儿子讲缫丝厂,讲他对这个厂未来的设想,还会跟儿子探讨对改革开放的思考。儿子对产业发展的见解或多或少总能带给他启示,但他唯独不曾替儿子考虑过。甚至现在,在儿子职业选择的关键时刻,他居然对儿子的想法一无所知。

傍晚,方文贺拐到供销社打了半斤高粱酒。到家后看到儿子方海正趴在书桌上一边翻书一边做着笔记。

"你今天没出去?写什么呢?"

"哦,你不是一直在考虑丝织的事吗?我闲着没事,刚去新华书店买了一本关于丝织工业的书,给你摘抄一些或许用得上的东西。"方海头也没抬。

方文贺默默地盯着儿子专注的背影看了好一会儿,心里暖融融的。

晚饭后,屋里还是沤热。他跟方海说:"你陪我下楼到河边走走吧,那儿凉快。我这差不多一年都没去转了。"

"行啊!"方海察觉到父亲看他的眼神有些异样。

从筒子楼出去,横穿马路,顺着棚户区逼仄的小道一直向南,再穿过一片芭蕉林,眼前豁然开朗。微风吹皱的汉江水此时在暮色中显得静谧而幽深,河对岸的田畴桑林和如黛青山此时都在清浅的河水里晃晃悠悠。河水舒缓地流向远方,在视线的尽头逐渐扩展成一片粼粼的银光,与更远处的一线江天融为一体。

"真舒服!"方海迎着晚风伸展胳膊。

"今天,你何阿姨批评我了,说我不是一个合格的父亲。"方文贺说,"我想了一下,还真是这样。你回来近一个月,我好像真没有关心过你的事。小海,你怪你爸吗?"

"我怪你什么？"方海笑道，"爸，我都成年了，自己的事应该自己负责了。倒是你，整天在厂里没日没夜的，吃饭也不规律。"

方文贺回头张望城里鳞次栉比的建筑和次第亮起的点点灯火，感慨道："还真快呀！转眼你妈妈走了四五年了，你也大学毕业了，接下来该考虑工作、成家……"

方海赶紧道："行了，爸，你越想越远！"

"对于接下来的工作分配你有什么想法，能跟爸说说吗？比如，你理想的职业是什么？有没有特别想去的单位或部门？"方文贺问。

方海摇摇头说："我学的专业本来就偏离了原来的理想。比如高中那会儿，我很想当医生，考医学院。我妈那时病了，我的这个愿望特别强烈。医生是多么崇高的职业，救死扶伤，挽救生命，减轻一个病人的痛苦其实就是挽救一个家庭。那样的职业会令人内心踏实、自豪、满足。后来，成绩没达到医学院的分数线……现在，我就等着分配，接受命运的安排。不过，爸，你放心，不论分配到哪儿，我都会好好干！"

方文贺想了想，试探道："有没有想过……从政？"

"没有细想这些，我服从组织安排。"方海一脸淡定地看着父亲，看父亲沉吟不语，好奇地问，"爸，你是不是有什么想法？想让我去哪儿？"

"我……可能我想法没那么崇高。"方文贺不好意思地笑了笑，"我也希望我的儿子从事医生或者教师行业，但你的专业不符。现在我只是想尽到一个做父亲的责任提醒你，如果将来你分配到一个普通的工作岗位，你要耐得住性子，接受自己的平凡和普通，兢兢业业，做你该做的。如果分配你去县委组织部或者其他政府部门，意味着你将选择一条更为艰难的路。都说不想当将军的士兵不是好士兵，但你若选择了那条路，就要承受比别人更多的锻炼打磨，因为许多事会推着你走，由不得你！"

"为什么？"方海看着父亲。

为什么？方文贺想起前段时间自己为劳动局不断安插领导干部家属到厂部任职的事发火。火归火，怨归怨，最后还不是得接受！可劳动局这些帮着走后门开绿灯的人，他们难道就心安理得吗？不！他们也有他们的无奈。

"你看很多有着一官半职的人被车接车送，开会坐主席台，非常荣耀。其实呢，说违心的话，办违心的事，要提防这个，要关照那个，他们活得比我们更难啊！当然，你也可以不那样做。但是，你说真话没人喜欢，你想办实事没人支持。水至清则无鱼……"

方海看着父亲，他只感觉到此时的父亲像压抑着许多不能言说的事。

"爸，我明白您的意思。不过，我觉得您有些悲观了。"方海说，"人间正道是沧桑！我相信，越来越多像我一样的学子回到家乡投入建设，社会会越来越好！"

方文贺点头。儿子的阳光心态令他欣慰，他笑着鼓励道："我今天从你何阿姨那里了解到，依照你的学历和专业，劳动局会把你列入青年干部中的重点对象进行培养。小海，你很优秀！我这个当父亲的为你感到骄傲。但你的工作如何分配是劳动局的事，我不想像别的家长那样过多干预。可是，未来的路如何抉择，将来是想做造福一方百姓的官员还是想在其他行业做出一番成就？你这两天就好好想想。无论你选择走哪条路，我都支持你。"

2. 一说出来都是错

方文贺抽空将杨海玉的户口办下来了，与她同身份进厂的两个女孩也正在办理，等她们任户口一下来，就可以去劳动局签订正式职工合同。

杨海玉想周末回家将这一好消息告诉家里人，吕蒙却说要给她惊喜。"等我们回来，我再送你去丝银堡。"吕蒙说。杨海玉心里正兴奋着，也乐意跟吕蒙分享她的喜悦，便遂了他的心愿。

哪知道吕蒙借了厂里的车一路开到了市里。正值中午，骄阳似火，吕蒙在路边停下车，拉着海玉先进了一家饭馆。"一会儿给你买个帽子戴上。"吕蒙说。自从上次在瓮城子外面的河堤见了面，这算是他们第二次约会。平常在车间里倒是常见，吕蒙也只能借巡查车组的机会接近海玉，一言不发在她身边站一会儿。现在，海玉见吕蒙完全一副替她当家作主的模样，禁不住好笑。

"你笑什么呀？"

"我笑我自己呢，竟跟你发疯跑这么远！"

"那有啥！将来，我还要带你去省城，去北京。"

两人又饿又渴，吕蒙要来两碗解暑的酸菜鱼鱼和两瓶汽水。

"你是饿痨鬼下山哪！"海玉看着吕蒙狼吞虎咽，笑道，"这个酸菜鱼鱼我娘都会做！下次你到我家做给你吃，拿嫩桑叶捣烂和上白面做，绿油油的，比这还好！"

"你真幸福！"吕蒙羡慕极了，说，"我妈很少做饭，我家都是我爸做饭，打小我妈给我灌输的观念就是'成大事的人不能把心思放在下厨吃饭上'……我妈是看不起男人围着锅边转，但她自己又不做，这不很矛盾吗？所以呢，我爸做什么我就吃什么，从不敢挑食。上了大学以后，吃饭对我来说才是自由的，想吃什么就买什么。"

海玉这还是第一次听吕蒙聊起他的父母和家庭生活，安慰道："以后你想吃什么，我给你做。"

吕蒙听了心里熨帖极了。

吃完东西两人浑身带劲，兴致勃勃地牵着手，一间铺子一间铺子转。面对琳琅满目的商品，吕蒙想起自己曾买过一条纱巾准备送海玉，到现在还压在他柜子底。这会儿视野开阔了，才发觉那纱巾真如当时方厂长说的俗气。这段时间，市县的喇叭像是统一播放，不是《明天会更好》就是《天竺少女》，而店铺橱窗内外也都是电影《红衣少女》中的女主角海报。吕蒙看着那海报上的红色心念一动，也想给海玉买上一条那样的裙子。

找了许久，终于找到一条中意的，海玉穿上俏皮地在吕蒙眼前转了一圈就立马脱掉了。

"太时髦了，我穿不出去。"海玉红着脸解释道，"我不喜欢太张扬。要不，我买淡蓝色的？"吕蒙依了她，让她就穿着新裙子，贴心地帮她把旧衣裤装起来。吕蒙原本计划带海玉去市中心的汉江公园划船，但实在太热了，便决定带海玉去看一场电影，就看《红衣少女》。

从电影院出来，吕蒙和海玉正谈论着电影里的情节，忽然听到有人叫"吕科长"。转身一看，三个姑娘站在他身后正好奇地打量他和海玉，为首的是质检科的汪小美。吕蒙想起不久前在西装口袋里发现的字条，上面的署名就是汪小美。虽然之前也有胆大的女工趁着他跟人讲话的时候偷偷从背后往他兜里塞字条，但写得火热大胆又露骨的还属这个叫汪小美的姑娘。

海玉一看是厂里的女工，慌忙要将手挣脱，硬被吕蒙死死握住。

"你们来看电影吗？我们刚看完，挺好看的！"吕蒙若无其事地招呼，他知道汪小美家就是市里的，但没想到这么巧碰上了。

汪小美笑着说："我带两个好姐妹一起到我家玩，顺便看一场电影。没想到遇到吕科长，既然这么巧，要不我们不看电影了，吕科长跟我们一起去我家玩吧！我妈买了好多菜，正在家给我们做好吃的！"

"不好意思，我还有事。谢谢你，你们玩！"吕蒙礼貌地朝她们点点头，拉着杨海玉就走。

汪小美错愕地看着吕蒙和杨海玉离开，半晌才收起僵在脸上的笑容。

"这好像是那个新招来不久的养蚕户。奇怪，她怎么这么快就把吕科长勾搭上了？"汪小美身旁的姑娘说。

"乡下来的狐狸精！"汪小美气得一跺脚。

已经走远的杨海玉懊恼得不得了，一直对着吕蒙碎碎念："市里居然还能遇到熟人，可真是见鬼！糟了，她们回去肯定要乱说。都怪你，还把手握这么紧，生怕人不知道似的！"

吕蒙拉着她，正色道："什么叫乱说？她们大不了说我们在谈恋爱，这有什么呢？现在全社会都讲自由恋爱，为什么要偷偷摸摸的？海玉，你告诉我，是我配不上你，还是你心里有别人？"

"不是！"海玉急急地说。

吕蒙看着海玉欲言又止的样子，大概猜到八九分。三个女人一台戏，车间女人堆里那些小聪明、小手段他早有耳闻。

"我会保护你。"吕蒙叮咛她，"她们要说什么，我们就大大方方地承认我们在自由恋爱。但你要有什么事记得第一时间跟我讲。"

第二天，方文贺临时决定请何立秋和吕蒙来家里吃饭。一是庆祝儿子方海工作落实；二是庆祝扩大生产线和建织绸车间的计划通过，马上要采购设备和进行招工培训了。正是因为这两件事都离不开何立秋的支持，方文贺想借此机会表达一下对她的感谢。

本来这个周日方文贺交代方海，自己要去省城一趟。方海便同夏莉莉约好，趁着方文贺出门把秋冬的被褥帮着拆洗拆洗。结果到了方文贺家，碰巧他刚买菜回来。

"莉莉？今天不上班你怎么没回家？你这是……"方文贺开门见夏莉莉提着一网兜菜，很是惊讶。

夏莉莉也吃了一惊，正结结巴巴不知道如何解释，方海从里屋跑出来，赶忙接下夏莉莉手中的网兜，朝夏莉莉挤挤眼睛："爸，你不是一早说要请客嘛，我担心你厨艺不好，你买菜的时候我特地去请了莉莉姐来帮忙的。"

"哦，对！小海让我来帮忙炒炒菜。"夏莉莉尴尬地说。

"那太感谢了！"方文贺忙将夏莉莉让进屋。他在心里嘀咕："小海啥时候跟夏莉莉这样熟了？"不过，自己在厨房笨手笨脚，有个女人能帮着下厨倒让他松口气。

结果，何立秋一来就看到"一家三口"做饭的温馨场面：夏莉莉在门口过道的蜂窝煤炉子上炒菜，方海在一旁看着，方文贺坐在茶几前包饺子。

"哎，这是小海的女朋友？"她指了指窗外。方文贺愣了一下，摇头道："不，莉莉是我们缫丝车间的技术标兵，刚刚升为值班班长。她爸老夏是我的老熟人，原来是林业局蚕技站的站长，研究蚕桑技术还在省上拿过奖的，你该认识他吧？在桑树的培育上可是给江城做了大贡献的人。"

何立秋又瞅了瞅，压低嗓子说："她父亲我应该见过，记不得了。但这女子看起来比小海大不少，配不上小海的！你呀，儿子大了，你该操心操心。小海找对象可要找一个家世学历都相当的才行，别等着两个黏糊上了再说就晚了。"

方文贺嘿嘿直笑，打趣道："你这口气咋跟他妈一样！"

"我可以是他干妈！"何立秋白了方文贺一眼。

灶台边，夏莉莉问方海："你爸该不会怀疑了吧？我刚才看到何主任和你爸一个劲儿地瞅我们。"

"不会。"方海悄悄地说，"你先前几次来帮忙收拾屋子，我爸连问都没问。我觉得除了工作就没啥能进他视线。"

夏莉莉听方海这样说顿时有些失落。在呛人的烟气中，她突然发现潜意识里自己是渴望方文贺知道的，知道她在关心他，关心他的家，知道家里来过这样一个愿意照顾他的女人。但是，这样的心思连她自己都觉得羞耻，又怎敢跟谁说呢？无处说，也不敢说，一说出来都是错。

"你……是不是喜欢我爸爸？"方海突然问。他刚才一下就注意到她神情有些异样。

夏莉莉一慌，手里一盘切好的菜差点倒掉。

方海看着夏莉莉顿时红到耳根的脸，心里已经明白。他不但没有觉得不妥，反倒贴心地宽慰她说："没事，我就想确定一下你是不是喜欢我爸。其实，我也希望有个人能关心他照顾他。"

夏莉莉的脸一下红到脖子根，极不自然地点了点头。

方海说："我抽空给我爸说。不过，我爸确实比你年纪大很多。"

"别！"夏莉莉慌忙拒绝，"你别说，你爸……他肯定不会同意的！"

"为啥？年龄？"

"年龄是一方面，还有，他是厂长，有身份有地位……"

"我爸绝不是在意身份地位的人！"方海笑道，"这你就不了解我爸了！他呀，可能更看重有没有共同语言，能不能互相理解和关心。"

"哟，小子，敢偷着议论你爸了。"两人正说着，吕蒙从楼下上来。他趴在窗外看到方文贺正和何立秋在说着什么事，两个人的头都快凑一块儿了。

"小海，看，你爸肯定和这个女人有猫腻！"吕蒙嬉笑着跟方海八卦道，惹得方海用肩肘将吕蒙撞开："你胡说啥呢！快进去包饺子，没人能吃现成的啊！"

屋里，何立秋的"审问"还没有结束，她实在不解，明明她提前跟方文贺说过，劳动局有意将方海放到县委，但最后方海竟然选择了经委。方文贺说是方海自己的选择，何立秋气得不轻。

"真没见过养儿子这么神经大条的！多少人挤破脑袋把自家娃往政府大院送，你倒好！方海不懂也就罢了，你不懂吗？虽然都是储备干部培养，但在县委培养和在经委培养能一样吗？我这经委是缺有能力有才华的青年，但方海在这里委屈了，经委才多大一片天哪！"

方文贺一丝不苟地捏着饺子，任凭何立秋如何说，他都没办法坦白自己的内心。良久，饺子包完了，他才搓着手上的面粉安慰为此耿耿于怀的何立秋道："我确实跟他谈过。不是每个人都像你一样，有大志向、大理想。小海呢，他只是希望利用自己学的专业做些实事而已，对于工作，他并不喜欢政治味道太重的职业。作为他的父亲，我也尊重他的选择。"

"到底是你不喜欢还是他不喜欢？"何立秋白了他一眼。

看吕蒙进屋，两人才打住了话头。

下午，等何立秋、吕蒙与夏莉莉都走了，方文贺叫过来方海，问道："你跟夏莉莉是怎么回事？"

方海一时没反应过来："莉莉姐？什么怎么回事？"

方文贺翻了他一眼："你别跟我装糊涂！我是说，你跟夏莉莉是不是在谈朋友？"

方海这下听清楚了，忍俊不禁，哈哈大笑。

方文贺狐疑地看着他："你笑什么？我的意思是，你不能和她闹着玩，人家姑娘年龄大了，经不起感情波折。她老子可是我熟人，认识多少年的熟人。"

方海一屁股坐到方文贺对面，一本正经地说："爸，我问你，你喜欢夏莉莉吗？"

方文贺腰杆一挺，瞪着儿子："我问你呢，你咋还问上我了？"

"可人家夏莉莉喜欢你！"方海道。

"爸，你真是太粗心了。你没发现夏莉莉喜欢你吗？咱们家这段时间是不是很干净很亮堂？都是夏莉莉过来收拾的，你竟然一次都没问过。本来，她不知道你今天请人吃饭，她是和我约好来帮我们拆洗被子的。爸，你需要有个人照顾了。"

方文贺惊讶得合不拢嘴，他这才扫视屋里，干净明亮，就连卧室里他扔得乱七八糟的衣服，也叠得整整齐齐。

"这……这不是瞎扯淡嘛！你知道你爸多少岁？夏莉莉多少岁？相差一代人，一代人懂不懂？"

说完，方文贺白了方海一眼，一屁股坐下。

方海说："这都什么年代了？年龄不是问题，只要你……"

"话是这样说，可传到社会上了，人家会怎么看我？别说了，简直乱弹琴！"方文贺生气地说。

"你自己喜欢一个人，关别人什么事？"见父亲不吭声，方海不甘心，"那你能不能说句实话，你喜不喜欢她？"

方文贺翻了翻眼睛，烦躁地说："别跟我提喜不喜欢，这些个词跟我半老头子不搭界了，懂不？这跟喜不喜欢没关系，喜欢的也不一定就得自己占有。我这年纪，对她公平吗？她还正当年，我就老了……以后，不要让她来了。还有，你以后少跟我张嘴闭嘴爱情，你自己懂不懂爱情？！"

"我要不懂，这些年书就白读了！"方海起身，靠着门边看着父亲，觉得有些好笑。

良久，方海仍像个家长似的开导父亲。

"如果喜欢就珍惜！不管中间存在多少世俗障碍和阻力。爸，正因为你已人到中年，我才希望你能有自己的幸福，好好享受一下生活。时光不能倒退，你不能把身心都造成机器了呀！"

方文贺心里突然涌出一些酸楚，一时不知说什么好。

3. 女人之间的斗争

杨海玉周一上晚班。

她一进车间就感觉到周围异样的眼光。之前好多熟悉的姐妹见了她笑得讪讪的，有些人见她到机位了一个劲儿地窃窃私语，还有些不熟悉的面孔抻长了脖子看她。

她心里咯噔一下，大抵猜到是什么事。只是，这个礼拜师傅夏莉莉没带她这个班，她自己从来没有遇到过这种情况，也不知道万一有人当面问什么她该如何应对。

这令她一开机操作就心神不定，老是走神。一个钟头里，接连好几个水涡里的茧绪没有及时补给，抑或断丝处理速度过慢。值班班长注意到她在操作台手忙脚乱的样子走过来帮她，提醒道："一个人看二十个涡，手快心不慌，你考核的时候可是优秀啊！今天怎么回事？注意力集中！"

头顶风扇的呼呼声，以及眼前转轴带动银丝绕着飞速旋转的小籰子都像是紧紧追赶的马达，令她精神紧张，汗流满面。过了二十来分钟，见她眼和手渐渐稳下来，值班班长又叮嘱了她几句才放心离开。海玉此时好想叫住值班班长让她多待一阵子，但张张嘴还是没好意思叫出声。

或许是她自己的错觉，三四个钟头下来，并没有人来找她麻烦。只是送茧工送了两次她都没做完，累积的茧越来越多，她搞不懂自己怎么就比平时做的慢了许多。送茧工再来的时候，脸色就变得很难看了，将茧桶往她跟前一放，站在机床前大声嘲弄道："有些从乡下来的人啊，就是不自爱，刚当上工人几天心野了，连缫出来的丝也是野丝，你们信不信？这干活都心不在焉的人哪，八成还在想着晚上怎么讨男人欢心呢！"

送茧工的话引起周围人一阵哄笑。她旁若无人的挖苦讽刺像针一样一下下扎到海玉的心上。海玉假装听不见，但眼泪却不争气地在眼眶里打转。

她想起吕蒙说过的话，心里又急又气。

"说好的保护我呢？关键时候怎么不出现！"

这样反复在心里念着，想着，恨着，怨着，又担心吕蒙真的过来看见自己的狼狈。熬到晚上十点光景，小芳匆匆从煮茧车间过来，俯到海玉耳边悄声问："你得罪谁了？我听我们车间的人都在议论你，说你不择手段勾引吕科长，到底是咋回事呀？"

海玉一下子绷不住了,眼泪哗地流下来。

"哎,你哭啥?你到底跟没跟吕蒙好啊?"小芳看她只知道拿袖子抹眼泪就急得直跺脚。

"你不说是吧?!"小芳见海玉仍不愿意说,以为海玉没把她当朋友,生气道,"好,你不相信我你就不说。你师傅没在,看人家怎么欺负你!她们刚才还商量着怎么再给你加一桶,故意让你做不完!看你等会儿怎么跟值班班长交代……哼,就知道哭,真是被你气死了!"说完,看海玉还是咬着嘴唇不肯开口,小芳便转身离开了。

果然,小芳前脚刚走,后脚那个送茧工又来了。海玉偷偷地看了看车间里的挂钟,还有十五分钟就下班。

"你还有一桶。刚才见你手脚慢,给其他人送就没给你拿,现在你台面上差不多了,这一桶得缫完。要不,你可就比别人少一桶了。"送茧工阴阳怪气地说。

海玉知道这一桶是故意晚送来的。若在平时,她也要大声质问她,你一个送茧工谁给你的权力也来欺负我?可此时,她不想跟她多说半句,一个眼神也不想给她。海玉其实已经猜到,当时碰见她和吕蒙的那三个女工,除了汪小美,另外两个一定是煮茧车间的。之所以不能跟小芳说,是因为她知道凭小芳的火暴脾气,一定会忍不住马上和对方翻脸甚至可能打架。小芳已经出过一次事了,海玉不想让她因为自己再惹是非。

海玉料想,这煮茧工的意图大概是要激怒她,只要她忍不住骂人或者动手,那些人就会借机告到工会,让她受处分,扣工资。所以,她打定主意,以不变应万变,只闷头做,不做任何辩解。

下班铃声响起,值班班长过来看了看她剩下的半桶茧子,问:"咋回事?你今天一上班状态就不对,你自己看还剩下多少？"见海玉半晌不吭气，车间人也陆陆续续走光了。值班班长不耐烦，也不等海玉回答，示意她赶紧清理台面。

海玉只得关了电闸。

临走，值班班长指了指锅里的茧子告诫她："这是要扣钱的！你刚转正，不要和自己的工资过不去。我知道，姑娘家刚进厂心事重。但你师傅和我也是好姐妹，既然你不愿意和我说，有什么解不开的心结或者困难就跟你师傅讲讲，别把情绪带到工作中。回去好好休息，明天可别再这样了。"

海玉含泪感激地给值班班长鞠了一躬，一扭身，跑了出去。车间外面，樟树葱茏，月影浮动。

第二天，虽然送茧工来送茧的时候依然磨磨蹭蹭故意拖延时间，但杨海玉经过昨天一折腾已经有了足够的思想准备，不再像昨天那样脆弱而慌乱。因此，这一个班上得那叫"紧张而有序"。她很自豪自己这么快就能把情绪调整好，一连两三个钟头在操作上没有任何失误，也没有出现一根野丝。吕蒙转到她跟前看她很专注，便也没多停留，冲她笑一笑就离开了。

接下来几天的班也秩序井然。之前的流言蜚语似乎就像一阵风，在海玉不再留意它的时候突然销声匿迹了。

事实证明，女人的嫉妒心真的能让人癫狂。

就在海玉以为这事翻篇了的时候，值班班长突然在周五的早班上召集缫丝车间所有女工开会。

"杨海玉，你知不知道，这一周我们其他四台机组加起来的野丝都没你一个人多！你到底有没有用心呀？"

海玉蒙了。她环顾四周，希望有跟前的姐妹能替她说句话，或者帮她证明一下，她这两天是多么认真在工作！然而，所有人看到她的目光都避开了。有的人当着她的面开始抱怨："因为她一个，害我们整个车间浪费时间！"

"班长，除了星期一我手慢了点，这两天我是非常认真的，没有出过野丝呀！"海玉委屈地看着值班班长。

值班班长气恼地说："你说没有野丝就没有野丝？可质检那边小样上明明白白地写着你的名字和立缫机编号！跟我辩解没有用，你的产品在那儿摆着呢！那小样是从你这立缫机的籰子上取的，你说能造假吗？我跟你说，杨海玉，你要再这样，那我就给你放两天假……今天召集这个班组一起开会，是为了让大家都引以为戒，时刻牢记'质量'两个字，珍惜我们来之不易的工作机会，珍惜身为缫丝女工的荣誉。咱们为厂里创作效益，也是为自己创造价值。散会！"

值班长气咻咻地走了。

"真是，跟她一个人算账就好了，干吗让我们都陪着她罚站呢！"

"一颗老鼠屎害了一锅汤！"

"夏班长不是老夸她这个徒弟嘛，还听说考核的时候分都打得高，哼！十有八九是走后门！"

……

平日与海玉亲近的姐妹，这会儿都毫不避讳地说着对她的不满。她们七嘴八舌地议论着，身上带着早上刚刚扑上的紫罗兰香粉的气味故意与她擦肩而过，撞一撞她。这样的羞辱让海玉无言以对，带着倔强、不甘和满脑子疑惑，她回到自己的机位。

电闸开启，水槽内蒸汽徐徐升起，巨大的机床在隆隆的声响中开始了新一天的运转。

车间没有什么秘密可言，早上缫丝班组因为一个人质检出问题而全体挨训的事没过一个时辰就让煮茧车间的小芳知道了。联想起这几日关于养蚕大户杨海玉勾搭生产科科长的传言，她总觉得这质检问题出得蹊跷。

小芳知道，就是问海玉也问不出个什么。趁着吃饭时间她骑车回了一趟家，将海玉的遭遇告诉了夏莉莉。海玉一家和方文贺、吕蒙都很熟，这事儿夏莉莉先前在方文贺家帮忙的时候听方文贺提起过，但是不是和吕蒙好上了她也不知道。不过，说杨海玉不择手段勾引吕蒙，显然是无稽之谈。夏莉莉担心海玉再受欺负，决定和小芳一同到车间看看。

与此同时，吕蒙也知道了海玉在车间的遭遇。他几乎可以断定这事是汪小美搞的鬼。为了不打草惊蛇，他并没有直接找汪小美，而是私下叫来扶摇车间主任和质检科负责解舒小样的另一位姑娘分开询问。

质检科设在扶摇车间的一角，虽然扶摇车间主任不会刻意盯着质检，但她们工作关系紧密，因为要将野丝严重的小簸子找出来划归等级，所以多少能了解一些小样的真实情况。在他了解完质检这边的事之后，当即亲自去质检组取杨海玉这一周的小样，碰巧遇到刚和杨海玉沟通完的夏莉莉。夏莉莉将自己在煮茧车间和缫丝车间了解到的情况悉数告诉了吕蒙。

晚上十点光景，吕蒙径直来到缫丝车间，让值班班长关停电闸，五分钟内集合缫丝车间所有上班职工到车间门口开会。同时，叫来煮茧车间两个送茧工和质检科五名质检员。

他一脸严肃的样子让值班班长感觉到事态严重。十分钟后，吕蒙站在近两百名职工前，干脆利落地通报了两件事：一是因为上半年效益好，职工工资将根据不同工种普遍上调百分之五到百分之十。同时，扩充机组，扩大生产线，增设织绸车间。鼓励在厂女工以厂为荣,以为国家、为社会贡献自己的力量为己任,爱厂如家,好好工作。二是检讨自己近阶段对厂风厂纪的疏于管理,责令各车间主任和值班班长严格执行车间管理制度,对屡教不改的女工上报工会进行谈话和批评教育。

讲完纪律的吕蒙一分钟变脸,恢复了平日那副痞痞的不正经模样。

"俗话说,三个女人一台戏,缫丝厂现在女工加起来三百多人了,所以你们要唱起戏来,恐怕我都招架不住!"

下面的女工都被他逗笑了,只有汪小美站在人群中隐约感到不安。

"所以,平常车间里你们聊聊港台歌星,说说身边人的八卦,我都视而不见。哪怕听到你们讲黄段子,我都没打扰过,对吧?"

下面的女工又被他逗得一阵哄笑。

吕蒙声音顿了顿,冷不丁话锋一转:"但是,如果有人因为嫉妒,在生产车间导演'大戏'影响到生产,那就要严肃处理了。今天当着大家的面,我也八卦一下我自己。我和我的女朋友早在她成为缫丝工之前就认识了。她很优秀,不仅是丝银堡有名的养蚕大户,是献宝之家的女儿,更是省妇联评出的三八红旗手。这样一个优秀的女孩,是值得我学习和追求的。大家说,对吗?"

吕蒙微笑地看着好奇的女工们交头接耳地打听。

"别猜了!我的女朋友就是杨海玉。这几天,有人打着为我抱不平的幌子,在车间造谣生事,甚至不惜伪造证据对杨海玉进行诽谤……都说恋爱自由,这本是我自己的选择,任何人不得干涉!现在,说说大家可能知道,也可能不知道的一件事——某些质检员利用职务之便,将质检小样私下调换,对个人进行肆意污蔑攻击。这种拿质检当儿戏、行要挟之事的行为，是在故意扰乱车间生产秩序，同时也触犯了法律，我们厂绝不能姑息。从今天起，质检员汪小美调离质检车间，星期一交书面检查到党办，等候处理，岗位暂不做安排。还有两位煮茧工，我就不点名了，同样，等候处理！"

吕蒙的话掷地有声。于公，奖惩有道；于私，有情有义，有理有节。在场的职工为吕蒙的坦率所折服，在使劲鼓掌的背后，是作为这个厂职工的骄傲。不过，她们大多是健忘的，掰着手指算算自己的工资，然后在笑逐颜开中各自散去。而刚刚过去的那场对人的中伤之雨，好像很快被她们忘却了。

杨海玉一直静静听着吕蒙一句句护着她的话，由惴惴不安到泪流满面。这一刻，这个男人就是太阳，带给她踏实、安稳和温暖，让她所有委屈化为乌有。这一刻，她只想靠近他，感激他。

4. 怕是脑壳进水了

中秋节一过，天气明显地凉了下来。路旁，桂花树的枝叶慵懒地簇拥着小撮小撮的米粒黄。

在这个清爽宜人的清晨，赶来上早班的孟苏州在暖烘烘的电工房里打开自己的更衣箱，换上一套长袖的工装。他一米七八的个头，头发随了母亲自带卷曲，摘掉眼镜，眯缝的眼似笑非笑，自带喜感。因为父母都是水电厂的职工，技校毕业后他自然而然也分到了水电厂。跟了一个师傅，一个月就出师，三个月便拿到了电工证。师傅跟他父母夸他聪明，说你儿即使不在厂里干，有了这门手艺，将来到了外边走哪儿都能被人敬着。水电厂工资待遇好，外面的人挤破脑袋都想往里调，自家儿子哪能去外边呢？

当时只当酒桌上的玩笑话，孟苏州说："守着这么好的厂我要去外面？我傻呀我！"他、父亲、师傅三个男人一碰杯笑过了事。谁承想一语成谶！只在水电厂干了三年不到，他竟偷着把工作关系转到了江城缫丝厂。

他到底辜负了父母。

"好好的一个男娃子，怕是脑壳进水了……"亲戚朋友没一个不惋惜的。他们凭借人生经验擅自对他做出了诊断。

刚到缫丝厂，孟苏州一时半会儿还没从陌生的困扰中解脱出来。还好，电工组长性情温和，言语不多，只交代了他一些顶紧要的："分工简单，跟一两个班就行了。干些啥都是按流程走，有报修的或者谁要求的就去修。没事干了就去检查线路和机械电源，做好交班的工作日志。另外，女工多，只要你对谁都嘴巴甜点儿，我敢说，在这个厂里，电工的日子是最好过的！"

果真，干了一两个班，所有的陌生感荡然无存，他与这个厂的联系在自然而然中悄无声息地亲切起来。

车间女工、值班班长、厂部领导时不时提些要求：车间热了，宿舍灯不亮了，机器声大了，齿轮不转了，闸刀跳闸了，风扇坏了……他和电工室的工友就像一只只甲壳虫，日里夜里，从工厂的发梢到五脏六腑，爬上爬下，钻进钻出，枯燥地守护着这个厂一刻都不能停电的角角落落。

孟苏州常去检查电源插座，车间逐渐有了许多熟识的女工，远远地望见他就冲他笑，笑完了还跟旁边的人附耳嘀咕。他听不到她们嘀咕什么，看她们指手画脚，翻白眼，扮怪相，孟苏州大抵猜到了她们的意思，是对他的友善的嘲讽——为了追女朋友到这里了，傻啦，当心一头都捞不着啦，脑子有毛病啦，等等。孟苏州看惯了，听多了，就跟在大街上看到商店里摆放的各式各样布娃娃一样，一笑而过。闷罐子一样的厂房里，立缫机蛮横冲撞的轰鸣声，煮茧车间里水蒸气、熟茧热烘烘的味道，还有扶摇车间单调重复的嚓嚓声，大籰子旋转带给人的震颤，让他从一个车间转入另一个车间就跟梦游一般。

一个月前，他好不容易才将小芳约出去看了一场电影。小芳答应先从朋友做起，要考验考验他才确定做不做他的女朋友。小芳还问他："要是我做了你女朋友，你能保证每时每刻都想着我，不会三心二意吗？缫丝厂全是女工，你能保证不对别人动心吗？"他当时举手指天发了誓。可诱惑还是有的——这一班一班鲜活的女人往机器前面一站，轮流坐庄似的，多得令人看不过来。置身其中，他也难免会涌动起一种雄赳赳、气昂昂的情绪，这种情绪左右着他身为一名缫丝厂职工的骄傲。

一旦出了厂房，吸入阳光，吐出浑浊，他觉得立马又回归到他安逸踏实的小日子，那是一种只要有小芳就风清月朗的生活，令他雀跃奔忙又不觉烦累的生活。

孟苏州找父母谈过小芳的事，父母对他私自调动工作的气还没顺，他一说，父母这才知道他调动工作是奔着追女朋友去的，更是气不打一处来。父亲拍着桌子骂他蠢驴，放着水电厂好好的工作还愁找不下对象？母亲以为儿子是受了小芳的教唆才干出蠢事，更是先入为主，一口否决。这样一来，孟苏州就不似先前那般底气十足了，他害怕小芳知道自己父母的态度。

不知是不是买了副食糖果和雪花膏的原因，最近的一次约会他战战兢兢牵了小芳的手，她竟然没反对。这令他信心倍增。可是一高兴就有点自以为是了，偏偏他自己察觉不到。

他以为小芳已经接受他了，想趁着热乎劲儿尽快将小芳彻底追到手，盘算着不如在小镇租个房子，或许哪一天情到深处就能实行"一步跨越"。等生米煮成熟饭再偷了户口本和小芳结婚，到时候父母也无可奈何……他心里美滋滋地琢磨着，就等着中午吃饭的时候能跟小芳说说租房这事。小芳哪里知道孟苏州一厢情愿在打他的小九九。中午本来要回一趟家，硬被孟苏州拉到厂门口的一个饺子馆。才吃几口，猛然听孟苏州说要租房住，她一下就火了。

碗一推，转身就往外走。

孟苏州追出来，在她前面左挡右挡，觍着脸赔礼道歉。

"我错了还不行吗？我不说了，你好歹再吃几口。一碗饺子八毛钱，你三个都没吃到。"

小芳赌气坐回桌子。饺子是吃不下了，但话要说清楚。

"孟苏州你打什么主意呢？我才跟你约会两次，你就想七想八的，你把我当什么人了？我就那么贱哪？"

孟苏州被一句句问得面红耳赤。

"我已经告诉过你，我现在只拿你当普通朋友，还不是男朋友。我小芳对男朋友是有要求的，你考验都还没通过呢，明白吗？你如果这样，那我们普通朋友都别做了。"

孟苏州大气都不敢出，嘴里包着饺子只管点头。

小芳将自己的饺子碗也推给孟苏州："你把两碗都吃了吧，我不吃了。"

孟苏州可怜巴巴地劝说："你别生气了，我不提租房的事了，行吗？"

"我不生气了。你吃吧，我回宿舍休息一下。"虽然小芳已经没了兴致，但还是轻声安抚了一下孟苏州。

小芳从面馆出来，好巧不巧，刚走到厂门口就遇到韩青阳和韩秋燕姐弟。

韩秋燕从韩青阳自行车后座上蹦下来,鄙夷地看了小芳一眼,扭着腰就进了厂。韩青阳脚蹬在自行车上并没有马上离开,他带着揶揄的表情看着走过来的小芳。小芳能感觉到这个曾让她一眼万年的人刀子一样的目光,但她并不想理他。那晚的情形到现在历历在目,他轻薄和嘲笑的神情依然令她感到羞愤难当。

"小芳!"

韩青阳不甘心这个曾一度对他犯花痴的女孩子就这样不理他。就在她走到大门边的时候,他自行车一溜过去伸腿就挡住了她。

小芳错愕地后退了几步。

"你干什么?"她生气地说。

韩青阳笑了笑,说:"不干什么。好久不见,我就想看下你腿好了没有?"

"不劳你操心。"她没好气地说。

孟苏州恰好过来,见小芳被姓韩的小子挡住,一把拉住小芳问道:"咋了?他没欺负你吧?我陪你进去。"

"我找她有事。"韩青阳冷冷地看着孟苏州。这时,旁边路过的工友和门卫老郭都开始注意他们。

小芳一把推开孟苏州:"你先进去,他跟我谈点事。"

孟苏州很不情愿,但也不想惹小芳不高兴,还是听了她的话,一步三回头地离开了。

"厉害呀,这么快就有个俯首帖耳的男朋友了?"韩青阳笑道。

小芳说:"你胡说啥呢……到底有没有事?不说的话我进去了。"

韩青阳盯着小芳看了好一会儿:"我替我姐跟你道歉!那天晚上,是她不对。"说完,一低头,自行车轱辘在她面前画了一个圈，优雅地驰骋而去。

小芳怔怔地看着韩青阳远去的背影，良久，心里渐渐舒缓过来。

5. 保持纯真的革命友谊

国庆节前后两个月时间，江城缫丝厂陆陆续续招进四百多人，劳动局组织抽调的技术标兵将这些新人分八组八批次进行专业技术培训，计划赶在次年元月份增设的新生产线全面投产前能够上岗。

为了把织绸车间做起来，方文贺已经连续在车间待了好些天了。这一天累得够呛，晚上邀吕蒙来家喝酒，又把方海叫回来。方海给他俩炸了一盘花生米，拍了一盘黄瓜。

方文贺想找一个吃苦耐劳又有钻研创新精神的人来专门负责织绸。和厂里支部班子一起讨论了好多次，大家都建议外聘，从省内外其他织绸厂家找一个懂技术懂市场的人过来。但外聘也好，引进人才也罢，说起来容易，实际去挖就很难了。眼看机器设备很快就要运回来了，车间负责人还迟迟落实不了。

吕蒙建议说："既然外聘不好搞，不如织绸车间的负责人就从现在各车间班组干部、生产标兵中来找，采取自己报名、公开竞聘的方式挑选。"

"竞聘？这倒是新鲜词！"方文贺来了兴致。

"这还新鲜？我上学的时候就听说了。"方海听了在一旁窃笑，"我爸孤陋寡闻，真该出去再学学。"

吕蒙举杯，跟方文贺笑着说："小海说得对，不新鲜了，这种竞聘在广东、浙江、苏州一带工业发达的地区早就有了，只是在西北地区来说确实算是新鲜事。竞聘，顾名思义就是竞争上岗，优胜劣汰。这样做一是让才能明朗化，是不是有管理能力大家有目共睹；二来考验一个人的勇气和口才，还有智慧。我们可以请省外贸公司帮忙联系一下，将选出来的人送到浙江那边去学习半个月，回来保准就是一员得力干将！"

"看来，今晚叫你来是叫对了！"方文贺拿酒杯跟吕蒙碰了一下，别有深意地看着他，问，"既然有这样的好点子，在班子会上你为啥一句话不讲？说，你跟你哥耍什么花花肠子？"

吕蒙狡黠地看了一眼方海，对方文贺说："好我的厂长哥哎，刚才你也说啦，新鲜事，对吧？咱们江城屁大一点地方，做啥都讲人情关系，我若在会上把这一说，你一高兴一拍板，结果你猜会怎样？"

方海一口接过来，替他分析道："一是领导知道你织绸管理缺人，赶紧塞个人来，你不要也得要；二是厂里想走后门、整天琢磨大小当个官的人多了去了。他们天天来磨你，假装报名竞聘，实际就是调岗。到时候，所谓竞聘就成形式了。"

"嘻，你俩这一唱一和的！原来你们早就心中有数了……"

方文贺虽然感觉被俩孩子戏耍了，心里还是很高兴。

"咱们厂，厂办各科室和做车间管理的，就这短短几年，靠各种关系塞进来多少人了？眼下九十多个了吧？哪个领导跟你方厂长提前沟通过？等织绸车间和缫丝二车间一开，还会给厂里塞上至少十个人，信不信？"吕蒙苦笑道。

提到厂里这些人事，方文贺看着手里的酒，心里沉甸甸的，不禁愤然："我们厂需要那么多管理干部吗？说是劳动局人事招工招干，这能招干进咱们厂的，哪个不是凭借各路神仙大显神通了的！能力？哼，他们才不管这个，能力在人情关系中算什么？

前两天总务科找我,说要求扩建办公区,现在办公室不够用了。哼!你早上到那些办公室去看看,有多少人在干正事?不是跷着二郎腿闲谝的,就是捧着茶杯看报纸的……"

"行政机关这种现象很普遍。"方海开解父亲说,"咱们这些企业单位体制就这样,横竖还是吃大锅饭那一套,也不仅仅是缫丝厂。我还听说,某单位有点资历的老职工,一年到头在岗位上见不到人,只有逢年过节单位发福利了才能见着面!更有离奇的,直接办个病休在家,工资还每月领着……话说回来,这些歪风不是一天两天就能纠正的。几个做厂长的有精力耗在这上头?只能说让厂办严要求,开会的时候多点拨点拨,慢慢来!"

方文贺苦笑,说回正题,又仔细交代吕蒙:"织绸车间的这事就不上会了。方海,你等会儿就帮我草拟个竞聘通知,我改好后明天直接让劳资科贴出去,到时候我们就等着有人来报名。"

有了思路,喝酒也带劲,方文贺跟儿子和吕蒙连干三杯。三个男人情绪高涨,意气风发。听着窗外喇叭里播放的流行歌曲,忍不住跟着唱起来:

> 你就像那一把火,熊熊火焰温暖了我;你就像那一把火,熊熊火光照亮了我。我虽然欢喜却没对你说,我也知道你是真心喜欢我。你就像那一把火……

立冬一过,日子一天紧似一天,好像天光陡然变短,让人时时刻刻有了被追逐的焦虑。

十五台立缫机和八台梭织机自拉进厂房到安装调试完成,方文贺和吕蒙没日没夜地连续跟了二十来天,等全部调试停当,就小雪之后了。

这时候劳资科那边已经收到包括夏莉莉在内的五个人的竞聘申请。方文贺决定从中选出一个车间主任，一个副主任。竞聘会召开之际，他去邀请了县里几家国营厂的厂长到场来帮助甄选。

夏莉莉的竞聘申请方文贺粗略浏览了一下，他认为不算最好，但她的生产管理方案却新颖又有见地。至于能不能在竞聘中获胜，还要看她临场应变的能力。他不怀疑夏莉莉的能力，夏莉莉在缫丝车间就是标兵，比其他女工年长，非常会照顾别人，又会团结班组力量。只是，想到那天儿子说的话，想到每次夏莉莉看他时那一双含情脉脉的眼睛，他竟有点害怕去探究这个女子竞聘的真正意图。

他很清楚，自己不仅不能在夏莉莉竞聘的事上私下帮忙，甚至可能还会投反对票。因为他并不想在工作中掺杂私人情感，或者说他讨厌把简单的工作关系变得复杂，更讨厌别人说他优亲厚友。

其实夏莉莉竞聘的文字资料是请方海帮着一起做的。她找到方海的时候，方海很直白地问过她："你自认为有没有能力管理好这个车间？你为什么而竞聘？"夏莉莉心情很复杂，她对织绸一点不懂，但她每每在车间、在厂院看到方文贺匆匆赶路的身影，看到他紧蹙的眉头，看到他日渐消瘦的身形，就忍不住想要替他分忧，想要为他做点什么，因此她渴望自己能懂得更多一些，进步得更快一些，这样能与他并肩……

"我……我想管理四五十个人应该没问题。织绸我不懂，但我能学！我也想咱们厂越来越好，能生产更多的产品……"夏莉莉结结巴巴地说。

"热爱！只要你热爱这个厂，你就有自信！"方海点拨她，"以前我们班上那些女同学，一发狠就变优秀，我估计你也是这样！还有，如果我猜得没错的话，你是因为我爸才竞聘的，你想独当一面，为我爸分忧，对不对？你想学织绸，我可以给你找资料。但你若是去竞聘，这样吞吞吐吐的可不行，你必须胸有成竹！"

夏莉莉吓了一跳，心里的隐秘总能被这小子一眼看穿。她不好意思地"嘘"了一下，制止方海再说下去。

"你说，你爸要知道我竞聘会不会直接把我刷掉？"夏莉莉问。

"也许会。"方海笑着说，"我爸这个人，思想保守，要他接受你恐怕得有一个过程。你要有被拒绝的思想准备……我是说，感情的事。"

夏莉莉听了有些难过。

早班下班之后，竞聘会在厂办会议室如期举行。

因为贴了公告，车间值班班长和行政干部几乎都来围观。

先进行的是笔试。笔试内容分为三部分：第一部分是写出国家经济政策和国内丝织行业情况；第二部分是写出丝织工艺流程有哪些；第三部分是陈述如何做好织绸车间的管理。

五个人参加竞聘，笔试就淘汰了两个。

本来方文贺想，如果夏莉莉笔试成绩不行就直接将她刷掉。偏偏夏莉莉笔试分数最高，每道题都能把主要内容回答到，看来没少做功课。

剩下三个抽签后轮流上台演讲。

第一个是扶摇车间的一位值班班长。第二个是之前吕蒙批评和处分过的汪小美。汪小美是市职业技术学院毕业的中专生，父母是基层政府部门的公职人员。汪小美很聪明，知道方厂长和吕蒙可能会因为先前发生的事质疑她的人品，所以一上台先将之前自己犯的错提出来反思一番，表示要在新的起点上以新面貌示人。这一下既堵住了厂办一班负责人的嘴，又让他们对她刮目相看。再者，她对抓效益、提质量、强管理也讲得有条有理。

轮到夏莉莉出场了，大家的好奇心都被吊起来。因为前面两位各具所长。如果夏莉莉讲得没有新意，估计很难取胜。

他们不知道，为了这次的竞聘选拔，夏莉莉是精心打扮过的。她那头瀑布似的长发不见了，剪成了精干的短发，穿上了打着蝴蝶结的卡腰白衬衫和黑裤子。眉毛用炭笔描过，脸上略施淡妆。她个头高挑，款款上台，在灯光的照射下，看起来年轻漂亮，优雅干练。

"夏莉莉同志！"方文贺发问，"请你谈谈，如果你是织绸车间的负责人，如何在产品质量和发展效益上下功夫？"

"首先，对于一个车间主任来讲，如何在产品质量和发展效益上下功夫是一个超出管理范围和能力范围的问题。"夏莉莉不慌不忙地回答，"但我愿意试着回答一下！"

夏莉莉第一句话一出，全场立马安静了。每个人都支起耳朵，睁大眼睛，想看看这个平常像邻家姐姐一样待人亲切的女子有什么不一样的见解。

夏莉莉不慌不忙地说："织绸的技术与质量首先取决于我们的茧和丝，其次取决于我们进购的机器设备。因为我们现在所有的丝标准是二十二个丹尼尔，比较粗。据历史课本上所讲，在我国出土的素纱单衣最薄的丝只有十一个丹尼尔。为什么素纱单衣出土了几十年，到今天为止还没有办法把它复制出来？原因就是我们目前的丝织技术和工艺还有待改进。现在国内梭织机只能对二十二个丹尼尔的丝进行加工，丝的张力只能如此，再细就断了。由此可见，如何提升织绸技术与质量我们还在不断探索中。

而我们首先能做的,就是在有限的设备和丝品上,按照国际质量检测标准,保证成品丝绸少瑕疵,最终达到无瑕疵……"

每个人都听得很认真。当夏莉莉鞠躬走下台来,全场依旧一片肃静,大家像是被她的气场镇住了。

在场的所有人,包括邀请来的评委嘉宾,都被她的拳拳之心感动了,好半天才想起来鼓掌。方文贺甚至觉得,以后再也不能小瞧她了。这个女子,不光今天的打扮令人惊艳,今天的演讲更是让他对这一行业的认识都得到了提高。

她的竞聘无疑是成功的。

新的职工培训期间,方文贺稍稍能松一口气。但他哪里闲得住!不操心车间的事,他又惦记上了旁的事。

这一年创造的经济效益非常好。到年尾了,他最大的愿望就是让职工们都能享受到奋斗成果,这是他们应得的福利待遇。

冬至一过,方文贺带着劳资科及厂办的同志跑了一趟市里,拉回来两卡车煤气灶和煤气罐子,全部作为福利发给了厂里的双职工、车间班组干部和机关干部。又拉回来三四车福利品分给职工,除了搪瓷盆、手电筒、洗衣粉、肥皂、毛巾,每人还有两斤大肉、五斤带鱼和二十元奖金。这样大的福利在整个江城县也是头一份。原先跟着方文贺从氮肥厂转到缫丝厂的老职工,一个个拉着方文贺的手老泪纵横。

趁着周末,方文贺抽调厂里基建处、电工组和保全科的同志分组到各家安装煤气灶。那时候煤气、煤气灶在各个小县城还没普及,江城也只有县里部分条件好的干部家庭在用,乡下人见都没见过。这也让领到煤气灶的人家陡然腰杆挺直,生出作为厂部职工的无限荣光。有人拉着方文贺问:"厂长,那我们煤气用完了怎么办？江城可没有卖的呀！"方文贺笑着挥挥手说："你尽管用！用完了我们派车拉到市里换。"

方文贺想着何立秋公也帮私也帮，心里过意不去，让方海将分给自己的双灶头煤气灶和煤气罐子直接送去了何立秋家。谁知隔了两三天，何立秋找到他家来，硬是要把买煤气灶的钱给他。

"你给厂里发的福利我不能收。你知道我的原则。"

方文贺指着自己门口的灶台对何立秋说："我又没有多占份额，是将我的那一套给你装去了。你看看，我这门口屁大一点地方，煤气灶一装，路都没法过了。平常一个人吃饭对付对付就行了，真用不着。"何立秋看着他那破旧的蜂窝煤炉子和杂乱拥挤的过道，又想起他那套卖了的房子，鼻子泛酸。

方文贺自己倒是无所谓："没事，我跟方海商量了，他工作稳定了，我这等织绸车间一上马，抽点闲工夫打听着重新买一套房。总归他找媳妇是得有房子。"

何立秋进屋坐下，跟方文贺说："跟你说个正事。"

方文贺笑："说就说呗，看你这一本正经的样子我就害怕！"

"你觉得韩秋燕这人怎么样？她虽然离过婚，但看起来还是个能干人。毕竟在一个厂里，如果能跟你过日子，也能照顾你和方海。"

"你这什么乱七八糟的，这叫正事？"方文贺一听就急了，"我这一天忙得火烧眉毛了，哪有心思谈这个？不可能的，你别给我乱点鸳鸯谱！"

何立秋看着方文贺急吼吼的样子好笑："我哪里乱点鸳鸯谱了？我觉得挺好的呀！"

"你觉得挺好有啥用呢？又不是跟你过日子。"方文贺不满地瞅了她一眼，揶揄道，"我倒是奇怪，你啥时候跟韩秋燕这么熟了？该不是她兄弟与你走得近了吧？还是她姑父汪主任跟你递话了？听说他马上要提拔了，你是不是想卖了我在他跟前讨人情？"

"到底是厂长，想法就是跟别人不一样！卖你？哼！头发都白了的一个老汉，能卖几个钱呢！"何立秋笑道。

"汪主任马上就是常务副县长了，大概就因为这提拔，他倒低调了不少，没有提过韩秋燕的事。是韩秋燕那个兄弟，前几天跟我饭后闲聊的时候，说起这个姐姐，让我递个话，人家想让你特别关照一下。两个意思，一是提醒说她姐目前是单身，一个女儿负担也不大，就看你的意思了；二是叶会计年龄大了，干不了多久了，你这财务科科长的位子不早晚得换人嘛……我也是听他说了才明白，人家是看上你方大厂长了！"

方文贺哭笑不得："感情人家看上我，我就得娶？"

"那倒不是！这韩会计我见过。如果你们两个人能对上眼，能在一起过日子，也不失为一桩美谈。"何立秋说，"但你看不上的话，我估计你就是看不上她身上那市侩气。"

方文贺脑海里闪出夏莉莉那张俏丽的脸。

何立秋见方文贺心不在焉，猛地在桌子上拍了一巴掌，死死盯着方文贺的眼睛。

"嘿，方大厂长，老实说，你是不是心里有人了？"

"不是，你别乱猜。"方文贺尴尬地掩饰。

何立秋目光在他脸上探寻，试图揪出他说谎的证据。"我不信。哎，你该不是看上那个夏莉莉了吧？她可万万不行啊，我警告你！"

方文贺被何立秋的话噎住了。他觉得何立秋的话完全没道理，分明是只许州官放火不许百姓点灯的行为。

"怎么这么说呢？哦，你何立秋介绍韩秋燕就行，我要看上夏莉莉就不行？你这哪里来的道理！"

何立秋吃了一惊，看来方文贺和那个夏姑娘真有点意思。这倒让她心里踏实了，抱定棒打鸳鸯的决心，耐心地跟方文贺掰扯："相差快二十岁呀！要是换了别人可以，婚姻自由嘛！可你不行，你的身份不是个体户，也不是私人企业老板，你是国营企业的厂长，你的婚姻不仅仅是你个人的事情，还跟厂子的形象、声誉紧密关联。你想想看，缫丝厂现在都上千人了吧，女工占了百分之九十八，谁都关注着。若你找上这么年轻的，人家会怎么说你，是近水楼台先得月，还是以权谋私、威逼利诱？人言可畏呀，你在这个位置，言行举止稍不留神就会被人诟病，甚至会毁了你的前程。你们俩不能有那种情感，只能保持纯真的革命友谊，懂吗？"

"懂……"方文贺苦笑。他心里堵得慌，跟何立秋说不下去了。

6．不撞南墙不回头

夏莉莉这一段时间在忙自己竞聘的事，等她想起关心小芳，才发现小芳下班之后竟然偷偷摸摸在跟韩青阳约会，这令她很是气愤。

"孟苏州那么真诚地追求你，你都不好好珍惜，又去招惹韩青阳？厂里一半的人都说这个韩青阳不适合你，就你自己不知道！"夏莉莉说。

"是，还有一半的人都知道孟苏州是为了我才放弃水电厂跑到咱们缫丝厂来！就好像我不跟他在一起就对不起他，对不起大家的好意，可是我要先对得起自己吧？！"

"你要是我亲妹我踢死你。"夏莉莉看着小芳一副无所谓的样子就恼火，"对孟苏州没兴趣就答应韩青阳？我看你将来被人卖了还帮着数钱！不撞南墙不回头，有你后悔的时候。"

小芳没什么可说的，她什么后果都想过，但不是还没有发生吗？既然看不到未来，她就想先这么着吧，走一步看一步。

韩青阳就是她想要的男朋友的样子——长相斯文，有文化，工作好。而自己呢，初中毕业，父母没什么文化，家境也一般，在这个煮茧车间每天一身酸臭茧子味，连自己都讨厌自己。韩青阳就是夜晚她一仰头就能看到的星星……工作体面，未来可期。他会娶一个普普通通的煮茧工吗？小芳不知道。但，可能越是自己够不着的，就越想得到。

她没想到韩青阳会正儿八经跟她道歉，虽然是替他姐姐说的。她还以为他道过歉二人从此也就再无交集了，毕竟她不喜欢他姐，他姐也不喜欢她。谁知道周五晚上下了夜班就被韩青阳拦住去路，说要约她第二天看电影。本来小芳张口就要拒绝的，可那样寒冷的夜晚，她看到他脸冻得通红，搓着手，跺着脚，一下子就心软了。韩青阳送给她一条绒线大围巾，将她头脸包得严严实实的。后来在电影院，他牵了她的手，还悄悄在她额头上亲了一下。这是她第一次被一个男人亲吻，当时被吓得手足无措，心慌意乱。后来，又觉得好笑。

小芳百无聊赖趴在阳台上俯瞰楼下。三三两两的人在花园和厂区大道之间来回穿梭。花园里的月季和秋菊都已枯萎，斑秃一样的草坪上饥饿的麻雀蹦来蹦去刨着草籽，广玉兰遒劲的枝丫如同伸向天空的触角，冷峻而恣意。更远处，高耸入云的烟囱和高低错落的建筑在寂寥的冬季显得格外苍茫，像某个电影里的小镇。

她听到有人叫她的名字，定睛一看，是孟苏州。他蹬在自行车上，见她朝楼下看，赶忙招手让她下去。她并不想见他，一扭身回了宿舍。

"怎么了？跟谁生气呢？"莉莉坐在被窝里织毛衣，见小芳丧着脸一进来就钻进被窝，好奇地问。

小芳不吭声。没两分钟，就听孟苏州在门外喊叫。

莉莉见小芳一动不动，只好打开虚掩的门。

"孟苏州，你叫魂呢？这会儿是午休时间，一会儿就该去车间了，你这样大呼小叫的影响别人知不知道？"

"莉莉姐，麻烦你叫小芳出来一下，我要见她，我有话跟她说。"孟苏州恳求道。大概是没休息好，他顶着两个黑眼圈，平常看着卷曲好看的长头发现在看起来像顶在头上的鸡窝，嘴唇上青色的胡茬似乎是一夜之间冒出来的，黑而挺立。

莉莉扶着门框挡住他："她累了，睡着，你有什么事等下了班再找她……"还没等她说完，小芳从身后拨开她胳膊走了出去。

莉莉很是无语，兀自关了宿舍门。

孟苏州一把抓住小芳的手。

"小芳，你真的跟那韩青阳好了吗？你是不是跟他出去看电影了？我们电工组的哥们儿都在说，你告诉我是不是真的？"

小芳就知道这事瞒不住。现在城里好多没找对象的男工，一下班就在大门口盯着缫丝厂的姑娘们，谁有对象谁没对象，比车间爱八卦的女人都清楚。小镇只有个溜冰场和露天舞场，要看电影得去江城——缫丝厂的女工实在太多了，不论在哪都能遇见工友，你或许不认识人家，但总有人认得你。

小芳只是没料到消息传得这样快。

"你别拉着我。"小芳挣脱他的手,"是,我是跟韩青阳看电影了。"

"为什么呀?你说过,我们先做朋友,然后考虑好了再做我女朋友!"

"不为什么。我考虑了,我对你没感觉。我也试过跟你在一起,可我做不到……我跟韩青阳出去就是想告诉你,我们不合适。缫丝厂姑娘多的是,你可以找更好的!"

"我为啥转到缫丝厂来?就是想让你看到,我孟苏州喜欢你是认真的,你为什么就不能接受我的真心呢?"

"我就知道你会这样说!孟苏州,我没想过也没要求过你转到我们厂来,这事你别赖我。"

小芳气鼓鼓的,倔强地梗着脖子。这个样子让孟苏州心寒,他被她噎得半天说不出一句话,想哭,想笑,又气馁。他愤愤地一拳打在阳台的水泥围栏上,苦笑道:"是,来缫丝厂是我自愿的……可他韩青阳哪点好?是的,他是比我有文化,他将来迟早要当官的,你看中这对不对?可是,他会看得起你吗?你跟他在一起会吃亏的。"

"我吃亏也用不着你管!"小芳铁了心。

这时,上班的时间到了。不断有人下楼,她们擦着孟苏州和小芳身边过去,看他们俩的眼神都很奇怪。

从大门口涌入的人流分解到车棚和通往车间的小路上,尖利的、清脆的、粗鲁的呼朋唤友的声音,连同自行车的响铃声,在经过一段时间的沉寂之后重新汇聚到一起,成了缫丝厂特有的活色生香的变奏曲。

只是平常自由自在享受青春欢乐的孟苏州此刻感受不到这样

动听的音律。他垂着头,转身跑下了楼。小芳也莫名地委屈,泪水夺眶而出。

进入腊月,生产科全部加班赶货,加之织绸车间准备投产,厂里一片繁忙景象,就连总务科、供销科、质检和后勤也都要忙到夜里九十点光景,给职工加完餐后才能离开。

何立秋不好驳韩青阳的面子,瞅了一个傍晚,在江城国营食堂要了四个菜一个汤,将方文贺和韩秋燕约到一个桌上。韩秋燕特意打扮了一下,将齐肩的头发烫成了时髦的大波浪,换了一身淡黄的纺绸棉袄套衫和灰色卡其布裤子,这样一身装扮一改平日里的生硬和傲气,显出几分温婉来。她的这份用心,至少何立秋见了很是满意。

为避免在饭桌上尴尬,何立秋来的时候特地叫上了丈夫曾一鸣,还带了一瓶剑南春,让他和方文贺活跃一下气氛。方文贺上桌后跟在厂办一样对韩秋燕客客气气,韩秋燕倒是表现得很主动,不停地替他夹菜,斟酒,添茶水。这样的殷勤倒是让何立秋和曾一鸣找到了话头,两人一唱一和地夸奖韩秋燕。方文贺一直用杯子挡住嘴,人家问"是不是",他不说是,也不说不是,喉咙里"哼哼"两声。

一团和气的这顿酒菜让韩秋燕生出热烈的祈望。

何立秋与丈夫曾一鸣先走一步,叮嘱方文贺陪着韩秋燕一路回去。方文贺推着自行车走了一段路,他把话题往缫丝厂的工作上扯,韩秋燕就把话题往私人生活上拉。拉到最后,连韩秋燕自己都觉得没意思透了。

送韩秋燕到宿舍楼下,方文贺和韩秋燕握手告别。

他还是忍不住说出了自己的心里话。他怕不说,下次何立秋问起,他还得这样应付,实在浪费时间。

"韩秋燕同志,一直以来我都非常敬重你。你很坚强,一个人又要工作又要带孩子,很不容易。但是,我这个人你应该也看得出来,我的心思都在工作上,对家庭和家人几乎不能尽到应尽的责任。我觉得无论从性格,还是从未来的生活来看,我们都不适合。所以,很是对不起。我希望今后,我们还是互相鼓励、共同进步的好同事,你要有什么难事需要帮忙的尽管给我说。"

韩秋燕在方文贺叫住她的时候,心怦怦直跳,以为方文贺要对她表白。谁知道话说出口竟然是这样,这番话无异于一盆冷水浇灭了她刚点燃的火苗。想着自己在饭桌上的主动,自己为这次约会新烫的头、新买的衣服,她就感到无比屈辱以及莫名的愤怒。

不过,韩秋燕到底也是经历过事的女人,她强撑着笑脸,一副云淡风轻的样子,大大方方地跟方文贺点头道别上了楼。

吕蒙这段时间陪着两个班的工人们加班加点赶货,早上天不亮一头扎进车间,半夜十一二点出来回到宿舍,他管这叫"两头黑"。海玉也忙,可还倒着班呢。

缫丝车间根据平时成绩和操作技术推选了包括海玉在内的三名缫丝工去省上参加全省缫丝操作大比武,比武若拿了名次,就有机会提拔成值班班长。她和吕蒙原本约定去他家见家长的计划因此只能推后了。

这场上百人参加的大比武让海玉大开眼界,真正理解了什么叫山外有山,人外有人。三天时间,三轮淘汰的比试对她来说可谓惊心动魄,五组机床立在赛场当中,分组比武的选手在立缫机跟前站定后,各市县来的领队和没有上场的选手将现场团团围住，水泄不通。伴随着小篾子和机器轰鸣，选手在机床前穿梭，在操作台上有条不紊地忙碌，一只优质茧抽出千米长丝，八只蚕茧合成一丝线——她们的手必须像弹钢琴一样把握粗细均匀，还要不时地处理好打结的丝线。穿丝、补绪、接头、弃丝，每一项都考验着选手的熟练和技巧。海玉也是在操作台日日夜夜的操作中，领悟到每一粒蚕茧的神奇，看到了大自然造物与人工智慧相融合的魅力。

她在穿瓷眼和接结咬结两个环节中，分别以单位时间穿十六只和接六十个的好成绩拿下了全省第二名，另外两名女工也拿了铜奖。回来的那一周厂里正好赶货加班，吕蒙特意奖励她们仨周末休假。

听说家里在盖蚕室，海玉不放心腿摔过两次的父亲，周六一大早就顶着刺骨的寒风赶回丝银堡。家里拆了原来做厨房和火炉间的偏厦，在院坝边临时砌了灶台和露天的火炉。原先偏厦的位置砌的土坯墙已经一人多高了，大概有两间堂屋的规模。

正是天寒地冻的时节，家里人没想着海玉会天不亮就回来。等海玉将院子里的火炉生起来，杨海军才打开堂屋门。

"还以为家里来小偷了呢！"杨海军笑着说。

家里一顺样样顺。先是杨海军三季蚕茧丰收而且是作为育种的优质蚕茧被乡蚕技站全部收购。第一年接手养蚕就得了好收益，海军信心倍增，这也是他们的父亲杨宝根抓紧时间要建蚕室的一个原因。还有另一个原因，就是杨宝根想将里屋的卧室和堂屋收拾干净，蚕室与睡房分开，才是正常人家的样子。然后再将海军的房子粉刷一下，开年就好给他定亲。

"我哥说媳妇了？"海玉问。

杨宝根说："人家给介绍了一个，你哥相过了，他说还可以。听说人家也是养蚕能手,能干着呢!"

海玉便缠着海军问:"快给我说说,长啥样?"

海军进屋从抽屉里拿出一张上过色的四寸照片。照片上的人浓眉大眼,鹅蛋脸,两根粗大的辫子搭在胸前,穿着方格子的小西装。海玉看得满是惊喜:"哎,好看哪!爸、妈,你们看哥哥找的这个嫂子,一看就是性格爽朗的人!"

杨宝根得意地跟老伴说:"看!我就说吧,海玉看到肯定喜欢。咱们家的人都喜欢大大方方、勤劳朴实的女子,扭扭捏捏的人、斯文小气的人都不适合。"

海玉觉得他话有所指,瞥了父亲一眼。

"现在先莫要高兴得太早,人家家里条件比我们好,最后愿不愿意跟我们海军还不一定呢。"海玉母亲说。她最烦丈夫啥事一有点眉目就嘚瑟。

得知海玉夜里还得回厂,杨宝根赶紧让媳妇烧水宰鸡,又让海军去将对象接来,一家人在一起吃顿饭。

家里还有三四个帮忙砌墙的人,海玉卷起袖子就下厨,帮着母亲给工人师傅烧饭。杨宝根乐呵呵地跟人夸:"我家海玉不忘本!啥时候回来一卷起袖子,那手脚麻利的,啧啧,我敢说没几个能赶上!"

海玉听到了跟母亲笑:"以前在家累死累活也没见爸夸我好,现在我不常在家了,爸倒学会夸人了。"海玉从焖好的一大盆鸡肉里偷偷夹出一只鸡腿搁进橱柜,被母亲看到,趁着女儿洗菜的工夫,夹出另一只鸡腿也给她搁碗里留着。

等母女俩弄好一大桌菜,海军也回来了。除了海玉未来的嫂子杨柳,还请来了晓鸥。让杨宝根和海玉更惊奇的是,杨柳竟和晓鸥是好朋友。

"哥，你太好了！"海玉雀跃。

海军笑："明明厂子离家这么近，你一天到晚不回来。这都两三个月了，我就晓得你肯定想见晓鸥了。"

"我也想海玉呢！"晓鸥说，"所以海军哥一说海玉回家做好吃的，我也不怕当电灯泡跟着就来了。"

"来了好！来了好！你对我们家帮助大，平常海玉不回来，请你都请不到呢！"杨宝根见几个关系好的娃娃都聚齐了，高兴得合不拢嘴，忙给她们煨上自己泡的杨桃酒。

晓鸥揽着海玉的肩，拉着杨柳的手，不胜感慨："海玉，真没想到，杨柳也快成你们一家人了！"

杨柳听了害羞地说："这才说明我们有缘，走到哪儿都能碰到。"这位未来的嫂子果真跟海玉判断的一样，谈吐大方得体，海玉与她也算一见如故。

饭桌上，一家人聊起冬天农闲时候的事，海玉想起厂里夏秋时节招了好些个选蚕蛹晒蚕蛹的临时工，便说："哥今年帮着爸把蚕室盖起来，明年秋蚕一完，要是不想淘金的话，可以去我们厂里干三四个月的临时工。春蚕开始之前，爸把所有准备工作做好就行了。"

"真的？那我也能去吗？"杨柳问。

海玉说："可以呀！就是把颜色好点的蚕蛹选出来晒干，活简单得很，就是气味大。"

海军摇摇头，说："我不去。一个大男人去选蚕蛹？都是些女人干的活，看到都着急……还有没有别的活？"

"锅炉房出煤渣，做不做？"海玉没好气地笑，"没见过你这号人，轻松的不干，偏要干重活。累死你！"

晓鸥叹了口气，说："海玉，你不够意思！自己走就算了，还想把杨柳叫走。她一走,我可就又没伴了。"

"啊?!"海玉愣了一下,随即哈哈大笑,"那……那还是让我未来的嫂子留下来陪你吧!"

晓鸥也扑哧一笑:"逗你玩的!我呀,也告诉你们一个好消息。我负责的江城县蚕桑高产新技术推广项目刚刚在省农村科技进步工作会上荣获科技进步二等奖,这喜事我可是第一个分享给你们,加上今年的蚕种制种技术也初见成效,县蚕技中心还准备给我申报奖励呢!"

"晓鸥,你真厉害!"海军激动得站起来给晓鸥敬酒。海玉和杨柳也替她高兴。

杨宝根看着身旁环绕的说说笑笑的孩子,个个都心疼,不停地往他们碗里夹肉。香甜的美酒伴着一桌人愉快的欢笑,令这个寒冬的午后温暖而安详,杨宝根夫妇久久地沉醉在这浓浓的温情暖意中,体会到只有大年三十才有的况味。

傍晚吕蒙来接海玉,临出门海玉想起来给他留的鸡腿,去橱柜拿的时候就看到了两个。正诧异呢,母亲过来嗔怪道:"多给你留了一个。加班这么辛苦还来接你,人家对你好,你也得对人家好!可不能三心二意的。"

杨宝根又拿出两个铝饭盒递给海玉,让她装包里。

"这是你们吃饭的时候你妈去赶着包的腊肉饺子,给吕蒙和方厂长各带一份,回去让他俩趁热吃,别凉了。"

海玉一时泪目,父母啥都替她想着。

方海在经委任党政办主任一职,转眼一个季度。

这天是他二十三岁生日,恰好也是发工资的日子。口袋里揣着一百多块钱,想着入职三个月来自己的满满收获,是该为此庆祝一下。他在县城的国营食堂订了几个好菜,邀请了最关心他的两个人,一个是自己的父亲方文贺,一个是既是领导又胜似亲人的何立秋。他还特地去了一趟外贸公司,给父亲挑了一顶黑色羊毛呢的帽子,给何立秋阿姨挑了一套包装精美的上海女人牌雪花膏。

本来方文贺是出不来的,还有三天,也就是一九八八年的一月一日,他的织绸车间和缫丝二车间就要上马了,许多细节除了吕蒙把关,他还得亲力亲为。比如梭织机,他守在机器旁,看着夏莉莉她们反复试操,以确保机器与人的紧密配合。

就在刚要张口拒绝的瞬间,他忽然意识到儿子这样慎重的邀请还是头一遭,一定有什么特殊的事情,于是他改变了主意,答应会准时到。那时他没想起是儿子生日,只是觉得奇怪。他和已经逝去的妻子曾经都抱着同一个观点,没有什么问题是在家里坐下来吃顿饭解决不了的。妻子去世后,他有很多次和领导、朋友在外面吃饭,他将那称为应酬,但父子之间平白无故这样就太见外了。

一直到路过城中一家蛋糕店时,他的脑子突然转过弯来,想起来今天是儿子的生日。记得妻子以前常说,一年阳历翻到头的日子就是咱儿子的生日。可不是嘛!眼看这一年就到头了——方文贺很庆幸自己想起来了,否则在儿子面前很丢脸。

他心情大好,立马停车,让售货员挑了一个奶油蛋糕。然后又找了家文具店,给儿子买了一支最时兴的英雄牌钢笔。

何立秋先到,见方文贺拎着蛋糕进来,懊恼地责怪方海没提前说清楚。方海不好意思地解释:"我是小辈,就是为在这一天感谢长辈呢,我要说了,又害你破费……"

方文贺笑而不语,将蛋糕放下,又折身到前台吩咐服务员煮长寿面，方海心里暖洋洋的，忍不住跟何立秋吐槽："你看，我爸越来越时髦了，还知道生日蛋糕。何阿姨，我都不知道江城县有生日蛋糕卖呢！"

"是呀，江城也就这么一家。"何立秋羡慕地看着方海，"你爸比我们家孩子的爸爸强多了，他居然记得你生日，厉害！"

方海开心地点头："是挺意外的，我也没想到他会记得。"

"哎，我家孩子的爸爸不光是不记得孩子生日，也不记得我生日，更别指望他买礼物。"何立秋说。

"哈哈，那还不简单，你生日是啥时候？告诉我，下次我给你买礼物！只不过，可不敢让你家曾医生知道。"方文贺端着一碗摊了鸡蛋的清汤面过来，听见何立秋的话笑呵呵地打趣。

三人一边吃，一边说说笑笑，回忆方海小时候的事。

好巧不巧，就在方海中途去卫生间的时候，韩秋燕牵着女儿走了进来。女儿闹着要喝国营食堂的丸子汤，她本来想买一碗装在铝饭盒里带回去。当她一眼看到正同方文贺谈笑风生的何立秋，愤懑一下子塞满了她的胸膛，随即带着女儿快步走了出去。

何立秋回到家，客厅里黑着。等她摸着开了灯，发现丈夫曾一鸣一脸严肃地坐在沙发上等她。

"咦！你为啥不开灯？不睡觉也不看电视，这样子干坐着，吓人！"何立秋奇怪地看着丈夫，"你咋了？"

曾一鸣故意干咳了两声。

"心虚了？"他嘲弄地看着何立秋，"你，和方文贺约会去了？"

"约会？哦，也算约会。"何立秋诧异地抬眼看着曾一鸣，"你咋知道我和方文贺在一起？是不是也去食堂了？那你不等我一起回家！"

曾一鸣让她说蒙了："食堂？什么食堂？我就问你，是不是和方文贺在一起？"

"是和他在一起呀！国营食堂。到底啥事？"何立秋奇怪地看着曾一鸣，"方海过生日，请我和他爸爸陪他吃顿饭，有啥不对吗？"

还不等曾一鸣说什么，她从包里拿出方海送给她的雪花膏套盒放到茶几上，指给曾一鸣看："喏，我没给孩子买生日礼物，他倒送我一套外贸公司的雪花膏！"

曾一鸣拿起雪花膏盒子看了看，半晌才起身，看着一脸疑问的何立秋："幸亏我心里还是相信方文贺的为人，相信他不会做出格的事。可是，何立秋啊何立秋，换个人，换个地方，你就是有八张嘴都说不清了！"

他从口袋里掏出一张字条递给何立秋。

字条上歪歪扭扭地写着："何立秋和方文贺两位同志私下约会，品行不端，道德败坏。"

"天哪！这是谁给你的？这不是胡说八道嘛！"何立秋吓了一跳。

曾一鸣严肃地说："不知是你还是方文贺得罪了人，大概人家就以这种方式报复。你应该庆幸是放到我办公桌上的，而不是交给纪委或者你们县委的领导班子。总之，你和方文贺以后要注意了，明枪易躲，暗箭难防啊！"

"你咋知道没有交给纪委或者县委呢？万一人家还就交了呢？"何立秋气得把字条拍到桌子上。她自认为没有得罪什么人，可方文贺就不好说了。

"是呀，这还真说不定。背后给人穿小鞋使坏的人，八成就没有好心眼。"曾一鸣说。

"你有没有问过你们医生办公室的人,有谁到过你办公桌那边?"何立秋问。

曾一鸣说:"当然问过了。当时医生办公室没有医生在,有一个护士说,她路过的时候,看到一个八九岁的女孩从医生办公室跑出去。但我想,孩子不可能做这种事吧?"

"女孩?"何立秋陷入沉思。

何立秋想了很久,唯一能确定的那个人在她脑海里出现又被她否定,再次出现,再次否定。她很难相信,这世界上怎么会有这样的母亲?一个母亲怎么能利用天真无邪的孩子来做这种污蔑人的事!

她将她的猜测讲给曾一鸣,曾一鸣也吓了一跳。

"怎么会是她?让人难以置信……"

何立秋说:"是,我也不敢信。但你想想,身边有个小女孩,跟我和方文贺熟悉,又知道你是我丈夫,还知道你在医院工作的人,除了她还有谁?"

曾一鸣还是无法接受:"前些天咱们不是还在一个桌子上吃饭吗,你不是给她张罗介绍对象吗?她不感谢你,还反过来给你和方文贺泼脏水……我想不通!你说,这女人嫉妒起来多可怕呀!"

"哼,还不是因为方文贺不会说话,直接拒绝了她,让她觉得伤自尊了呗!女人嘛,还能有啥深仇大恨?"何立秋无奈地叹了一口气,"这就是为什么人家说'可怜之人必有可恨之处'!方文贺拒绝了她,她爱而不得,生出嫉恨。唉,我也成她仇人了。"

还是暂时先不告诉方文贺了,何立秋心里想。

她试图以一个女人的心去理解韩秋燕,并替她悲哀。

一元复始,万象更新。

元旦清晨,城东的江城缫丝厂大门口鞭炮炸响,气球腾空。在高昂的进行曲中,方文贺和县委领导一同扯下织绸车间门口的红绸,织绸车间和缫丝二车间电闸拉开,机器同时启动,江城缫丝厂迎来了值得载入历史的辉煌时刻。

方海也在这一天给父亲带来一个好消息,在他的推介和协调下,县上同意成立一个蚕桑丝绸办公室,专门负责蚕桑、丝绸生产及流通领域的宏观调节和综合服务,促进蚕桑丝绸生产及流通的多头管理向行业管理过渡,推动农、工、商一体化进程。这是他入职以来为支持父亲的事业、为缫丝厂做的第一件事。

已荣升车间主任的夏莉莉神情专注地在梭织机旁巡视,眉宇间的自信令她娴静而从容。方文贺大步流星走过来握住夏莉莉的手:"这个车间就拜托你了!"

夏莉莉望着眼前一台台簇新的梭织机和一个个认真操作的女工,郑重其事地点点头。如果说刚进厂时她从方文贺眼里看到了他胸中正熊熊燃烧的热情和无尽的期望,那么现在,她也同样对未来充满期待。

以前,母亲老埋怨父亲工作起来不要命,父亲总是笑着解释说:"男人嘛,总要以事业为重。当你觉得自己可以为一项事业做点什么的时候就会有一种使命感和荣誉感,让你不由自主地越干越有劲,甚至会忘了自己,忘了家人!"她不理解父亲所说的"事业",觉得父亲的话虚无缥缈。说白了,那不就是一份工作吗?只是,这一刹那,她才突然明白父亲所说的话,也感受到了"事业"的魔力——这是方文贺致力开创的引以为傲的事业,也将是她的。

她这样想着,连眼睛里也飞出生动的甜美笑意。

第五章

1. 想和你一起守护这个厂

一九九三年元旦，距离一九八八年那个元旦的盛景已过去整整五年，夏莉莉依然守着她的二十台梭织机，在车间、宿舍和家之间辗转。容颜上的苍老基本上看不出来，当初在缫丝车间也算是"一枝花"的人物，如今脸上少了那种少女才有的生动，但整个人看上去比之前持重多了。这种成熟让闺密小芳很不适应，以至于她每每见到夏莉莉都忍不住要抱怨。

"你要是替叔叔阿姨想就不该继续这么单着，整天老气横秋的，我都快认不出你了！"

"你放眼看我们一块儿进厂的，有哪一个像你没对象没孩子的？既然等的人没结果，就赶紧悬崖勒马！去他的爱情……你看看我，换个人日子不照样过！"

夏莉莉呢，微微一笑，既不辩解也不回答。在车间里，对于像小芳这样关心她和给予她忠告的姐妹，她极力隐藏着自己的心思，对谁的话都用心听着，又觉得自己的心是她们所不懂的，既然如此，不如随自己的心意过日子就好。女工之间，男女之间嬉戏调笑的话题多了，夏莉莉听着笑着，不刻意回避也不参与。

女工在厂里不容易，不管是以前的缫丝工还是现在自己车间的挡车工，日夜两班倒，在嘈杂的环境里，每天重复着千篇一律的事情，情绪会低落，有些女工心理和生理紊乱，每个月总有几天肚子疼。有时候正忙着，就看见有人裤裆血红一片，她赶忙去给人拿提前备好的草纸。哺乳期的女工更是忙，一到哺乳时间就跑托儿所一趟，中午吃饭就那么一点时间，有时候喂完孩子，饭票还在手里，顶着胸襟处两摊奶渍就又来看机床了。没到规定的哺乳时间奶水发涨的女人，就跑到外边墙角一阵猛挤。夏莉莉自己是女人，也是从普通缫丝工做过来的，自然不忍让女工受苦，每次女工有困难她都顶着。所以，虽然她是车间主任，但往往一个班下来她比任何人都累。

女工们都看在眼里，大都服她，拿她当知心姐妹看待。遇上周末舞会，热心地给她牵线搭桥；或者家里做了好吃的就会给她带一饭盒拿车间来。

这些年缫丝厂红火，工厂里的业余生活丰富，除了舞会，还有乒乓球、羽毛球比赛，逢年过节发各种各样的福利更不消说，加工资，发奖金，评先进，女工们的待遇牵动着整个江城县的千家万户，就连县里好些提干的年轻娃都托人到缫丝厂来挑选对象。因此，和夏莉莉一样在厂里有几分姿色的能干女子要不就顺势嫁了，要不就找门道进了更好的单位。比如当初和她一起竞争车间主任的汪小美，织绸车间投产之后，作为车间副主任的她很快通过技术交流的机会认识了外贸局一个青年干部，不但如愿嫁进了干部家庭，还通过丈夫的关系将工作调了外贸局并提了干。夏莉莉不是不羡慕，即使到了这个年纪，她心底埋藏的少女时期的理想并未完全幻灭，她也曾梦想着从事那样的工作。但是骨子里的矜持到最后总是占了上风,总会自觉不自觉地为她心里的那个人让路。

在她已经逝去的青春里,方文贺始终扮演着"司令"的角色。她有什么问题会第一时间找他商量,而他对她也时刻关注着,两个人默契到了无须言语的地步,一个眼神,对方想说什么想问什么都能明了。在外人看来,方文贺支持织绸车间,无非是上级领导管理能力的彰显。但之于夏莉莉,就是和他一起坚守自己的纯真情感,守住他的事业,哪怕他腰身已没了当年的挺拔,她依然为他敏锐的思维、豁达的心性和永远意气风发的精神所触动。每当她的"司令"轻轻地说到那句结语:"就这么决定了吧!"她总是轻快地应答:"好!"这种不可言说的美妙关乎两个人的情愫,她始终相信,这不单单是她一个人的无限美好,也是两个人浅尝辄止的情欲表达。

有一个细雨霏霏的晚上,两人加班到深夜,夏莉莉回宿舍路过厂办,发现方文贺办公室还亮着灯。她进去看到方文贺还在油印机旁推油印滚子,旁边是一沓印好的文件。她不明白这些事怎么不让办公室其他人做,但她也没问,只是接过他手里的油印滚子帮他。后来他又起草一个报告,她帮他打字,她在父亲退休前学会的机械打字机的操作可算派上了用场。寻到一个字,啪嗒按下手柄,敲出来。遇到换行,打字机发出叮的一声。啪嗒、啪嗒,叮,这样单调的声音一直在屋子里断断续续,好像谁往黝黑的静夜循环往复地投放不知名的物件,无聊又神秘。方文贺不知什么时候站起来,双手从后面将她环住,身子紧贴着她,把她抵到了墙边。她心里一热,明显感到他的下巴贴着她的头顶,或者他亲吻了她的头发。但仅仅一下,他就放开了。过了一会儿,他恢复了常态,说:"不要怪我啊。""没有。"她说,"人家晓得了要讲闲话的。""不要紧，让人家讲去好了。"他轻轻地说。后来，他们一起往回走，雨突然就大起来。夏莉莉没带伞，方文贺将自己的伞递给她。夏莉莉撑着伞，还伸过来替方文贺遮了一个头。方文贺觉得不妥，哪能让女人替自己打伞？他的手伸向伞柄，从伞柄上滑落，在夏莉莉手背上有片刻的停留。夏莉莉朝他笑了一下，伞就递回到方文贺手中。这样自然而然地，两个人算正式合撑一把伞了。

哗哗啦啦的大雨中，伞底下有了点风雨同舟的意思。他们就这样靠近，并肩蹚着深一脚浅一脚的水坑，耳畔是雨点打在伞上纷乱无序的响声，心里泛起谈恋爱似的忐忑，心神不宁。到了宿舍楼下，夏莉莉从伞下站出来，恋爱般的悸动也随之消散，连挥挥手的简单道别竟也突然变得一本正经起来。

不过，夏莉莉不知道的是，那晚，方文贺一直目送她上楼，之后还在楼下站了许久。看着她婀娜妩媚的背影，他多想再冲动一次，抱牢她，亲亲她，但他马上意识到自己做不出来了。好像只有在屋内，积攒了足够多的压抑，他才勇敢了那样一次。也仅限于此，他是再做不出任何其他举动的。这几年，因着对管理工作和专业技术的成熟把控以及人际关系的妥当处理，夏莉莉在他眼中有了一种她并不自知的端庄之美，说话有条理，脾气也好，不急不躁，很沉得住气。有什么心事也不会烦别人，一个人埋在心里慢慢地按自己的想法行事。有能力，又不咄咄逼人，这样一个会隐忍又有韧劲的好女人，若是放在家里成为自己的贤内助，该是他多么大的福气呀！方文贺这样想着，从心底里确认着自己对夏莉莉的喜欢和敬重，觉得自己是有点儿离不开她了，或者说舍不得看着她嫁给别人。

离开宿舍楼，他摇摇头叹了一口气。这么些年了，何立秋警

173

告他的话时不时从脑海中冒出来,让他作为一个男人不得不压抑着情感,不敢往深处去探究该如何对待夏莉莉的事。

但他知道,两个人的情感都到了一个紧要关头,还有两年他就要退休了,如果他再这样一声不吭地装糊涂,拖累着夏莉莉,岂不是太自私了!

抛开情感与生活,面对江城缫丝厂浩浩荡荡的千余女工,作为领头羊的方文贺也有了一种被紧紧追赶的危机感。这种危机感是从什么时候产生的呢?或许是从儿子身份的变化开始,或许是从韩青阳调任副厂长开始,总之,年轻一代以不可小觑之势已经成长起来了,而且大有取代之意。长江后浪推前浪,不管他有没有危机感,这是迟早的事。只不过有了这样的危机感,他才警醒,要更加严于律己,尽可能地让江城缫丝厂的辉煌在他手上延续得更长久一些。

一年前,何立秋调任县人大常委会办公室主任,方海接替她的位置成为经委一把手。当时的方文贺既欣慰又担忧。欣慰的是儿子能得到组织部领导的重视,能有何立秋这样的长辈一路关照,何立秋为方海操的心可比他这个亲生父亲还多。四年前,在她的极力推荐下,方海以优秀青年储备干部身份从党政办主任直接提拔为经委副主任。不过三年,又直接升成主任。担忧的是,经委主管的工作关系到全县工业企业发展的方方面面,牵一发而动全身,儿子在处理重大问题上的经验并不是很丰富,是否能胜任这个重要岗位?要知道,作为经委一把手,他的某句话、某个判断很可能会直接影响一个企业的命运哪!为此,他当时还特地去找过何立秋,何立秋笑他是杞人忧天。

"方海做事稳重细心,考虑问题十分周到。他在我身边待了这么几年，如何处理问题看也看会了的！何况他年轻，接受新事物的能力强，思维开阔，更能顺应时代潮流。反倒是我们要注意了，如果故步自封，不与时俱进，那么只会拖社会主义发展建设的后腿！"

方文贺自知与儿子待在一起的时间少，并不完全了解儿子，因此才会对他的能力产生怀疑。何立秋既然这样说，方文贺便放下心来，抽了个时间与儿子深谈了一次，鼓励儿子好好干。令他没想到的是，这并非儿子理想的结果。

"没提拔之前，我更倾向于到江城缫丝厂去。"方海认真地跟父亲说。

方文贺很是不解："怎么会有这种想法？去锻炼？完全没必要嘛！"

"我并不是简单地想在厂里历练一番。因为创业容易守业难，江城缫丝厂是您的心血，我想和您一起守护好这个厂。目前，各地大小缫丝厂雨后春笋一样起来了，仅我们本市的缫丝厂目前就有八家了。本地蚕茧的供应量、蚕茧的质量和价格、生丝的质量，还有职工的管理等，江城缫丝厂作为全县最大的龙头企业势必要提前考虑，对原材料市场和国内外的生丝市场做出准确评估，才能防范风险，抵御未来的市场冲击。作为企业负责人，如果这些形势您还没有看到，我就更担心了。如果我去厂里，我可能会提前准备，未雨绸缪，能和您一起守业。但我听说，组织上已经有了安排，准备从乡镇抽调一个年轻党员干部去，所以……"

方文贺听了很是吃惊，没想到儿子看问题的深度和广度已是自己所不能及。他问道："抽调年轻党员干部？你是听说了什么确切的消息吗？"

"没呢！不过，您在厂里素来做事丁是丁，卯是卯，没有私心。就怕您这脾气到时候和新去的人不对路……"

方海是听说了一些消息的，但怕父亲多想，并没有给父亲把话说透。

2. 都是殃及的池鱼

眼见着春天的尾巴被一日早过一日的太阳撵跑了。往年比这更早一些，县上各部门就会联合乡镇与供销社、缫丝厂开茧子收烘碰头会，对接相关事宜。今年蚕都四眠了，碰头会还迟迟不见动静，方文贺意识到情况不对。

他去了一趟何立秋那里，方知受国际贸易形势突变以及国内大规模通货膨胀的双重影响，闭塞在秦巴腹地的江城同样受了波及。国内为了控制通货膨胀形势继续蔓延，势必针对工业企业、对外经济贸易和税收出台一系列新政策。但眼下，供销社首当其冲受到通货膨胀的影响严重，已经入不敷出，负债累累，只能面临倒闭关门。

方文贺急了。

"供销社倒闭那谁负责收茧子？我江城缫丝厂的原材料供应怎么保证？"

"供销社不管了，政府没说不管呀！你急什么，不是还有县蚕桑工作领导小组，还有经委嘛！"何立秋说，"你现在去找方海，听说昨天晚上分管蚕桑农业的副县长和经委、计划局的负责人在开会研究这个事。具体怎么操作，你去问问他就知道了。"

方文贺去找方海，得知他去了计划局。方文贺又追到计划局，在门口候了半个小时才把方海等出来。

"按上面的说法,咱们以前实行的是市场调节与计划调节相结合的商品经济体制。但是国家要加入世贸组织,就要跟人家外国一样走市场经济路线,这是大趋势。"方海边走边跟父亲解释,"市场经济是什么,无非就是打破大锅饭,政府不再大包大揽啥都操心。"

"你别跟我扯那些远的,我顾不着。"方文贺没有耐心听,"你就说眼下收烘茧子的事。你们不是开了会嘛,这事现在咋安排的?没有单位管了吗?"

方海停下脚步,看着满脸焦躁的父亲,劝他稍稍冷静一下。

"爸,你想想,江城缫丝厂的生丝本来就是做出口创汇的品牌产品,市场环境的好坏决定着生产前景。即使是省外贸负责销售,但你作为一厂之长也不能不留意国际国内大环境呀!供销社倒闭,你知道受影响了才着急。如果你不关心国际国内贸易形势变化,经营管理方式不跟着做出调整,我跟你说,接下来还有更闹心的……"

方海先是直接指出父亲对市场环境的麻痹大意,看他认真在听,才接着说下去。

"通货膨胀和市场经济的出现导致供销社经营萎缩,入不敷出,春茧收烘在即,它拿不出收购资金。所以,经县上研究决定,供销社倒闭之后将按程序实行改制,会将蚕茧收、烘、销剥离出来,成立江城县蚕茧购销公司,隶属县政府分管的县联社。但是,新成立的这个江城县蚕茧购销公司也没有资金和固定资产,经过多个局单位协调,才解决这个问题。原先的蚕技站由林业部门管辖,机构改革的时候独立出来,他们有一大院房子,既可以抵押贷款,又有存放蚕茧的大库房,而且蚕技站的职工可以利用他们熟练掌握蚕茧质量检测的技术优势去收茧、烘茧,能保证蚕茧质量。所以，基于财力、物力、人力多方考虑，县里决定由县蚕茧购销公司授权蚕技站再成立一个收购公司负责收烘茧子。"

方文贺听完，悬着的心落下来。

但事情并没有这样简单。方海说，因为税务局和乡政府都反映这两年村上各项税收完不成任务，所以，这次会上就提出了一个解决办法，收购公司在各乡重要卡口设立茧站，由乡政府、税务和收购公司配合，一方面保证鲜茧不出乡，干茧不出县，另一方面趁着蚕农卖茧的时候直接把税费扣下来。欠银行的贷款，银行也要借机回款。

"这样绑定收税蚕农能高兴？"方文贺有点担忧，"农民除了卖卖鸡蛋和粮食，卖茧钱就是最大一笔收入了。听说现在各种税收可不少，这样连带扣税虽说是无奈之举，方便税务和乡政府收税，只怕也会打击到蚕农养蚕的积极性！"

"本来也没有万全之策。"方海苦笑，"就这些具体实施方案，都是开了两三个会才定下来的。不过，爸，江城缫丝厂的原材料保障，县蚕茧公司会放在第一位的，您放心好了。"

"难哪！"方文贺叹道，"市场经济冲击和通货膨胀，导致市场疲软，国家经济困难，地方财政吃紧，县供销社的倒闭就是一个警示！小海，你说得对，事业单位以及像江城缫丝厂这样的厂矿企业、养蚕的农民，乃至我们每一个个体，都可能成为大形势下被殃及的池鱼。"

3. 一大笔奖金

五月的江城，各种电子产品和电器商铺在新城街道上如雨后春笋般冒了出来，这也标志着市场经济时代已然来到。江城缫丝厂一下班成百上千的自行车大军齐刷刷冲出大门的壮观景象也逐渐发生了改变。用方文贺的话讲，就是随着社会一起进步了。先是有人买了助力自行车，接着有人买回更时髦的摩托车，一发动，发出巨大的轰鸣声，一溜烟就能让你只闻其声不见车影，威风极了。在小小的江城，这样的现代化装备无疑带着炫耀和霸气的身份象征，能买得起的当然是家境优渥的一批人。

所以这天早晨，当吕蒙骑着他花了一万五从省城提回来的雅马哈大摩托嘎的一声刹在方文贺脚边，炫酷地取下头盔时，方文贺并没有感到吃惊，而是乐呵呵地点点头，赞了声："好！"微笑着像平常那样招呼了一声，继续往办公室走。

"恭喜呀！"吕蒙将头盔挂在把手上，扯了扯身上的夹克，"全县就奖励了两个人，那么大一笔奖金，昨晚上兴奋得睡不着吧？老大，说说呗，你准备怎么处理这笔奖金？要不要我带上我们家小雅，一起帮你花花？咱们组团来个出国游，怎么样？"

方文贺一听，站住脚，佯装警告道："别胡咋呼！昨天开会就我们两个人参加，我可跟你说，你别给我弄得全厂皆知！"

正说着，韩秋燕从外面走过来笑着招呼他："方厂长早啊！方厂长拿了大奖，今天要请客的吧！"

吕蒙朝方文贺翻了翻眼睛，笑作一团。

韩秋燕这样一说，方文贺就知道自己昨天在五一劳动节优秀企业表彰大会上领到十万元大奖的事肯定已经传开了。政府给企业负责人个人大奖这事，本身在全县就算头一遭。好在自己有心理准备，也没打算隐瞒亲戚朋友和同事，见吕蒙笑得眉飞色舞，便打趣道："我要像你这么年轻，倒是可以跟你一样兴奋，毕竟十万元可不是小数目，说'天上掉馅饼'都不为过！可惜呀，你说的旅游,那是我准备退休之后才干的事。"

"那你倒是说说看,准备怎么花这个钱哪?"吕蒙不依不饶。

"捐了。"方文贺说。

说罢,不再理会吕蒙,径直往办公室走。

其实,就在昨天领完奖和儿子方海一起回家的路上,方海向他祝贺的同时也问过他同样的问题。

"你准备怎么处理这笔奖金呢?"

他当时还以为方海是想让他把这个钱用来结婚。因为就在两个月之前,亲家还跟他提过想让两个年轻人尽快结婚的事。"这个奖金,我准备存你的账户。你和小莫马上要结婚了,给你买的房子还没刷墙,家具也没打几件……"方文贺絮絮叨叨的。小莫是小学老师,一年前和方海订了婚。

方海看了一眼父亲,说:"我才不要你的奖金。我和小莫商量好了,我的积蓄用来刷墙和打家具绰绰有余。婚礼简简单单办,我们两个人存两个月的工资,够了。你的这个奖金呢,你可以留着自己用,也可以……做别的,任何你想做的事。"

"做别的?你现在工作稳定,媳妇也快进门了,我说帮你负担一部分你还不领情,我还有啥别的可做?!"方文贺看方海欲言又止,没好气地说。

"再说了,这奖金我本来拿得就不踏实!说江城缫丝厂上缴利润高,给全县财政做了大贡献,可那是大家伙的功劳。我私人拿这么大笔奖金,厂里其他同事会怎么看我?我自己心里愧得慌!"

方海笑笑,说:"你在厂里干了一辈子,功劳苦劳都有,私人得奖励也是应该的!但要我说,你若真觉得这么大一笔奖金拿着心里不踏实,也可以不拿!"

方文贺一怔："不拿？"

"对，不拿，把钱捐出去！"方海说，"可以捐给厂里。厂里一年要做的事很多，用钱的路子也多，除了采购，还有发福利，搞活动，进行基础建设，交水电费……哪处都要钱。这样，厂里科室其他管理干部也不会说闲话。"方文贺听了方海的建议，半晌没说话。他第一次突然感觉自己的思想境界不如儿子，有对儿子青出于蓝而胜于蓝的窃喜，也有获得儿子理解与支持的轻松。

得知方文贺要把十万元捐给厂里，吕蒙大吃一惊。五一劳动节优秀企业表彰大会他是同方文贺一起参加的，规格很高，全江城获此殊荣的只有两人。表彰会上，省市领导都来了，据县经委现场通报，江城缫丝厂连续三年上缴利润超过三百二十万元，被省人民政府、省外贸局、省丝绸进出口公司联合授予省经济明星企业称号。也是基于这个贡献，才给予优秀的企业负责人高额奖励。从最开始的上缴利润一百万到三百多万，企业一步一步做起来，做成全县人民的骄傲，这与企业负责人的能力是分不开的。这一点，从建厂伊始就跟随方文贺的吕蒙深有体会。且不说方文贺对工人的亲近，处处为工人利益着想，就是他对自己的狠劲儿，其他人就做不出来。因为对生产质量把关严苛，很多人说他过于较真，但无论加班到多晚，他都会在车间一直陪着。别人只操心一项业务，他要操心全厂，大到出口的销量，小到工人的孩子上托儿所，但凡经过他大脑思考的东西，他都要坚持到结果出来。

领奖现场，吕蒙看着方文贺器宇轩昂地走上台，激动得泪流满面。人人都瞧见台上的方文贺西装革履精神抖擞，只有吕蒙注意到他那不知不觉已完全灰白的头发。

他开完会回家还把这事说给了杨海玉听,杨海玉也激动得不行,这的确是属于整个缫丝厂的好消息,是整个厂部职工的骄傲。海玉当然也替方厂长感到高兴,她感慨说:"方叔真是大好人,他是我见过的最好的厂长,对生产负责,对我们工人又好,我们厂只有他能配得起这个奖!"当时吕蒙还打趣:"搞得好像你认识很多厂长似的!幸亏我知道你,你也只见过这么一个厂长……"

厂办几个人坐在一起商量下午召开全体干部职工大会的事,一听方文贺要将钱捐给厂里,全都感到意外。吕蒙劝道:"你虽然一直以厂为家,高风亮节,甘于奉献,但是,对于这么大一笔奖金,我认为不要急于做决定。这笔奖金也是上级党委政府对您工作的肯定,还是慎重对待比较好!或者,你至少要问问家里人,征求一下他们的意见。"

吕蒙的意思很明显,提醒他把钱留给方海。

方文贺笑着点头向吕蒙致谢。

"这正是我征求了儿子意见之后做出的决定。我很慎重,也很清楚自己在做什么。"方文贺说,"对我来说,江城缫丝厂是我守着一点点从无到有建设起来的,我爱她,如同爱我的一个作品、一个孩子。所以,这笔奖金所奖励的奋斗精神、爱厂敬业精神,是大家努力的结果,奖金应该属于我们缫丝厂所有的建设者,包括在座的各位。当然,我还有一个想法。缫丝厂刚投产时,老领导柯书记离开江城之前告诫过我,作为缫丝厂的一把手,永远要记得做一件事,缫丝厂的兴盛永远有一部分功劳是蚕农的。因此,我们要回馈蚕桑,回馈蚕农。我个人建议,以后我们厂每生产一吨白厂丝,就拿出一千块来用于支持蚕桑生产,支持蚕茧收购部门,也就是我把这部分资金交给政府,用来给蚕农购买蚕药、蚕具和搞技术培训。这个建议,请厂部党委班子集体研究讨论一下，然后报告给县委县政府。现在，就拿我这笔奖金作为厂里扶持蚕桑的第一笔资金，大家看是否合适？当然，省市领导对我工作的支持与肯定，我老方铭记在心，我会一直干下去，一直到我干不动的那天。"

方文贺的这番话显然是经过深思熟虑的，他态度坚定，其他人也不好再说什么。

韩秋燕起初以为方文贺只是猛然拿那么大笔奖金心里过意不去在人前装装样子，大家劝一劝也就作罢了。没想到他动真格了，直接将那包用红纸封着的现金交到她手上，并拟定将这一捐赠决定在下午的大会上公布。

韩秋燕不得不佩服，同时，也忍不住在心里暗自忖度："真他妈的迂腐，都不知道留给自己的儿子。你以为捐了钱捞个好名声人能记你一辈子？还有两年就退了，看到时候不当厂长了谁还记得你！"她这样一想，嘴角就不由自主撇出轻蔑的笑意，这表情无意中被吕蒙看到，吕蒙皱了皱眉，心里对她生出些厌恶。

大家伙儿各自散开。吕蒙笑着揽过方文贺的肩膀使劲儿搂了搂，调侃道："哎，我真替你骄傲！光荣得很，不愧是我敬佩的模范……十万元哪，你用不着给我呀，我存着给我们家小雅以后上大学，做嫁妆！可惜了……"

"哼！你们家小雅才五岁，咋？跟谁定娃娃亲？小雅要上大学，我掏学费给丫头！"方文贺嘲弄道，"我还不知道你，明处说我是模范，心里怕是在骂我蠢吧？只是这钱哪，个人用，烫手……我这样做，你其实也是赞成的，对不对？别以为我不了解你。"

被说中了心思的吕蒙嘿嘿直笑，推了方文贺一把，几分骄傲和几分欣然都在两个人的会心一笑中。

4. 五月蚕门开

五月的天气不冷不热，清风拂面。

也是巧了，开蚕门这天刚好是老蚕农杨宝根的六十三岁生日。都说种地的庄稼汉过了六十还是好把式，杨宝根也不例外，在把当家大权交给儿子海军之前，他的嗓门和脾气一样大，往同龄人跟前一站立马能显示出他的能干和壮实。他每天忙碌异常却豪气爽朗，大声说话大声笑，大块吃肉大口喝酒。他这大半生，从犁田打耙栽秧下种，到兴桑养蚕，再到修房造屋，似乎没有他不会的。以前大集体干活他当过小队队长，以德服人，以技服人，说一不二，后来不当队长了很多社员还一直记得他的好。但是最近一段时间，他时常感到身体乏力，似乎干什么都提不起精神。往日顿顿饭无肉不欢的他，现在一吃肉就反胃。以至于当海军说要给他操办生日的时候，他出乎意料地脱口拒绝，说自己不喜欢热闹。海军觉得莫名其妙，还以为父亲是心里不舒坦故意跟他赌气。

按照直河沿岸乡里的风俗，男人的庆生仪式是从生日前一天的下午开始，但是杨家前一天还没有到开蚕门的时候。没有开蚕门，当然就意味着不能开门迎客。杨海军当然也没那么迷信，他确确实实是忘了，忘得一干二净。

开蚕门的前一天，也是熟蚕上蚕蔟的最后一天，除了杨宝根，他老伴以及儿子、儿媳忙得连饭也顾不上吃一口，三个人从早上就一直守着一个个竹匾，轮番将里面亮堂的熟蚕拈出来，放上蚕蔟。等二十来个竹匾依次拈完，前面拈过的竹匾里又有了一层透亮的蚕……三人不厌其烦地围着竹匾，拈着熟蚕。对于养蚕人来说，这样机械而长时间的辛劳既是收获的累，也是收获的喜悦。这时候他们的心里眼里根本放不下别的事,只有蚕宝——透亮的等着上蔟的蚕宝,以及乌白的等待最后清空身体的蚕宝。

杨海军是躺在床上的时候才想起父亲的生日的。确切地说,是在杨柳无心的提示下想起的。

想到蚕月总算过去,熟蚕上蔟,天一亮就意味着开蚕门之后的清闲日子到来了,疲惫了一天的杨柳提醒海军一早去买只鸭子回来,她说瞧见公公杨宝根脸色不好,想得空给俩老人炖个老鸭汤补一补。海军听媳妇这样说,就记起前些日子,无意中听见父亲吩咐母亲去集镇买肉打酒,母亲不去,说反正生日快到了,生日的时候有的是酒肉吃⋯⋯海军掰着指头算了算农历的日子,立马明白自己忘了什么。

杨宝根自己当然是算着日子的,他也同样知道儿子和儿媳忙忘了。他自己不提这事,也不让老伴跟儿子提。儿子和儿媳的辛劳务实他看在眼里,比啥都高兴。

乡下人能由着性子闹腾一下的日子不多,在大集体吃大锅饭的时候,社员下地干活为了带劲儿,十几二十个人一起边挥锄头边唱薅草歌,吼天吼地吼出日子的苦和累,那叫一个酣畅淋漓!现在家里有了电视机,这是消遣苦闷日子的新鲜玩意儿,比广播喇叭还上了一个档次,除了听声音还能看着小匣子里面的人影了。按说这日子比过去好过多了,可咋就少了闹腾闹腾的心劲儿!杨宝根自认为不是一个老古板,自打自己父母去世之后,他的生日和除夕这两个日子是由着家里人安排的,两个难得可以通宵达旦狂欢的日子,他一高兴,一家老少都高兴,这日子就在微小的满足中找到了奔头!

但这几日身体上的不舒坦令他这粗犷的心性也有了几许悲观,烦躁不安,隐约有一些不好的预感,也对身边令他感到嘈杂与烦琐的事情生出排斥的情绪。老伴看出他的不畅快，一大早便去对面坡上的草庙子了，说是要给菩萨上香，他既没阻止也没跟着同去。往年他摔伤了，老伴会去求草庙子里的菩萨保佑他早日康复。每季蚕月老伴也会去草庙子上香烛，添香油。这世人的苦难太多，啥事都祈求保佑，只怕这草庙子里的菩萨也替人消解不了。

他的拒绝并没有打消海军和杨柳想要趁机海吃一顿的念头。

逢二是集。直河小镇短短的百米街道摆满了竹筐，毛桃、黄杏、豆角、韭菜，从乡下田地里刚摘下的蔬果还带着早晨的露水。海军想起父亲前些年也曾拿自家院子吃不完的蔬果来赶集，卖下的毛票用来买盐和肥皂。今年父亲只种了很少的菜苗，如今坐在院坝边眼巴巴瞅着挑担提筐的邻居打村道上赶集的身影，他一定很羡慕吧……他有点后悔，该让父亲跟自己一起来才好！

海军东瞅瞅西瞅瞅，不时被路过的人挤撞一下。

"嗨，海军！"一个跟他差不多年纪的汉子挤到他身旁冷不丁拍了他一下。海军一看，是自己的初中同学小勇，家在邻村，也是以养蚕为生。

小勇问："你这季春蚕喂了几张纸？茧子还有几天了吧？"

"八张！怎么都还得一个礼拜才能下茧吧！"海军说，"媳妇让我来看看有没有卖鸭子的。你买啥呢？"

"买肉呢。现在先去吃碗凉皮，一起去，我请客！"小勇大方地说。他让海军将车锁在路边，带着海军七拐八拐到了早点铺子。

"海军，你有没有听说今年茧子啥价？"小勇问，"我可听说，供销社关门了，不知道今年是谁来收茧子。"

"我没听到啥消息。"海军说，"谁来收茧不都一样嘛！价都是上面定的，大概都差不多。只是说验茧的过程当中，有些人严苛狡黠，有些人心好，定级的时候能凭着良心。"

"我也搞不清，反正听说是不一样的。"小勇说着，瞅瞅周围，神秘地凑到海军耳边，"人家说呀，往年不准外县来咱这儿收茧子，谁家的蚕茧都得先紧着本县。今年虽说也要求卖给本县，茧不出乡不出县，但我们村前几天就有外县来收茧子的人在悄悄打听呢，出价比江城高。"

海军吃了一惊。

"有人卖给他不？"

小勇摇摇头："他问早了，茧才上山呢哪有那么快！不过，那人说过几天还会来。而且，他说他们的茧站就设在两县交界的地方。"

"汉阴人？"海军问。

"不是。"小勇说，"西乡茶镇的。"

"政府能准外县这么搞？肯定不会。"海军想了想，不太相信，"都收走了，我妹她们那缫丝厂用啥呢？你莫不是遇着骗子了，到时候骗了你的茧子不给钱，你可小心着。"

"你小瞧人！谁能骗到我？没个八成把握我是不会把茧子随便卖给外面的。"小勇斜了海军一眼，一边搅着碗里的凉皮一边跟海军唠叨，"往年一卖茧子，乡政府干部比狗鼻子都灵，你前脚进门他后脚就跟到你家里让交农业税。今年，听说又多了产品税，你知道交多少？卖一百块得交八块八！不算账不行啊，海军，你家还好，你爸你妈都是好劳力，多交个八块十块你觉得没啥！可我家就不行了，多十块我都能高兴半天。你说，人家养蚕全靠娘们。我们家呢，就我一个老爷们，啥都自己来！你说我图啥？图一家能吃口肉，图桌子上有碗白米细面，图我妈'哎哟哎哟'痛得叫唤的时候能给她配得起药吃……"

187

小勇家的情况海军也是知道的。

他父亲是一个几乎不怎么言语的木讷老汉,母亲在他小学毕业那年就瘫痪卧床,一直靠断断续续地吃药勉强吊着一口气。小勇上了初中,家里交不起学费,小勇靠寒暑假到山上挖野山药、黄姜、麦冬卖了钱交学费,买文具。在学校因为没粮食上交食堂又买不起饭票,偶有老师接济给他下碗白面或者给个麦面馒头,但他大部分时间都在饿肚子,勉强上到初中二年级就辍学了。

"我管不了那么多,今年看哪里价高我就卖哪里。"小勇抹了把嘴,像下定决心似的。

海军听了小勇的话,心里七上八下。养蚕的人谁不想茧子卖个好价呢?但是自己妹妹妹夫都在缫丝厂,自家的茧子偷偷卖出去的话不就成见利忘义了?

小勇像是看穿了他的心思,嘱咐道:"你只管跟你妹打听一下江城收茧大概啥价就行,我刚说卖茧出县这事可不能给你妹说!你也别太傻,你妹她们那么大个厂,有没有你我这几百斤茧子人家都不会受影响!开秤了,要有啥好门道我来找你。"

海军说:"我谁也不说。"临走,他抢先把凉皮钱付了。

海军买了一只养了两年的老灰鸭,一路心事重重,若是自己不认识方叔和吕蒙,如果海玉没有进缫丝厂上班,那是不是自己就不用有啥顾虑了呢?对蚕农来讲,谁能顾及那么多与自己不相干的事?谁不想着只要价格好,不管卖给谁,不亏了自己没日没夜的辛劳就行!

又过了三四天,茧站开秤了。赶早的蚕农先去了原先的供销社,才知道茧站换了地方。背着满尼龙袋的茧子找到现今的地儿,一看收茧的架势,就知道人也不是先前的人了。

乡里乡外闹哄哄的，卖茧的没卖茧的都在议论这一年茧子的行市。海军家的茧比别家稍晚，他和杨柳听着乡邻七嘴八舌的议论心里没底，不过，好在他们家的茧个头大，颜色白亮，看着就喜人。

海军想试一下收茧的情况，下茧第一天，他背了整八十斤的好茧到了设在直河集镇西街当头百货公司库房的茧站。

负责收茧的是一个身材高高大大长相帅气的年轻人，海军没见过这人，听见别人叫他吴老三，也有人直接叫他老三、小吴。以前供销社收茧人手多，有专门验茧的人定级，但这个茧站验茧和过磅都是这吴老三一个人。不过，别看吴老三人年轻，做事却是很老到的样子。库房旁边放着一摞摞的蒲篮，来卖茧的人进了院子，不管是谁，吴老三看到会远远地把手一指，让人先把茧倒在蒲篮里摊开晾着，然后再排队等候。也不知是他本来慢性子还是原本就不是专心的人，一副温和又不急不躁的样子。人也大方，不时从上衣口袋掏出卷烟来，趁着给人散烟的工夫跟这个寒暄跟那个寒暄，一家家问人家里收成，猪娃养了几头，圈里的鸡有几只，庄稼地有几亩，种的苞谷还是红苕……他在闲谝这些的时候视线在蒲篮之间来回穿梭，也顺便问问哪个蒲篮是谁家的。蒲篮里的茧子成色大概那会儿便装进了他的脑海，谁家有没有混装下茧，也就是像双头、黄斑、穿头、蝇茧这些有瑕疵的茧子，他已经一清二楚了。等轮到过磅的时候，他依旧慢条斯理，一直到蚕农把再次归整到口袋的茧放到他面前的磅秤上，他那双手才迅速地探进茧袋里一捞，麻利抓出一把茧来捏一捏摇一摇。这一捏一摇看似简单，实则都是经验，能根据茧壳的软硬和蚕蛹在茧壳里的声响判断出蚕层率的高低，再加上茧子的成色好坏，分分钟报出茧子的等级。从吴老三跟其他人的闲聊中，海军得知他是县蚕技站的职工。县蚕技站所有职工都派出来收茧、烘茧，三个人一组，收完了还得完成烘干任务。这个烘茧灶就建在库房后门外的一小块空地上。有蚕农好奇要看看烘茧灶啥样，吴老三手往后一指就算是默许了。吴老三身后还有两人，负责将收购的下茧再重新精选一遍，然后按上茧下茧分包搬到后边烘茧房。

  海军到茧站已经十点多，将茧子摊放在一个蒲篮里又足足等了一个多小时。这期间，他一直观察着吴老三的一举一动，凭感觉，他看出吴老三不简单。院子里站了好些个拿了钱还没走的人，扎着堆相互抱怨着今年的茧价不如往年，今年的定级也过于苛刻。偶尔一两个高声骂娘的，声音钻进每个人的耳朵引来一阵哄笑，吴老三也不气恼。轮到海军的了，吴老三抓了一把很快放下，说："茧子不错，不过只能按二二标的三级来算，六块五的价！"海军愣了一下，往年卖茧基本都能到一级，卖到最后收尾的有十几斤下茧。没想到春茧开秤就是三级了。他的不服气还没说出口，排在他后面一个认识他的大婶倒是看不下去了："哎，小伙子，你这定级太严苛了吧？丝银堡杨家、养蚕专业户、省级劳模家的茧，他家姑娘都是蚕桑技术员，他家这么好的茧三级，那我们的不是更没法卖了？""是的，乡上蚕技站晓鸥每个礼拜都要到我们家里去看一次，不管是消毒还是温度把握都指导着呢！往年我都是一级茧二级茧，从没有过三级的，基本上都是上茧，很少有下茧。"海军感激地看了大婶一眼，委屈地说。吴老三听到他说晓鸥的名字，眼神一亮，细细打量了一下海军，问："你是丝银堡杨家的？杨海玉是你啥？"海军愣了下，点点头："是杨家的，杨海玉是我妹妹，她在缫丝厂。你认识海玉？"吴老三摇摇头："不认识。既然你是杨家的，那就给你二级吧，一斤加五毛。别再说了，今年总体要求提高，也是抓质量嘛！"一上秤,比在家少了两斤。海军没吭气,茧子摊在蒲篮里一晒,水分干了不少,掉秤是肯定的。

海军拿着口袋就往外走,一个背着空背篓的中年汉子一把拉住海军的胳膊问:"啥价?"海军看他面生,口音也不像本地人,犹豫了一下,说:"我的七块,也有人六块五的。"那人小心翼翼地瞅了瞅两边的人,凑到海军跟前,轻声道:"想不想卖高一点?我汉中过来的,在县城宾馆住。你们想价卖高一点就找我,可以一次性给你买完,愿意的话我们到外面去说。"海军惊讶地看着这个人,心突突直跳。但他问得过于着急,以至于海军在各种担心害怕中无法冷静思考,本能地摇了摇头。

"给钱都不知道赚,傻呀你!"那人奇怪地看了他一眼,转身又去问旁人。

海军心里想,胆子真大!居然跑到茧站来抢生意……

这时,大门口的吵嚷声吸引了海军的注意。

茧站门口角落里坐了两个乡政府干部,戴着草帽,卷着裤腿。原先没人注意到他们,他们手里拿着税票,已经给先前走了的蚕农开了十几单。眼下拦住的老汉瘦骨嶙峋又佝偻着腰身,看不出年龄,也许七十多,也许六十多,穿得破破烂烂。一只手里捏着卖了茧的空袋子,一只手里攥着刚拿到手的毛票,胳膊底下夹着一根当拐杖用的竹棍。

"不交完,你先把上半年的交了,一百六。这样后面的负担小一点。"其中一个年龄小点的男人在跟老汉解释。

老汉大概有点耳聋,一直战战兢兢看着他的嘴,还是没有听懂的样子。怔怔地看了看手里的票子,埋下头又往外走。另一个人伸出胳膊拦住老汉,大声说:"叫你交了税再走,你咋不听呢?"转头叫开票的那一个赶紧把票先开给他。开票的人慌忙撕下已写好的一张票递给他。他看也不看，将票塞到老汉拿茧袋子的那只手里，继而不等老汉反应过来，一把从老汉手里拿过那一沓票子数了起来。

老汉慌了，扔掉口袋和棍子就扑过来抢他的钱，一把被开票的小伙拽住："不是抢你钱！是交农业税，他数数，把你半年的农业税扣下来。剩余的钱会给你的。"

"你们是土匪呀？大白天抢我钱……给我！"老汉使劲挣脱小伙的拉拽，喘着粗气又要去抢，不小心一个趔趄差点摔倒。

这时，一个认识卖茧老汉的小媳妇看不下去了，走到老汉跟前凑到他耳边将乡上要收税的话跟他复述了一遍。老汉顿时安静下来，胆怯地看着那个拿着他茧钱的人。

"总共四十几斤茧子，二百来块钱，你一收，我还能做啥了？"老汉声音颤抖地说。他求助地看向周围的人。

那个先前跟他说话的小媳妇替老汉求情道："你们就当积德，给他留点吧！他家统共喂了不到一张纸的蚕，儿媳妇把茧一喂上蚕蔟就跑了，他今天拿来大半。老婆婆死了好几年的，儿子上山砍柴摔断了腿还躺在床上。一家人可怜，苦巴巴的！"

小媳妇的话让听的人一阵叹息。

"造孽呀！可怜的一家人！"

"收税的下次再收吧！"

"苦的都是老百姓。辛辛苦苦喂的蚕，茧子一卖就要上税！"

那两个干部并不管那么多，拿钱的人一边把老汉扣完税剩下的两三张零票子递回老汉手里，一边道："你们倒说得轻巧！我们也不想强行来收税，谁愿意当恶人呢？可是没有谁主动交税的！这一年里头，春蚕的钱是家里的第一笔大收入，我们不趁着这阵把一半的税收了，完不成任务谁来给我们发工资？"

卖茧的老汉看着手里那一点儿可怜的钱眼泪直淌。

"你哭啥！钱给你了，你快回去。我这才只收了一半，下半年的税等你卖了猪我再来收，听到没有？"那干部凑到老汉耳根说。

吴老三这时过来，不满地将围着的人驱散开。

"卖了茧的人税给人一交就走，没卖的人把队排好！你们收税的不要搅和得我茧子都收不了了！"

"老三，你说的什么屁话？"那个年龄大的干部不乐意了，笑着骂道，"没让你付钱的时候代扣就不错了！你去问问其他几个茧站，人家乡上的人都不到茧站，直接叫茧站付款的人帮着就扣下来，我们来给你省了多少事？！"

"哼，指望我？门儿都没有。我这里给你那里收，人家还没闻着钱味儿，你们一张二指宽的纸条条就把钱拿走了，尽是挨骂的事！"吴老三笑道。

这时，拿票的小伙拦在门边，朝围观的人喊叫。

"卖过茧子的都来把上半年的农业税交了啊！"

海军自知躲不掉，直接走过去让他开半年的税票。手上还没拿热的五百多块钱悉数给了他们。

海军不知道，他走后不一会儿，晓鸥便提着饭盒来到茧站。她是来给吴老三送饭的。

海玉没在家，晓鸥几乎和他家没了往来。晓鸥原本行事低调，这两年把自己的精力都放在了桑树品种改良和蚕种研究上，所以，她和吴老三当时赶时髦去省城玩了几天就当旅游结婚了，回到家只邀请了家里人和几个关系要好的同事，没有通知任何亲朋好友，包括海玉和杨柳。

吴老三，原名吴东方，因为在家里排行老三，被周围人习惯叫成了"吴老三"。吴东方跟晓鸥一个系统，不过一个在县里，一个在乡上,原先两人见面就是工作业务联系,私下没有任何交集。蚕桑归林业局管辖,蚕种厂成立后就成为林业局下属企业,后来机构改革要将蚕种厂的干部职工纳入事业单位编制,职工一算账工资不升反降,自然不乐意。在大家的要求下,蚕种厂最后成了自负盈亏的合同制企业。吴东方从部队转业回来先是进了县林业局,因为为人活络,大车小车都会开,深受领导喜欢,后来转到蚕种厂直接做了副站长。

蚕茧大战伊始,县政府参与供销社的调剂,先保证本地缫丝企业的成本入库。供销社倒闭时,为了继续保障本地蚕桑丝织产业不受影响,将蚕茧的收烘销剥离出来转交县联社管,但县联社并没有资金和库房可以完成全县蚕茧的收烘,经县蚕桑管理中心办公室协调,蚕种厂通过将空余厂房抵押,贷款成立了江城蚕茧购销公司,又将闲置的厂房改建成库房,在全县各乡镇建起三十多个茧站和烘茧灶,专门负责全县的鲜茧收购和烘干。吴东方他们一批职工便因此被分流到各乡镇收茧,将收到的茧子烘干后再根据县上的安排,定量分送到市县缫丝厂。

最近两年,省蚕桑丝绸研究所在江城直河乡建立了蚕桑科学试验示范基地,江城县随即提出"发展以蚕桑为拳头产业的多种经营生产"的要求,随着各种政策对蚕桑的支持,江城很快成为全省的产茧万担县,被省内外誉为"新蚕乡",来江城参观的省内外代表团络绎不绝,吴东方每次都全程接待陪同。因晓鸥在蚕桑技术改良和制种方面的成就,代表团一来,吴东方就得联系晓鸥现场介绍经验,一来二去两人就熟了。

江城"三三制"养蚕技术获了省蚕学会的一等奖,晓鸥和县蚕技站的领导一起去省上领奖,吴东方开车。路上,领导在闲聊中得知晓鸥还没找对象,便开起了吴东方和晓鸥的玩笑。结果从省上一回来,吴东方就频繁地去看晓鸥,每次不声不响在实验室帮她做各种事,一陪就是大半天。晓鸥喜欢他聪明、随和又不张扬的性格,虽谈不上有多爱,但觉得很适合她,加之父母也喜欢他,便答应了吴东方的追求。

吴东方吃着饭告诉她,丝银堡杨家也来卖茧了。晓鸥一听就笑:"那你可得照顾着点。我以前没少在他们家吃饭,他们家每个人都对我好,没把我当外人。杨海玉之前就是跟我学的养蚕技术,每季茧子质量在丝银堡都是最好的,我还准备拿他家的茧子做种茧呢!"

"照顾了,我一听说他是杨家的,就给他算的二级。"吴东方说。

晓鸥惊讶地看着他,不满地说:"为什么不是一级?你这是在打我的脸呢!"

"一级?"吴东方咽下一口菜,赔着笑给媳妇解释道,"我一个一级也没给,二级一天也就给了两三个。今年我们刚接手蚕茧收烘,县里要求严,非特殊情况不能算特级和一级。再说,众目睽睽之下,我想徇私也得注意影响啊!如果我给他定了最好,那后面全都比着来,你说我咋弄?"

晓鸥不屑地哼了一声,说:"我不管你什么要求严,都是借口罢了。我知道,你们收烘的职工是考虑要整体控价压级,但我担心验茧过于苛刻会伤了蚕农的积极性。何况现在周边县都在抢茧子,这样收茧子容易把蚕农推出去。蚕农不满了,自然千方百计去找外县的茧站,对吗?"

吴东方觉得晓鸥的话有道理,考虑第二天跟领导沟通一下,让所有茧站在验茧上适当放宽松一点。

天刚擦黑，小勇骑着车过来找海军，火急火燎地把海军和杨柳拉到里屋。

"我们明天翻山去平梁，你们去不去？"

"价咋样？"杨柳问。

"价钱我打听了，交界的汉阴和汉中西乡都比咱这里高一块到一块五。一等八块八，二等八块。但是平梁茧站捎了准话，说江城县丝银堡的蚕茧好，凡是过去的都算上茧，不除秤。"

杨柳和海军听了心里一喜。

"我们去！"海军说。

小勇兴奋地捣了海军一拳头。

"哎，这就对了嘛！我还一直担心你脑壳一根筋。"他说。

杨柳叹了口气，把海军白天卖茧子的情形细细讲给小勇听了。

杨柳叹息道："税就不说了，逃不过的。茧站压级也压不了多少，如果单纯这个也还勉强接受，主要是整体给的价就比外县要低呢，再一压级，我们养的量大就不划算了。"

小勇点点头："我也弄不明白为啥江城的茧价比周边县的低。按说咱们江城桑叶多养蚕人也多，茧子质量也是顶呱呱的。比起你们家，我的愁苦就是乡上那些讨债的——'四税七费三提五统'，一年到头，乡上的干部见我就讨不完的税！我呢，见他们就躲。"

三个人心里都沉甸甸的。

末了，小勇交代海军两口子，睡觉前把茧包打好，背篓的茧包装实绑稳。早上四点在直河集镇东头的岔路口会合，争取赶在乡上拦截的人上班之前翻过凤凰山到达平梁。他还叮嘱海军别忘了带砍刀和水杯。

5．卖茧

凤凰山与秦岭南部相连接，山势巍峨，山岭起伏较大，绵延数百公里。出直河一路向东，到一个叫五龙沟的山谷进入凤凰山峦要翻高高低低两道梁才能进入相邻的汉阴县平梁地界。对于从小在乡下摸爬滚打的海军来说，翻几道梁本不算啥，但难就难在越往山上走越是荒无人烟的密林，偶有砍柴人开辟出来的羊肠小道也因长时间无人行走长满荆棘。好在他们已经不是第一批选择翻山出去的人，看着新踩踏过的青草、刚砍倒的灌木和刺藤，他们松了一口气。

海军也是在会合时才知道的，这一行并非只有他们三个，包括他们在内一共有七个人。小勇牵头，他将一个矿灯绑在额头，自告奋勇走在最前面，海军和杨柳断后。另外两男两女都是小勇的本家亲戚。许是小勇提前交代的缘故，背上的茧袋子倒是出奇一致：男人大背篓里面竖放一袋，背篓上横绑两袋，加起来足足八九十斤。女人背篓小一些，竖放一袋，横绑一袋，重量也在六七十斤。因为边走边探路，所有人都小心翼翼，既怕不小心掉进悬崖陡坎，又怕踩上蛇。他们走得不算太快，到了五点光景，天蒙蒙亮，他们才翻过第一座山。七人下到沟底找了个平坦处只歇了四五分钟就再次攀上第二座山。这时，每个人的衣衫都全部汗湿。

"必须赶在七点前到茧站。前面是鹰嘴崖，你们背重了脚不稳当的，就砍根竹子拄着。"小勇提醒道。鹰嘴崖是这条路上最险峻的山崖，其实海拔也不算特别高，就是出奇的陡峭。这条路的险和奇只出现在人们茶余饭后的谈资里，小勇一行人没有一个人走过这条路。

"天哪！还要翻鹰嘴崖？有没有其他路可走？"有人开始担心。

"绕路的话八点我们都到不了。放心吧，你们也看到了，昨天前天都有人走过这路呢！有石头抓手，其实也没有那么难爬。"小勇安慰道，"就是背上有背篓，重量压着，所以你们不要紧张，不要回头或是侧着身子看，一定要慢！"

杨柳听他这样说，回头看了海军一眼。

"谁让你贪多！"海军小声嘟囔了一句，还是抽出弯刀，随手砍了一根木棍递给她。装茧包的时候，海军怕她没走过那么陡的路，说是只背一包就好，杨柳非要装两包。

几个人气喘吁吁地又行进了二三十分钟才抵达鹰嘴崖最险要的山崖。海军仰头看了看，确实如小勇所说，虽然从下往上看高而陡，但大大小小的怪石突兀起伏，粗壮的乔木从岩石缝隙中贯出，人只要借助石头抓紧树枝攀缘上峰顶不成问题。

"一步步踩稳，爬的时候千万莫要回头朝下看啊！"小勇已经爬上去二十来米，一边爬一边反复叮咛。

走在海军前面的杨柳突然感觉背篓被什么东西绊住了，她一只脚正踩着上面的石窝，两手紧抓树根，另一只脚还没来得及提上去，背篓一股向后的力量拉扯着她，她下意识地退回前面的脚，差点没站稳。听到她"哎呀"一声，吓得海军脸色都变了。再一看，是旁边树上掉落的一根藤葛挂住了背篓的篾片。

"别动！"看杨柳肩膀还在使劲向前拉扯，海军吓得直叫。

前面走得快的几个被他们的动静惊着了，都停止了攀爬。

海军让自己离杨柳近了两步，一只手腾出来，挥起刀砍断了藤葛。

"没事了。"海军说。杨柳虽惊出一身冷汗，为了让海军放心，笑着抬了抬眼。其他人听说没事了，也嘘了一口气。

还好，他们紧赶慢赶终于在七点刚过赶到了设在通往平梁集镇路旁的茧站。这个茧站用的是一户农家院，院子没有围墙，只用防雨棚布将院子遮掩了一下。验茧大概才刚刚开始，但来送茧的人已经排起了长队。小勇和海军他们排好队，卸下肩上背篓，紧绷的神经才总算松弛下来，几个女人一边撩着衣角擦汗，一边看着彼此披头散发狼狈不堪的模样忍俊不禁。

杨柳捣了捣海军，指着他撕开口子的裤脚，又给他看自己肩头划烂的地方："下次来我要把针线带上。"

海军心里这会儿却是五味杂陈，如同压了一块大石。他想不通，辛辛苦苦养蚕图致富，可到头来却要偷偷摸摸地卖。可为什么非要逼着人走这一步呢？不过是下苦人为多求几分薄利，为什么就没人体会一下下苦人的难处呢？这一路的汗水啊，他想着，要是不卖个好价钱，就枉费跑这么远的路，也对不起撕烂的衣衫。

"海玉知道了肯定要怪我们。"杨柳突然说。

海军不说话。

两人回到家，已是下午三四点光景。他们的茧子如愿以偿卖了一等的好价，这种相当于得到了技术肯定的判定，比价钱本身更令海军夫妇兴奋。但振奋的情绪随着归家的临近，又让两人分外忐忑，外县卖茧的事千万不能让父母知道。为此，夫妇二人在路上特意将说辞研究了一番。没想到刚上院坝，就看到父亲在屋檐下正襟危坐。

从小没跟父亲撒过谎的海军有点讷讷的，杨柳倒是神态自若地顺手接过海军的背篓，在屋角放好，又转身到院坝边接一大盆洗脸水端给海军。

杨宝根注意到他们撕烂的衣裤，也看出二人神色异样。

"你们两个把茧子卖到哪里去了？"杨宝根问。

杨柳诧异地看了公公一眼，又抬眼看了一眼海军，讪讪地笑着说："卖到茧站嘛，除了收茧子的地方，还能卖到哪？"

杨宝根嗓子里"哼"了两声，也不看杨柳，盯着儿子海军说："不是卖到直河的茧站吧？看你们那架势，别以为我一天不出门啥都不晓得！昨晚上那么晚了，来找你的那个小伙子，那是你初中同学吧？他在屋里跟你们嘀嘀咕咕半天才走。他一走，你们两个就开始下茧子装袋，折腾到半夜。早上我听到门响，东屋的鸡子才叫二遍……"

海军洗完脸，把脏得乌七八糟的汗衫一把脱下扔进水里，对杨柳苦笑道："我爸不当侦探，不当地下党都可惜了……杨柳，你还是招了吧！"

杨柳累着了，坐在门槛上瞅着自己划破的衣服正丧气呢，见海军还嬉皮笑脸，气得瞪着他道："我招什么招？要招也是你招……喂蚕的时候熬更守夜，卖起茧子了还这么折磨人……"

海军一听，脸上的笑就僵在那儿了，心情不免跟着沮丧起来。家里至少还有二百多斤茧子，怎么办？自己跟着小勇再冒一两次险都可以，但不能再让杨柳去了，想想今天在鹰嘴崖的一幕就后怕。只是……

杨宝根看两人都不吭气了，叹了一口气，道："早上村长家的卖完茧子从门口过，我问了，人家说在茧站没见着你们，我就知道你们肯定到别处去了。村长家的跟我说，茧站不归供销社管了，县蚕技站的在收茧。不管谁来收茧，中间揽这么些活，人家不可能不挣钱，无非是昧心赚些斤两，在等级上压一压。别看我老了，我都能想得到……政府不允许茧子出乡、出县哪，广播里天天在讲。蚕技站的人收了还不是给本县的缫丝厂嘛!再加上人家方厂长对你妹有恩,我们吃点亏就吃点亏。我说,你们莫要去做冒险的事,万一被人抓到,没收茧子,你说划算不划算?"

海军母亲这时出来叫一家人吃饭,看见儿子海军裤脚撕烂的口子,转眼又瞧见杨柳衣服上的破洞,惊讶地问:"你们这是搞啥?像是划烂的嘛,咋跑山上去了?"

杨宝根起身瞅了一眼老伴,背着手一本正经地说:"他们两个,怕是打了一架!"

老太太吓得张大了嘴巴,瞅瞅儿子海军,又瞅瞅儿媳杨柳,一脸的不可置信。杨柳没想到公公有心情开这样的玩笑,吃惊地看向海军,两人忍不住扑哧一下笑出声来。

海军晚上特地跑去小勇家打了个招呼,第二天把一百多斤茧子照旧卖给了乡里的茧站。小勇第二趟跑得艰难,回来歇了一天,来找海军诉苦,海军才晓得偷着去外县卖茧的事让直河乡政府知道了。附近两个乡政府联合税务局的人在凤凰山进山的路口围追堵截,害得小勇他们不敢走老路,不得不往密林里钻。追得急了,小勇他们一行人也不甘示弱,爬上高岩搬起石块往下扔。

"那可要小心哪,把人砸伤了可不得了!"海军担心地说。

小勇愤愤地哼了一声,说:"乡上的人还好,追到山口就不追了。税务局的那几个狗腿子硬是不给活路哇,我们也是没办法,不用石头砸把他们撵不走。可他们越是这样整,我越是不想交一分税钱。不过,我再有一趟也就卖完了。"

"不就是逼着交税吗?也不知道为啥逼成这样。"海军也替小勇郁闷着。

小勇说:"不单单是交税!乡上也是按地界管,本乡的蚕茧不能流出去，卖到外乡都不准，更别说卖到外县。我回来才听说，咱们直河乡政府的领导给乡上干部下了死命令，两三个人包一个村，发现外流或者没收到税的，一律扣发工资。据说，底下那些干部也是不乐意的，但架不住领导跟茧站的穿一条裤子呀！乡领导呢是盼着一下把税收完他们好完成任务交差，茧站的人呢是希望乡上帮忙把所有蚕农都撵到自己茧站来卖！相互支持，相互利用，茧站的人天天和乡政府的人一起大酒大肉吃着，摆明了就坑咱这些老百姓。"

海军无法分辨小勇说的对与错。县上要各乡政府把茧子控制在自己辖区内销售，这么做的目的是保护江城缫丝厂原材料不受影响。而江城缫丝厂跟自己家有着千丝万缕的联系，自己家茧子外卖尚且有愧，更不能去骂为江城缫丝厂收购蚕茧的人。

杨柳炒来一盘花生米和胡豆，又拿来一茶缸子杨宝根自己泡的拐枣酒，让小勇喝两杯，解解乏。

"剩下不多你就别再去了吧，这也是没办法的事。路太险了……钱上吃亏一点，人莫要吃亏摔跤比啥都强。"一旁的杨柳劝小勇。

"多挣一个是一个。"小勇苦笑，一仰脖子喝干杯里的酒，"我们家现在比不了你家，海军是知道的。税务上把一千多的税一扣，剩不下几个，我还得给老娘抓药呢。等卖完了，好好歇上几天。"

又说："我家的桃子熟了，改天我给嫂子摘一兜子来……"

谁能想到这竟是最后一顿话别的酒！

第二天晌午一两点光景，海军和杨柳正在茧站排队等着过磅，突然院里进来几个卖茧的，说有人往外卖茧子在鹰嘴崖摔死了。他俩心里一怔，顿时有一种很不好的预感。海军忙去问那几个人知不知道摔死的人叫什么名字,人家说只知道是个男的,年龄不大,乡上几个追到鹰嘴崖下面喊叫,爬上去的人大概心里慌张,脚下踩空了……

海军让杨柳守着茧子过磅,他骑着摩托就往小勇家跑。

结果到小勇家附近,隔着一大片桃林就听见了女人在号啕大哭。海军的心提到嗓子眼上,摩托车擦着一株桃树停住,红桃的枝丫沉甸甸地拂过他的脸颊,他脸上火辣辣的,人一下子就瘫软了,眼泪如决堤的河。

小勇躺在堂屋刚卸下的一张门板上,头上的血结痂粘在额头,脸颊擦破的裂口上满是黑黑红红的血痂和泥土,划破的毛蓝布夹克上的血迹更是触目惊心。小勇瘫痪的母亲在床上哭得肝肠寸断,旁边陪着她的几个同村的女人一边劝慰,一边跟着抹眼泪。小勇的父亲,一个头发灰白的小个子男人,正给刚从山里拉回来的儿子擦洗身子,颤抖的手似有千斤重,让他的每一个动作都非常吃力。

"我来吧。"冷静下来的海军想着得送小勇一程,他半跪在地上,从小勇父亲手里接过帕子……

第六章

1. 三个人的爱恨情仇

春茧收购一过,韩青阳调任江城缫丝厂副厂长,也是组织培养接替方文贺厂长职务的重要储备人选。

"韩青阳"这个名字对于缫丝一车间的女工们来说并不陌生,他和小芳、孟苏州之间的三角恋故事早就闹得沸沸扬扬,曾一度被爱八卦的缫丝女工们喻为现实版的琼瑶小说。当初孟苏州追小芳不惜调动工作来到缫丝厂,谁知韩青阳横刀夺爱硬是让小芳死心塌地地跟他好,孟苏州竹篮打水一场空,消沉了很长一段时间。直到小芳闹着要跳河,大家才得知她们以为的真爱,不过是韩青阳玩弄感情的游戏罢了。用他自己的话来说,就是他"从来没想过娶一个缫丝女工为妻"——这句话对小芳说且罢了,谁让她上赶着喜欢人家呢?但这话一传开,就不仅仅是嘲笑小芳不自量力那么简单了,它伤害的可是全体缫丝女工的感情。自然,大家对韩青阳这个人也就没啥好印象了。

韩青阳也听说了小芳自杀的事,但他认为,"一哭二闹三上吊"不过是女人惯用的伎俩罢了。当然,身为一个千人大厂的副厂长，这些鸡毛蒜皮的事对他来说根本不算啥，有的是人愿意巴结他、讨好他，这个领导身份带给他的荣耀远比在乡上当乡长和书记更令他舒坦。

他起先是不怎么喜欢缫丝厂的。

寒冬腊月天，他第一次到车间，掀开沉重的棉布帘，一股声浪夹杂着热量喷涌而出。他被这样的气流推出来后退了几步，原先美好的设想顷刻消散。但他强压着反胃的感受，还是面带微笑走了进去。

身为副厂长，必须与职工建立一样的爱厂情怀，至少要在走进车间的时候，保持对生产与欢乐的无限期许。他深谙这一点。车间里，机械运动的噪声、饱满丰润的女工以及她们举手投足落入每一个细小的操作片段里，都令他在齿轮互相咬合和皮带盘传送的律动中，感受到创造者的张力。

他开始频频出入缫丝车间、扶摇车间、织绸车间，他看她们如何将一根丝挑起，隐去，绕进籰子；他看她们露出白藕似的手腕，看她们落到蚕茧上丝缕上的温暖妩媚的目光。女人堆里，温暖如春。

对于韩青阳的到来，也是几家欢喜几家愁。

欢喜的自然是他的姐姐韩秋燕。在缫丝厂这么些年，虽然凭着财务科的这个岗位没人敢小瞧她，但并没有一个愿意与她交心的朋友。还有方文贺，他对她总是一副敬而远之的样子，尽管她对他极尽女人的温柔。她还曾费心做了他爱吃的红烧肉和辣子鸡用饭盒装了带给他，他倒好，拿着她自己都舍不得吃的菜叫办公室其他同事一起分享。现在亲兄弟来了，还是副厂长，这让韩秋燕喜出望外。一连好些天，她脸上笑得跟一朵花似的，逢人就热情地分发自己带的小零食。

可小芳和孟苏州的日子就不那么好过了。小芳一想到将来跟这个人抬头不见低头见，心里就不对劲。按理说，是韩青阳先做了对不起人的事，是他不占理。可等韩青阳真的到了厂子，情形就难免显得尴尬了。

小芳无时无刻不得不接受其他女工的好意指点与同情。有人提醒她小心韩青阳的算计，也有人出主意让她放低身段巴结一下他，说不定他会念在旧情人的分儿上给予照顾。甚至韩青阳从车间走过，大家都会齐刷刷地看向她，探究她脸上的表情，猜度她的心情，面对这些八卦的女人们她十分苦恼。

孟苏州同时也感到膈应，每当他一想起那年寒冬腊月小芳遭的那些罪，他就有扑过去揍韩青阳的冲动。

四年前，一个寒风凛冽的下午，孟苏州正在电工房围着一个蜂窝煤炉子取暖，突然听到门卫老郭拿着小喇叭在厂区急吼吼地喊："有女工跳河了！有女工跳河了！有没有人会划水？有没有男工会划水，赶紧跟我去救人！有没有人会划水……"孟苏州和另外两个同事飞快地冲出去，跟着老郭就往江边跑。

来报信的是常年在江里撒网捕鱼的老汉，他跑不快，被孟苏州他们落在后面，老汉气喘吁吁地喊："就在白杨树林下面的位置跳的……"

冬天大坝很少开闸，大片大片的石滩裸露在外，汉江水缩减了一半，清浅地静静流淌在河道中央。等孟苏州和同事赶到，跳水的女工已经被江边的另外两名群众拖到了石滩上。再一细看，可把孟苏州吓了一大跳，跳江的不是别人，正是害得他这两年郁郁寡欢的小芳。

"小芳，有啥想不开的要走这一步啊？"

看着这个瘫软在地狼狈不堪的姑娘，孟苏州急得眼泪一下子就出来了。

小芳的棉袄浸得透湿,头发水草似的贴在额头上,整个人都在哆嗦。孟苏州脱下自己的军大衣将小芳裹起来,他心疼地用袖子擦干小芳脸上的水,用手去捂她冻得青紫的脸。

孟苏州永远忘不了,一九八八年的元旦那天,本来是厂里新的生产线投产的喜庆日子,他却遭受到有生以来最大的打击。就在那天晚上,小芳郑重其事地告诉他,她不爱他,她要和韩青阳好,去追求轰轰烈烈的爱情。她甚至不给他任何争取的机会,话说得干脆利落。她说:"你放弃原先的工作到缫丝厂来,我也很感动,这说明你是一个敢作敢当的人。但那是你自己的决定,不能怪我。我虽然感动,但我不能强迫自己爱你,你也不能因为你自己的决定来要求我爱你,我做不到。"

小芳说完那番话头也不回地跟着一旁的韩青阳走了。他觉得自己像个傻子,一心一意追寻的爱情还没开始就结束了,愣是半晌没反应过来,更不知道何去何从。这之后,他逐渐接受了被小芳抛弃的事实,尽量不去想这件事、这个人。虽然车间里不少女工对他表示爱慕,甚至主动约他周末跳舞看电影,但他提不起兴趣,就这样浑浑噩噩地混了两年。

看着眼前浑身湿淋淋像被谁丢弃的布娃娃似的小芳,孟苏州好不容易平静的思绪又被搅乱了。将小芳送回宿舍后,他和夏莉莉轮流照顾了她三天,小芳才开口道出心中的苦楚。

原来,小芳不小心怀孕了,但韩青阳却说自己刚提拔到一个乡上任职,压根没想过要结婚的事,直接给了她一百块钱,让她自己去乡卫生院做人流。小芳不愿意,坚持让韩青阳和自己去领证。逼得紧了,韩青阳干脆躲到乡政府不回城,并且撂下话来:"恋爱自由,分手也自由!没人规定谈恋爱就一定要结婚,何况我从来没想过娶一个缫丝女工为妻。如果你不去做人流,恋爱也不谈了,只有分手。"话说得这样绝情,小芳悔恨难当。但怀孕的事既不敢让家里人知道也不敢跟夏莉莉说,想来想去,觉得自己与其这样丢尽颜面,不如一了百了。

小芳哭着说着,肝肠寸断。夏莉莉责怪自己整天忙工作,疏于对小芳的关心。她责备小芳太傻,对这种不负责任的男人有啥好留恋的,还不如保住自己的尊严果断分手。她帮小芳请了半个月的假,让小芳安心休息,想好了再做决定。

看着小芳犹豫,孟苏州不忍心。他说:"如果你不想做掉孩子,我愿意和你结婚。只要你愿意,我会把孩子当自己亲生的。"

小芳看着一脸诚恳的孟苏州,百感交集。没想到,自己兜兜转转弄得遍体鳞伤,孟苏州还能接受自己。想了几天,她终于下定决心嫁给孟苏州。不过,在嫁人之前,她还是冷静地做掉了肚子里的孩子。既然要了断,就断个干干净净。

没想到时隔四年,她平静的生活会再次被韩青阳打破。

夏莉莉认为小芳和孟苏州的反应过于紧张了。

"你就把他当成空气,路上看到他眼睛一抬就过去了。为什么要刻意去留意他呢?搞得好像你自己理亏似的。"夏莉莉不屑地说,她奇怪为什么小芳总在关键的时候张皇又糊涂,"他当他的副厂长,你做你的工人,你们之间,又没有直接工作业务关系,偌大个缫丝厂,上千女工,他犯不着专门针对你,你也犯不着将他当个人看,是吧?!"

孟苏州一想,还真是这么个道理,悬着的心先于小芳松懈下来。当然,以他的脾气,他也不会把时间花在和韩青阳较真上,毕竟,小芳和韩青阳的感情早已成为过去时。如今,他和小芳的孩子都快两岁了,有和韩青阳较真的时间不如多陪陪孩子。平常他们上班，孩子就交给爷爷奶奶。早先他们是不同意儿子同小芳结婚的，觉得自己儿子没出息，为了一个女人换工作，还差点自暴自弃连命都不顾了。后来孙子一出世，老两口立马跟换了个人似的，高兴得不得了，对小芳也是嘘寒问暖。好在小芳素来大大咧咧习惯了，加之不愿意被孩子束缚，乐得将孩子交给他们带。孟苏州与小芳性子不同，他细心又感性，白天孩子在爷爷奶奶家，但一下班，他就将孩子接回家自己带。从换尿布、做辅食，到陪儿子玩耍，小芳懒得花的心思，孟苏州都会亲自做。

2．延伸产业咋就这么难

一进入九十年代，就开始流行全棉织物。

先前都是化纤织物，的确良、涤纶、维尼纶、混纺……大人小孩，特别是秋冬，一脱衣服噼里啪啦地静电乱闪。

好在夏天到了，女人的衣服又换成了的确良。

虽然眼看着快要退休了，可这并不妨碍何立秋穿漂亮的衣服，化淡雅的妆，做这个县城最时髦最精致的女人。就在五天前，方文贺送了她两件江城缫丝厂织绸车间自己生产的奶油色真丝休闲衬衫，一件是给她的，另一件送给她的丈夫曾一鸣。方文贺邀请她这个周末去江城缫丝厂参加一个关于织绸技术的研讨会。方文贺说这事的时候忧心忡忡，许是曾一鸣在场，他并没有说得太明白。

到了周六，曾一鸣休假，约了朋友中午一起去江边钓鱼。何立秋说："你今天不上班，出去玩的话可以穿上真丝衬衫，试试舒不舒服。"真丝面料轻柔，男款特地做成了中式对襟，有两个方方正正的大兜，算是有别于老头老太太穿的太极服。曾一鸣身形挺拔，穿在身上倒是儒雅，不过，折叠过的地方一道道褶皱很是碍眼。他扯了扯衣角，假装手执一折扇，笑说："讲相声穿上这挺好！不过，这么爱起皱，平时穿也不行啊，光熨衣服都够麻烦的！"随即脱下，让何立秋先挂衣柜去。何立秋说："你要穿我给你熨一下就是，这又不费什么事。"曾一鸣犹豫了一下，摇摇头，还是照常拿自己的老头衫套上。

等曾一鸣出门，何立秋将那件真丝面料的女式衬衫穿上。衣服剪裁得也不错，贴身柔软丝滑，腰身一摇摆，女人的曲线美一下子跃然而出。如果是商场买的衣服，何立秋会分外计较面料手感，易不易起皱，但因为是方文贺拿来的，代表着有他一份心血在，那一个个的褶皱忽略不计。何立秋很快拿出熨斗，准备熨一下就穿着这件衣服出门。

她到了厂办门口，恰好看到夏莉莉远远地从花园那头走过来，便等了一小会儿。

夏莉莉清瘦的腰身，穿一件卡腰的月白短袖配着豆绿的裙子，婀娜中自有几分清雅。她走得很快，一阵风似的就到了何立秋面前，见何立秋身上穿着的衬衫，有些诧异，笑道："没想到何主席这么看得起我们生产的衬衫！"

何立秋问她："好看吗？"

"好看，您身材好，穿什么都好看！"夏莉莉说，"我之前也买了一件，可惜洗了一次就缩水了。"

"这会缩水呀？"何立秋很是惊讶，"是不是洗的时候不能跟一般衣服一样洗？"

"不是。"夏莉莉解释说，"我买的是第一批生产的，当时，那一批面料做熟之后的缩水处理没有做得很到位。不过您放心，您穿的这是第二批生产的，已经在这方面改进了，我想，即使缩水也不会缩太多吧！但还是爱起皱，这个难题目前没有办法。"

何立秋笑着说："那洗护起来还是得小心，至少不能用普通的洗衣粉洗吧！蚕丝织成的，成本不低，大街上的人怎么说来着？人家说'有钱人才穿得起这种真丝的衣服'，可有钱人谁也不愿意穿得皱皱巴巴呀！只能是人勤快点，穿一次就熨一次，不穿就挂起来，不能折放——你别说，这对批量生产和销售来说，确实是个大问题。"

"是呀！所以做这样的衣服受众面有多大、市场价格能定到多少、能不能让所有人都爱上这种衣服，这些问题需要做一些市场调研。我们现在面临的困难太多了，方厂长为了让我们不停产急得头发都白了。"夏莉莉说。

夏莉莉挽着何立秋的胳膊，两人一边说话一边往会议室走。

"我老了。要像你这么年轻，我会选市面上最好看最时髦的来穿，才不会在意贵不贵！"何立秋说，"女人能随心所欲穿自己喜欢的衣服的时间也就那么几年。所以，真丝的衣服值不值得人家掏大价钱来买，这得好好研究，不能盲目投产。"

何立秋上下打量了一下夏莉莉，夸赞道："你这身不错，清新雅致。你可比前些年会打扮了，变漂亮了，也越来越有女人味了！"

两个人进了会议室，发现人已经来齐便立刻噤了声。

方文贺招呼何立秋挨着他坐，旁边还有三四位从省蚕桑丝绸研究所请来的嘉宾。何立秋注意到方海也来了，正冲她打招呼，她微笑着点点头。

何立秋靠近方文贺身边，悄声道："你搞什么鬼？弄得这么正儿八经的，把我一个外行叫来干什么？""你在经委干那么多年，怎么能说是外行呢？"方文贺若无其事地说，"今天是请大家来给我出主意的……"

看与会的专家都已落座，负责主持会议的副厂长韩青阳便宣布研讨会开始。方文贺就这次开会的目的和目前厂里面临的困境进行了详细的汇报，并提出几个亟待解决的问题，让大家讨论。至此，何立秋才知道，方文贺呕心沥血做起来的织绸车间近两三年并没有赚到什么钱，也可以说市场销售低迷，维持现状困难重重，举步维艰。

整个缫丝厂的利润仍来自由省外贸进出口公司统购统销的生丝，也就是当下已经全国闻名的江城牌白厂丝，由当初的八九万一吨涨到现在的近三十万一吨。但织绸车间加工出来的坯绸不同，这完全是厂里自主开发的产品，全靠自销。当然，当初计划出产的产品也不仅仅只有坯绸，还有濒临失传的绫罗、锦缎、丝帕等副产品。江城缫丝厂当初在两年时间共进购二十台有梭织机，方文贺在发言中检讨，这一增购机械设备的行为实际上是因为他对织绸技术和销售市场的评估都过于乐观。有梭织机织出的坯绸幅宽只有一米一四，相比于发达地区市场所需和国外出口绸缎的标准幅宽都要小。现在广东和江浙已经开始推广新的剑杆织机，这意味着有梭织机面临淘汰。就技术来说，江城缫丝厂的织绸车间没有坯绸的熟练工艺，要想产品顺利销到印染厂和织布厂，还得将生产出来的生坯绸送往省城或者江浙一带进行做熟处理。最近两三年，坯绸熟练工序的加工费逐年上涨，也是织绸车间生产利润降低的重要原因。就市场来说，江城缫丝厂的江城牌白厂丝出名，可在纺织行业，江城牌丝绸默默无闻！既没有打出知名度，也没有太大规模，这样就造成产品销售高也不成低也不就。

方文贺不想这个车间就这么淘汰掉，自己的心血就这么付诸东流，他尝试着将熟练过的坯绸加工成衬衫，两批两千件衣服投放到本地市场，想看看能否受市场欢迎。眼下他急于为织绸车间寻找出路，这才寻求智囊团的帮助，看大家能否出谋划策，另辟蹊径。

省蚕桑丝绸研究所的专家将自己所了解的国内外丝绸市场行情详细讲了讲。大家听完，七嘴八舌一分析，情况貌似比方文贺预料的还要糟糕。有人说，国内顶尖的纺织厂也在请人研究织绸过程中桑蚕丝混合氨纶一类的东西会不会更不容易起皱，但到目前还没有研究成果出来。一时之间，在场的领导干部都不知道说什么好了。当然，再厉害的人也不能在这样短的时间内想出好点子。

坐在父亲对面的方海，看着父亲脸上强作镇定的表情有些心疼。他想讲点什么，但还没想好该怎么说。

何立秋本来对方文贺的织绸车间没怎么关注，加之后来离开了经委，除了开会，几乎很少到缫丝厂来。这时候看到这个场景，自己也无能为力，作为老朋友的她一点儿忙都帮不上，很是愧疚。

韩青阳一看会议冷了场，嘴角露出一丝不易察觉的微笑。他清了清嗓子，说出了自己的观点。

"我认为刚才大家分析的丝绸市场形势，至少说明一个问题，织绸车间无论从知名度还是技术都无法满足继续发展的需要。与其这样不如放弃，弃卒保车！我看过过去一年的财务报表，这一年里织绸车间销售额与原材料成本持平，再算上人工，实际上是亏损状态。也就是说，织绸车间的一两百员工实际上是靠缫丝车间养活着的。"他说到这儿，视线从方文贺扫到夏莉莉身上，"我这样说，可能你们有些人会不高兴，但这就是事实。我觉得作为江城缫丝厂的主要负责人，我们应该有壮士断腕的勇气。刚才方厂长也说了，一开始就对技术和市场做出了错误评估，那么我们不能拿厂里的资金来赌上这个错误并且一直错下去吧？！我觉得……"

韩青阳的陈述，全然不顾省市专家和两位县局领导还在场，这令方文贺很是尴尬，但他没有打断韩青阳，而是挺直了脊背。

夏莉莉坐不住了，以前方文贺交代她只管负责按下单排物料排生产，销售的事从不让她过问。现在看来，是方文贺一直在保护她，刻意不让她牵扯太多。就在开会之前，她也压根没意识到她日夜付诸心血的织绸车间已经面临这样的危机。她急红了脸，站起来愤然打断韩青阳的话："韩厂长，您怎么能这样说呢？您知道方厂长这些年为了把这个产业做成费了多少心血？您才来这个厂多久哇，怎么能直接否定了我们织绸车间的贡献？"说完，大概察觉到自己唐突，眼泪扑簌簌下来，转过身面对领导鞠了一躬，跑了出去。

何立秋本来也听不下去的，看见夏莉莉跑出去，她本想叫住，想了想，也没有意义。看会场的人面面相觑，她清了清嗓子，正色道："以我对这个厂的了解以及方厂长的一贯作风，我觉得现在谈弃卒保车还为时尚早。方厂长检讨自己，那是他谦虚，他懂得自省，而我们今天因此去主观评判方厂长的对错，是对方厂长极大的不公。"

这时，她停顿了一下，环顾会场，除了韩青阳端着脸，其他人纷纷点头称是。

"本来，这个话不应该由我来说，应该由经委方主任来说。但我想他大概顾及方厂长是他的父亲，所以一直没有发言。"何立秋别有深意地看了方海一眼，继续说道，"在座的各位，缫丝厂是方厂长一手负责一步步建设起来的，到今天的成长壮大，厂子光职工就上千人。方厂长克己奉公、以厂为家，我相信，没有人比他更爱这个厂。如果说织绸车间真到了走不下去的地步，我相信方厂长自己会做出正确抉择的。这个问题，并不在我们今天讨论的范围，大家说呢？"本来，韩青阳还想再讲几句他的观点，听到何立秋的话只好悻悻作罢。

研讨会到此也没有再开下去的必要了，只能草草收场。陪着省市专家和县上几位领导吃过饭，方文贺直接回到了自己家。

方海开车送何立秋回家。路上，何立秋问："你今天在研讨会上可没说点实质性的东西，这不像你呀！"

方海苦笑一下，说："说什么呢？改革开放支持鼓励大批工业建设投入，工业技术本来就存在一个研究探讨进步的过程。所以，我爸希望在织绸工艺上有所建树，这当然没有错。但是技术突破、机械设备更新是当前面临的困境！给县里创造利润，给厂里创造经济效益是一方面，给轻工业纺织做出贡献又是另一方面。我爸是完美主义者，他呕心沥血都想做好，所以自己劳心劳力，但并不是所有事都能遂人愿。销售方面，确实受知名度和技术等方方面面的影响，如果让我出主意，我唯一能想到的是销售科必须建立自己能力强大的销售团队，推销是一门艺术。至于韩青阳说的，该不该立刻关停，要细致了解这两年的账目和接单现状，根据产品库存与销售来综合评估，今天说这个确实不合时宜，有点早了。我爸因为这个可能会感觉到备受打击，但如果这个车间确实亏损严重，产品完全看不到前景和希望了，我倒是会赞成韩青阳说的，要壮士断腕。面临的困境解决不了，解决方法也没想得很透彻，加之我爸最近也没有和我聊过厂子里的事，所以……"

"你呀！心思缜密，但也不能过于小心谨慎。"何立秋说，

"韩青阳是县里派来准备接替你爸的,但他的动作未免有点操之过急。也怪你爸这个人太正直,太谦虚,以为人人和他一样忠厚。几年前,韩青阳还没到缫丝厂来的时候,托我跟你爸提,说他姐姐看上你爸了,想跟你爸一起过日子,你爸压根就不同意。还有,人家想当科长,你爸呢,非得等叶会计退休了才肯让她接替。这倒好,一拖这几年了。这么一来,相当于你爸把人家说的两个事都拒绝了。你想想看,那韩青阳现在进了缫丝厂当副手还不马上借题发挥呀?他肯定会闹得县上人人皆知。再说,他可等不了两年,巴不得你爸主动让位!我个人对这个人的能力和人品一直保留看法,他肚子里没什么货却素来自傲,如今以副厂长的身份要处处做主,所以,回去提醒一下你爸,以后跟他相处说话要小心。而今天你的态度,说不定你爸会生你的气,总之,回去好好陪你爸说说话。"

　　方文贺把刚做好的一碗酸菜臊子面端上桌,就一连打了好几个喷嚏,他嘀咕着,不晓得韩青阳那混小子又在说什么呢!

　　方海进屋时,他一碗面已经下肚,正半躺在沙发上看电视。

　　电视的杂音很大,看了不大一会儿便是满屏的雪花点,想起前几天刮过大风,估摸是窗外的天线偏了。他欠起身子望了望窗外,还是懒得动,又躺下了。

　　结果方海进门就看到父亲懒洋洋地盯着电视发呆的样子。

　　"电视怎么成这样了?"方海奇怪地看了父亲一眼,走过去在电视机上使劲拍了一下,电流声小了点。再探身到窗外把天线摇了摇,屏幕上逐渐有了清晰的画面。

　　"你自己去下面吧,我吃过了。"方文贺说。

　　方海在门口灶台上看到扣着的碗,揭开是炒好的一盘酸辣土豆丝，当即笑了。

"爸，你给我留的？！"

"废话。"

"爸……"

"啥？"

"我以为你今天很生气，回来会发脾气呢。"

"……所以，你回来是想看笑话的？"

"你是我爸……"

"哼！"

方海在过道上一边下面条，一边等父亲打开话匣子。直到面条好了，父亲还没说话。他倒忍不住了，问道："爸，今天韩青阳说的那些，你是不是特别生气？"

方文贺起身坐正，看了儿子一眼。

"没那闲工夫。"他望着窗外说，"我在想啊，我们的白厂丝这么好，为啥想把延伸产业做出名堂就这么难呢？坯绸熟练工艺、印染、缩水，且不说我们没设备没技术，就是发到代工厂做，每道工序的技术稍有差池，做出来的料子都很难让人满意……如果这批真丝衬衫在市场上销不动，那就不做了。"

方海放下筷子，起身去给父亲倒了杯茶水。

"再想想看，就是真丝衬衫行不通，说不定还有别的办法呢！比如，再托人找找外省纺织厂有没有要坯绸的单子！"

"我本来就是这个意思啊！"方文贺接过热茶喝了一口，白了方海一眼。

"所以组织这个会就是想托托省市这些业内的熟人，还有县上这些领导，都帮忙找找路子，出出主意……我也是，病急乱投医。现在想，压根就不该开这么个会，脱了裤子放屁的事，还让韩青阳那小子臭了自己一脸。"

说到这里，方文贺有些愤慨，也很是懊恼，声音却无力地低了下去。

那一刻，方海从父亲的表情中突然看到了父亲的苍老。他还记得开这条生产线的时候父亲眼里的光芒和他激情满怀的样子，那仿佛就在昨天。而现在，虽然眼里的坚毅依旧，心力交瘁的疲惫让他没了挺拔的腰身，说话也没了往日的果敢利落。

父亲并没有像他想的那样对韩青阳有多生气，更多的是懊恼自己没有办法让这个车间的产品找到市场。

"爸，你也别太着急。这事之前你也没提过，请来的人总要给人家时间想一想的，对吧？能不能帮现在还说不定呢。"方海宽慰父亲说，"织绸车间现有的坯绸订单能做到什么时候？"

"眼下还有两三个单子，能做四五个月吧！"

"能否让销售科社交能力比较强一点的人出去跑一跑？去找找四川、湖北、广东这些地方的纺织厂。"方海说出了自己的想法。

方文贺想了想，说："只有一个老吴可以。真要去跑销路的话，还得我亲自去，我和老吴一起去。没有人比我更熟悉我们自己的东西了……"

方海知道父亲的脾气，若认准了啥事，就非得去做，但他很是担心。

"让老吴带个人去行不行？你最近血压不稳，一会儿高一会儿低的。"

"没事。我一直吃药呢！"方文贺不以为意。

3．他的私欲像一口深井

转眼到了八月，持续半个月的连阴雨终于停了，炎热的高温经过这么一遭也完全没了气势。汉江浊浪滔天，漫上河边的草地和石坎，漫上一湾湾的月亮田。可怜沿岸的农民，在河滩地种下的还是青秆子的苞谷一片一片地倒伏，稻田冲毁，桑树连根翻起，连搭在石坎上的猪圈也被冲垮了。翻了白肚皮的死猪连同树根树干一起在汹涌的浪涛中浮浮沉沉，让专门赶来看水的人无比惋惜。

小芳就是因为去看水才碰上韩青阳的。那阵子她下了早班，一个班组的几个姐妹叫她同去看水，她想也没想就和她们一起来到还没有被淹的一座高台上，卷着裤腿站在水洼里。姑娘们都盯着水，加上浪涛声很大，根本没注意身后来人。韩青阳的摩托嘎一下停在小芳身旁，脏水溅了小芳一脸。

"你搞什么？没长眼睛啊！"小芳气得发飙，一抬眼见是韩青阳，愣了一瞬，恨恨地给他一个白眼，转身抹去一脸水，看着水面。她身旁几个姐妹见状，纷纷招呼"韩厂长"，然后心照不宣地往别处走。

韩青阳并没打算下车。

他本来也不是来看水的，只因为到厂里这么久了，小芳一直对他这个副厂长横眉冷对。甚至不仅仅是小芳，就连煮茧车间和缫丝车间大部分女工都对他敬而远之。他能感觉到她们对他有看法。甚至当他背过身时，她们射向他背后的那种目光也是嘲弄的，带着说不出来的轻蔑和厌恶，这真让他难受。特别是每当他精心修饰自己之后想约某个美人，她们对他不冷不热、不卑不亢、最后总是拒绝的态度令他很不爽，由此他怀疑是小芳两口子捣的鬼。

但也有乘机讨好他的人。

这天他吃完饭从饭厅出来,一个四十多岁的女人紧随他追了几步,讪笑着跟他寒暄。

"韩厂长,我姓魏,和你老家同村,魏家老院子的。小时候你和你姐经常到我们院子去玩,还记得不?前些日子,我在菜市场遇着你妈,还听她直夸你呢,说你有出息。改天,我在家做些菜,请你和你姐、你妈去我家坐坐,好不?"

韩青阳点点头,勉强挤出一丝笑来:"好的,表婶!"

女人一听乐得合不拢嘴,一边跟着一边说道:"我在煮茧车间。我跟你说啊,我们车间那个小芳你可得防着,那女子心眼可坏得很,我们车间好些女子都被她拉拢了,天天编排你,把自己比成那什么,叫什么莲的,说你是当代陈世美……"

"什么莲?秦香莲?"韩青阳停下脚步,打断身旁这个女人的话。

"对对对!就是秦香莲。"女人说,"看,还是大侄子有文化。谁不知道那陈世美是戏里演的坏蛋,他始乱终弃,对吧!我看那个小芳,她就是癞蛤蟆想吃天鹅肉……"

"哼!"韩青阳冷笑。小芳于他是什么?曾经,是可以满足他高高在上的大男子主义需求的姑娘,是乖巧听话的女友。他可以占有她,可以不要她,不要她也是因为她想要的太多而变得令他生厌所导致的,这不能怪他。但他的自傲却不允许她真正意义上的背叛——这连他自己也觉得过于矛盾,明明是自己先抛弃的她,但看到她已经结婚生子,他还是说不出的愤懑,就好像被抛弃的是他。他以为他当了厂里的二把手,作为工人的小芳即使不能以故友客客气气相待,至少应该装作若无其事,这样对双方都好。但她不是。对她的愤懑像压在某个犄角旮旯里的已经霉透的豆荚，此时像未经同意被人端了出来，晾在阳光下，再经人一拨弄，霉雾就腾腾起来，让他的心横七竖八地乱。

他不再言语，撇下絮絮叨叨的女人径直回了办公室。

女人很是失望，不满地嘟囔："什么人呀，好心当作驴肝肺！"

韩青阳决定去找小芳，得让她知道，凡是跟他韩青阳作对的人都不会有好结果。所以，晌午当他碰巧看到小芳一伙出了大门，便骑车一路尾随。

"小芳，我有话跟你说。你转过来，我们好好谈谈！"韩青阳说。

见小芳给他个冷脸，他心里使劲压下去的火又腾腾往上冒。

"我跟你没什么好说的。"小芳回过头，冷冷地朝他抬了下眼，扭身就往回城路上走。她的自行车就停在不远处。

等她走到车边了，韩青阳一脚油门冲到她前面。

"我说了，我们必须谈谈！"

小芳推着车就走，韩青阳挡住，伸手抓住她的自行车把。

"我不想跟你谈，我跟你没啥好谈的！韩青阳，你让开。"小芳使劲去推韩青阳的胳膊，却被他一下子甩到地上。

韩青阳下车将摩托停好，掂起小芳的自行车扔进一边的水洼。

小芳狼狈地从泥里爬起来，往韩青阳腿上狠狠踹了一脚："韩青阳，你他妈的就不是人！"

吵闹声吸引了不少人的目光，陪小芳一起来的几个姐妹也注意到这边的情况，正从远处往这边走。韩青阳一个趔趄，冷笑着说："我说了，要跟你谈谈，你不听啊！好，等那些人过来了我再跟你算账，我要让你知道，你不尊重人是什么下场！"

"是我不尊重你还是你不尊重我？韩青阳，我有老公，有孩子，我跟你没关系了，你要怎样？你这是公报私仇！你就是骗子、流氓！我当初瞎了眼才看上你。"小芳眼泪憋在眼眶里打转，"你当厂长与我屁相干，你走你的阳关道，我过我的独木桥！"

"说得好哇！既然各不相干，你为什么说我是陈世美，说我始乱终弃？弄得车间里人人皆知，让我抬不起头，这就是你的报复是吧？"韩青阳冷笑着。此时，他的私欲像一口深井，听见小芳提自己有老公，他恨不得将这个女人的嘴直接封住。又或者，将那个孟苏州直接赶出去，他要看小芳和这个人分道扬镳，看他们两个吵架、离婚……总之，只有那样，他才能平息内心汹涌的嫉妒和摧毁一切的恶念。

小芳哪知道面对的这个人心里在千回百转，她气得浑身发抖："我都有自己的家了，我为什么要报复你？韩青阳，你别以小人之心度君子之腹！当初，是你说认真跟我好我才和你在一起的。可最后呢……你不是始乱终弃是什么？就兴你做得，我说不得？"

韩青阳笑："那你就是承认说我坏话了？很好，小芳，我告诉你，别人可以说，就你说不得！"

"你做下的事，我不说你就以为没有人知道吗？"小芳看着他，埋藏在心底的恨让她一瞬间难过到不能自己。她感觉曾经的自己就是个跳梁小丑，居然巴巴地要嫁给这种人，为这种人寻死觅活。

小芳那几个姐妹走到跟前，路过的人也纷纷驻足。

韩青阳突然提高了声音："当初是谁追的谁？是谁下了班急吼吼地往我家跑？是谁主动给我做饭洗衣服要和我同居的？也不掂量掂量，一个女孩这么轻浮浪荡，还怪我不要你？！你问问别人，这种女人谁敢要哇？"

围观的人开始对一身泥浆的小芳指指点点，议论纷纷，韩青阳对这效果满意极了，凑到小芳耳边，嘲弄地看着她说道："你要再敢在车间说我是骗子，损坏我的名誉，我就让全江城缫丝厂的人都知道，你小芳就是个行为不检点、见个男人就往上扑的女人！到时候，你看你老公孟苏州的脸往哪搁！"

面对韩青阳的威胁，羞愤难当的小芳无言以对。

这就是自己曾经爱了几年的男人！现在，这个男人如此颠倒黑白、耀武扬威地站在自己面前。同样的一个人，同样的一张嘴，曾经说的是海誓山盟的情话，现在却吐出了世界上最恶毒的语言……她想不通，也受不了。悲愤如巨石抵在她的胸口，梗着她的喉咙，令她窒息。

"韩厂长，你这样说亏不亏良心！"同车间的小姐妹听不下去了，扶起小芳，忍不住质问道。

围观的人一听说是厂长，都惊讶得张大了嘴。

另几个女工也过去帮小芳："当初也是你天天晚上到厂门口来堵人家的，我们可都看见的，现在却说人家倒贴你！"

"就是！你们俩好的时候，人家咋对你的？现在人家也没招惹你！你做过的那些事根本不是小芳说的。别忘了，是你先瞧不起女工的！"

韩青阳脸色越来越难看，指着几个姑娘冷笑道："你们这是和她一样看不起我，是吧？说我的那些难听话，八成也少不了你们的功劳吧？好，我现在不跟你们掰扯，跟你们掰扯都让我掉价。"

这时，小芳突然嗷的一声哭出声来，她疯了一样扑过去撞开韩青阳，直接往河滩跑去。

"糟了，怕是要跳河了！"有人喊道。

围观的人紧张起来，小芳那几个姐妹跟在她后边追。

看热闹的人开始指责。

"一个厂长,跟女工较啥劲?心眼太小了。还把人家自行车扔到泥巴地里,是有些过分了!"

"男女之间的事,肯定是女的吃亏多。有些男人就是占了便宜不认账……"

"蠢女子呀,这么大的浪,看嘛,跳下去就没命了!"

韩青阳杵在原地,听着旁边的议论才反应过来,他也慌了,飞也似的往河滩追去。

孟苏州还没下班就得知妻子受辱的事,直接拿了一把扳手径直闯进党办找韩青阳算账。韩青阳狡猾,老远听见孟苏州的叫骂声就直接将自己办公室的门从里面锁死了,任孟苏州如何踢门都不开。

韩秋燕听着不乐意了,对着孟苏州就一通呵斥:"我兄弟怎么着你了,上班期间闯到办公室来闹事,还有没有纪律了?"

孟苏州气得指着韩青阳的办公室:"怎么着我了?你倒好意思问!他堂堂一个副厂长,今天在河边当众欺负我媳妇,给我媳妇泼脏水!他害得我媳妇跳了两次河,你还好意思问怎么着我了?我倒要问问你,这是何天理?!"

韩秋燕怔住了,不明白自家兄弟这又抽的是什么筋。小芳结婚之后都和孟苏州添了娃,当初人家怀孕他把人家甩了,逼得人家大冷天跳河,闹得人尽皆知,如今还去和人家掰扯什么?这不显然理亏嘛!

但眼下,办公室的人都在看着,作为亲姐姐,当然无论如何都要站在兄弟的立场说话,不能让孟苏州得了势。

"大河又没扣盖子!"她往韩青阳门口一站,"你媳妇要跳河是她的事,少往我兄弟身上扣屎盆子!"

韩秋燕向来泼辣,党办主任见这架势,估计孟苏州再闹下去也没结果,方厂长不在,便想到了吕蒙,他虽然管生产,但也是副厂长,好歹能镇住韩秋燕姐弟和孟苏州,随即跑去把这事报告给了吕蒙。

吕蒙火急火燎地赶来,让韩秋燕先回自己岗位去。韩秋燕不吭气,也不走。吕蒙说:"这不是你们家,这件事也不是你们家里的事,你想怎样就怎样?!"一句话说得韩秋燕没脸了,悻悻走开。

吕蒙将孟苏州拉到自己办公室,问事情的经过,孟苏州支支吾吾说不清楚,吕蒙只好差人去请和小芳同路的女工。

了解事情的原委之后,吕蒙让孟苏州先回去:"小芳情绪不好,你与其在这里闹,不如去陪陪她。你要鼓励她,好好过眼下的日子才是正理!过去的事情、过去的人都翻篇了,理他干吗!"

孟苏州一听就炸毛了。

"你说得轻巧!受欺负的是我们,难道就这么算了?本来,小芳跟我都有孩子了,我们也没招惹他,这事就算翻篇了。可他不翻篇呀!他一个副厂长,你没看他嚣张成什么样子!你们能忍,我忍不了,一报还一报,我今天非给他点教训。"

"孟苏州,我的话你听不进是不是?那行!你不是拿着扳手吗?现在就出去敲他脑袋,把他脑袋敲开花,解气!"吕蒙气得指着门,生气地让孟苏州出去。

孟苏州讷讷的,闭上了嘴。

"你今天把他弄死了,你也要给人偿命,小芳和娃呢?以后靠谁?真是莽夫!"吕蒙气不打一处来,"就比如,你被疯狗咬了一口，难道你非得咬一口疯狗吗？你先回去，这事我来处理，会给你和小芳一个交代的。"

见孟苏州不吭气了，吕蒙脸色才缓和些。

孟苏州前脚走，韩青阳后脚出来，指着窗外孟苏州离开的背影对吕蒙说："她小芳扑着喊着跳河，跳了吗？这孙子，刚才差点把我办公室门劈了，你真让他来砍我试试？借个胆给他……狗日的！"

吕蒙并不想跟他多说，见他若无其事的样子，心里巴不得孟苏州这会儿杀个回马枪，狠狠地把他揍一顿。

"这事你做得过了，别忘了，你是副厂长，这样做有失你的身份。今天是有其他人跟着拉住了，如果真把人逼出个好歹来，你想过后果没有？"吕蒙说，"你还是去跟小芳好好道个歉，就是方厂长在，他也会这么要求你。"

"你让我一个堂堂副厂长去跟她道歉？做梦！"韩青阳大为光火，冷笑着说，"你还等着告诉方厂长是吧？去告哇！谁不知道你们俩穿一条裤子？他都快退休的人了，你看他能给你撑几天腰？"

说完，韩青阳气哼哼地走了。

夏莉莉从吕蒙口中知道这件事时已经是第二天了，本以为小芳会请假，没想到她在车间。

夏莉莉将小芳拉到车间外，一见面就忍不住说她。

"你呀！说你什么好？这种人渣重要还是你儿子、你爸妈、孟苏州重要？为这种人你去死，值不值？"

小芳眼睛一下子就红了，转过脸，许久情绪才稳定下来。

"我昨天也是气昏头了……你就别说我了，海玉昨晚上去我家已经把我说了好一通，你们两个比我妈都厉害。我没事，好着呢，这不是在正常上班了嘛！"

夏莉莉叹了口气。

"你都是当妈的人了，肩上是有责任的，别动不动跳河跳河的。"

"我知道。"小芳说。再看夏莉莉，这才发现她又瘦了一圈，脸色也不好。"你是不是最近遇到啥事了？莉莉姐，你看起来那么憔悴，还心事重重的。"

夏莉莉苦笑着摇摇头："我能有啥事呀？父母都不用我操心，我一个人吃饱全家不饿！你没事就好，回去上班吧，我也回车间了。"夏莉莉拍了拍小芳的肩，转身就走了。

小芳看着夏莉莉的背影，心里充满疑问和担忧。自从自己结了婚，有了孩子，就再也没能像以前那样与她、与海玉在一起自由自在畅所欲言，三个曾经无话不谈的好姐妹无形之中都有了属于自己的秘密。自己和海玉身边倒是有了可以说体己话的人，只是一直照顾她俩的莉莉姐还是孑然一身，形单影只。

4. 多事之秋

方文贺回来第二天就召开办公会。

他和销售科的老吴这次用了二十天，跑了广东和广西七八家企业，谈成合作意向的只有两家。这算是好消息，至少年内的订单有着落了。但也有不好的消息，珠三角和江浙等经济发达地区由于在过去的一年里受通货膨胀影响严重，目前已经拉开了宏观经济体制改革的序幕，涉及财税、价格、外贸、企业多个领域。这一变革也标志着国家大包大揽的计划经济即将画上句号。这次改革是国家治理通货膨胀的重要任务，既然文件已经下了，很快便会影响全国，即使是秦岭深处的小县城也势必要响应国家号召。财税方面倒没有多大影响，就拿江城缫丝厂来说，以前是按国家规定的标准给县里上缴百分之几的利润，一旦宣布企改税，那就是根据财务的销售额上缴一系列利税。但是销售和原材料采购方面，对我们的影响会非常大。自建厂到现在，厂里从来没有担心过生产的生丝卖不出去或价格太低，省外贸进出口公司就直接包揽了这些。就是采购蚕茧，供销社没了，按照今年收购春茧的模式，缫丝厂想不操心都没了指望，不但要与私人茧站的老板接洽，还得担心人家偷偷里应外合将蚕茧高价卖到外县甚至外省去。以后，销售和采购全得靠自己了，产品销不出去，工人就得饿肚子。方文贺想到这里，望着一屋子茫然的面孔，感到了前所未有的压力。

　　与会的都是厂里各科室的干部职工，平常大多只关心工资什么时候发、街上什么物资又涨价了、生产线有没有完成计划任务等，只有为数不多的几个主要负责人才会真正关心国内外经济形势、国家政策。方文贺讲国际国内形势，讲缫丝业即将要面临的困局，许多人搞不懂，也不屑搞懂，他们在下面各说各的，完全没领会他着急开会的用意。

　　这个时候，清醒地意识到危机的倒是韩青阳和吕蒙。其实他俩发言说的担忧跟之前方海提出的问题基本一致。首当其冲的是销售。这么些年，江城缫丝厂对国际国内市场需求资源一无所知，更别说掌控价格行情。一旦脱离包销，意味着你就是个孩子也得自己站着去讨食吃了。因此，厂部加强销售团队的建设势在必行。但是，说着容易，到哪里找有魄力、有胆识、有智慧的销售员呢？连现在供销科负责人老吴都头疼，与方文贺一路他已经唉声叹气好几回了。现在，他坐在角落里一言不发，手不停地将头顶剩下的几根头发从右边撩到左边，又从左边撩到右边。接下来是蚕茧收购。原先江城的蚕茧收购受政府控制，全部收进江城的仓库。即便是这样，这几年随着市内缫丝厂的增加，市计划局一调配，本县供给的蚕茧量已然十分紧张。市场放开，蚕茧出现春茧那样外流贩卖以及外来客商高价抢购的风潮还将从乡镇波及全县、全市、全省，乃至全国。作为蚕农，辛辛苦苦养出来的蚕茧，谁给的价高就卖给谁，他们要的是实际利益。如果政府不出台价格保护措施和约束私人老板收购的规范要求，蚕茧外流贩卖的现象就不可能杜绝。那么，江城缫丝厂得建立怎样的机制才能保障自己的库存茧量？

这时，吕蒙提了一个建议："蚕茧的事在后，眼下先把白厂丝的销售带起来要紧。我建议由韩副厂长分管销售科，来负责带团队。在人情世故的交际上，我觉得他合适。"

吕蒙一提议，方文贺马上点头赞同。其实即使吕蒙不提，方文贺也有这个想法。韩青阳之前在县委和镇政府都待过，交际那一套既能避免违规又会变通手段。商场如战场，没点儿脑瓜子还真不行。韩青阳虽然有时候做事钻邪门歪道，但眼下也没有其他人可用。自己分身乏术，毕竟不年轻了，目前外头的企业都已经是年轻人的世界了，自己确实跟不上年轻人的步伐。

韩青阳很是意外。他一直知道方文贺和吕蒙有时候不待见自己，没想到在大事上不仅没有排斥他还能如此豁达，一是一，二是二，这令他有些感动。他当即站起身，激动地表示自己一定竭尽全力。

方海看父亲一回来就急火攻心，担心他血压上升，见他开完会安顿好厂里的事，劝他周末好好在家休息。

金黄的桂花开了，沁人心脾的桂子香弥漫在空气中，让人禁不住心生愉悦。夏莉莉走在充满花香的街道，手里提着刚从瓮城子渔民手里买过来的花鲢和河虾。方海请她去他家一起吃饭，她知道方海是在给她创造机会，想让她和方文贺增进感情，这让她心里暖暖的。

这次方文贺出远门大半个月，虽然走之前方文贺还有意给她宽心，但她为织绸车间的留存揪着心，所以这一个月几乎都处在焦虑中，既担心接不到单子，又担心方文贺出门在外的平安。

长久以来，两个人惺惺相惜的情感不足为外人道。好在有方海的理解和支持，夏莉莉对他充满感激。不知情的小芳还托孟苏州在水电厂帮她物色对象，甚至还真找到与她条件合适的人，怂恿着她去相亲。她其实也在迷茫中，并不知道与方文贺还有没有未来，或者说自己对他的这段感情还能坚持多久。所以，依了小芳和孟苏州去了一次。但见了人之后，她却无法专心在人家身上，这让她愧疚，也让她认清了一件事，那就是必须和方文贺有个了断，或许等以后心里空了，才能接受其他人吧！

中午吃完饭，方海就忙他自己的事去了。夏莉莉和方文贺两个人在空荡荡的房间，竟同时沉默了下来，只互相看着，夏莉莉眼里就有了泪。

"怎么还伤心了？我好着呢！"方文贺笑着安慰道。

"可我不好！"夏莉莉说，"这两个月以来，我一直在矛盾中痛苦，你到底心里有没有我？我自己一会儿肯定，一会儿否定。"

看着夏莉莉的眼泪如断线的珠子，方文贺心里万般痛惜，也越发愧疚。

"我心里怎能没有你呢？可是，我这个老头子给不了你想要的生活，你不怨我不恨我吗？"

夏莉莉摇摇头:"怨你呀!可是,恨不起来。我知道你有难处,我不想让你为难。其实,我就是想听听你的心里话,盼着你能给我鼓鼓劲,让我看到我们能在一起的希望。"

方文贺握住夏莉莉的手,说:"我不是一个好爱人,我还很自私,我的自私耽误了你这么些年,还是没敢大胆起来给你一个家。莉莉,我的心很乱,最近为厂里的事整夜整夜睡不着。你让我好好想想,明年春天,春暖花开的时候,如果我还是不能给你一个明确的答复,你就去找一个值得你托付终身的人。可以吗?"

其实他很想说"请等等我",但终究没有说出口。

夏莉莉看着他使劲点点头,闪着泪光的眼睛里满是期望。

杨宝根入秋就病倒了。

以前每隔三五天要吃肉喝酒的人,现在一吃就难受。起先还硬撑着,乡下人自有乡下人的活法,不会有一丁点毛病就要去医院,人吃五谷杂粮哪能没毛病呢?先找山里的草药先生,城里管他们叫中医。十几服草药下去若不行,就去乡卫生院开西药,药也吃不好了再去县医院。杨宝根也同样,辛苦攒下的血汗钱拿去吃药打针让他心疼。反正家里重活累活由儿子海军做了,他也就在家门口的菜园子搭把手什么的。吃不下就不吃,喝不下就不喝,罢了!莫不是之前喝酒喝太多落下了病根?开的草药让媳妇熬了天天喝着,养着,别疼就行!

熬到十月入冬,草药压不住了,精神迅速萎靡,黄皮寡瘦,与一年前那个壮实的杨宝根判若两人。一家人劝他进医院无果,只好给海玉打电话。海玉一回来看到父亲的样子好一顿数落,把个杨宝根吓得低了头,像做错事的孩子,最后乖乖地上了女婿吕蒙的车，径直被拉进医院。

结果一检查情况不妙，医生说是肝癌晚期，把海玉和海军叫去问家庭情况，告诉他们病人也就半年，情况好的话能拖七八个月时间，建议暂时先保守治疗。

海军问："啥叫保守治疗？"

医生说："保守治疗就是给打些消炎针、营养针，尽量减少病痛，延长寿命……你父亲现在不是腹部有积水嘛，那叫肝腹水，住院先给他把水排了才能吃下东西。要不，他会一直腹胀。"

兄妹俩哪里经过这阵势，一时又震惊又慌乱，悲痛难已，说不出话来。还是吕蒙经得住事，赶紧把丈母娘接来商量。

丈母娘一听说只有大半年活头，说了一声"造孽了呀"直接腿软下去，喉咙里发出的压抑哭喊声，把几个人强忍的泪一下子都带了出来。

"这次在医院住不了多久。"海玉跟母亲说，"医生说，如果我们同意保守治疗，住上十天左右就回去养着，给他吃些好的，喝些好的……"

"重点是我们现在要商量好，跟不跟爸说这个真实病情？"吕蒙道，"据我所知，病人若心态不好会加重病情。"

兄妹俩谁也说不准父亲会怎样看待自己的生死，他们把目光投向了母亲。

"你爸不是怕死，是不甘心哪！"老太太泪眼婆娑，"好不容易你们都出息了，这日子慢慢好过了，却要遭这样的罪。你们不要跟他说实话，先治着吧。"

海军把老太太和媳妇送回家，自己和海玉、吕蒙轮流守在病床前。杨宝根乐呵呵的，肚子不痛了，精神也很好，开玩笑说自己从来没想到生病了就可以享受这么好的待遇。

打针吃药一个来礼拜，医生跟海军说，你们可以接他出院了，回家养着就行。海玉不愿意，央求医生再给父亲打些针，就这样又多住了一个星期。

回了家的杨宝根以为自己恢复恢复就好了，日子似乎又回到了正轨。只是老伴侍候他跟侍候坐月子的女人一样，让他不适应。医生说不让他吃过于油腻的东西，老伴就每天早上天不亮让儿子到江边买现捞起来的活鱼，不是煮汤就是油煎。还换着花样给他炖滋补的药膳，见天问他想吃什么。医生开的几种西药一天三遍同样令他生厌，他时不时耍点小聪明，将老伴递到手里的药片藏起来。过了个把月，肚子又开始胀痛，海军说："肝腹水还得去医院抽哇！"于是又去了一趟医院。等到了腊月，腹水反复胀满，他就意识到不对了。儿子海军还罢了，说话做事向来大大咧咧的，儿媳跟他说话也变得小心翼翼，连看他的眼神都变得无比谨慎，就如同看他生了病的孙子一样。晚上，他问老伴："你倒是给我说实话，我得的是不是绝症？"老伴刚开始嘴还硬着，说："啥子绝症？你就是以前酒喝多了，伤了肝。"后来睡觉吹熄煤油灯，又捂着嘴偷偷躲在被窝里哭。杨宝根一伸手摸到她满脸的泪，叹了口气，拍了拍老伴的肩，什么也没说。

这之后杨宝根还是一如既往地早起，扫扫院子，清理牲口圈里的猪粪和鸡粪，再垒个粪堆什么的烧一烧。有时候也去家门口的菜园里拾掇拾掇，给屋后的桑林修修枝条，去老屋的山林捡捡干柴。总之，大部分时间他都避开家人，默默地做着永远做不完的鸡零狗碎的事。

有一天，海军媳妇对婆婆和丈夫说："你们也不劝劝咱爸，让他就在家坐着，冷了火炉边把火烤上，别去地里了。看着心里怪难受的！"

海军说:"让他去吧!有事情做混混心焦也好。你们以为我爸不知道啊?!他心里肯定明镜似的……他知道我们瞒着他,也不戳破。"

婆婆点头:"海军说得对。你见他天天到地里去,可他哪是为了干活呢!他是守着这些地才心安,恨不得把这些都装进心里头。"

5．每个人都需要向过去告别

海玉和吕蒙两个下了班忙着家里的事,有时候连女儿小雅都不得不送到爷爷奶奶家,更是顾不得关照车间里的好朋友。

这天,海玉在上班路上碰到夏莉莉,对方交给她一封信,说是小芳临走时留给她的。她这才知道小芳和孟苏州办了停薪留职手续,已经离开厂里去南方了。

这着实让海玉大吃一惊。小芳在信里说,知道她父亲生病,所以就没有跟她当面告别。只是说去追求自己想要的生活,去看看外面的世界,希望海玉自己保重。

信里也没说明去哪里。海玉问过夏莉莉才得知,厂里上个月针对第一批老员工出台了一个政策,可以自主选择离岗,每月厂里补助一百八十元生活费。只要离岗的职工跟厂里签了离岗协议,就可以不来上班了,但最多只能签三年,三年之后可以回厂里继续上班,年龄超过四十五岁的可以办理退休,没到年龄又不愿意回来上班的可以辞职。这个政策一出,小芳是第一个报名的,孟苏州是第二个。

小芳因为和韩青阳的那点事早就不愿意在厂里干了,要不是因为孩子还小,加之孟苏州劝着,她早就走了。

九年前的梦想，在工厂里上班，赚钱，恋爱，结婚，过日子。进厂之后的日子，她和夏莉莉形影不离，当然还有其他关系好的姐妹，她在人群中总能找到快乐。就像她计划每月到银行"攒钱"——将攒下来的五毛、一块、两块、五块存起来，计划着一件新衣裳，一件时髦的家用电器，一顿好吃的……关于小日子的拮据与梦想，她都收入囊中，尽情挥洒未婚女青年的忧愁与小小的幸福。

在和韩青阳分手之后，她尝试与孟苏州认真谈一场恋爱，两人约会去过一次电影院小芳就再也不去了。全县城就这一家电影院，坐在黑暗中，脑子里会不由自主地闪现出与韩青阳约会的细节：韩青阳修长的手放在她腿上有节奏地律动，她的身体似被牵引……这些细节令她羞耻，也令她产生新的向往。然而孟苏州与韩青阳不同，一直以来孟苏州被她吸引，又生怕惹她不高兴，在她跟前表现得战战兢兢。他也会摸摸索索握住她的手，或者轻轻搂住她的腰，但也仅限于此。作为丈夫，他当然是可信赖之人，虽然小芳总觉得欠缺点啥。后来，两个人不去电影院了，约会就在江边。在同一个时间分头出发往同一目的地去。离目的地越来越近时，两个人在心里也慢慢靠近对方。这或许就是注定的缘分，两个同样不安于现状的人，性格都有点"野"。小芳从韩青阳的阴影中跳出来，爱情也算专一。毕竟那时候眼不见心不烦，谁能想到几经辗转韩青阳竟调到缫丝厂来了呢？

工厂里的活永远是一种重复，闻着熟茧子味儿，重复着每一道工序，也重复着大多数人的人生。小芳看着从早到晚热气蒸腾的煮茧池，看着不远处成排的缫丝机，一个人一辈子，就被这些机器管着，想想就晕。车间的噪声、沉闷的操作、枯燥的反复、浓郁的茧味，她做了快十年，忍了快十年，忽然韩青阳出现在她的视线里,她对这些习以为常的感官体会一下变得难以容忍。

说她逃避也好,说她冲动也罢,她都要毅然决然地离开。

厂里出了政策,她直接去找劳资科要签协议。孟苏州追去阻止,他当然不愿意放小芳一个人去南方闯荡,虽然这时候到南方大城市"下海"已成风潮了,可一个女人家,单枪匹马出去有太多不安全因素。把小芳扯回家好说歹说,最后一致决定,索性把孩子托付给两家的老人,两人一块儿离厂,一块儿去南方。

这一批走的人有百十来个,有些是家里有门道的人,离职之后马上做起了生意。海玉认识的车间姐妹当中走的就有十几个,那些人给予她的友谊让她留恋,忽而就见不着人了,搞得她心里空落落的,有说不出来的怅然。

相反,夏莉莉倒是很赞成小芳的做法。若不是她还有牵绊,大概也会借此机会出去看看。相比于其他女工,夏莉莉是人间清醒,她和小芳之所以做好闺密那么多年,是因为两个人都不喜欢一成不变、安于现状的生活。当初竞争当车间主任,是觉得自己能脱离一眼就看到老的生产岗位,在有点自主权的领导岗位上方能展现自己的抱负,为国家做贡献也好,为人民服务也好,总之是有所追求的。

小芳去的是广东。她走之前,在夏莉莉家里两个人窝在被窝里说了半晚上的知心话。夏莉莉说:"其实我挺羡慕你的,我真想和你一起走。"小芳横了她一眼:"你不结婚?你就一直这么单下去?多大年纪了,还这么没心没肺的。不为自己想,也为夏伯伯想想,他常年侍候婶婶,啥啥没指望你,至少你成个家,让他省省心吧!"

两人沉默了一阵子,听着父母的鼾声,心里五味杂陈。

小芳说:"有天擦黑,我在方厂长楼下碰到你从方厂长家出来，他送你到路口。你老实讲，你是不是偷偷在跟他好？"

听到小芳提方文贺，夏莉莉心里有点难过。

方文贺在别人眼中就是一个有点气派的中年干部，在她眼里却有着不同的感觉。她被他抱过，亲过额头，浅尝辄止。她是第一次被男人抱，没什么特别感觉，就是担惊受怕，难为情得很，对谁也没有提起。现在方文贺既给不了她答复，也不敢正大光明接纳她，她就这么默默地在心里爱着，难受着，没有更多心情去想未来。既然两个人约着来年春暖花开，那就等着吧，就像等一条浅浅的溪水从春天醒来，走过夏天、秋天和冬天，到来年开春，或水到渠成，或消散于干涸的田野。

一想到方文贺，夏莉莉脑海里的思维近乎停滞，她思索了许久才说："我和他，没有明确的意思啊！他迈不出那一步，我有什么发言权呢？说什么都是空的。"

"你不能就这样憋着，会憋出病来的。跟他好，要么结婚，要么不结婚，总是要说明白，以你和他都接受的方式。"

小芳想，爱情到底是什么呢？总会莫名其妙把人拽进疯魔不疯魔、清醒不清醒的境地。这么好的姑娘，可惜爱错了人。

"你说，我跟老方会好吗？"夏莉莉问。

"难成！"小芳摇摇头，"说到底，你就是一根筋。即便方厂长给了你准话，你也不敢把这事跟夏伯伯说吧？他不被你气死才怪。老夫少妻不长久，世俗容不了，老年人都抗拒儿女摊上这种事。"

夏莉莉黯然神伤，不想谈这事了。

"你没出过远门，跑那么远怕不怕？"她问。

小芳说："起先想自己一个人出去，是有点害怕。现在有孟苏州跟着，就不怕了。"

夏莉莉说："为什么不等过了春节再出去？你这阵子走，过年肯定不回来了。"

"我托人问过在那边的老乡了，年底很多外乡人辞工回老家，趁着这个空我和孟苏州才好找工作！等开春，到南方的人就多了，孟苏州好歹有电工证好使，我没啥技术，到时候就不好找了。"小芳解释说。

夏莉莉觉得也有道理。"我晓得，你是不情愿在厂里看韩青阳的脸色。其实，这段时间他好像也有一些变化，他要是针对你，我可以去跟他谈的……"

"你要去找他谈，我就不理你了。"小芳白了她一眼，"其实，他主要是和我们家孟苏州不对卯。你说这人怪不怪，他不想娶我，也不允许我嫁给别人，现在就好像我和孟苏州是故意碍他的眼似的……我不想提他，他变也好，不变也好，都是过去的人了。将来，等你经历过被爱人伤害的痛苦，那时就会明白我心里的伤了。"

"谁晓得将来的事呢。只是你们俩没有联系好工作就贸然去南方闯荡，我觉得不稳妥，还是有点担心。"夏莉莉看着小芳陷入沉思的脸，觉得一阵心酸。

方文贺从吕蒙那里得知了杨宝根病重的事，周末得了空，趁着中午太阳出来暖和，约着吕蒙和方海一块儿去了一趟丝银堡。到了杨宝根院子跟前，远远就瞧见杨宝根家厨房顶上冒着浓烟。

"这会儿在做饭吗？"方文贺看了看表，两点不到。

"应该不会。"吕蒙讲，"他们习惯吃三顿饭，早九点，午三点，晚七点。只吃两顿的话，下午饭就到四点了。我老丈人怕冷，可能在烤火呢！"

大黄狗扑着扑着叫了几声,将海玉妈引了出来,忙招呼他们进屋。

　　屋里靠墙挖了一个浅浅的地坑,用方方正正的几块青石围着。一炉柴疙瘩火噼里啪啦烧得正旺,屋里弥漫着呛人的烟味。杨宝根佝偻着腰侧躺在一张竹椅上,原先健康的古铜色的脸现在蜡黄不堪,消瘦羸弱的身形像一片枯卷的落叶。

　　听到屋里的动静,杨宝根睁开眼,看到方文贺站在面前正关切地看着自己,他激动得一下子坐直了身子,撑着椅子扶手站起来,一把握住方文贺的手喜极而泣。"方厂长啊,我盼了你好久啊,盼不来你。我都怕你再不来看我,咱俩都见不上面了。这不,昨天我还跟海玉她妈说,让海玉回来带我去见见你,想你呀!"

　　"是我来晚了,对不起。"方文贺心酸地看着眼前的老杨,在他身上,方文贺已经完全找不到当初有着宽厚脊背和敦实腰身的老杨的影子了。他指了指身后的方海,说:"看,今天我带着儿子专程来看看你,我也想你呀,老哥!"

　　"好小伙子,一表人才!说媳妇了吗?"杨宝根高兴地拉了拉方海的手,招呼几个人坐下,又让老伴赶紧烧刚做好的醪糟给客人喝。见方海呛得咳嗽,杨宝根忙让吕蒙搬凳子到屋外坐。

　　"还是城里好,烤炭火不呛。"他尴尬地笑着,指挥着老伴将茶水搬到屋外。方文贺摁住他,让他在火炉边坐下:"让他们年轻人出去坐吧,我们老哥俩就在火炉边说说话。这火好哇,暖和!"

　　杨宝根握住方文贺的手,笑着说:"咱俩认识好些年了,你虽然是当着官的,可没一点儿官架子,还把我这农民老大哥放在心上,就凭这一点我杨宝根敬佩!我这病好不了了,他们都瞒着我,说养养就好了。其实我知道!阎王让你三更走,绝不留你到五更……我呀,儿女都成家立业了,没啥可担忧的。"

好像费了很大气力，杨宝根说几句就得停下喘息一会儿。

"倒是你这厂子，之前红火了好些年，但我听吕蒙和海玉的意思，现在也有难处了。照我说，桑树老化了，市场乱套了，茧子跟不上，对你们厂子伤害最大……他们年轻人不懂，我可知道……我们丝银堡有句老话叫'丝绸是一棵摇钱树，蚕茧是树底下的苦菜花'，你说说，茧子都不行了，那摇钱树还能旺得了？唉，花无百日红……这世上有些事你能管得了，有些事没办法，是厂子的气数，你要看开些。至于我女儿海玉……以后万一厂子有啥变化，我老杨今天就拜托给你……"

说了这许多，杨宝根上气不接下气，停下来就再说不出话来。方文贺赶紧从火炉边拿起冒着热气的大茶缸子递给他。

"老哥，你听我的，好好吃药，心情放好身体才好得快！其他的都交给娃们，他们也都是当爹当妈的人了，能担事着呢。你呀，就别操心了！"方文贺指了指自己的脑瓜子，又说，"就你说的这些话，这些事，我全都记下了。"

回城路上，方文贺心情沉重，一路无言。直到下车之后，他才嘱咐吕蒙，说自己临走在杨宝根家坐垫下放了一些钱。

第七章

1. 一不小心参与了蚕茧大战

转眼就到了次年的五月,直河沿岸的田畔上开满了橘黄色的萱草花。

杨宝根并没有如他自己所担忧的那样进入生命萎靡的状态,相反,自从天气转暖,他胖了至少七八斤,精神也好起来了——这让老伴和儿子产生一种错觉。

这天一大早,海军骑着摩托一溜烟跑到海玉家,跟正准备送孩子去学校的海玉说:"妈让我来找你们,还是请你和妹夫想办法把咱爸送到市里医院去检查一下吧!"海玉吓了一跳,急忙问:"咋?爸病重了?""没有。"海军说,"他现在好得很哪,一顿吃两碗饭,气色也好,人眼见着胖了。关键是这两个月没听他说腹胀胸闷。所以,你们说,县医院会不会把咱爸这病给诊错了?"

海玉叹了口气:"你呀,人家那么大个医院咋可能儿戏嘛!仪器检查该做的都做了……这样,你先回去。我还忙着呢,等下了班我和吕蒙回去看看爸。"

吕蒙给海军盛了碗豆浆稀饭，海军不吃。见海玉让他回去，闷声不响。吕蒙宽慰海军道："我们当然也希望爸的病好。但癌症是重病，何况他是晚期，咋可能有那么多奇迹发生？当时，医生断定他只能活七八个月，现在也八个多月了，如果像你说的，爸的气色突然变好，我觉得倒不是啥好兆头，会不会是人家说的回光返照？爸跟前离不开人，你吃点东西先回去，我和海玉晚点回。"

海军听了更生气了。

"你这是在咒我爸呢！你们到底是怕麻烦还是怕花钱？爸可是最疼你！你们要是怕花钱，我这一季蚕茧卖了，茧子钱都给爸治病。"

"说什么呢！"海玉道，"我和吕蒙是那样的人吗？先前检查，我们俩跑前跑后啥时候说过个不字？"

海军什么也听不进去，摔门走了。

但赌气归赌气，自己除了能拿出一季卖蚕茧的钱还能为父亲做什么呢？他知道父亲的脾气，除了海玉发话，若是自己和杨柳带父亲去市里医院他是断然不会去的。父亲的执拗令海军气馁，甚至有说不出口的抱怨，他实在搞不懂，别家的父母到老了都依赖儿子、无条件地听信儿子，为什么自己的父亲杨宝根就是不一样呢？明里依赖儿子，实则较着劲儿地固执己见……海军心烦意乱，漫无目地在县城街道转了一圈。

海军回家，杨柳才把当天要用的几背篓桑叶打回来，还没来得及给桑叶消毒。

见海军埋怨道："蚕赶叶子呢，别家都四五个人围着转，你倒好，看着我忙不过来还往外瞎跑啥呢？天一亮就不见你人了。"

"不是看爸妈还在帮忙摘桑叶嘛！"海军说。杨柳瞪了他一眼："你好意思？爸那是混心焦呢，他那身体能打多少桑叶？妈一个人在屋里清理蚕沙累得腰酸背痛。"

海军接过杨柳手里的喷雾器，边喷漂白粉边解释："我就去了一趟县城，买了鱼虾就立马回了，也没耽误多久。"

"哼，买鱼虾不会就在集镇上买？"杨柳抬了抬眼，问道，"有没有打听下今年茧子啥价？"海军这才想起只顾给海玉说父亲的事竟把这事给忘了。"算了，我擦黑去找晓鸥问下，你去桑园把爸接回来吧！"杨柳看海军不吭气，就知道他没操这个心。她把海军装在脸盆里的鱼虾拿出来，转身进了厨房。

海军在桑园没寻着父亲，一直找到山上的地头，才看见父亲杨宝根坐在大石包上抽着旱烟，一背篓压得紧紧实实的桑叶放在石岩下。

"说了不能抽烟的，你还偷偷摸摸抽呢。"

海军站在石包下仰头看着父亲。

"混心焦嘛！"杨宝根吐出一口烟雾，烟圈迅速消散在风里。海军见父亲没有起身的意思，便也攀上石包在父亲身边坐下来。

杨宝根拿着烟袋锅指了指眼前的田野山洼，问海军："你看咱这山窝窝下面像个啥？"

"像啥？"海军瞅了瞅三面秀山丘陵环围的山洼，"像个盆盆嘛。人家都把咱丝银堡叫坝子，说咱这里平坦呢，咱住的就是盆盆底嘛！"

杨宝根听了，自顾自笑着，半晌将抽完的烟锅在石头上磕了磕。海军看着父亲一本正经高深莫测的神情，觉着好笑。

杨宝根将烟锅别上裤腰带，指着山洼让海军再细细看："再看看，看看像不像一片桑叶？"海军顺着父亲手指的方向再瞅，果真有些像，那直河水流出去的豁口，不就是叶柄嘛！

"你一辈子兴桑养蚕，啥东西到了你的眼睛里不是桑就是蚕！"海军看了一眼父亲。

杨宝根得意地笑。

"人一辈子干啥事都是定数。咱家住在桑叶窝窝里，又让咱家挖到金蚕，这说明啥？说明咱家子孙注定靠蚕神娘娘赏饭吃呢！"

海军苦笑，望着父亲："你一辈子拿蚕当神养，年年关蚕门都给蚕神娘娘烧香。蚕神娘娘要真显灵就该关照到你，让你长命百岁，少受些病痛……"

"人的命，天注定！蚕神娘娘只管养蚕的事，可管不了养蚕人的命。"杨宝根听了这话叹口气，"我这个病啊，误事，做点啥都喘，身上没有劲。你爷爷在我这个年龄还能犁田打耙……"

海军听着父亲絮絮叨叨讲着这一生的遗憾，眼角酸涩。父亲那些所谓的未尽的梦想也只不过是想要修村里最气派的新式房子，想看着孙子孙女上初中、高中、大学，想陪着老伴再多活个十年八年，想看着村里大路修到家门口，人人都过上不愁吃穿、不愁税收的好日子。

海军到底没忍住，小心翼翼地跟父亲商量："爸，等过半个月蚕茧卖了，我和杨柳带你去市里大医院看看吧？去省里也行。人家那里仪器先进，说不定县里医院查错了病，我看你现在的精神头好着呢！要是查出来病好了，你也不用天天忌嘴了，想吃啥肉我都给你买！"

杨宝根不说话，沉吟片刻，起身拍了拍屁股上的泥土，一步跨下大石包，径直走上那条回家的路。海军赶紧跳下石包，将背篓撂到后背，追着父亲问："爸，你到底去不去呀？"

"不去！"杨宝根道，"糊里糊涂过吧，花那些冤枉钱干啥？它好就好，不好那就多拖累你们几天……还是那句话，阎王让人三更死，不会留人到五更！"

海军懊恼,想着:"我就知道这个结果,真是多余一问!"

等到下午,父亲母亲去清理蚕沙,海军带着杨柳去找晓鸥打听收茧的消息。

到了丝银堡蚕桑服务站才知道晓鸥回家坐月子了。

"她生娃了?"杨柳惊讶地望着海军。海军摇摇头,他也不曾听说。想来,他们一家和晓鸥竟是一年多没有见面了。

"你们是她什么人?她娃还有半个月就满月了,你们不知道?"住晓鸥宿舍隔壁的胖嫂疑惑地看着他们两口子。

杨柳很是尴尬,红着脸说:"我是她朋友,家里天天忙着喂蚕养猪,好久没来看她。今天若不是想着找她打听点事,都不知道她竟生娃了。"

"也好,等她娃满月,我们茧子也该卖完了,到时候去她家里看她。"海军说。

热心的胖嫂听见二人这样说,忙问:"那你们找她打听什么事呀?"

"这不,蚕马上上架了,我就想问问今年茧子啥价?"杨柳说。

胖嫂一听,笑道:"这茧子价我们不清楚,物价局给参考价。也没啥好打听的呀,价钱高与低,你茧子一干透该卖不还得卖嘛!不过,依照今年的形势,市里几个丝厂存茧量都不够,肯定会到处抢购茧子的,我们江城的价估计涨的可能性不大,但肯定也不会跌。去年有人把茧子卖到汉中城固和西乡那边,听说倒是比我们县里的价高许多。"

"为啥人家那里价高,咱们县茧子价老是比不过人家呢?"杨柳好奇地问。

"其实一个省的收购定价都一样。只不过我们江城县在安康市来说是蚕桑主产区，每年政府都有蚕药、蚕具和技术培训方面的补贴下拨到蚕技站，再由蚕技站发给蚕农。这一项开支不小呢。除了缫丝厂赞助一部分，另一部分由县财政补贴，可不都是钱吗？县财政拿出的这一部分最终得从茧子定价上头扣出来，来年才能再下拨扶持。但是，周边的汉阴、西乡这些县不是蚕桑主产区，所以他们没有政府扶持蚕桑款项开支，自然，他们的茧子价能高出我们县一到两块。"胖嫂解释道。

海军和杨柳听了她的讲解，困扰很久的疑惑终于解开了，忙跟胖嫂致谢道别。

回去的路上，杨柳伤感地说："想起去年春蚕的事，我这心里就不是滋味。你说，蚕农咋就只能认命呢？"

"这政策的事由着上面定，老百姓谁知道呢！蚕农不认命还能咋？你想想小勇……"海军道，"时间过得可真快呀，转眼就一整年了。我还记得，小勇那晚在咱们家喝酒，他临走还说桃子熟了，要给你摘一兜呢！"

杨柳说："是呢，想起就不是滋味。那晚我老怕你们喝醉。现在想想，不如让你俩喝个大醉，那样，小勇第二天起不来，也不会出事了。"

海军家的蚕茧也正好赶上头一波开秤。

丝银堡茧站的负责人还是吴老三，定级倒是卡得不严了，但令所有人费解的是，每个等级的价却下调了五毛。

"这蚕养不成了，一斤茧子连两斤猪肉都买不回来了！"卖茧的人叹息道。

海军和杨柳也困惑不已，不是连胖嫂都说市里各县都在抢购茧子吗？县里怎么能下调价格？这不是逼着人往外卖吗？

中午卖完茧，乡政府的人按惯例扣了税，两个人揣着所剩不多的几张零钱悻悻回到家，全然没有下茧之前那样的兴奋和喜悦。他们不懂时局，就连广播里的新闻，他们也没有像父亲杨宝根那样上心地听过。对县里的政策更是搞不懂，却也明显觉察到蚕茧销售市场的异常。杨柳让海军去找海玉和吕蒙问问。

"我觉得这收购的事方厂长他们缫丝厂未必知道，收茧的压价，再卖到厂里增加中间的利润也是有可能的。"杨柳说。

海军也觉得是这么回事，但他觉得找海玉没用。

"这样会影响他们厂里的茧子收购的。要是茧子不够，他们是不是会停产？"杨柳说。她很奇怪海军的态度，不知道海军在和海玉赌什么气。

"那么大的厂子自然用不着我们闲操心。"海军不以为意。他抬眼看了看自己媳妇，有些话到嘴边没有说出口。

下午吃过饭，杨柳和父母一起收拾蚕室，海军说自己要出去一趟，杨柳以为他想通了要去找海玉，便也没多过问。

第二天，两人照常到直河乡茧站只卖了一百斤茧，上茧一斤连六块都不到。晚上再摘茧的时候，海军突然跟杨柳说："这次下个一百八，分三包装！"旁边帮着摘茧的杨宝根抬了抬眼，并没在儿子脸上看出任何异常。

翌日一早，海军照例将三包茧全部用绳拴到摩托车后架子上，对正换衣服的杨柳说："你今天就别去了，歇一歇，人都去等在那里也没用。给我十几块零钱，我回来的时候去一趟集市看有啥要买的物件。"杨柳想想也是，自己去了也不顶事，于是从箱柜取出包着钱的帕子，数了二十块递给海军。

她哪晓得这次丈夫海军连她也瞒住了。海军这一趟根本不是往直河乡茧站去。就在头一天，海军便去其他村找了几个外卖茧子的老手打听他们今年的动向。平梁那条路还是有人顶着被追赶的风险翻山去，但他是再也不敢走那条道了。又听说西乡县茧价比江城要高，而且去这地方的绿皮火车是慢车，途经直河站会停五分钟，只要五分钟以内人和茧包挤上火车就万事大吉。

"趁现在乡上的人还没注意到走火车这个路子，我们还能跑两趟。所以千万跟谁都不能说，包括自己亲娘老子！一旦让乡上那些人知道了，抓住了谁也得不到好。"牵头的张大哥反复叮咛。听说有二十来人约着要一起去，海军胆子也大起来，果断入伙，顺便还打听好了车次和火车进站的时间。

海军到火车站一看很是吃惊，平日冷清的候车室现在竟有些拥挤，大多数人跟他一样，神情紧张又慌乱，肩上扛、手上拖的蛇皮口袋一看装的就是茧子。海军约着一起的人已经陆续买票进站了，张大哥催他快点："今天人多，竟来了几个乡的呢，加起来怕有上百人。你麻利点，车到了只管往上挤，我可顾不上你了。"海军一听很是紧张，匆忙去买票，托张大哥先帮自己把茧包拖着。

等他到站台，发现短短百米已经挤得水泄不通。挤来挤去竟然找不到张大哥，他一着急就扯着喉咙喊名字，这才在人群中被人拽住。

"你个瓜尻！"张大哥一见海军，没好气地瞪着他就骂，把身旁的茧包踹到他跟前，"你生怕我的名字没人知道是咋的？你这一喊，万一要是乡政府的人追过来，贼喊捉贼的人可就拿我当炮灰了。"

海军哪里想到这里面那么多弯弯绕绕。听张大哥这样一说，他觉着自己在这些社会经验丰富的哥们儿面前真是个没脑子的人了，赶忙给人家道歉。

眼看到点了，车还没有到站。人群中充斥着汗臭味和蚕茧味，海军俯身紧紧揽着自己的三大包茧子站在拥挤的人群中焦急地等待，瞅瞅身边的人和茧包，他后悔自己带多了。为了避免等会儿把茧包挤脱手，他将自己外面的汗衫脱下来，将衣服拧成一股绳绑一袋茧包，用两只袖子挂着将茧包背到背上。这样可以腾开两只手，一手提一袋也就能轻松点了。

刚拾掇好，就听火车一声长鸣，紧接着轰隆隆一阵风驰电掣，绿色巨龙飞一般地开进站来。拥挤的人群开始骚动，前面的人扛着茧包追着车厢跑。

"跑啥跑啥！车停了对着哪个车厢门都可以上。"

海军跟着跑了一段，听见旁边不知谁在喊叫，就又停了下来。拖着几十斤的茧包，跑起来确实很吃力。

车一停，不待车门打开，人群蜂拥而上，堵到了门口。站台上负责接站的列车员拿着喇叭扯着喉咙喊叫："排队上车！排队上车！"可惜这会儿根本没人理会。里面的列车员将车门拉开一道缝，见外面拥挤成这样，根本没办法开门，又哐啷一下将车门关死了。列车员大概正在和站台维持秩序的车站民警对接，车站喇叭也开始播放请旅客按秩序排队上车的警示。要下车的人下不了，想上车的人也上不了，一着急，有人开始砸门，也有人开始扒窗户。有些窗户是车厢里面的人打开的，他们见站台上乱哄哄的，也就开窗看个热闹而已。谁知道站在窗户下的人眼尖，立马踩着同伴的肩膀，嘴里吼叫着："借过，让一让！让一让！"手脚麻利的就探进身子，再齐心协力将下面的人和茧包往窗户里拉扯。

站台上的民警本来体恤这些蚕农，原想着睁一只眼闭一只眼也就过去了，毕竟外不外贩蚕茧也不是他们管辖范围内的事。但现在见情形不对，他们也担心出现踩踏事故，便立马有人去车站调度室给政府和辖区派出所打电话。

海军没人帮忙，想往前挤都使不到气力。几番摩擦下来，他便被挤出人群，落到了人堆后面。

时间很快过去了三分钟，车门终于缓缓打开。没有办法靠近窗户的人本来焦急地盯着车门，已经在无望中快要泄气了，这时又突然看到了希望，慌乱地往车里挤。每个人前面先要上一个茧包，即使挤到车门边的人要想跨两三个台阶进到车里，也是要拼尽力气先将自个儿的茧包抱起扛起，还得保证自己迈得动步子才行。因此，人堆里的乡亲也没人再顾忌情面，推搡的，谩骂的，但凡能带着茧包突围进车厢的都异常彪悍。即便如此，上车速度依然缓慢。

叮叮——一声长哨，火车即将启动。有的人茧包塞进车窗里了人还在外面，也有的人从门上挤进去了茧包还没提上去，紧张的叫声喊声一片。终于，有已经上去了的明白人冲着外面喊了一嗓子："赶紧去把车头拦下，要不把你们茧子带跑了，人还没上呢！"从各村聚拢的人大多沾亲带故，自然有三四个帮衬。这一嗓子喊得人清醒，急着上车的凭着一股子蛮力往里挤，不用上车的亲属果真便冲过去五六个人拦在了火车前方，以确保必须上车的人完完整整把自己和茧包塞进车厢。两个车站民警见状立马过去把人往开拽，结果反被踹了两脚，便索性不管了。

海军这时已经够着门框，他一只脚甚至已经踩上了车门的第一块钢板，但右手一包茧被后面谁的脚绊住了，他使劲拉扯还是被旁边的人夹挤着。他吼了两声"让开，我的茧包"，但他的声音很快淹没在人堆中，没人理会。没办法，他不得不把上去的那只脚又退下来,往后一个趔趄才把那包夹缝中的茧扯出来。但还没等他再次出击往前冲,已经有人又抢在了他的前面。

"杨海军,过来!茧子递给我!"这时,靠门边第一个窗口伸出张大哥的半个身子。浑身湿透、喘不过气的海军如看到救星,左奔右突挤过去,踮起脚将手里的茧包拼命举过头顶。

两包成功地递进去了。领头大哥伸出手,海军正要想办法蹬着车皮往上爬,突然被身后拥来的人使劲往后拽了一把,连人带背上的茧包摔倒在地上。

"扒车的人都给我下来!"

"去把拦车头的人抓住,先铐起来!"

他翻身一看,一群穿公安制服的民警和一些干部模样的人已经把站台围了起来。正在扒窗户的,挤在门边的,一个个蚕农都被拉扯回站台。

"完了!"海军心里一凉。他飞快地瞥了一眼张大哥的那个窗口,见车窗正被迅速关上,隐约见张大哥在玻璃后面冲他比了一个手势。但那手势是什么意思呢?他没看清,也无从琢磨。火车在渐渐紧凑的轰隆声中终于驶出站台。海军无望地坐在地上,看着十几个民警押着那拦车的乡亲往站外走。他以为自己没事了,挣扎着往起站,结果被后面跟上的民警一把抓住胳膊,将他和茧包从地上一下子提溜起来,推搡着往外走。

接到消息的时候,杨柳正在车间外面和海玉说话。

海军早上一走,杨柳便心慌慌,在家越想越不对,说不出丈夫哪里不对劲,但总觉得他有事瞒着家里。她匆匆给公公婆婆烙了几张饼在锅里,骑着自行车就往茧站飞奔。到了直河茧站,果然没见着海军的踪影,她也不敢瞎问,害怕引起别人的怀疑。出了茧站她也没了主意，不能让父母知道了担惊受怕，可总得有个人商量。所以就直奔县城来了。

听了杨柳张皇不安的讲述，海玉也奇怪，说："如果茧站没有，十有八九是往其他地方卖了。但你说他前天晚上来找过我，我和吕蒙都在家，没见着他来呀！"

"天哪，这个挨千刀的，把茧子带到哪里去了呢？"杨柳急得直跺脚，"你说他咋就那么胆大呢！"

海玉安慰道："别急！你还是想想他可能会往哪里卖去？这几天他跟你说过什么奇怪的话没有？"

杨柳想了想，海军今年并没有跟她提过要把茧子卖出去的话。

正在这时，吕蒙从厂办急匆匆过来，对海玉说："你俩赶紧去直河派出所，你哥刚从派出所把电话打到厂办找你呢，我接的。他连人带茧子让人在直河火车站抓了，让家属带罚款接人。我去车间安排一下马上过去。"

杨柳吓得脸都白了，抓着海玉："怎么办？我身上没带钱。"

海玉看嫂子手在抖，飞腿跨上她的自行车："走！我带你先去，吕蒙身上有钱！"

五个拦火车的人被关押着还没有处理。此时，海军和另外十几个没来得及上车被提溜回来的人狼狈地蹲在派出所院子里，一个个无精打采。民警队长和接到通知赶来的一个副乡长已经轮番将他们训斥了半个小时。现在，就等着家属来交罚款领人了。

海玉和杨柳是家属里来得最快的，一进院子看到这景象吓得半天不敢开口。海军注意到她俩，跟面前的民警队长指了指，说："来接我的人到了。"

民警队长转身上下打量着她俩，问："你们谁是杨海军家属？"

"我，我是他妹妹。"海玉抢先说。

民警队长点点头，道："杨海军涉嫌往外倒卖蚕茧，根据县上规定，一百斤蚕茧罚五百。他背了六十斤，罚款三百。另外，茧子没收！你们进去把罚款交了，人领回去。"

"警察同志，他不是倒卖，是我们自家的蚕茧。"杨柳一听急着解释。

民警队长看着她俩，说："鲜茧不出乡，干茧不出县，这要求你们不会不知道吧？凡是往县外去的，一律当贩茧对待。他只背了六十斤，罚款是他们中最少的。你问问他们，还有罚五百的呢！你们交还是不交？想好！不交就回去，人我们先关着。"

"我们交，我们交。"吕蒙一进院，慌忙接了话。随即从口袋里掏出香烟，给民警队长点上，赔着笑脸说，"别听她们的，女人家不懂事。我去交罚款，我是他妹夫！"

"你这妹夫倒是灵醒！"民警队长吐了一口烟，笑道。

"不灵醒不行啊！"吕蒙趁机凑过身子跟他叹气，"我哥是个老实人，主要是家里这不有老人病着嘛，绝症。虽说活天天呢，可也架不住天天要花钱哪！家里没啥进账，就指望蚕茧能多卖几个……"

吕蒙一番话说得民警队长有几分动容。

"那走吧，我带你进去交罚款。"民警队长对他说，又抬眼看了看一旁的海玉和杨柳，吩咐旁边的民警，"杨海军交给她们带走。"

吕蒙给海玉使了个眼色，几步跟上。

进了派出所办案室，民警队长问："小伙子，你是哪个单位的吧？"

"啊，对，我是江城缫丝厂的。"吕蒙说。

"江城缫丝厂？哦，我媳妇也是那个厂的。"民警队长一听吕蒙是缫丝厂的，又将他打量了一番，连眼神也亲切了许多，"刚才听你说他家情况也可怜，是这，罚款你去交了，他的六十斤茧子看在你的分儿上，我就不扣了！但是，今天事情闹得大，乡上的人也都看着呢，不方便。你明天找我来取走，我先给你存库房。"

吕蒙一听，将刚拆开的一包烟硬塞到他手上，感激地给他鞠了一躬。

到了院子外面，杨柳看着海军抹得乌七八糟的脸和撕烂的衣服，又气又心疼。

"刚才人家怎么说只有六十斤茧子？你带出去那么些茧子去哪里了？"

海军憨憨一笑："上火车了。"

"上火车了？"杨柳吃惊地看着他，眼泪在眼眶里直打转，猛地扑过去狠狠地捣了他几下，"茧子走了你人没走？你个瓜货！你赔我茧子，赔我茧子！"

"不会丢！"海军躲闪着。

等杨柳停了手，他才解释道："有个大哥帮我看着呢，那两口袋肯定会帮忙卖掉的，你放心好了。"

海玉看着哥嫂，心里五味杂陈，半晌没说话。杨柳看出海玉不高兴，拉着她的胳膊说："罚款的钱我回去取了让你哥给你送去，今天的事谢谢你和吕蒙了。"

"嫂子，你不明白吗？不是钱不钱的事。"海玉气愤地说道，"是哥不长记性！他就没有发偏财的命，只能走正道。可他呢，老盯着那点蝇头小利，老想着去试一试那些歪道道！你就卖到外县能多出多少钱去？几十块？一百块？有没有啊？我和吕蒙都在缫丝厂呢，你是我哥，我们自己家的茧子还往外卖，这事要让方叔叔知道我都没有脸！好啊，你想多卖钱是吧？现在罚款三百！哥，你说说看，三百要亏多少茧子去？"

海军一听海玉的话，不乐意了："你说的是什么话？我为了蝇头小利？我告诉你，不是我非要走歪道道，也不是我非要往县外卖……哎，杨柳你跟她说，现在收茧的价都跌成啥了？同等茧子，价钱比去年还低五毛。是，按说我们应该支持蚕茧都送到你们缫丝厂，但问题不是你们缫丝厂的人来收啊！蚕农的利益谁来保证？你们厂里管得了吗？再说了，我这么做还不是想多卖点钱好带爸去市里大医院检查，万一没病，一家人都能开开心心的。就是真的病重了，我也不想爸就这样在家里等死！"

海军说着这些，眼睛就红了，泪水在眼眶里打转。见海玉别着脸不吭气，他袖子往脸上抹了一把，转身就走。

吕蒙实际上已经出来一会儿了，他一直站在后面静静听完了兄妹俩的对话。这时，他赶紧叫住了海军。

"哥，等会儿走，我开着车呢，送你。海玉也是担心你，话才说得重了些，她不了解情况，你不要跟她计较。没收的那包茧子，人家队长也说了，鉴于家里有病人，可以特殊照顾，明天让我来悄悄给你拿回去，就不扣你的了。"

得知茧子不扣了，杨柳破涕为笑。

海军说："刚才我还有点怨你不该把爸生病的事拿出来说，没想到还起点作用！罚款我明天给你。"

"警察也是有同情心的嘛。罚款的事就不提了，我和海玉比你们日子好过些，你们照顾好爸要紧。"吕蒙拍了拍海军的肩膀，"你刚才说的茧价的事，我回去跟方厂长反映一下。但据我所知，调价也不仅仅是蚕茧购销公司要赚钱这么简单，县上是有定价的。可是茧子质量大不如前也是事实。我在车间干了这么多年,我知道,海玉也知道,以前蚕茧出丝率15.8%,解舒率69%;现在呢,出丝率14%,解舒率只有62.3%,你们直河这边还好些,其他庄口更差,混茧就没办法看。所以,茧子质量下降,意味着我们工厂成本提高,茧子价再往上涨,缫丝哪有钱赚?销售市场上的事情,变来变去,可能你养蚕人觉着委屈,但你不知道,现在全国都这样。"

海军听懂了其中的道理,但心里的憋屈一时半会儿也开解不了。他让杨柳先回家,说自己摩托车还在火车站。吕蒙便让海玉在路口等着,他先送海军去火车站,再一块儿赶回厂里。耽误了这几个钟头,都到下班时间了。

海军和杨柳本想着这事就这样过去了,但到底没瞒住杨宝根。

第二天早上八点,杨宝根在广播里听到了一则江城县蚕农倒卖蚕茧被抓的新闻,他居然在通报的名单中听到了自己儿子的名字。

起初,他以为自己听错了,半天没缓过神来。错愕了半晌之后他也没吭气,安静地看着堂屋里儿子和儿媳如往常一样忙着将茧子包装好,然后双双出门。等到十点钟重播新闻的时候,杨宝根将凳子搬到装着大喇叭的那道墙底下,一字不落又听了一遍。这次他弄清楚了,确实是有儿子的名字,丝银堡村三队,人家点得明明白白。再想想儿子昨天离开的情形,以及晌午后媳妇推着自行车进门怏怏不乐的神情,他努力将喇叭里讲的消息一字一句在脑海里反复咀嚼,直到大概厘清了意思,确定儿子这次是真的做了错事。

杨宝根搬了把藤条椅端端正正坐在堂屋门口。

海军和杨柳卖完茧回来,怔怔地望着一脸严肃的父亲,不知所措。

"说吧,昨天你把茧子卖哪去了?"杨宝根开口道。

海军诧异地看着父亲:"是不是海玉回来跟你告状了?"

"别跟我提海玉!"杨宝根气愤地说,"用得着她回来跟我讲吗?你多英雄,广播喇叭都点你名了,全县都知道了,你还怕我知道!"

杨柳小心翼翼地说:"爸,海军知道错了。他拿出去的那些茧子都没丢,这不,卖的钱都给我了……"杨柳说着就急忙去掏裤兜。去火车站的张大哥帮着将海军那两包茧子以一等品的等级卖了,每斤比江城多出两块,钱悉数给海军带了回来。

"你回屋去。我问海军话,你莫要插嘴!"杨宝根厉声说。

杨柳被他的样子吓到了,闷头走开。

海军没辙了,只好将自己从找人联系到吕蒙帮着善后处理这一系列的事老老实实跟父亲交代。末了,他也没忘记认错。

但杨宝根认为儿子还是没有从根子上认识到自己的错误。

"从根子上?我不过是想多卖点钱,辛辛苦苦养的蚕做的茧卖不上好价钱,我心疼!这有什么错?"海军搞不懂。

"你没道义!从根子上说,你不讲道义。"杨宝根很是痛心。

他说:"你从上小学老师就教你要爱国。一个小老百姓咋爱国?不就是听政府的话,勤劳致富,多生产,多打粮,多喂蚕子!江城缫丝厂给了你亲妹妹一个铁饭碗,那个厂对我们家那就是有恩的。你的蚕茧,你就为了多卖点钱,不愿意给江城做贡献,却要往外卖——你的道义在哪里?你对不起养活你妹妹一家的那个厂,就是对不起国家,对不起政府。"

海军听着,心里翻江倒海,备觉委屈,却也默不作声。他不想让父亲失望。

"那个罚款你一定要给吕蒙，自己的错自己担着！"杨宝根说。他一生气，胸腔就鼓胀憋闷，重重地喘了一阵，才勉强压住晕眩的感觉。突然间的心悸令他明白，自己时日不多了。

茧子卖完了，海军和杨柳却因为卖茧的事闷闷不乐。

这天，杨柳想起去看晓鸥的事。一大早让海军抓了两只家养的老母鸡，又去集镇买了水果，两人拎着大包小包找到晓鸥的家。

晓鸥坐月子的事除了要请假不得不告诉了单位同事和领导，亲戚一概未通知。见海军和杨柳带着厚礼上门，晓鸥既意外又开心，忙张罗着让她母亲做几个菜招待两人。

"每天不是奶娃就是睡觉，我妈啥都不让我干，我都快闷死了！幸亏你来，陪我说说话。"晓鸥兴奋地拉着杨柳。

"还说呢，你哪里将我当朋友？结婚保密，生娃也保密，我们要是不去你单位找你，都不知道你娃快满月了！过两天我给海玉说，让她也来看看你，看看你家大儿子。"又跟海军笑，"没见过她这样的，人家巴不得坐月子享受有人侍候呢，她还想干活！还嫌闷！哎哟，我都羡慕死了。"

晓鸥自己也笑，问海军："你刚才说到我单位去找我了，你啥时候去的？是不是有啥事呀？"

"没啥事，那几天快卖茧子了，想找你问问茧子价。"海军道。

晓鸥说："我这两年忙着结婚、怀娃，你看，一直都没顾得上关心你们家的事。这两年市场变化大，供销社倒闭。说起现在的茧站，还是我们县蚕种场组建蚕茧公司设立下的，整个江城一共设立了二十多个茧站。在直河茧站的就是我丈夫，你们可能都见过了。"

海军大吃一惊:"你说的是吴老三,小吴?"

晓鸥笑:"是的,他叫吴东方,排行老三。怎么样?今年卖茧子他没为难你吧?他要为难你了,一会儿我把他叫回来当着你的面骂他!"

"没……没有。"海军尴尬地说,"就是我们想不明白,为啥茧价一年比一年低呀?"

"这个我还真没了解过。"晓鸥说,"我只知道为了把收烘茧控制在本县保障江城缫丝厂的蚕茧供应,县上可费了不少脑筋。供销社倒闭之后,县上便决定让蚕种场成立一个江城蚕茧购销公司,将我们蚕种场一栋楼做抵押,贷了款用来收茧烘茧。听说,建一个烘茧灶都得三四千呢!虽然我没问过为什么明知道周边县抢收鲜茧已成风潮,县里收茧还在降价,但我想,蚕茧质量下降加上县财政困难也是重要原因吧!"

海军和杨柳听了,大概理解了一些。

"你们家的茧子质量好,这我都和小吴说了。我知道你们肯定也为卖茧作难,我也很理解。养蚕多辛苦啊,没日没夜的,好不容易茧子出来了,谁不希望多卖点钱呢!我听说,前几天好些蚕农为了跑西乡卖茧把火车都拦停了。"晓鸥说。

海军听了忍不住笑出声。

"咋了?"晓鸥奇怪地看他。

海军红了脸,不好意思讲。杨柳便笑着将今年卖茧的糗事原原本本讲给晓鸥听。

晓鸥听完心里不是滋味,说:"杨伯伯病不好,要长期吃药养着,也难为你们俩了。照这样看,你们这两年的收入还不如前几年。"

海军叹了口气,和杨柳苦笑。除了养蚕,他们也想不出还能干什么可以挣钱的营生。杨柳讲："我听海玉说，她们厂里有去南方打工的。要是以后爸不在了，我和海军也考虑出远门挣钱去。"

"也不一定要出远门。你们娃上学呢，家里都走了也不行。"晓鸥想了想，说，"要是你们不嫌麻烦，我们乡蚕技站倒是有个活马上要安排到各个村上，不知道你们肯不肯干？"

"啥活？"

"小蚕共育！"

"小蚕共育？"

"简单点来说，就是蚕起二眠前放在你这里集中养，起了二眠人家拿回去。目的主要是针对那些防病技术不到位、养蚕技术不精细的人，替他们提高小蚕的成活率，也等于是提高产量，保证养出高标准的蚕宝。"晓鸥讲解道。

虽然晓鸥一再说这项技术全国都在普及了，但海军和杨柳还是感到很惊奇。

"人家会愿意掏钱放咱这儿养吗？"海军难以置信。

"我们会宣传这样做的好处啊！这也是我们蚕技站要推广的技术，想要提高蚕茧产量必须走这一步。按要求，江城县的小蚕共育早就应该达到百分之八十，但我们的推广慢了些，蚕农的观念一时半会儿更新不过来，所以这项指标要求我们一直没有达到。养蚕户拿出适当的报酬给小蚕共育室，按照文件县上也会给补贴，建一处小蚕共育室给八十块奖励，能达到共育二十张蚕种以上的每张补贴一块钱的蚕药钱，我们区上的补贴，差不多一张蚕种补四五块。"晓鸥说，"这个收入不多，可还算稳定。关键是也不影响你自己家养蚕的量，唯一担心的是你家的桑树可能要再多栽。不知道这个事你们愿不愿意干？"

"干！"杨柳说，"你能提出来的事情，我相信你不会害我们。"

晓鸥也高兴道:"好,我出了月子就去蚕技站给你们申报,还得带专家到你家蚕室考察,看蚕室面积、通风条件达不达标。只要上头批准了,从秋蚕开始,你们家就定点了。这事既能帮你们增加收入,也帮我完成了一个建立示范点的指标任务。"

事情敲定了三人都很高兴,恰好这时晓鸥母亲把菜也做好了,海军和杨柳便大大方方坐下来和晓鸥海阔天空地胡诌。

2. 山雨欲来风满楼

翻越秦岭的卧铺大巴摇摇晃晃,穿行在弯弯拐拐上上下下的环山公路上,车窗外是飞驰而过的深厚的绿,以及偶尔突兀出现的河流。视线里似复制一般的浩瀚绿色分分秒秒从眼前划过,令方海昏昏欲睡。然而又分明被某种焦虑折磨,无法沉浸到睡梦中,只能在一次次丧失意识的迷糊瞬间一次次陡然清醒。

方海在省城参加了省委省政府举办的为期三天的沿海城市企业改制先进做法推广培训,培训通知和厚厚的一沓学习材料就装在他怀里的公文包里。抱着这些资料的他如同抱着一个随时都可能在自己和父亲身边炸响的炸弹,令他惆怅不安。省上让学习沿海城市企业改制先进做法,无疑是中央释放到地方的重要信号。言下之意,陕西省不久之后肯定会将企业改制提上日程。那么,倾注了父亲无数心血的江城缫丝厂会不会首当其冲?那成百上千的工人怎么办?父亲怎么办?他躺在卧铺上辗转反侧,心里叹息着,祈祷这场危机能慢点到来。

从省城回江城,下午四点多上的车,翻越绵延的秦岭群峰得走一整夜,即使司机半夜不休息,最快也要凌晨四点才能到江城县城。想着这阵子可能还在办公室为销路抓耳挠腮的父亲，方海恨不得插上翅膀飞回去。

此时正在车间和夏莉莉谈事的方文贺一连打了好几个喷嚏，夏莉莉看他揉着鼻子，笑道："有人念你了呢！"

"老头子了，走哪都招人嫌，谁会念叨我！"方文贺苦笑。

夏莉莉有点尴尬，想说什么，又担心方文贺误会。

就在刚刚，他俩还在讨论车间的出路问题。之前他和老吴出去接下的广西纺织厂的坯绸加工订单还有一周就出货了，后续没有订单跟上，意味着又要给工人们放假。就在十天前，方文贺为织绸车间缺单的事找过副厂长韩青阳，销售科交给他带了一段时间了，方文贺也想了解一下韩青阳有没有真把厂里的急难之事放在心上。韩青阳说之前他通过省市外贸公司的关系曾联系过一两家需要坯绸的，当时说要等等看再下订单。既然织绸车间已经没有事可做了，他马上派人联系追单的事。但半个月了，韩青阳并没有给方文贺任何回复，想来是没希望了。方文贺跟夏莉莉琢磨半天也没好的方案，虽然夏莉莉一直很努力把产品质量做好，但找不到订单一切都是枉然。她不情愿看着自己寄予厚望的车间如此衰败下去，自己看不到希望，连带着整个车间都人心惶惶。但看着方文贺愁肠百结，她又不忍心再说什么。

两人说来说去没结果。眼看夜里十点了，方文贺说："该下班就下班吧。我回去想一想，明天想到好点子了我再找你。这几天活干完就把你们的车间和库房都收拾收拾，出货之后就放假。具体放多久，回头我和吕蒙商量商量再定。"

方海快四点到了县城，径直去了父亲的老房子。方文贺一起来在客厅看到方海的行李，到他卧室门口瞄了一眼，果然见方海四仰八叉躺在床上睡得正香。

方文贺给厂办打电话说自己晚去一会儿，下楼给儿子买了一些吃食。

方海起来已经十点光景。桌上放着豆浆油条，还有切好的卤肉。方文贺端着炒好的菜过来："估计你饿了，快吃。"

方海笑道："爸，你现在越来越贤惠了！"方文贺哼了一声，拿过两双筷子："等你娶了媳妇，就轮到你们侍候老子了！"方文贺平常大多时候都是一个人凑合，一碗清汤挂面或者一个火烧馍就对付了，生活简朴，也没什么讲究的。

"爸，厂里最近怎么样？"方海问。

"缫丝车间嘛，还算正常！但蚕茧质量下降，出丝率、解舒率降低已经是不争的事实，上半年鲜茧烘折从二百二十公斤左右提高到二百四十公斤以上。"方文贺说，"韩青阳他们去了浙江和广东，外贸那边也在继续联系，出口受到了一些影响，也是茧质下降造成丝的等级下降所引起的。原先我们厂的白厂丝等级一般都在3A以上的出口等级，现在呢，就拿最好的直河庄口来说，那个区的四个镇桑树整体老化，缫出的丝只能达到1A，你说，能不受影响吗？不过，虽然出口量没有以前大了，但是我们的白厂丝在国内市场还算排名靠前的。只是织绸车间怕是要给工人放假了。夏主任说，车间工人都不愿意放假，这也能理解，当初是厂里安排她们到织绸车间的，不是她们自己的意愿，放假对她们来说就是没收入来源了。有些人找到厂办去，直接要求去缫丝车间和扶摇车间上班。"

"织绸车间还是你之前出去找的订单吗？"方海问。

"是呀！指望韩青阳来救织绸车间是不可能了。他本来对这个车间就不看好，说三道四的。我让他去联系订单，他也就当面敷衍敷衍我而已。"方文贺说，"别光说厂里了。你这次去省里开什么会开了三天？省上是不是又有什么新的重要指示了？"

"嗯。关于国有企业改制的！"方海说，"不是省上指示，应该说，是国家应对经济危机的全面改革和调控，也是国际形势使然。从上到下，省市县一步步实施下来。我们这不去学人家南方的成功经验嘛！"

"国有企业改制？这么快！"方文贺心里咯噔一下。早先他到南方出差的时候，南方许多国有企业已经在做这件事了，但是听说工人和政府闹得很凶。他当时一知半解，还抱着侥幸心理，想着群众一闹或许这项政策就不了了之了呢！

"不快。南方都实行好久了，但改制中的阻力比较大，所以先从亏损严重的企业下手，盈利的国有企业基本没有动。"方海跟父亲说。他起身去洗了洗手，然后从自己包里掏出一沓培训文件和资料递给父亲。

方文贺看得很仔细。

"爸……"方海看着父亲欲言又止。

方文贺抬了抬眼，见他又不吭气了，问："你想说啥？"

"你……你有没有考虑过干脆把织绸车间停掉？"方海小心翼翼地问。

方文贺愣了一下，奇怪地看着儿子。

"停掉？啥意思？"

"放弃。"方海说，"我的意思就是放弃这个车间，不做坯绸也不做真丝成衣啥的。就像韩青阳去年说的，壮士断腕，把所有精力和财力全部投到白厂丝的生产和销售上来！"

"屁话！我为啥要放弃？！"方文贺一把将资料拍到桌子上，"我跟你说，方海，这个厂也好，织绸车间也好，从无到有，是我方文贺一手操办起来的家业，是我一把屎一把尿带大的娃。你们对这个厂没感情,我有!跟我一起摸爬滚打把厂建起来的工人有!如果我像你们现在一样,遇到点问题就撤退,这个厂早就关门大吉了!"

"放弃这个车间,不是说我们就不爱这个厂,这是两码事!"方海看父亲义愤填膺地怒斥,赶紧跟父亲解释,"相反,正是为江城缫丝厂长远考虑,才必须放弃衍生的这些项目产品。缫丝厂的利润本来就在下降,如果还被织绸车间拖着,纯粹是内耗!得不偿失!我觉得织绸车间现在这个样子,该放弃就得放弃!"

"扯淡!"方文贺指着方海,说,"你现在就跟韩青阳一个德行!能力不行又怕麻烦,还咬文嚼字说得这么好听!"

方海也生气:"爸,脑壳咋就一根筋呢?这么固执己见的话,只会把缫丝车间也拖下水!"

"你给我走!我不想看到你。"方文贺看着方海,心里有说不出的失望,"小兔崽子,原来还指望你给老子攒劲,没想到你吃里爬外!"

"你!"方海看着激动到嘴唇颤抖的父亲,说不出话来。他拾起自己的资料,抓起沙发上的旅行包就走。就在他打开门的刹那,身后哗啦一声,方文贺捂着胸口跟跄两步歪倒在地上,胳膊将桌上的碗盘撞倒一地。

"爸——"

方海惊恐地看着父亲倒向满地狼藉,一个箭步冲过去,抱起父亲。

而此时,说好的会在今天拿出方案的方文贺迟迟没到车间,夏莉莉从中午等到下午,直到去食堂吃晚饭的时候碰到吕蒙,才知道方文贺突发心梗住院的事。

她急忙赶到医院，方文贺这时候已经状态平稳，躺在病床上闭着眼，打着吊针，一旁的医生正在叮嘱方海："病人不能情绪激动，也不能多说话……"医生一走，方海见夏莉莉进来，立即拜托她帮着照看一下父亲，他正好有点急事必须回单位处理一下，处理完事情很快就会赶回来。

夏莉莉静静地看着病床上的方文贺，心里很难过。过了许久，方文贺睁开眼，见夏莉莉正温柔地看着自己，忍不住眼角酸涩。夏莉莉见方文贺下意识地抬起手，便一把握住。

"你呀你，以后可不能太操劳了！你看把人吓得……"夏莉莉柔柔地笑着，佯装抱怨。

方文贺抬了抬眼睛，沉沉地叹了口气。许久，他看着夏莉莉，沙哑着喉咙，强装着无所谓的样子宽慰她道："我没啥事，就是前一段时间不该把降压药停了。"

夏莉莉也强装镇定，一直把眼泪压在眼眶里，但还是被方文贺看出来了。"莉莉，我对不起你。"方文贺握紧夏莉莉的手说，"织绸车间……本来想给你一个安稳的能施展抱负的地方，但是现在……怕是保不住了。机械更新、辅助技术、销售推广……南方经济危机严重，形势不好，总之，原因很多。你知道的，订单说没就没了……"

尽管方文贺带着内疚将一番解释说得断断续续，却句句沉重，像是费了很大气力才从心里掏出来这些话。

"你就是为这个事着急上火才生病的吧？"夏莉莉哽咽地笑着说，"你别说了，老方，我啥都知道！我们都尽力了，不怪你。"

面对夏莉莉这张生动的脸，方文贺的眼神里充满留恋。但是这突发的疾病却令他的心态发生了很大变化，面对这个年轻女人的深情，他心里涌动着从未有过的遗憾，疾病给予他身体的提示令他既珍惜又万分伤感，难过夏莉莉必须得独自面对人生的又一次两难选择，也难过他自己硬生生要将这个爱着的女人推出去。

夏莉莉知道方文贺操心她接下来的工作安排。她本来想告诉他，自己准备离开缫丝厂投奔小芳去了，但是，面对方文贺痴迷的眼神，她话到嘴边却说不出口。

"还有几天的货？"方文贺问。

"顶多四天就完了。"夏莉莉交代说，"库房还有一大批之前生产的坯绸，大部分是还没熟练过的，这两天我抽人盘点一下。另外还有没销售完的真丝衬衫，也要清出来……我建议后面找韩厂长他们商量一下，联系客商卖掉。"

方文贺点点头。

3. 我们一起去南方

小芳信里说，可能过段时间孟苏州会回江城招工，顺便跟厂里签延期协议。收到信十来天后夏莉莉就见到了孟苏州。那会儿方文贺正准备出院，在夏莉莉的陪伴和精心照料下，他已经很快恢复了精神。孟苏州打听了几个人，才在医院门口等着了夏莉莉。

"莉莉姐，我挺佩服你的，你对人可真是有情有义！方厂长他给不了你未来，你对他还这么上心。"孟苏州说。

"未来不是靠自己创造吗？为什么要他给……"夏莉莉淡然一笑。

"也是！你一直都是好强又有主见的人。"孟苏州递给夏莉莉两个纸袋，"小芳给你带了裙子、包包和一个BP机，给你！"

孟苏州的言行举止看起来比以前成熟稳重了许多，在穿着打扮上明显比县城的人时髦大气。夏莉莉急于想听到他和小芳在南方创业的故事，便提出就在街上找家炒菜馆子，请孟苏州吃一顿久违了的家乡菜，孟苏州爽快答应。

这一聊就聊了整整两个小时，夏莉莉从孟苏州口中得知了他和小芳到达广东后的曲折奋斗史。

当初小芳和孟苏州赶在年前去广东，原想着趁过年很多工人返乡的空档期好进厂。却不料，一门心思让小芳去南方捞金的两个姐妹并非在工厂流水线上做工，等小芳到了之后两个姐妹才对她坦白，她们是在酒店做公关小姐。她们知道小芳爱跳舞爱疯玩，原本想着让小芳来跟她们一起捞钱，顺道做伴，哪晓得孟苏州竟陪着一块儿来了，这下她们只能实话实说了。

孟苏州和小芳都不知道何为"公关"。那两个姐妹便说了，"公关"就是替酒店跟大客户搞好关系，处理一些投诉，再就是套牢一些大客户到酒店消费。孟苏州好奇地问："是不是像电影《公关小姐》那个一样？那可是白领呀！你们酒店公关要不要男的？"他这一问，把两个姑娘问得一愣一愣的，一会儿点头一会儿摇头。但是小芳听孟苏州这么一说倒上头了，当年那部风靡一时的电视剧她可是看过，电视剧里的主题歌《奉献》她到现在还能唱。两个姐妹原来还愁着怎么说服小芳两口子，没想到不仅小芳自己想干，连她老公都有兴趣。孟苏州拿着电工证去找了几家工厂，人家告诉他，工厂电工确实工资高，但六七百人的厂子也就需要两三个电工，一般很少缺人，只能慢慢等，看哪家有电工离职了他才有机会。孟苏州不想干等着耗时间，吃饭的时候见酒店附近一家大排档门口贴了招工字样，便找到老板留了下来。

但其实两个姐妹还是把小芳骗了。自打那年一部《公关小姐》带火了"公关"这个职业，酒店等服务行业纷纷设立"公关部"，招收大量的"公关小姐"，但很快，服务行业之间引发的不良竞争也让这职业变了味,"公关小姐"早已不再是游走在各办公室、会客厅和商业大佬之间的白领丽人,而逐渐成了"三陪"的代名词。

两个姐妹在帮着小芳办理了入职手续之后才将此事单独告诉小芳,并申明,她俩也就是陪着客人唱唱歌,跳跳舞,喝喝酒,其他啥是坚决不做的。小芳听后虽然很不高兴,却也是豪爽性格,人既然已经出来走到了这一步,只要不做出卖身体的事,仅仅唱歌和喝酒她还是可以接受的。于是,她答应先瞒着孟苏州试试看。

接下来有半个月的时间,小芳都是跟着那两个姐妹在酒店,很少有时间能和外面的孟苏州碰上。小芳入了行才发现,原来这跟在江城舞厅陪着跳舞喝酒的女子没啥差别。只不过那时候自己还在为自己的工人身份骄傲,压根瞧不起舞厅偷偷摸摸陪舞的那些女子。没想到自己到了千里之外,却要靠这个职业来赚钱立足。

小芳永远忘不了第一次以公关的身份进酒店歌厅包间时的心情,短暂的惶悚和紧张过后就是刻骨铭心的羞辱。整整一个晚上,那种羞辱感就像一把钢锯在她心尖上拉来拉去。那天挑中她的是一个五十来岁大腹便便的男人。那男人戴了三枚黄金戒指,脖子上挂着大金链子,一脸凶相。那男人喝了不少酒,一个接一个的酒嗝熏得小芳头昏脑涨。那天晚上,跟她一起被挑中的一个姐妹为了关照她不停地拉着她一起唱歌,后来她才懂,姐妹是怕她酒量不好喝醉了,也担心她受不了客人揩油。如果酒量好,这种场合就争取把客人灌醉,一是酒销得多提成高,二是客人烂醉如泥就不会老想着揩油。反正要想不被灌醉和避免客人坐在那里动手动脚,就多站起来跳舞或者唱歌。

事后小芳想，那天晚上幸亏那个男人没有动手动脚，否则她会破门而逃，而且从此不再踏进这种场所。第一个晚上散场后，她从前台计账那里知道，她进账了三百元小费。回宿舍路上，她想着那三百元禁不住泪流满面，一半是屈辱，一半是羞愧和不甘。屈辱的是，自己分明讨厌这种卖笑讨好的事，却向着历来为自己所不齿的行当迈出了步子；羞愧的是，觉得自己在孟苏州那里不清白了，说不清了；还有就是对命运的不甘，她不相信自己会一直这样委屈地生活，一定还有别的更好的路子可以走。

她就这样倔强地想着。

这之后有十天时间，小芳跟着了魔似的，本来白天休息的大半天时间，她几乎都用来练唱。为了让服务生给她歌房包间练歌的便利，她接连几天轮番请几个服务生到孟苏州所在的大排档去吃大餐喝扎啤。大排档老板当然高兴，一笔一笔给孟苏州划账。孟苏州受不了啊，拿电笔的手现在整天不是切菜就是掂勺，本来就够憋屈了，可这辛苦钱还没挣到自己荷包里就要被她败光了，他求着她说："姑奶奶，你再成不了歌星，我倒要成讨口的叫花子了。"还别说，小芳练习了一番后，唱歌水平直线上升，没多久，就获得外号"百灵"，并且成了酒店公关小姐里头客人点钟最多的红牌，一个月下来保底工资加小费就拿到了五六千元。这笔钱在小芳和孟苏州看来简直是之前想都不敢想的巨款。

但俗话说得好："福兮祸所伏，祸兮福所倚。"小芳接连拿了两个月高薪，必然招惹到同行的嫉妒。她们知道小芳只是靠唱讨客人欢心，于是接二连三找了一些垃圾人故意去找小芳陪酒。这些人到了包间摆明不唱歌，只喝酒，还乘机揩油，小芳稍有不从，他们就投诉。

受不了这种折磨，小芳才跟孟苏州坦白所谓"公关小姐"的真实内幕。哪个男人也不愿自己老婆靠陪酒卖笑挣钱哪！孟苏州气不打一处来，立马让小芳辞职。但依照酒店的规矩，小芳得把那个月做满才能拿到当月的薪水。小芳好说歹说才劝住孟苏州，跟他保证再过十来天做满就辞。哪知就在她坦白之后的那个晚上，她没能忍住脾气直接把酒瓶砸了，被客人当场扇了两巴掌。小芳性子烈，怎会受得了这种气，直接扑上去跟客人拼命。由于得罪了客人，酒店第二天便炒了她鱿鱼。

那时候，还有八九天就春节了。没有返乡的人自己在出租屋做饭，大排档生意冷清，老板着急回家过年，索性将店交给孟苏州和小芳看着，临走交给孟苏州一千块钱的本，自己回了家。许诺开年来的时候孟苏州给他两千块钱就成，多出来的都归孟苏州所有。他允许孟苏州两口子这个月在店里吃住，前提是这个月不要薪水。

小芳当然乐意，正好省去了一个月的房租。

也就是在这过年的一个月里头，孟苏州两口子找到了商机。

那天傍晚，孟苏州百无聊赖，在门口看着公路上三三两两遛弯散步的打工仔打工妹发呆。小芳盘点店里的存货，看着一些即将放坏的蔬菜和冰柜里一大包放了许久的大虾灵机一动，与其放坏扔掉，不如自己煮成麻辣虾加烫菜统统吃掉，也不算浪费。

说干就干，她找来一个敞口的大钢筋盆，将虾倒出来。等冰化开后，她将大盆端到大排档门口，接了一大盆清水将虾用刷子一个个清洗干净，又让孟苏州去后厨炒些麻辣酱料来。孟苏州说，不如就在屋外做，屋外吃，敞亮。他将电磁炉和一口大铁锅搬到门口一张闲置的餐桌上，取出碗筷和蘸料，一副要大吃一顿的架势。孟苏州母亲的娘家在四川成都，他的厨艺是母亲手把手带出来的。他先用麻辣酱料将虾炒香，然后加水做成一大锅红汤,桌上放满了小芳清理出来的肉和青菜。门口招揽顾客的彩色串灯亮起来,浓郁的麻辣香味在空气中也四散开来。

两口子大快朵颐,吃得忘乎所以。没想到,一群年轻人闻着香味过来,围着看两人吃的东西,口水都差点流出来了。

"老板,能不能照着样子给我们也弄一锅?"

孟苏州愣住了,看着小芳。

小芳也愣住了,接着笑起来:"孟大厨,愣啥呢,来生意了!"

"可……可是,我们没菜了呀!"孟苏州结结巴巴说。

小芳大方地指了指桌上,招呼那几个年轻人:"你们先坐下尝尝,这是我们清理存货自己吃的,做得多,你们不嫌弃的话就一起吃。要是觉得好吃了,明天你们来,我给你们准备最新鲜的菜和活虾,行吗?"说罢,让孟苏州赶紧拿碗筷出来。

结果就是两个人的晚餐变成了一大桌人的狂欢,吃得个个喊过瘾。临走,这帮年轻人跟孟苏州已经称兄道弟了,他们约好还要带朋友来,喝扎啤,吃大虾。

两个人一总结,觉得之所以能吸引人,就在于他们把锅放在了大排档院子里,这样才使得麻辣香味飘散到了周围。所以第二天,他们不仅在屋外刷洗活虾,还把店里仅有的两个电磁炉和锅都搬到了屋外。为满足客人的需求,孟苏州还特意去进了两大桶扎啤。

两个人的火爆香辣虾和烫菜生意自此开始。他们用手里的钱置办了更多装香辣虾的锅和电磁炉,忙不过来就临时雇了两个没有返乡过年的老乡。

过完年,正月二十过了,老板来了,两个人给老板拿出四千块,老板说:"我只要两千。你们把我一个普通的大排档做成了特色麻辣虾,带火了生意,让你们走也不合适,不如我们一起干。你们入股，我们在其他工业区再开一家分店。"两个人一听，觉得可行，做餐饮虽然辛苦，但回本快，只要有特色，就不愁生意。

他们就这样在广东有了自己的事业，两年时间开了四家连锁店，还有一家酒店正在装修。以为这辈子就只能当电工的孟苏州成了配料的大厨，小芳则负责统一管理。

这次回来，是准备找两三个好厨师和十来个服务员。孟苏州说小芳有恋家情结，在外地久了，见到说家乡话的都觉着亲切，所以想着招几个老家的人去，感觉都是自己人，好说话一些。

夏莉莉笑道："她这是什么狗屁逻辑？老家这里的人就不会坑人了？不一样有好人有坏人嘛！"

孟苏州也笑："不打紧的事，只要她高兴，就依着她。"

孟苏州问夏莉莉这次愿不愿意跟着一块儿走，夏莉莉说，给她一个礼拜的时间，她要把手头的事处理一下。孟苏州嘱咐夏莉莉有啥事可以直接用BP机呼小芳。

夏莉莉拿着BP机翻来覆去地看，觉得很神奇。

夏莉莉跟厂里打的离厂申请报告是找韩青阳批的，过程很顺利。那会儿方文贺才从医院出来没几天，夏莉莉不想让他难过，并不想告诉他实情。不过，临走还是要见一面的。

约了一个黄昏，她陪方文贺到江边散步。或许想着自己马上就要离开了，她第一次如此旁若无人地跟他肩并肩一起走。这个男人，只要跟他在一起，哪怕什么话都不说，她都觉得心灵和情感是愉悦的。而方文贺感受相同，两个人都感受到彼此的力量，这大概就是他们之间的默契。

或许是生病期间体会更深刻的缘故，夏莉莉给予方文贺的温情和眷顾加速了他身体的自愈，也给了他对情欲的渴求。甚至在并肩漫步的时刻，他倒希望自己能摒弃所谓的优雅和风度，多一点放纵和野性……

"你还记得我当年拼命竞聘织绸车间主任的事吗？"夏莉莉问。

"记得。你当时充满对这个职业的向往与热爱，对未来信心满满。"方文贺说。

夏莉莉自嘲地笑："可惜，我的鸿鹄之志这么快就没有了。现在看来，我太理想化了。再回想当初的信誓旦旦，豪言壮语，那个勇气就像人家说的'无知者无畏'……年轻时候的激情转瞬即逝。搁现在，那些话，我怎么也说不出口。"

方文贺站住，手扶着她瘦削的肩，定定地看着她，满是心疼和自责："你别这样说，莉莉，是我对不起你的这番努力和热情。我好高骛远，考虑不周，业务拓展出了问题……"

"不，你不要为照顾我的情绪而自责了，这不是你一个人的错。"夏莉莉打断他的话，她下意识地伸出手去捂他的嘴，却被他紧紧握住。

这个性格刚毅的男人，此时，他的神情不再是安详自若。夏莉莉勇敢地看着他，用自己的柔情蜜意迎接他，盼着他将所有的情感释放出来。

"你真美！"

方文贺终于忍不住将她拥住，深深地吻住了她。这一吻，直让时光倒流，让两个人青春焕发。

在这个春夏之交的夜晚，城市的霓虹亮起来，朦胧灯火从远处折射到江面，圈圈涟漪在星星点点中悠悠荡荡，梦幻极了。

夏莉莉闭着眼睛，泪流满面。

过了两天，车间的工人全都放了假，库房清理出来几十吨坯绸和一些真丝衬衫,夏莉莉让工人分类整理得清清楚楚,最后把账本交给了吕蒙。

她还特意去吕蒙家跟海玉告了别,她觉得自己与小芳、海玉不是亲姐妹胜似亲姐妹,这份情谊怎么也不会断。只不过要说各自的生活,还数海玉的小日子过得最幸福了。夏莉莉说自己要投奔小芳去,说不清啥时候才能回来,惹得海玉流了好久的泪。

最后,她还去见了方海。方海问她有没有什么话或者信要留给他父亲,夏莉莉摇摇头。她其实起先也写了一封信,但已经见过面了,就算她已经向他告过别了,再留信也没有意义。她看中的这个男人,虽有被压抑的强烈情感,但终究逃不开世俗的桎梏。她已经为了这段情遗失了自己作为少女的明媚,而现在,她必须换个陌生的城市安妥身心,重新找回那个快乐、自信又从容的自己。

方文贺是在夏莉莉走后两天才从吕蒙那里得知了消息。虽然他一再说服自己不能再拖累夏莉莉了,但知道她真的走了,还是觉得不真实,与她拥吻的甜蜜似乎还停留在唇齿间。

突然失去的心理落差令他不能自已,他把自己关在空荡荡的只有冰冷梭织机的织绸车间坐了整整一个下午。

与此同时,方文贺在丝银堡的农民朋友杨宝根不声不响地走到了生命的尽头,走的时候毫无征兆。

那日清早,杨海军陪媳妇回了娘家。杨宝根靠在墙根闲坐,海玉妈用开水冲了一包奶粉,将碗搁在他旁边的小方桌上,让他且自在地坐着喝,自己提一篮子脏衣服到河里去洗。个把小时回来,见杨宝根一只胳膊枕着一旁的小方桌,身子靠墙歪斜着,张着嘴,装牛奶的小碗滚落在脚边,她当即愣了一下,埋怨道:

"碗掉地上都不知道捡。"她拿出拧成一团的衣服抖开，挨个晾挂在门前的竹竿上。几分钟过去，回头看杨宝根还那样歪着，才意识到不对，心里咯噔一下，跑过去一试鼻息，人早已没气了。她顿时觉得天旋地转，一屁股瘫坐在地上，好半天才从喉咙里号出声来。

"你个挨千刀的呀，你咋不等等我呀——"

海玉情绪激动，听母亲讲述父亲去世的经过，她难以接受那个时刻母亲竟然不在父亲身边。农村办一场丧事颇费周折，先得请一个在屋里招呼人的执事，还得找看阴地的先生、唱孝歌做道场的法师、帮忙烧水的、做饭的……海军忙得焦头烂额。妹妹海玉素来依赖父亲，是父亲掌心里的宝，如今父亲突然去世她心里一时承受不住，海军也料想到了。所以，面对海玉撕心裂肺的哭和絮絮叨叨对母亲的埋怨，便一再跟海玉说父亲最近的精神状态看着不错。劝了半晌，见海玉依旧执拗地抱怨母亲，索性懒得再理会她的情绪，由着她尽情哭去。

杨柳招呼前来吊唁的人，海军忙着陪先生去找坟地。招待亲朋乡邻的事就交给了执事和吕蒙。

方文贺得知消息，赶来送了老朋友最后一程。他本想留下来帮帮忙，奈何这时厂里却出了事，腰间的BP机接二连三地响。

4. 它也是我的衣食父母

春茧收完，负责收茧入库的韩秋燕一对比数据，发现这次只收到往年三分之一的量。恰好厂里马上要召开半年工作会，韩秋燕便将这一情况汇报给了他的弟弟，副厂长韩青阳。

春茧的量是全年三季中最大的，如果春茧都收不够，剩下两季茧子要想多收更难。韩青阳知道事情的严重性，赶紧叫回方文贺，将这一情况汇报给他。

方文贺惊讶，这比他预料的要严重许多。

早在"蚕茧大战"伊始，他就担心收不够蚕茧，对蚕农来说，谁给钱就卖给谁，谁价高就卖给谁，除非政府参与控制和要求。江城县是蚕桑主导产业县，为了把投入蚕桑生产的部分资金收回来，收茧的时候要将市场价下调个五毛一块的。但江城周边的县不是蚕桑主导产业县，没有贴补扶持蚕农这一说，所以，他们收茧的价格无形中就会比江城高出块儿八毛的。还有更主要的原因，就是税务部门的搭秤扣税和银行的扣贷款。卖茧是蚕农每年最大的收入来源，他们还想用这笔钱来买种猪、修房造屋，纵使你围追堵截，依然有很多人甘愿冒风险外出卖茧。

"既然本地收不够，我们也只能从外面往回买。"方文贺说。

"蚕茧历来是不允许长途贩运的。"韩青阳说。

方文贺摇摇头："顾不了那么多了。这件事给供销科的人都说了没有？"

"说了。"韩青阳道，"上半年存储量要达到多少才能保证供应，这事儿我姐韩秋燕最清楚，回头我让她理一份交给你。"

"你让她跟蚕种场负责蚕茧收购的人联系一下，把伏茧和秋茧给我们的量预估一个数给我。"方文贺嘱咐韩青阳，"我们需要的量估准确点，回头上会研究。还有，这几天吕蒙不在，车间的事你也帮着盯一下。"

"我早都在盯了！"韩青阳不满地抬眼看了看方文贺，"我若不盯，出了事你们都不知道。你问问吕厂长，他只操心生产了多少白厂丝，流水线之外的暖气、热水、供电，他哪一样关心过？若不是我发现得早，车间早就停了。

方文贺这才得知自己住院期间厂里的锅炉出现严重问题，为了安全起见，韩青阳一边请人维修，一边又安排采购了一台新的锅炉。新锅炉这几天就到，安装锅炉和重新铺设管道同时进行。

"这次花费比较大，但考虑到你在住院，不能耽误生产和以后的安全保障，所以我没经过你同意就自己做主了。"韩青阳拿着采购锅炉的申请审批递给方文贺，说道，"如果眼下这一个修不好，我建议还得采购一个。一个肯定是不够用的！"

方文贺点头，拿起笔就签了字，只要是为厂里的事他并不计较放开手头这点权限。

"该投入就是贷款也得投啊！"他说，"锅炉就这几天装吧？那管道的事能否安排给其他人？"

他的本意是让韩青阳亲自去办采买茧子的事。既然要从外地采购，当然是既能保证质量又能比省内价格低的才好。所以，这一趟他想让韩青阳去南方试一试，一举两得，借着采买茧子，顺带将织绸车间的库存处理掉，运费也可以节省一些。两个货柜车，去的时候装库存坯绸和真丝衬衫，回来装茧子。韩青阳做事灵醒又有主见，懂得变通，这一点方文贺一直是欣赏的，所以，这次交易的事在他看来没有比韩青阳更合适的人选了。

韩青阳误解了他的意思，问："你不放心我？货是我定的，我不跟到时候有问题了我怎么说得清？"

"我的意思是，能不能交给总务科的人，或者吕蒙？"方文贺解释说，"茧子的事，我想你去妥当些，量大，不能出差错。再加上我还想把库存的坯绸拉过去销掉，中间要进账要出账，别人我不放心。"

韩青阳还是不解："你也可以让吕蒙去！"

"你觉得吕蒙能离开吗？几个车间，都是一摊子一摊子的事！"方文贺不耐烦地说。他感觉到韩青阳的推脱，很是恼火。

"我即便去，吕蒙也顾不过来锅炉和管道的事。"韩青阳说，"再说，我跟你想的一样，方厂长，换个人来盯装管道和锅炉的事我也不放心啊！"

方文贺一想，也有道理。"那就再想想。"他说，"万一不行，让老吴和你姐去。"

但这事上了会，解决的办法也还是外购，可要联系到接收坯绸的厂家也非易事。方文贺、韩青阳和老吴将电话本中该联系的人都画出来，有单位电话的打电话，有BP机的打BP机，没有电话和BP机的就一次次发传真，直到人家回复。

过了半个月，还真让他们等来了主动联系的人。那天，老吴给韩青阳拿来一份传真，对方是深圳一家叫宏图的贸易公司，这家公司自称长期与东南亚的纺织厂、印染厂合作，不但每年出口大量的坯绸，还会进口大量蚕茧销往国内。不过，真丝衬衫他们不要。

"这不就是我们要找的合作对象嘛！看，不但可以卖掉坯绸，咱们也不用打着灯笼到处去找蚕茧了！"老吴笑得合不拢嘴。

能碰到这么对卯的贸易公司，方文贺和韩青阳很是意外。

"从东南亚进口，那蚕茧会不会比国内贵？"缫丝厂还从未进口过蚕茧，方文贺惴惴不安。

韩青阳倒是很平静，安慰方文贺道："那可不一定。如果人家那里蚕茧过剩，说不定比国内便宜很多呢！"

宏图的报价隔了一天才传过来，也正如韩青阳所说，单价比国内便宜近两块。方文贺让韩青阳赶紧和那家外贸公司的业务经理对接，确定交易的细节。

得知姐姐韩秋燕要带着外甥女毛毛一块儿出差，韩青阳毫不顾及情面，一通斥责。

"你这就是胡搅蛮缠！你以为厂里除了你就没有人去了是吧？！告诉你，让你去还是我跟方厂长争取的。你自己想……"他不容韩秋燕解释，直接把韩秋燕推出自己的办公室。

韩青阳有韩青阳的顾虑。这两年，为了挽回之前因为与小芳的纠葛而搞坏的名声，他性格收敛了好多。同时，他也不想老让方文贺、吕蒙他们看不起。自从他到这个厂，厂办的人都说他是绣花枕头，没有真材实料，全是仰仗他姑父的权力才爬到这个位置，只知道抱领导大腿。他就是脸皮再厚，也有作为爷们儿的自尊，所以这一年多来他对厂里的大小事都非常上心。再有一年方文贺退休，如果不出意外，厂长位置非他莫属。如今方文贺身体时常抱恙、精力不济，正是他拉拢人、展示自己本事的时候。先前姐姐接替叶会计当上了财务科科长，还是他明里暗里给方文贺递话才促成的，如果再因为姐姐的事被厂里的人说三道四，风言风语传起来，那他的努力就都白搭了。

韩秋燕当然没有明白兄弟心里的小九九，她的想法也没那么复杂。这么些年，她因为带着女儿以及自己的心高气傲，一直遭人白眼，也没能再找个人成家。如今女儿初中毕业考上了师专，中专生一毕业就可以回城教书，多好！女儿拿到录取通知书那天，就跟她提了一个要求，那就是想和妈妈出一趟远门，哪怕到省城也行。女儿长这么大，从来没有走出过江城县。韩秋燕听到女儿的要求眼泪都忍不住了，正愁不知道带孩子去哪里散心，恰好这个时候单位要让自己到南方出差。韩秋燕又想起老吴看自己的那种眼神，那种吞吞吐吐的难为劲儿，她不明白，自己只不过顺便带女儿一起走一趟有什么好为难的呢？大不了路费、餐费自己掏腰包，为什么老吴和弟弟韩青阳就拿准了自己就是奔着占便宜去的？

明明想听亲弟弟帮着说句支持的话，到头来却被亲弟弟鄙视。韩秋燕一肚子怨气，随即直接找到正在办公室写报告的方文贺。

方文贺耐心听完韩秋燕的请求，一个单亲母亲想顺便带孩子去见见世面，他觉得不是啥大事。韩秋燕刚到厂里那几年，专横跋扈，自私狡黠，很不讨人喜欢。这几年她脾气变得比以前好多了，也知道爱厂了。叶会计退休后，韩秋燕一直主管着财务，平时兢兢业业，很少有差错。到了收茧子最忙的时候，她白天小心翼翼地对账付款，晚上加班到三更半夜还跟着厂办、库房的同事一起卸货搬货，从来没有怨言。

"我平常忙上班，孩子一放寒暑假就一个人孤孤单单待在屋里。我也觉得自己亏欠女儿的。而今她考取了中专，也没有别的要求，就是让我带她外出玩一趟。所以，我这才想着不如趁她出去上学之前圆了她这个梦，借这一次外出的机会……"韩秋燕见方文贺没说话，自己的絮絮叨叨也越来越没底气。

"可以，你就带着她跟老吴一块儿去，母女俩一起也有个伴。"方文贺打断了她的话，说道，"就是到了大城市，人你自己看好，千万别跑丢了。"说完，他打开办公室抽屉，从里面抽出一沓钱装在信封里起身递到韩秋燕手里。

"把这拿着，我私人给毛毛的。你女儿有出息，考上中专以后出来就是光荣的人民教师了！你在厂里这么多年，我也没给你家毛毛买过啥，你也别嫌少。出去给娃买件衣服，买个好吃的、好玩的，就用这个钱！"方文贺嘱咐她。

这着实出乎韩秋燕的预料。韩秋燕怔怔地看着手里的钱百感交集，低着头半晌没说话。她想起自己曾经因为嫉妒做过对不起他和何立秋的事，差点害了两个人。后来，看出夏莉莉喜欢方文贺，又给夏莉莉使绊子，在自己弟弟那里说了夏莉莉很多坏话。没想到，这个时候却只有方文贺理解她这个单亲妈妈，没有像老吴那样怀疑她，更没有像弟弟那样取笑她，把她的自尊踩在脚下。

韩秋燕起身，把钱放桌上。

"这个我不能要。"韩秋燕说，"就冲方厂长对我的信任和理解，这次我无论如何都要把厂里的事办好！以前我口无遮拦，说了很多不该说的话，但是，这个厂给了我一个饭碗，它也是我的衣食父母。"

方文贺将钱塞回她手上，临了握住她的手，说："给娃的，拿着！出差辛苦，把事办好，你就是厂里的功臣。"

5．玩金蝉脱壳的人

韩秋燕和老吴跟着两个车一块儿走的，第三天夜里才抵达深圳一个叫葵涌的镇子。

几个人疲惫不堪，饥肠辘辘。下了车，顾不上找住处，径直先进了一家大排档点了一堆吃的。

韩秋燕和女儿哪受过这种苦。生平第一次坐这么久的车，走这么远的地方，加之在货车驾驶室里憋屈，周身酸痛，双腿发胀。正想着跟老吴说去找个干净舒服点的宾馆，老吴的BP机就收到了宏图贸易公司发来的信息。老吴回了信，不等他们吃完，贸易公司便来了三个人。一位就是与老吴保持联系的姜经理，高高瘦瘦，四十来岁，说话和善；一位是公司的跟单业务员，身材魁梧，三十来岁，姜经理叫他黄生；还有一位是汪小姐，一个三十岁左右、秀秀气气的女子，自称是公司的报关员。三人一来又给他们加了一些酒菜，那位汪小姐趁他们相互敬酒寒暄之际一声不响地去买了单，不一会儿又说已经帮他们订好了小镇最好的酒店。这让韩秋燕顿时对这家贸易公司和这位汪小姐生出好感。

第二天中午，贸易公司安排人将货卸到了一家仓库，按照先前商量好的收购价，应该支付五十六万元。姜经理跟韩秋燕讲："既然贵公司要从我这里购进蚕茧，那这货款我就先不打了，等蚕茧一到，我们该收多少钱，你们还要付多少，一笔账就算清楚了，免得转款转来转去！"汪小姐告知，他们要的蚕茧要等两天才能到货，所以这两天先请他们在葵涌镇住下。老吴和韩秋燕一听虽然有些意外，但见负责对接的三人都很客气，对他们也照顾周到，所以没多想，等两天就等两天吧，既然出来就是为了买茧，倒不急于这一时。

见他们没有异议，姜经理很是高兴，特地在酒店给老吴和韩秋燕安排了接风宴，特意又叫了他们公司其他年轻女孩来作陪。一个俏丽的女孩主动挨着老吴坐，给老吴负责倒酒夹菜，半个身子几乎都倚在了老吴怀里。老吴之前和方文贺、韩青阳出来跑过好几趟，外面这些业务应酬的花样他早已见怪不怪。韩秋燕第一次见这样的场面，很是拘谨，只低头照顾女儿。推杯换盏之际，老吴同姜经理、黄生聊得很是投机。老吴注意到韩秋燕除了招呼毛毛，时不时紧张不安地瞅他，借着敬酒的机会凑到韩秋燕耳边，说："没事儿，生意场上的应酬出来了就免不了的，你该吃吃该喝喝，别担心，我有分寸。把娃招呼好！"韩秋燕感激地一笑。后来桌上气氛起来了，汪小姐和另外的女孩要跟她喝酒，她也放松下来，偶尔顺势也端端杯。

吃罢饭，几个人起哄要陪老吴和韩秋燕去歌厅，韩秋燕因为毛毛在，连忙谢绝了。她让他们陪老吴去，不用管自己。但她和毛毛刚回酒店不一会儿，汪小姐就找来了，进屋就递给她两个精美的礼品盒。

"韩小姐，这是我们公司的一点心意。您这么漂亮，简直是天生丽质，不过，我注意到您没戴任何首饰，所以我帮您挑了一款项链，希望您会喜欢。还有，就是送给您女儿的见面礼，您女儿非常可爱！"

"这怎么好收呢？不行，我不能要。"韩秋燕一听，心里一热，却紧张得心突突直跳，忙将礼盒往汪小姐手里推。一旁的女儿毛毛好奇地盯着两人手里推来推去的盒子，忍不住羞怯地问："阿姨，给我的是什么礼物呀？"

韩秋燕愣了一下，随即红着脸瞪了毛毛一眼，示意她别说话。汪小姐笑盈盈地说："当然是女孩子用的东西啦！小美女，你看看就知道了。"随即将其中一个盒子递给毛毛。韩秋燕尴尬地说："汪小姐拿走吧，这样不好。"

但汪小姐没有理会她，直接帮毛毛拆开了盒子。

里面是一套款式新颖漂亮的连衣裙，还有精美的配饰，一看就知道价值不菲。

毛毛看得眼睛都直了，从小到大从没见过这么好看的裙子。她下意识地伸出手轻轻地摸了摸柔软丝滑的面料，而后热切地望着妈妈。

汪小姐看出韩秋燕的尴尬，她贴心地拉着韩秋燕的手坐下，说："韩小姐，您别太认真了，我们老板跟每家有业务往来的人都会表示礼貌的！还有啊，刚刚听吴先生说，您是第一次带着女儿来我们这里，姜经理让我带着你们去香港玩一天。反正我和黄生明天要过皇岗口岸去看到没到货，去那边很近的，就过一个大桥。"

"老吴他也去吗？"韩秋燕问。

汪小姐笑着说："他不去。这里离入海口很近，姜经理说他陪着吴先生去海边玩。就我陪着您和您女儿去。"

"我……这太麻烦了，汪小姐。我考虑考虑明天早上再答复你，好吗？"韩秋燕听了汪小姐一番话，不由得有几分兴奋，又忐忑不安。自己四十多快五十岁的人了，就好像白活了那么些年！这一趟出差吃到的，见到的，都是她以前在厂里想也不敢想的。但是，她不知道贸易公司这样的安排老吴知不知道。他会说什么吗？若是自己兄弟，又会不会答应自己听从人家的安排去玩呢？

汪小姐走了。韩秋燕躺在床上辗转反侧，去还是不去？她想了很久。如果不去，或许这一辈子再也不会遇到这么好的机会了。女儿毛毛穿着新裙子舍不得脱，夜深了还在床边转来转去哼着歌舞动。韩秋燕不想问女儿，问也白问，女儿肯定想去。她叹了一口气，决定等起床之后再去探探老吴的口风。

老吴被一泡尿憋醒，发现身旁竟躺着一个赤裸的女子，吓得一激灵，抓起地上的衣服赶紧起身。裤子掂在手里沉甸甸的，他察觉到不对，一摸口袋，掏出一个折叠成四方的信封，订书针订着封口，他在手里摩挲了一下顿时猜到是什么，心咚咚直跳，慌乱地将信封放回口袋，将裤子一卷塞到旅行袋的最下面。他记起昨晚唱歌唱到深夜，已经是八九分的醉意，当时那位姜经理一边继续劝酒一边说要给他找个最靓的小姐包夜，他当时是拒绝的。但后来就断片了，自己怎么回来的，这信封又是怎么到了自己口袋，他啥也想不起来。

等他重新穿戴好从浴室出来，那女子被他的脚步声吵醒，瞥了他一眼，慢悠悠地翻身起床。

"哎，靓女！"老吴忐忑不安，"要给你多少钱？"

"昨晚上那个和你一起的老板给过了。"

女子抬了抬眼，瓮声瓮气地说。她套上吊带裙，趿着拖鞋，看也不看老吴直接打开门就往外走。

老吴注意到她脖子上还有青红的痕迹，半个乳房都露在外面，急忙一把拉住她："哎，哎，你把衣服穿好，把头发梳一梳再出去呀！"

"关你什么事呀！"女子甩开他的手，厌恶地瞪了他一眼，将裙带往上一提，扭身就出了门。

老吴悻悻地坐在床边，害臊得不行，半天不想动。他脑海里不时闪出搂着那女子唱歌喝酒的情形，如何同这女子回酒店的却一点儿印象都没有。他使劲捶了捶自己的脑袋。

老吴整理好衣服下到酒店一楼的餐厅，韩秋燕已经在吃早餐了。毛毛站在过道上，看到他眼中一喜，跟韩秋阳嚷着："不用叫了，吴伯伯来了。"

韩秋燕指着桌上的一堆东西招呼老吴："快来吃，我和毛毛点了好多。"

老吴问："能吃这么多？"

"都是毛毛点的，她认为我们也会喜欢。"韩秋燕指了指女儿，压低了嗓子笑道，"他们把早点叫早茶啊？！我还以为这里的人怪搞笑的呢，大清早的就要喝茶。"

老吴说："这就是南方人和我们北方人不同的饮食习惯。你昨天吃饭没有注意？他们吃饭要先喝汤，你再想想，在我们江城吃席哪有先让人喝汤的？"

韩秋燕惦记着昨晚汪小姐说的事，正在酝酿怎样向老吴开口，老吴倒先注意到了毛毛身上的连衣裙，他一眼看出这是南方才有的时髦款式。

"毛毛这裙子好看得很！你啥时候带娃去逛街了？"

"不是我妈买的，是那个阿姨送的！"毛毛得意地说。韩秋燕尴尬地红着脸说："我这人生地不熟的能上哪里逛去！再说，昨晚吃完饭都那么晚了。这裙子是汪小姐送的！我说不要，她非要送，说是每个客户来了他们公司都会安排这些，这是他们公司的规矩。吴科长，你看这……毛毛喜欢，我也推辞不掉。"

"推辞个啥呀！毛毛尽管穿。"老吴咧嘴一笑，"人家公司把这叫公关，招待业务往来客户的待客之道，知道不？要说南方人呀，在这方面就是比我们北方人会来事，人家考虑事情考虑得很周到。你要硬是推辞，跟人见外，底下办事的这些人就不知道怎么接待你了，对不对？轻不得，重不得。他们对我们好，是想和我们建立长期业务往来，我们是互利的关系。"

韩秋燕听老吴这样一说，悬着的心放了下来。

"汪小姐还说，她一会儿去海关看货柜到了没有，顺便可以带我们娘俩去香港转一圈……"

"去！带毛毛去见识一下。"老吴说。

韩秋燕央求道："那你跟我们一起吧？我还是有点怕，听说那边满大街都是外国人。"

"外国人也是人，怕啥！不瞒你说，那地方我上次跟你兄弟来联系业务的时候已经去过了。"老吴说。

看着韩秋燕一脸惊讶，老吴笑道："你以为多远？就隔一个大桥！你尽管去玩，这事儿姜经理昨天都跟我商量了的。我跟你说，你们娘俩这么多年不容易，出来了就好好去玩一天。别看你兄弟在厂里当着副厂长，你天天在厂里窝着也享不了他享的福，对不对？就这机会，反正只有一天嘛。他们拉茧子的货柜明天也该到了，咱们把采购的事办得妥妥的，就是胜利完成任务！"

两人说说笑笑拉近了距离，韩秋燕这才觉得，平常在厂里古板的老吴，出来了倒是个八面玲珑的人物。

因为要办临时通行证，韩秋燕母女随汪小姐抵达香港都已经是这一天的下午了。不过倒也不急，因为她们早上赶到皇岗口岸，韩秋燕亲眼看着汪小姐拿着一沓资料去窗口查了，回来还很不高兴的样子。汪小姐告诉她，贸易公司这次总共进来三个货柜，除了江城缫丝厂定的货，还有别家的，但是一个也没到。但下午转眼站到了香港高楼林立的繁华大街上，韩秋燕像遁入了另一番从未见过的天地，哪里还有心思操心蚕茧的事呢！汪小姐显然熟门熟路，领着母女俩先去品尝了当地小吃，等到夜幕降临，华灯初上，就带着她们俩逛庙街。韩秋燕母女之前连县城也没出过，猛然置身这样的国际大都市，琳琅满目的商品，擦肩而过的外国人，各种听不懂的语言，在应接不暇中不由自主迷失了心志，兴奋、好奇、激动，要不是韩秋燕挡着，汪小姐口袋里的钱很快就给女儿花光了。第二天，汪小姐又带她们娘俩到卖电子产品的鸭寮街去了一趟。电子手表很便宜，韩秋燕给自己和女儿各挑了一块表，又挑了三块男士的，打算回去送老吴、方厂长和自己兄弟。

天黑之前，她们拎着大包小包返回皇岗口岸，汪小姐的小轿车停在口岸的公共停车场。这一晚，她们就在皇岗附近的宾馆住下，汪小姐告诉她，吴科长和姜经理会在第二天早上赶过来。

果然，第二天等她们吃过早茶，姜经理、黄生陪着老吴已经等在宾馆了。老吴一看韩秋燕到了，便催姜经理："玩也玩了，那我们也该干正事了，不知道贵公司的茧子到了没有？我们不能再耽搁下去了。"

姜经理看了黄生一眼，对老吴说："应该到了！我们正要去口岸停车场看看，不如，请吴科长和韩科长随我们一同去，这样你们也好放心。"

五人到了通关口，汪小姐和黄生拿着资料去窗口，其余三人在通关口外面等着。此时，太阳火辣辣地直照头顶，等了不大一会儿三人就受不了了，又转到停车场的小轿车上等。大概过了半个钟头，黄生过来跟他们说，货柜到了，就是通关手续需要提交审核。

"货柜在哪里？我先看看货。"姜经理问黄生。

"就在那边。"黄生指了指停车场最北边的角落。

姜经理说着就下车，跟着黄生往货柜那边走。老吴也下了车，想跟着过去，黄生看到急忙拦住他，解释道："通关手续没有完善，柜子封着呢，你们不能过去。你们过去让人看到了，连姜经理也没法看了。"

"你就在这里，我去找人把里面的货拿一点出来给你们看！你相信我。"姜经理说。

"相信！相信！"

老吴尴尬地站在原地。韩秋燕看老吴没跟上去，也下车来。

"吴科长，你咋不去看下？"

老吴叹了口气："说是通关手续办好之前，柜门也不许开的。那个黄生不让我去，说怕保安看到！"

两人疑惑地远远看着姜经理和黄生走到货柜车前叫下来司机，三个人不知在那里说什么，不一会儿见这三个人又绕到车后。几分钟之后，三人走出来，司机回了驾驶室。姜经理和黄生走过来，两人看清姜经理手里多了一包东西。

姜经理走到小轿车旁，打开手里的纸袋，递给老吴。

"看一下，这个茧，都是按20—22以上的标准定的货，绝对5A级的，我跟你说！"

老吴和韩秋燕一看，这包茧确实个大色白。韩秋燕抓了一把在手里掂了掂，朝老吴点点头。这些年不管是供销社还是蚕茧经销公司，谁送茧都是她帮着在库房接收，也练出来了甄别茧层率高低的经验。

"如果都是这样子确实还可以。"她说，"你们这是取其中一包的吧？就是不知道其他的咋样。"

"哎呀，你放心啦，都是这样好的！你要想看全部，那只有等手续办好了，我们给你们全部交货了再看。"黄生说。

黄生说完将那包茧子给姜经理，他要再去窗口那边找汪小姐问问报关进度。几个人嫌热，再次钻进车里，继续等消息。

黄生这次很快就出来了，依然没见汪小姐。"大概需要等一到两天时间，因为前面排队等待审核的还有很多。"黄生对老吴说完，又转头询问姜经理，"我和汪小姐在这里处理。那姜经理，你们是不是去宾馆等比较好？"

姜经理正要答复黄生，手里那砖头似的大哥大突然响起。姜经理抬眼看了看老吴他们，打开车门准备下车接，看了一眼火辣辣的太阳，伸出去的脚又收了回来。

电话那头声音很大，老吴隐约听到对方操着蹩脚的普通话。信号不好，声音断断续续，姜经理也不得不用很大的声音说话。

"喂，什么？要茧……茧现在没有了！刚进了三个柜子的茧都有人要了嘛……你快停产了？那也没办法呀，我再给你进货回来最快也要等半个月的……什么……能给多高的价呀……你现在给我打钱哪！哦哟，那我问问这两家，看人家能不能缓一缓，先把货给你。人家也是等货的，人就在我这里。人家不愿意，你给我高价也不行啊……哦哟,你先不要转钱给我。好,我问问再说!"

老吴和韩秋燕听后面面相觑。

姜经理挂了大哥大,叹了一口气,转眼看着老吴,道:"吴科长,你也听到了,很多人等着要蚕茧哪!这一家湖北武汉的兄弟,也是我公司的老客户了,要三百吨的货,而且愿意掏高价,现在就给我转钱啦!可是我现在手上就这三车,你们在这里等着,虽然你们还没有付款,但我也不能对不起你们呀,是不是?唉……"

老吴一听急了,说:"姜经理,这个货我们肯定要的,你看,我们来之前都给定金了是吧?还有,我们那两车货款你说先不打款等着折算我们也同意了,对不对?等了这几天了,怎么会不要呢?""是呀!千万不能把给我们定的货给别人了。"韩秋燕也说。

姜经理摆了摆手:"哎呀,不说了。你们的定金和货款加起来六十万嘛,我要是不把你们当朋友,我现在就让黄生把款退给你们。这两货柜茧我转手就能卖高价的!对不对,黄生?"

一旁半天没吭气的黄生点点头,笑着说:"是啊!人家都愿意拿货前全款打到我们公司的,那些客户,他们都相信我们的。"

韩秋燕和老吴都听明白了意思,老吴耐着性子说:"我们之前沟通好的总共九十万的茧子,虽然现在没交货,但是我们已经有六十万在你们手里了,这也算给了你们一大半,对吧?!只剩下三十万,货一交手,我保证我们韩科长立即打款。"

不等姜经理开口,黄生露出几分鄙夷的神色,瞥了老吴一眼,说道:"吴科长,你也太小心翼翼了!你看,我们姜经理这两天对你、对韩科长是不是够朋友?就这几十万,对我们贸易公司来说,分分钟赚的,根本不算什么!你们直接一次付清,那才叫诚意!"

"这……"老吴犹豫了。那么多包茧子，抽检都没有抽检，整体质量都不知道，怎能一下子付全款呢？！他看了看姜经理，又看了看韩秋燕，说："这实在不符合我们公司的规定。"

姜经理看出老吴的顾虑，干笑了两声，说道："吴先生啊，我是拿你当朋友的哦！我看，你还是不信任我呀。也罢，反正现在货也提不走，你们先回宾馆休息吧！"说完，让黄生开车送他们回宾馆。车上，空气骤然冷了几分，四个人谁也没开口说话。

韩秋燕心里直打鼓，她撞了撞身旁的老吴，手指给他比画着，担心姜经理变卦。老吴知道韩秋燕的担忧，若姜经理不讲信用甩开他们将茧子卖给别人也不是没可能。老吴也担心，但这事一急就容易出事。姜经理坐在副驾驶，老吴也不敢明着跟韩秋燕说什么，直接压了压手，又摇摇头，让韩秋燕先别吱声。

眼看快到宾馆了，沉不住气的韩秋燕到底没忍住，她也不看老吴，直接伸手拍了拍姜经理的肩膀，说："姜经理，我跟老吴商量了一下，这批茧子我们一定要的，还请您就担待担待，帮人帮到底。我们再打二十万到贵公司账户，您尽快把手续办完让我们提到货，剩下十万，我们随后付清，如何？"

老吴惊讶地张大了嘴巴，一把拽住韩秋燕的胳膊："秋燕，你？！"

韩秋燕不满地将老吴的手拿开："我有分寸！"她附在老吴耳边压低嗓子说道："你想想，万一这批货拿不到我们回去怎么交差？！"

"韩小姐是爽快人！我没看错你。剩下的钱，我相信韩小姐不会少我的！"姜经理回头朝韩秋燕笑笑，吩咐黄生立即调转车头去附近的银行。

一直到第二天吃午饭的时间，老吴和韩秋燕还不见汪小姐回来。不过在宾馆餐厅就餐的时候,他们等到了姜经理。

姜经理见两人心神不宁,笑着说:"不要着急嘛!这种通关手续是一个个排队来的,货柜不比人呀,人通关看看身份没问题、行李没问题就放行了,货柜里的打包袋也好,纸箱也好,都要一个个抽验的嘛。人家怕你这个柜里面携带走私,对不对?放心,黄生和汪小姐在那边盯着。"

韩秋燕听了姜经理的解释,看了眼老吴。老吴早上一见她就在抱怨,怪她太草率了,他担心得一夜没睡好。

老吴勉强笑了一下没吭气,姜经理一边吃一边跟韩秋燕继续拱火:"你不相信我还能不相信汪小姐?你跟汪小姐在一起待了两三天的,你看汪小姐为人咋样?"

"好着呢!"韩秋燕抬眼看了看老吴,对姜经理说,"姜经理,没事,我们等着。你不是还在这里嘛,我们不担心。就是麻烦催着点,我们也不能在这里等太久啊,厂里还等着我们回去生产呢!"

"那是肯定的!"姜经理一抹嘴,手一挥,拍了拍桌上的大哥大,"我一会儿就联系黄生,让他跟紧点。"

话虽如此说,但到了下午五六点光景,还是没有一点儿反馈的消息,韩秋燕和老吴一样着急了,她让女儿毛毛在宾馆房间待着,自己去找姜经理。

姜经理并不在房间,她敲了许久的门也没人开。再下到一楼问前台服务员有没有看到姜经理出去,服务员却告诉她那个房间的客人中午不到一点钟就退房了。

韩秋燕一想,中午吃完饭她特意看过时间,是十二点四十。也就是说,姜经理吃完饭在他们刚上楼的时候就退房了。她不相信,再次跟前台确认了登记信息,又让服务员打开那个房间的门让她看。直到这时，她才紧张得脑袋嗡的一下，慌慌张张去找老吴。

老吴听完她的话也慌了，下楼找前台借电话打给姜经理，无法接通。再打黄生和汪小姐的BP机，语音提示不在服务区内。没办法了，两人在宾馆门口拦了一辆出租车直奔皇岗口岸。

他们先直奔停车场头天看到货柜的地方，原来的三个货柜已经只剩下一个，看位置正是那天看到姜经理和司机从车里取蚕茧的那一辆。这时，恰好货柜车准备开走，老吴看到司机打转向，一个箭步冲过去拦在货柜前面，示意司机有话要说。

"找死呀，拦在车前面！"司机打开窗生气地骂道。

"你去哪里？你不能走！"老吴气喘吁吁地说，"我们的货还在上面呢！"

"货？什么货啊？我还没有装货啊，这是空柜子！"司机疑惑地说。

"什么？空柜子？"老吴蒙了，"不是，你这车昨天不是装的蚕茧吗？昨天上午，有两个人来找你，我看见你从驾驶室下来和他们两人一起到后面看了柜子的。"

"是呀，大哥，我们是外地来的，货款都打给那两个人了。他们说货在你这个货柜里，让我们等通关手续办好就可以提货了。你现在走了，我们去哪里提货呀？"韩秋燕连忙补充道。

司机终于听明白怎么回事，叹了口气。

"我说了我这是空车啊！"他下车来给他们打开货柜门，"你们说的昨天中午两个人过来找我，我记得的，他们说想看看我柜子大小，我就打开让他们看了一眼。我这货柜昨天就是空的，别人预定了让我在这里等货的。"

"那昨天这里另外还停了两个货柜呢？"老吴问。

司机摇摇头："我不知道。那两个柜的司机昨晚上就走了。"

韩秋燕见司机要走，急忙拽住人家胳膊："大哥，师傅，你别走啊，求你帮帮忙吧，昨天那两个人你认识不认识啊？"

"哎呀，我有我的事。你们这是被骗了啦，关我什么事呀？你找警察，找我没用啊，真是！"司机掰开韩秋燕的手，上了车。

"我不管，你不能走。"韩秋燕哇的一声哭了起来。驾驶室很高，她踮着脚，疯了似的扒住车门，不让司机走。韩秋燕的哭闹很快引来了保安，已经六神无主的老吴赶紧迎上去，请保安帮忙报警。

等了二十来分钟警察到了，听完老吴二人和司机的叙述之后，让司机走了，将老吴二人带到皇岗派出所进行备案登记。等他们从派出所出来，已经是晚上十点光景。老吴不想走，他准备就在派出所值班室等到天亮，刚才他跟警官说他记得贸易公司写字楼的地址，警官说要等到早上再派警员跟着他一起去看看。

"很明显，人家玩金蝉脱壳，又怎么会给你留下什么线索？！你们太大意了。"警官看二人可怜，让他们俩做好思想准备。

老吴身心疲惫，在派出所门口的台阶上一屁股坐下，韩秋燕也跟着坐下。

"那我也跟你在这里等。"她说。

"毛毛还在宾馆呢，你忘了？"老吴没好气地瞅了她一眼，"你回宾馆住，明天早上一大早再打车过来，记得把房退了，我的东西你也带上。"老吴交代她。

第二天中午，两名警员驱车带着老吴和韩秋燕母女根据老吴所讲的贸易公司地址到了葵涌镇，找到之前姜经理带老吴到过的那间写字楼。但写字楼大门紧锁，门口也没有先前老吴看到的宏图贸易公司的门牌。警员找到写字楼管理人员询问，得知那一间所谓的贸易公司只是临时租用场地,租了一周但只用了三天就退租了,他们也不知道人家搬去了哪里,或者当时里面的办公设备都是租用的也说不定。警员带着韩秋燕和老吴到当地派出所,想用贸易公司登记的暂住证查到他们其他的联络方式,结果发现用户在前一天已经把这个暂住证注销了,留的电话也成了空号。

眼看线索全断了,韩秋燕脑子一片空白,全身冷汗,勉强走到派出所外面就直接晕倒在地。

6. 暴风雨打在谁身上都疼

韩青阳比方文贺早十分钟知道货款被骗的事。毛毛把电话打到了他办公室。

毛毛哭着说:"舅舅,我妈晕倒了。"

"你妈在哪里晕倒了?你们在哪里?"韩青阳一听就愣住了。

毛毛说:"我们在……在派出所。"

"你们出什么事了,毛毛?你跟前有没有人,你让旁边的人接电话!"说是在派出所,韩青阳顿感不妙。一旁的警员接过电话告诉他韩秋燕和老吴被骗的事,老吴和皇岗的警员去别处寻找线索,韩秋燕因为晕倒后情绪不稳被扶到葵涌派出所值班室暂时休息。

方文贺和吕蒙正在扶摇车间查看刚刚生产出来的白厂丝质量抽检结果,车间噪声大,腰上BP机响了好几次方文贺才听见。一看是外地电话号码,他赶紧跑回办公室。电话打过去,老吴带着哭腔说了句:"方厂长,我们对不起厂里呀,我们拿的钱被骗光了。"方文贺以为自己听错了:"什么?什么被骗光了?韩会计呢?"老吴将他们如何被骗的事细细讲了一遍,当然,对于那姓姜的如何招待自己，如何派人带韩秋燕到香港这些细节，老吴只字未提，他相信韩秋燕也不敢跟她弟弟讲这些。老吴说自己跟警察围着小镇转了一圈，毫无头绪，警察把他放在路边回所里了。他现在在路边的公用电话亭，一会儿去接韩会计。方文贺听完心如坠谷底，半晌说不出话来。电话那头老吴讲完"喂"了几声，他才反应过来，问了一句："警察最后怎么说？"老吴讲："只说他们会查的，啥时候有消息了跟我们联系，我留了厂办的电话给他们。""既然你们在那里也等不到结果，那就回来吧！"方文贺说。

挂断电话，就看到韩青阳进屋，一屁股坐到他对面。两个人眼神交流了一下就都知道对方已晓得了事情。

"女人家出去了就办不成事！"韩青阳一巴掌狠狠拍在桌子上，半天从嘴里憋出一句。

方文贺双手抱着头搓了搓脑袋，苦笑着："那是你亲姐！"

韩青阳望着窗外，不知说什么才好。是啊，无论出了多大的事，韩秋燕始终是他亲姐。离家千里之外，摊上上当受骗的事，还带着孩子，他又何尝不担心呢？

"蚕茧没买回来，钱还被骗了。我们只能先看看账上还有多少钱，看库房的存量是多少。好在伏茧很快就出来了。如果账上没钱了看能否贷点款，先把蚕茧的事解决再说。"方文贺交代。

韩青阳点头："我会去找吕蒙，让他先去把库存和生产计划用量比对一下。账的事……等我姐回来查，也就三天时间。"

"我们得去一趟县公安局。"方文贺心情复杂地看着韩青阳，"你看是现在去，还是等老吴他们两个回来再去？这边也报个案，让县公安通过省厅跟那边对接一下，不管能不能找到骗子，我们总得努努力吧！"

韩青阳沉吟少许，说："我们现在去怎么说呢？说不清啊！还是等他们俩回来吧。看他们坐的哪一趟火车，我们一起去火车站接，到时候从火车站直接去公安局，你看行不行？"

方文贺点头。

安排完厂里的事，看着韩青阳离开，方文贺没做过多停留。突然遭受这样巨大的损失，他对这个厂子的担忧剧增，感到有些无措。他先进城去找了儿子方海，想看儿子有没有同学或者朋友在公安系统，或者在深圳工作好赖有点权势的也行，怎么着也得去打听一下。而后又要去找何立秋。方海看着父亲突然苍老疲惫的样子很不放心，坚持陪着一起。

何立秋听了事情经过一阵唏嘘，她深知这两年江城缫丝厂的艰难。国内外贸易形势不好，国内的通货膨胀从南方蔓延至全国，即使江城缫丝厂的白厂丝再好，市场依然是受到了冲击，价格也受到了很大影响。厂里上千号工人要养活，若不是县里财政贴补着，只怕是早已入不敷出了。何立秋答应方文贺，一定想尽一切办法，动用所有人脉关系找到能推进这个案子的人。

"能不能找到人帮忙，这笔钱到底能不能追回来，谁也没办法给你肯定答复，这些都是要时间的，少则几个月，多则几年，甚至十几年，这不是一蹴而就的事情——你也要理解。即使在江城报了案，同样也是要等的。"何立秋说，"但你自己先要保重身体，否则厂子还没垮，你人先垮了。"

看着眼前一筹莫展的方文贺，她也只能极力宽慰。

事实上也正如何立秋所料。三天后的中午，韩青阳开着车将老吴、韩秋燕和毛毛从火车站接回来，又和方文贺陪着两人直接去了县公安局报案。在送毛毛回家上楼的时候，帮着提行李的韩青阳和姐姐韩秋燕有过短暂的单独交流。韩青阳跟老吴到南方出过几次差,自然知道其中的道道。韩青阳问韩秋燕到底是咋回事,刚开始韩秋燕还支支吾吾,不肯说实话。韩青阳火了,愤愤地把行李扔在地上,说道:"人家都没有让你们进货柜看看,货都没见着你为什么会相信人家?你没长脑子吗?我一猜就是你的主意,借他老吴个胆子他都不敢那么做!几个空货柜车就把你们给骗了,笑话,简直就是天方夜谭!我跟你说,你要是隐瞒了什么或者中间有啥花花肠子,到时候万一查到,我都没办法救你!"韩秋燕泄了气,将人家给她和毛毛送贵重礼物以及去香港的事悉数说了出来。

韩青阳问:"他们怎么待老吴的?"

韩秋燕哭着摇头:"我什么也不知道。那个姓姜的专门叫汪小姐陪的我,没和老吴一起。礼物也是单独送到我房间的。"

"没见过世面的人就是眼皮子浅!"韩青阳在心里骂着,但看着姐姐害怕的样子终究没说出口。他叹了口气,叮嘱道:"礼物和去香港的事你就烂在肚子里,到了公安局也不要讲这些。回头跟毛毛嘱咐一下,不论谁问都要说不知道。汪小姐去你们房间的事提都不能提,明白吗?"

事情到了这里似乎就停滞了,厂子还要生存,生活还得继续,方文贺连续几宿未眠,没几天时间头发就灰白了,但这在一堆棘手事跟前似乎不值一提。

虽然方文贺和韩青阳将厂里相关的几十号知情人全叫到一起开了会,要求封锁被骗的消息,不允许私下议论,避免外传。可等到伏蚕收完,缫丝厂却骚动起来。老吴、韩秋燕去买茧被骗的事情像疾风一样刮遍了各个车间。

人们先是惊愕,继而愤怒。有人骂缫丝厂领导韩青阳特殊照顾自己的姐姐,连带着骂方文贺软弱无能,太好说话;有人骂销售科老吴是吃干饭的;更多的是骂韩秋燕一颗老鼠屎坏了一锅汤。韩秋燕姐弟成了缫丝厂的众矢之的。

本来在江城缫丝厂,韩秋燕姐弟算是名人。

韩秋燕当初带着幼小的女儿被丈夫抛弃,托兄弟的福从一个只有四十来人的小造纸厂调进江城缫丝厂,没到五年便当了财务科科长。起初她市侩、爱显摆还专横跋扈,但在缫丝厂女人堆里,那些泼辣的女人眼里可不揉沙子,很少有人惯着她。韩秋燕也是有点儿眼力见儿的,随即改变了许多。人少了些颐指气使,脾气也温和下来,虽然也爱显摆,爱争功,但好赖无伤大雅。机关同事都是拿财政工资的,考虑到她在财务科,都还是给她几分薄面。特别是为人厚道的方文贺,想到她这么多年一个人带孩子不容易,时常叮嘱厂办那些人凡事不要跟她计较。财务科有什么重要的事,方文贺也十分信任地交给她。她的业务能力这么些年算是练出来了,所以,这次去深圳出差方文贺也丝毫没有质疑她的能力。

她兄弟韩青阳先前的事自不必说,自小芳走了之后,他也同姐姐一样,大约意识到了自己的问题,开始变得逢人彬彬有礼,上班卖力干活。要说即使他这个厂长是副的,也算要风得风要雨得雨了,可就奇了怪,尽管缫丝厂的姑娘多得就像一槽一槽煮开的茧,尽管韩青阳也打心眼儿里瞧不上这些没文化的姑娘,可就没有像他希望的那样有姑娘上赶着扑他。到现在,他也并没有得到缫丝厂姑娘们的青睐。这并不要紧,他韩青阳也是个有志向的青年。现在全国的大中小企业都在想尽办法应对经济危机,他一门心思扑在工作上并没有什么不好。此时若做出成绩更能得到县领导的认可,顶替方文贺厂长的位置指日可待。他哪里想到姐姐去了一趟深圳会搞出这档子事情呢？要怪只怪他和方文贺把这事想得简单了，那家贸易公司虽然是他韩青阳负责具体联系的，但当时要姐姐去并不是他的主意，甚至在姐姐说要带毛毛一起去的时候他还极力反对。现在出了事，在众人口中倒是他跟姐姐合谋做了亏心事似的。

方文贺自打这件事之后寝食难安，他急于解决当下准备收茧的问题，也为找到骗子而奔走。这件事如同突然来袭的暴风雨，打得缫丝厂猝不及防，岌岌可危，无法躲开的他们只能在风雨中飘摇，挣扎……暴风雨打在谁身上都疼啊！

职工们的议论，很快便传遍全城，而且事情在众人的嘴巴里越传越离谱，有好事者不嫌事大竟说这是韩秋燕姐弟做的局。这样的传言被县领导知道后，不但将方文贺和韩青阳叫去好一通骂，还让县公安局和县纪委立即着手对整件事进行彻查。

方文贺愤愤不平，心里五味杂陈。这件事韩秋燕姐弟到底有多大责任呢？当初是他方文贺吩咐韩青阳、老吴寻找商家合作，联系贸易公司也是韩青阳和老吴联系的，但也不能因此就说是韩青阳和老吴的责任吧？再说韩秋燕吧，牵扯大额款项，韩秋燕去理所应当，当时就是他方文贺提出来的，说到底，她和老吴也是执行者，顶多就是在识人上不行，太容易相信人。但，如今整个南方市场都是乱糟糟的，对初次合作对象的考察又岂是韩秋燕和老吴能完全把控的？这也就是他当时想让韩青阳去的原因。韩秋燕和老吴无非在操作上操之过急而已，太想把事情办成，反倒让骗子有了可乘之机。

第八章

1. 自证清白是一场孤旅

本来方文贺让韩青阳去给韩秋燕宽宽心,让她不要因为人家调查就害怕。谁知韩青阳憋了一肚子气,刚好又是周末,便一连两天没理会这事儿。

每个周一,财务科就有很多业务要处理,需要总会计的签字。财务科副科长是个年轻小伙子,忙了一中午才想起没见着韩科长的人,看到一大早送到韩秋燕办公室的一大摞要签字的台账还原模原样码在桌子上,这才急了。再去韩秋燕办公桌前细看,就看到了压在电话机下面的两张字条。第一张是写给韩青阳的:

青阳,姐对不起你,这次连累你了。但我犯的错我担着,骗子找不到我就不回来!毛毛托给妈照顾,你让妈就住我家里,生活费我留在抽屉里了,毛毛有钥匙。

姐姐

落款日期都没写,不知道是周六走的还是周日走的。

第二张是写给方文贺的,交代了财务科目前的账务情况、接下来比较要紧的贷款和支出以及暂时接替她工作的人选。下面签了名字,同样没有落款日期。

她一个人去深圳了?韩青阳看到字条的时候惊讶得半天没吭声。他一直以为姐姐胆小,但她居然敢一个人远走深圳,这让他始料未及。

"她就是个路痴,不把自己搞丢就算不错了,就凭她还想只身找到骗子?笑话!"韩青阳气得冷笑,"她还真是天真,骗子能让她找到就不叫骗子了。"他恨不得立即将韩秋燕揪回来。

方文贺看到字条之后一脸凝重。

韩秋燕这番负气出走,恰恰说明她没什么坏心思。只是眼下出走只会给厂里添乱,先不说财务科对账、计算工资、清理贷款、入库明细等一堆的事由不得半点马虎,就是公安局和县纪委那边也没法子交代,不明真相的人还会误以为她是畏罪潜逃。

必须派人去找她回来。

"你还是去一趟吧!别人去了也劝不回她。先打她BP机,联系上。"方文贺对韩青阳说。

"就是去接也等几天吧,让她吃点苦头再说。"韩青阳气愤地说道,见方文贺不满地盯着他,又解释道,"放心吧,她不会断了联系的!别看她嘴硬,毛毛在我家呢,她就是不接我电话,毛毛的电话她肯定接呀!"

他们两人对话的时候,在省城西安刚刚挤上南下火车的韩秋燕连打了三个喷嚏。

这会儿的她已经疲惫不堪,看着一股脑拥进车内的吵吵嚷嚷的人和车窗外已经隔开的世界,她惶惶不安的内心又禁不住一阵酸楚。她买的是站票，站在过道来不及想别的，身子被往行李架上塞箱包的人撞来撞去。还好，自己手里拎着的旅行袋里只装了两套换洗衣裤、一包点心和一条洗脸毛巾，并不是很沉。她望了望头上被一个个装得鼓鼓囊囊的尼龙袋与旅行袋挤得满满当当的行李架，再看看自己少得可怜的东西，打算就这样提着。

火车还没走她其实已经后悔了。但她也知道，后悔了也得走，无退路可言。她恨自己亲亲的兄弟一点儿都不在意自己这个姐姐的死活。毛毛是星期六她走之前就送兄弟家了，因为毛毛外婆最近和这个兄弟住在一起，毛毛只有待在外婆身边她这个当妈的才能放心。如果这个兄弟稍稍对毛毛用一点心，她不相信毛毛会守口如瓶不告诉舅舅自己离家的事。又或者他心里有这个姐姐，也一定会问毛毛："你妈妈呢？"然后扑着赶着来火车站堵她。现在看来，她想象的姐弟情深的场景是不会出现了。

她觉得自己确实冲动了些，这是她第一次一个人走这么远。

车厢里充斥着难闻的汗臭味，即便如此，过道里站着的人并没有减少多少。韩秋燕和大多数人一样，侧身倚靠着旁边座位的边缘，遇到送饭和送水的餐车以及上厕所、接开水的旅客，她也不得不挤到两排相对的座位中间接受好几双眼睛嫌弃的注视。已经过去三四个小时，她开始感觉小腿肿胀酸麻。这趟车大多数人都是奔广东去的，极少有人下车，她只能趁人家上厕所起身的几分钟缓解一下双腿的负荷。站在韩秋燕身旁的农民工显然比她有出门经验，到了傍晚时分，他们各自拿出尼龙袋子，寻找脚下没有塞什么行李的三人座，从过道的一头钻进去，铺上尼龙袋子席地而卧。有座位的人都还厚道，自己座位下有人，他们的脚便小心翼翼地不再乱动。

实在站不了的人，原地坐下。就连韩秋燕脚边，也都是刚刚坐下的人，她不得不并住双脚。

看着人家的坦然，韩秋燕说不出的羡慕。以前在厂里她总是嫌弃刚从农村出来土里土气的乡下女子，即便她自己也是从农村嫁到城里才开始有了城镇户口的，但她仍然会对乡下人有着不由自主的身份上的排斥。但是现在，她反而佩服他们的我行我素、坦坦荡荡。

她感觉胳膊被人撞了撞，转头一看，旁边座位上一个膀大腰圆的大姐正怜悯地看着她，指了指自己屁股底下说："你想不想像他们一样躺到底下？你要躺我把我包拿出来让你。"大姐是四川口音，说话的调子跟唱歌一样婉转。

韩秋燕看了看自己干干净净的衣服裤子，摇了摇头。她没有人家那样的尼龙袋子，也没有报纸或者其他什么可以垫的东西。

那女人叹了一口气，像是对自己说，又像是对她说："出门了，在路上就顾不了那么多了，脸皮薄了自己遭罪！最好是咋样方便咋样来……三天两夜，不找地方坐人咋受得了。"

她误会了，以为韩秋燕脸皮薄，不好意思。

这个大姐心好，甚至几次挪了挪屁股，想给韩秋燕挤出一丁点可以坐的位置来，但无奈同座的两名男子都很壮硕，实在挤不出多余的位置。

有列车员经过，韩秋燕问能不能补一张坐票或者卧铺票，列车员说过了郴州才有。

"过了郴州就没必要补了，很快就到广东了！"大姐提醒她。

看着列车员走开，她欲言又止，但到底还是放弃了补票。夜幕降临，车上的嘈杂声渐渐停下来，人们都陷入疲倦开始打盹。她终于忍不住了，轻声问大姐："请问你有没有啥没用的东西可以让我垫一下的？"

"哎呀，你不早说。"大姐反应过来，责怪道。她从座位下拖出一个硕大的旅行袋，旅行袋下面垫着一个叠放的厚纸壳，"这是我上车的时候座位底下的，没人用。"

大姐起身让出位置，韩秋燕感激地朝她笑笑，打开硬纸板，铺到座位下，腿跪着钻了进去。

虽然座位下的灰尘和逼仄的空间令她不敢张嘴，不敢抬头，但到底躺下了，这对于已经站了一天的她来说，双腿终于放松下来，身体舒服了许多。

到了第四天下午天黑前，韩秋燕兜兜转转才找到当初报案的皇岗派出所。这时候人家已经下班，她也累得提不起脚了，勉强在附近找了家小旅馆落脚。

第二天一早，她赶到派出所找到当时帮她和老吴立案的警察。那位警察姓罗，五十来岁的年纪，见到韩秋燕只身前来很是诧异，在他印象里韩秋燕算是外地受骗者当中头一个来追根究底的。事情也才过去两个月，罗警官翻出当初查找的档案，并没有太多新增的内容，只提到说有线人反映这几个骗子在东莞市露过面，等他们所里派人找去线人说的地方，却没有任何有用的线索。

"那你们没有在那里等等看？说不定你们去的时候他们恰好去吃饭或者干什么别的去了呢？你们不在那里守吗？"韩秋燕问。

"你是说我们要在那里蹲守？"罗警官被她一连串的发问逗笑了。

"大姐呀，我们这里很多案子的。"他看着她，"我们没有那么多警力！这里是深圳皇岗，每天都有好几起被骗的案件，还有比你们损失多得多的人。我们没有办法天天把精力耗在这一件事上。"

韩秋燕急了:"被骗案件多,那你们就去抓呀!就是因为你们没有把骗子抓起来,才让他们有机会去骗更多的人。"

"韩小姐,不用你来教我们怎么破案。"罗警官苦笑,"你回去等消息吧!有消息了我们会通知你们的。"

"我不走。"韩秋燕摇摇头,"你们老让我们等消息,可你们就是不去查也不去抓,要让我们等到啥时候呢?"

"谁说我们没有查?行了,你也别在这儿捣乱了,我还忙着呢!"罗警官见韩秋燕听不进他的话,直接收拾起卷宗,自顾自去忙了,也不搭理她。韩秋燕坐在接待室不知如何是好。刚开始还有人招呼她,给她倒水喝,到中午,忙忙碌碌的人从她身边匆匆走过,几乎不再有人关注到她的存在。一直等到下班,她再没看到罗警官。

但越是这样越是激起了韩秋燕的斗志。她心想着,你不是躲吗?那我就天天来。

第二天她比第一天来得更早。罗警官看到她吃了一惊,转身就想走,她紧追在后面喊:"你跑也没用。你不帮我,我就天天来!"

"都说了你回家等着,我们慢慢查!"罗警官一脸无可奈何,面对韩秋燕这样难缠的主儿他也很气馁,"行行!你愿意在那儿坐着你就坐,我先去忙。"

"等等!"韩秋燕拉住他,"要我走也可以,你把在东莞见过骗子的那人介绍给我认识。"

"你要干吗?"罗警官警惕地看了她一眼。

韩秋燕说:"我能干吗?当然去把骗子揪出来呀!你不是不愿意在那儿守吗?我去看看,说不定能发现他们呢!"

罗警官想了想,她若天天赖在这儿也不是办法。若是领导看到，免不了他们警员都跟着挨骂，不如遂了她的意。随即他打了那个线人的BP机，不一会儿电话回过来，他将韩秋燕去东莞找人的事交代了一番，又问清楚地址，让韩秋燕和线人直接通了话。

2. 经一场事才懂的情义

小芳这天特地腾出半天时间陪夏莉莉逛街。

夏莉莉到东莞差不多四个月了，面对南方相对开放的职业空间，她不想进工厂，而是想自己做点喜欢的事，但做什么一直没拿定主意。这几个月，她一直在小芳新开的酒店帮忙。虽然小芳给她安排了办公室主管的职位，够她发挥的了，但夏莉莉并不喜欢酒店的工作，即便这是多少打工妹梦寐以求的，可她觉得这不是自己想要的，时常郁郁寡欢。

小芳和夏莉莉是一起走过了青春岁月的闺密，岂会不懂彼此呢？对于工作的事，小芳让她慢慢考虑，不必着急。

"有我一口吃的，就不会饿着你！别说几个月，就是一两年你啥也不干，我也能养着你！"小芳半开玩笑半认真地说。这天是给员工"出粮"的日子，小芳一高兴，非拉夏莉莉上街，合计着给两人购置几套像样的高档服装。夏莉莉没事的时候也四处逛过，但专门来买衣服这还是头一遭。

在一条热闹的大街，夏莉莉突然被一辆客货车旁的叫卖声吸引。

"真丝衬衫，精工细做，大厂出口货！大家来看看啊，库存处理啦！"车边是两排挂衣架，一个人拿着喇叭在喊。

"地摊货哪来的真丝，百分之八十是假的！"夏莉莉大步往过走，小芳一边嘟囔一边紧跟夏莉莉，挽住了她的胳膊。

就在靠近衣架的瞬间，夏莉莉突然觉得那些月白的衬衫特别眼熟，她吃惊地拿起一件，翻了翻衣领里的商标——"天虹牌"，这不就是自己厂里的货吗？她诧异地拿商标给小芳看，小芳也惊呆了，不可置信地看看旁边的车和叫卖的人。

"哎，老板，你是从陕西来的吗？"小芳对拿着喇叭的男人喊道。

"什么陕西呀！我们从香港拿货过来的，出口转内销的嘛！"那个男人以为她们俩要买，径直过来，"靓女，要不要带两件回去给家里人穿，真正的真丝，冰冰凉凉又柔软，八十一件，一百都不要，便宜给你啦！"

"八十？不可能！"小芳和夏莉莉面面相觑。

那男人说："八十还嫌贵呀？嫌贵的话再让你十块啦，七十拿走！"

"不是，出厂价都要一百五的，批发价也没这么便宜。"夏莉莉摸着衣服，疑惑地说。她的话让卖衣服的男人笑了，感情是遇到了脑子有问题的，第一次见买衣服还有嫌要价便宜的。

"靓女识货啦！"他得意地抖了抖手里的衬衫，道，"这样，你要觉得便宜可以多带几件走啊！"

"你说，会不会是我离开厂子之后他们把这批库存处理卖到东莞来了？"夏莉莉问小芳。

"很有可能。"小芳点点头，"不过，我就奇怪，厂里的库存处理价到底有多便宜？你看人家七十都卖，那说明他们的拿货价更低。这些人精得跟猴似的，才不会做亏本买卖呢！"

夏莉莉皱了皱眉头，她总觉得事有蹊跷，又说不出哪里不对。

"有可能很便宜处理，但肯定不是什么出口转内销，这些库存数量并不多，是我临走才清理的。"

"靓女,想好了没有啊,要几件?"卖货的男人见两人用家乡话叽里咕噜说半天,似乎没有买的意思,过来又问一遍。

"老板,你这货是从哪里进的?能给我们说一下吗?"小芳讨好地笑着,想套男人的话。

"问那么多干吗?买不买呀?不买就放下来!"那男人一听,立即警觉地看了她一眼,一把从夏莉莉手里拿回衣服。

"走吧!"夏莉莉有些失望,就像突然在异地他乡看到了自己熟悉的老乡却被人家冷落,但想想,即便知道人家从哪里进的货也是毫无意义的事。

要是韩秋燕在,她肯定能认出来,这个叫卖真丝衬衫的人正是曾经跟在所谓的"姜经理"身旁的"黄生"。不过,现在可以肯定,他应该也不会姓"黄"。

韩秋燕还是晚了一步。

本来就是路痴的她,从皇岗到东莞竟花了三天时间,转了三四次巴士,最后还是在一个摩的司机的帮助下才找到罗警官联系的线人。那时,她已经狼狈不堪,形似乞丐,汗水和污渍浸透了衣服,以至于线人看到她一脸同情,带着她先去吃了一碗河粉,再把她带到他曾发现疑似骗子的那条街。

线人走后,韩秋燕面对熙熙攘攘的街市不知如何是好,她挨家挨户地问街道两边的商铺店主,然而连个画像都没有,全凭一张嘴描述的相貌谁又能说得清呢?韩秋燕当然不甘心就这样放弃,她想住下来,第二天早上再开始转悠,即使是碰运气的事,也要试一试。

晚上,韩秋燕在一条小巷里找到一家便宜宾馆,好好洗了个澡,换了一身衣服,又在楼下大排档给自己买了一份快餐。离开家整整十天了,回想这十天的艰辛,她忍不住泪眼婆娑。吃完饭,她找到一个公用电话亭,翻出电话本。翻到韩青阳的号码,她迟疑了一下。虽然很想听到女儿毛毛的声音,但她清楚,自己把女儿扔给母亲一气之下走了这么多天,以兄弟的脾气,肯定回过电话来就是一通怒骂。她最终还是打了吕蒙的BP机。不一会儿,厂办的电话号码打了过来,吕蒙还在上班。她托吕蒙给杨海玉带话,请海玉抽空在街上买些糕点糖果送到兄弟家。

吕蒙问她在哪儿,她说:"我在东莞呢!"

"你去东莞做什么呢?骗子那么狡猾咋会让你找着呢?"吕蒙着急地说,"你还是赶紧回来吧,再不回来,公安局要找你谈话不说,也违反厂规了,你这样贸然离厂出走可够得上开除的了!"

见韩秋燕半晌没吭声,吕蒙又说:"你在东莞见着小芳和孟苏州没有?还有夏莉莉,他们都在东莞。"

"没有。"韩秋燕说。

"那回头我把他们的BP机号码发给你,要有啥困难可以找他们。"吕蒙说。

韩秋燕应着,挂断了电话。

也是巧了。第二天海玉下早班依照嘱咐去看了毛毛,回家就接到师傅夏莉莉的信息,让她尽快回电话给小芳。海玉以为有啥急事,将电话打到小芳办公室,夏莉莉刚好也在,两个人争先恐后给她讲在街上意外撞见本厂出产的真丝衬衫的事。

海玉吓了一大跳,顾不上讲缘由,赶紧问她们:"那个卖衣服的车走没走?明天是不是还在那里?"

夏莉莉笑:"你要干吗?人家还在那里卖,莫非你要亲自来看稀奇不成?"

"哎呀，不是！要是卖衣服的车和人还在，你们务必先报警，不能让人跑了。"海玉说。

海玉将韩秋燕和老吴去深圳被骗的事原原本本讲来，夏莉莉和小芳听得一愣一愣的，这才知道她们两个真遇着骗子了。

"对了，韩秋燕也在东莞。现在厂里人人都骂她，她受不了就一个人跑去找骗子。昨天还通了电话，说是她现在在东莞。我把她BP机号发给你们，你们赶紧联系她去找找看。"海玉说。

"哼，她以前咋对我的你又不是不知道……我可不想理会她。"小芳在电话那头说。

海玉愣了一下，着急地说："好我的芳姐，都这个时候了你就大人大量，别计较这些个人恩怨了！要是能抓住这伙骗子，就是给我们缫丝厂救命呢！"

夏莉莉抢过电话跟海玉说："你小芳姐刀子嘴豆腐心，你又不是不知道。你放心，我们马上去，但是能不能再遇上就不敢保证了！"

事不宜迟，小芳叫来孟苏州一起去商场附近的街道，留下夏莉莉立马联系韩秋燕。

海玉又马不停蹄地进车间找到吕蒙，将小芳她们的见闻讲给吕蒙听。吕蒙带着她找到韩青阳和方文贺，几个人紧张地守在厂办的电话机旁等消息。韩青阳坐不住，趁这个等候的空当开车跑了一趟公安局，说明了情况，拜托局里的领导马上联络深圳警方和东莞警方，看能不能协助抓到骗子。

但孟苏州和小芳赶到她们之前见到停客货车的街道，并没有见到车和人。旁边有一个摆摊卖糖水的老太，小芳过去问，老太讲，卖真丝衬衫的车刚走一个小时。因为生意还不错，之前两天，那个车一直在同一个位置没挪动过，卖衣服的老板晚上就睡在车上。"

老太给他们指了指车开走的方向。

这时，韩秋燕和夏莉莉赶到了。得知车已经走了，韩秋燕急得眼泪一下子就出来了。

小芳让孟苏州打出租车带着夏莉莉和韩秋燕顺路去追，她在原地等警察。

方文贺他们在办公室等了两个钟头也没消息，吕蒙又打了小芳的BP机，等小芳回电话才知，孟苏州他们追出去一百多公里都没找见对方的车和人。夏莉莉追之前报过警，派出所的警察来问了问情况，也顺着那条路追去了，但也没有消息。

"除了附近派出所，还有没有其他公安局的人来联系你们？"心急火燎的韩青阳一把抢过电话听筒，问道。

小芳在那头猛然听见韩青阳的声音愣了一下，有些奇怪，说道："没有。派出所和公安局的人有区别吗？"

"我是说，我刚才去公安局找了领导，他们答应帮忙联系东莞当地公安和深圳皇岗的公安一起来查。"韩青阳解释说。

小芳一对上韩青阳就别扭起来，话也没法好好说，在电话那头忍不住挖苦道："别天真了！这儿是东莞、深圳，人家地方部门好歹都会向着自己人，维护本地的居民，这就叫地方保护，懂不？人家帮着你干什么呀？"

"那还没王法了？我就不信，法律管不着他了？"韩青阳说。

"不是管不着。"小芳说，"是睁一只眼闭一只眼，明白吗？"

小芳挂了电话，韩青阳很是郁闷。看来，这次又抓不着那几个骗子了，他第一次体会到了什么叫鞭长莫及。

韩秋燕她三个在孟苏州的带领下找遍了市区周边，结果连骗子的影子也没见着。眼看骗子就这样从眼皮底下消失了，强烈的不甘让韩秋燕几乎进入神经质的状态，她不吃不睡，一遍一遍在东莞的街道来回游荡。这样又耗了三四天，依然一无所获。

千里之外的异地他乡，几天的朝夕相处让已经离开厂的夏莉莉由衷地感受到，生性倔强的韩秋燕是爱着那个厂的。她这一趟千里迢迢历尽千辛万苦想找到骗子其实源于她自己对厂里的负罪感，她想挽回损失，更想自证清白。夏莉莉由此多了几分对她的理解。

韩秋燕在这里受到了夏莉莉和小芳两口子的照顾，面对他们的善良、宽容和热心，她为自己过去的狭隘和专横跋扈深感羞愧。人总是在经历了许多事之后，才会懂得善待他人的情义。临走，小芳摆了一桌子好酒好菜为韩秋燕送行，韩秋燕感动得一度落泪，她也终于放下面子，鼓起勇气为自己曾经对小芳、夏莉莉和孟苏州的伤害向三人道歉。几人相视一笑，冰释前嫌。

3. 一茧一丝搅乱了人心

伏茧卖了之后，杨海军和杨柳就根据晓鸥的建议开始行动，在原先的蚕室外面又加盖一间。从挖黄泥打胡基到砌墙，断断续续一直忙到这年秋茧开秤才算完。中间晓鸥和她老公吴东方领着市县和乡镇大大小小的领导来了好几拨，看到被青山桑林环绕的农舍都赞不绝口，说了好些鼓励的话。虽然如此，建小蚕共育基地到底是个试验性质的推广，提升蚕茧品质和产量的想法很好，但这事到底能不能挣钱，海军和杨柳心里始终没底。

次年开春，批复下来，蚕技站站长和晓鸥很隆重地给小蚕共育基地举行了一个挂牌仪式，算是给海军增加些底气。

四月初发蚕种，按照蚕技站提出的要求，整个丝银堡一大半人领的蚕种都送到了海军家，只有零星几户因为量少，坚持自己喂养。面对村民送来的七八十张纸的蚕种，海军两口子小心翼翼。蚁蚕金贵，他俩不舍得给村民浪费一丁点，两个人一人捏一根鸡毛在放蚕种的小簸箕跟前一守就是一通宵，比麻子点还小的蚕卵让人看得眼花。海军第一次因为喂蚕而感受到压力，以前自己家养八张他可从来没怵过。

村民根据自己定的蚕种量大概估摸着桑叶的多少，每天按时把桑叶送来。海军和杨柳在接下来的十来天里一天比一天忙，两个人不得不做了分工，一个负责接收和采摘桑叶以及桑叶的消毒处理，另一个负责喂蚕和清理蚕沙。等到三龄起眠，两个人也累得走路都抬不起脚了。他俩都是较真的人，在晓鸥来检查满意之后，他们才挨个儿通知村民拿箩筐来将已经长到寸长的蚕背回去。

但这时候没有预料到的问题出现了。杨柳分茧是按簸箕算的，每簸箕多少蚕大概相差不过十条左右。但按张数的量分给各户，总有人说自己的分少了。有人吵吵闹闹强行要加，不加就不给一张纸十元的代养费，海军抹不开乡里乡亲的面子就只好妥协，给这个加点，给那个加点，到最后不够分了，不得不将自己定的八张蚕种硬生生分出去一张的蚕。

"这样下去还咋指望挣钱呢？不贴本就算不错了。给晓鸥说下季不弄了吧！"累了十来天的杨柳生了一肚子闷气，打起了退堂鼓。好在晓鸥这边按规定每张纸争取到五元的补贴，一算账，抛开损失的一张蚕，还赚了几百元，两个人总算得到点心理安慰。

没想到这一年丝银堡的春蚕产量大幅度提高，乡政府一看势头不错，便号召各村向丝银堡学习。这样一来，杨柳的退堂鼓只好收起来。伏蚕的时候，当初那些多拿了蚕价格又卖得好的村民也不让人催了，主动早早地领了蚕种送来，巴巴地给海军发烟来讨好他。海军也学精了，收蚕种的时候先讲明小蚕共育到三龄后给多少头蚕的标准，你乐意就放，不乐意就不收。这样硬气起来倒没了之前的尴尬，两个人在代育小蚕上也有了经验。晓鸥来看过两次，送了些蚕药，见两个人忙碌中多了些从容，各项消毒操作也非常规范，很是欣慰。许是因为小蚕共育推广得好，一九九五年的秋茧收购过去没多久，广播喇叭里就播出了一个振奋人心的好消息：江城县蚕茧产量成功突破两百一十万公斤，创了江城县历史上的新高。包括丝银堡在内的直河庄口，当年就成了全国有名的优质蚕茧基地，吸引了很多外省的领导前来调研取经。海军家得知这一消息很是高兴，好歹自家也算为县里这一数字添砖加瓦了，有一份骄傲和自豪在心里生根发芽，长成蠢蠢欲动的大树，那就是不管挣钱不挣钱，证明晓鸥让他们走的道是正道，她交代的事还要继续做下去。而晓鸥呢，成了省级先进工作者，名字经常出现在电视和广播里。

但是这样的兴奋与期待也仅仅持续到了第二年春上。

因为上一个年度的蚕茧质量好，又被省上列为全国重点优质蚕茧基地，县上为了把上好的蚕茧留在本地继续助推江城缫丝厂的高品质白厂丝，从内到外狠下了一番功夫，让收茧时年年上演的各路"蚕茧大战"在一九九六年的这个五月终于消停了。于是，这一年县蚕茧收购站的春茧收购出乎意料的顺利，江城缫丝厂提前备足了贷款，仅一季便直接库存了往年三季的总量。

但还没来得及庆贺，韩青阳就接到省外贸进出口公司传真的最新报价单，5A级白厂丝出口价由原来的每吨三十四万元陡然降到每吨十九万八。这个消息还没来得及消化，紧接着又一个坏消息传真过来。江城缫丝厂四月中旬通过省外贸进出口公司谈定出口到东南亚的一批生丝经送检没有达到5A标准，送到口岸又被退回，如今积压在口岸的临时仓库。不过，令人宽慰的是，省外贸进出口公司答应，如若过一个月还是不能销售，便由公司购买作为入库储备。

韩青阳意识到国际国内形势都不乐观，赶忙让厂办通知各科室负责人召开紧急会议。但对于生丝质量，他心里有数。最近三年的"蚕茧大战"，导致很多蚕农为图外地贩子的高价，蚕茧还没做好就急于出售，这样的茧子茧层率不够，也确实对生丝的质量和产量造成很大影响。当然还有另外一部分原因，比如蚕农的桑园品种老化，桑叶的蛋白质含量不够，也影响到了蚕茧质量。总之，质量下降的事他听主管生产的吕蒙说过很久了，为什么这次厂里的检测结果会和国家标准不一样？难道是质检科在弄虚作假，想蒙混过关？对此，韩青阳心里也是一团迷雾。

方文贺本来还有四五个月就退休了，这些天，他不大在车间待，一直在帮着联络蚕蛹对外批发的事，想把蚕蛹处理的业务承包出去。得知市场情势生变，他赶紧回了办公室。

韩青阳将报价和国家检测结果报告单复印后发给每一位科室负责人，大家心情异常沉重。特别是降价超半的情形，是建厂以来从没有过的。

"该不会搞错吧？"方文贺也百思不得其解。

韩青阳说："只能说明一个问题，国外经济危机严重，已经没有钱买真丝这样的奢侈品了。"

方文贺道："如果是这样，那国内市场也好不到哪里去，价格低到这种程度，卖出去是亏，留在手里更是亏。蚕茧的价格也势必会相应降低。"

"这正是我要召集大家来开会的原因。"韩青阳说，"同志们，形势严峻啊！受经济危机的影响，国际纺织品市场萎缩；国内，五年内增加的缫丝厂不计其数，仅咱们安康市就大大小小十五家缫丝厂了。正是由于这几年缫丝厂的迅速扩充，各地已经出现蚕丝过剩、产大于销的情况。不仅如此，'蚕茧大战'造成的蚕茧价格时高时低，蚕茧收烘管理混乱以及恶性竞争，将原先好端端的蚕茧市场糟蹋得不成样子，以至于蚕茧质量和生丝产量大幅度下降，受几方面因素的影响，我们厂也处于减产和亏损状态。再加上，东南沿海省份和南方城市已经全面放开民营企业和个体经营，对我们国有企业产生了一定的冲击。虽说受到冲击是迟早的事，可还是比我预计的要早。这次的市场冲击极有可能给咱们厂带来灭顶之灾。情况摆在面前，大家有没有更好的办法来应对？我现在心里没有底。所以，请大家各自汇报一下手头的工作，也让我们更清晰地规划一下接下来的工作。"

"依照现在的形势看，那咱们春茧价当时收得太高了，而且量也大，总共收了一千八百多吨。原材料价高，白厂丝价低，我们还没生产就已经是亏的！"韩秋燕说，"另外，厂里流动资金欠缺，外面太多三角债没有清。咱们厂负债率高，再有啥事需要贷款的话恐怕银行那边都不会给咱们。"

"韩科长说的茧子价高量大还只是一方面。"质检科的人接过她的话说，"今年的春茧还是和过去几年差不多，过去毛脚茧占百分之九十，今年毛脚茧占百分之七十，而且上茧、双宫茧、下脚茧没有完全厘清，差不多全是统茧。"

方文贺听完眉毛一拧，韩青阳也眉头紧锁，扫了会场一眼，欲言又止。

供销科的老吴说："缫丝厂销售到其他地方的白厂丝口碑也

降低了，原来知名度高，这几年质量下降大家都心知肚明，可是外地客商还是冲着以前的品牌名气去的，拿到货之后造成心理落差大，这导致我们回款很慢，价格也逐年下降。而且有的欠款已经超过三年，眼下我正准备带两个人去收款。照这个形势，再不把外面的欠款收回来就怕是再也收不回来了，到时候咱们发工资都成问题！"

"对，外欠的一部分是要赶紧收，眼下财务账上一点余款都没有了。税务那边不交，这边工资确实发不下来。"韩秋燕插话道。

"厂里现在这么困难，但是我们的工人并不知道。我早就建议把生活区和工作区分开管理，但是一直没人听。好多在宿舍吃住的职工和母子楼住着的人家，水电免费，缺啥都直接从厂里拿。不光是开水供应，就是用个热水都要一桶一桶往家提。这么多职工，厂里要承担多大费用啊？！要说我们厂对工人没话说，以前方厂长连煤气灶、电视机都发。职工子女上幼儿园免费，生娃厂里给钱，文艺队跳舞的表演服、活动经费也都是工会出。就是现在，每年洗衣粉、肥皂、毛巾、洗脸盆、护手霜，啥东西不发？但是开支太大了，我觉得非常时期，厂里要渡难关，每个职工都要节省，为厂里着想。"总务科科长是即将退休的老同志，平常一说话也是一副痛心疾首的模样。之前，厂办没几个人愿意听他发牢骚，但是现在，他说的却十分在理。

方文贺向他投去赞许的目光。

"这一批的煤不知道吴科长采购的是哪一家的，直接不行！我们是四十吨的散装锅炉，这个煤五千大卡都达不到……车间现在装的那个送气管道又多，每天消耗……"管理锅炉房的后勤科科长接着总务科科长的话慢悠悠地冒出一句。但他的话还没说完就被吴科长打断："你那是胡说呢！送煤的还是那一家，合作了好些年了，人家咋可能哄人嘛！"

吴科长表情讪讪的，说完望向韩青阳。

韩青阳脸上看不出任何表情。

"我们今天着重说生丝和蚕茧的事。"韩青阳说道。

吕蒙本来也想讲一下车间送气管道漏气的事，一听韩青阳的话，便打住了话头。他突然想起来，车间所有的管道都是韩青阳亲自找人设计铺设的，心里瞬间闪过一丝疑问。他看向韩青阳，韩青阳也正朝他看过来，以为他要发言，便抬了抬手示意他快讲。

"市场动荡的事往年也有，但都是小幅度地上下调。这次价格下滑这么严重，我们的白厂丝生产出来，卖吧，就是明知亏损也得出手的贱卖；不卖出去变现吧，厂里就是一潭死水。我想，能不能考虑库存压着些货？我们可以请教一下了解国际市场行情变化规律的专家，问一问，说不定市场会很快回暖呢？"吕蒙说。

"压货也是国家压，我们厂即使可以压，也只能少量压，这也要冒很大风险，万一以后更低呢？没有收入，就没法完税，还有这上千人要吃饭……"韩青阳摇摇头。

方文贺的想法跟吕蒙一样，但韩青阳说的也不无道理。

想到接下来的事，方文贺不禁忧心忡忡："还有一个月就是伏茧收购，我们不收肯定不行。既然我们知道国际国内生丝市场形势变化，县里应该也已经知道了，那伏茧市场参考价肯定会大幅度下调。"

这样一场会下来，几个主要负责人又给肩上撂了一个重要任务，那就是赶紧四处找白厂丝的销路和蚕茧的销路，看有没有缺蚕茧的同行厂家。不管生丝市场价格如何动荡，至少眼下生产是不能停的。

4. 选择、放弃抑或离开

吕蒙回家把这事讲给杨海玉听，杨海玉想起自己的哥哥嫂子才刚刚大幅度扩张蚕室，年前才承包了别家撂荒的滩涂地多嫁接了好几亩密植桑园，要是蚕丝卖不动了，蚕茧价格就更不消提，那哥哥嫂子还不得愁死！

杨海玉趁周末回了趟娘家，将这坏消息先带了回去，她害怕哥嫂伏蚕再领太多蚕种，到时候枉费了工夫又心疼。

"这样一来，我们小蚕共育也不能做了。"海军了解情况后，跟杨柳商量，是不是应该去找晓鸥再听听她的意见。"要是她还让继续做呢？"杨柳问。海军想了想，伏蚕价格调整的话也算突发状况，自己也没有门道马上找到更好的活计，如果晓鸥让继续，那就再干一季。"走一步看一步吧！"他说，"如果伏蚕价格到时候真的不行了，从秋季不做了也来得及。咱不能让晓鸥为难！"

海玉也赞成哥哥的做法，晓鸥和他们兄妹因蚕结缘，那情分不是钱能衡量的。毕竟，之前晓鸥让哥嫂做小蚕共育也是帮哥嫂，现在国际国内市场突变，对蚕技中心的未来也是一个很大的冲击。

这一季，丝银堡大部分蚕农的春蚕卖到十块一斤。可到了伏蚕开秤，价格整体下调了一半，海军家顶好的茧也只卖到了四块八一斤。虽然海军当时听了海玉的话，只领了六张蚕种，但茧子一出来，收茧站标出的价格比他预估的还低了很多，着实令海军和杨柳无奈又灰心。

也有不明就里的蚕农依然按惯例养的量大，这次变故让他们措手不及，气得在蚕茧收购站骂人，也有蚕农到蚕技中心去质问缘由。晓鸥面对愤愤不平的蚕农无言以对，虽然他们在发伏蚕蚕种的时候已经考虑到市场因素，在春蚕十万张的基础上砍下来了三万余张的量，但最后的茧价也令她汗颜。这些年，她呕心沥血一心扑在良桑、蚕种的改良和养殖技术的优化推动上，好不容易做出点成绩让江城县的蚕茧质量在全国挂上了名，却又来这么一出，如同刚刚盖好的房子被掀去了屋顶，感觉之前那么多付出突然都变得毫无意义。

小蚕共育的事只能暂时搁置。海军和杨柳商量，以后一年三季蚕和家里的菜园子就交给杨柳和母亲，虽然挣得少，但够家里生活开支就行。他自己打算去南方打工，村里有几个和他一般年纪的青壮年在一个叫河源的城市，据说那里搞开发建大庄园，将整座山夷为平地。工地上需要大批懂爆破、会打潜孔钻的矿工，炸山、碎石、打洞子，虽然活不轻，但对于乡下下苦人来说根本不算什么，关键是比进工厂的工资高。

海玉得知哥哥想出去，就自作主张要了小芳的地址，让哥哥去南方跟着孟苏州干，工资不高，可稳当又有照应。

杨海军最终坚持自己的想法，去了工地。

吕蒙这些天操心厂里的事，下了班大部分时间要么在厂办跟韩青阳商量事情，要么陪着方文贺。

年前遭骗的钱一点儿消息没有，采购原料的贷款越积越多，外销还没缓过劲来呢，市场又崩塌了，紧接着是蚕茧降价……一件件闹心的事让方文贺这个年过半百的汉子夜不能寐，瞒着方海独自在家酗酒。方海的大部分工作时间被开会和出差占据，自从有了自己的小家，虽在一个小城，十来分钟的距离，但平日不常回来，父子俩也就见不着。倒是吕蒙跟方文贺称兄道弟更亲近些。这些年，吕蒙跟方文贺从缫丝厂的平地起高楼到后来的丝女如织、日渐鼎盛，可谓共同经历了风风雨雨，见证了一个国营企业的成长过程。吕蒙跟他朝夕相处，自然知道他的心事，怕他身体吃不消出啥意外，只要下了早班就会让海玉多做两个菜，带到方文贺家，陪他聊天小酌解闷。

颓废了十来天，方文贺自己先不好意思起来，跟吕蒙检讨，说自己坚决不喝了。自己是一厂之长，如果自己都一蹶不振，那其他人怎么办？吕蒙听了释然。

外贸进出口公司那边倒是传来消息，说一季度的白厂丝全都出了，不过价格从原来谈好的三十万一吨降到十九万一吨，这个价还是省外贸进出口公司主动提出的，为的就是先解江城缫丝厂的燃眉之急。方文贺和韩青阳哭笑不得，但资金能回流就是不幸中的万幸，总算让他们松了一口气。可是，也有更加不好的消息被省外贸进出口公司的领导证实：之后再好的白厂丝就连现在这个价也卖不到，根据眼下行情，5A也只能到十八万一吨。如果接下来没有分到出口计划，卖给国库的话顶多十六万到头了。

价格一路狂跌的生丝如酸菜缸上面的石头，压在厂里每位管理者心头，沉甸甸却又不能搬开。好在江城缫丝厂库房里有的是蚕茧，厂子能继续运转就是他们眼下能争取到的最好的状态，吕蒙、韩青阳他们也渐渐从无可奈何的叹息声中走出来，在一日复一日貌似正常的运转中很快麻木。

一九九七年七月一日，一个举世瞩目的日子，香港这个漂泊百年的游子在这一天回归了祖国怀抱。在这个举国欢庆的日子里，江城县城到处挂着各种巨幅标语，把小城装点得精神抖擞、朝气蓬勃。

这是一个艳阳天，天蓝得纯净透明。好天气加上好心情使每一个人变得格外亲切和蔼，相识不相识的都互相报以灿烂的微笑。欢欣的人流中，可能唯独方文贺心里别有一番滋味，他在这一天要光荣退休了。

厂里决定在这一天将香港回归的庆祝会和厂长方文贺的退休欢送会一块儿办了。于是，"热烈庆祝香港回归祖国怀抱"的横幅就和"厂长方文贺光荣退休欢送会"的横幅并排挂在了一起，一个迎接一个欢送，让方文贺生出一种错觉，仿佛自己是借了香港回归的光，才有幸发表了最后一番感慨。他认认真真地把厂里的每个角落走了一遍，把每个车间的机器摸了一遍，然后，无比留恋地离开了这个倾注了他全部心血的江城县第一大厂，离开了他热爱的工作岗位。

这一年，韩秋燕也离开了江城缫丝厂。

有人说她离开是因为被骗走的钱这两年毫无线索，她自己良心不安；有人说她离开是因为她爱上为厂里拉茧的货运司机；还有人说她离开是因为跟兄弟不和，两个人大吵了一架后她才赌气离开的。

谁知道呢？

时间倒回到她离开前三个月。

那时入夏不久，伏蚕正在三龄，县里蚕种厂成立的江城蚕茧经销公司将已经烘干的春茧陆续送厂入库。库管是刚刚顶替父亲就业的啥都不懂的年轻人范大力。见韩秋燕能干，他也乐得放手，将收茧的事全撂给了韩秋燕。韩秋燕经手干茧入库的事已经许多年，以往茧站里收茧的老手都知道收茧送茧的道道，韩秋燕自然也清楚。

经销公司送茧的吴东方原是蚕种厂的副厂长，不到四十的人，资历挺老，经销公司成立后他跟其他人一样到乡镇茧站收茧,烘干后送往缫丝厂也是他的活。蚕种场只有他能开大车,没得选择。

韩秋燕跟吴东方打过几年交道,吴东方说话做事干脆利落,为人仗义,韩秋燕很少叫他吴经理,一直"兄弟""兄弟"地叫着。吴东方偶尔趁着周末干私活,运费另计。韩秋燕知道后,有时候会将去外地买茧的活托给他,前两年那一次拉库存货去深圳的司机里就有他。

这天早上九点光景,韩秋燕接到吴东方电话,要往厂里送两车茧。韩秋燕说:"行啊,我在做账,再过半个小时我在库房门口等你。"四十分钟后,满载着白布茧包的车开到了缫丝厂库房,吴东方果然看到韩秋燕一身白衫黑裙站在路边迎接他,他摇下车窗笑道:"燕姐,让你等久了!"

"不急,我也刚到。这里装货呢,还得等一会儿。"韩秋燕指了指库房门口倒库的地方,一辆出货的大卡车正在倒车,堵住了入口。

吴东方下车,顺手从驾驶室搂出一个西瓜:"这个给你尝鲜,伙计从省城带回来几个,沙瓤的,甜!"

"每次见你总有好吃的,习惯了,我倒不好意思见外了!"韩秋燕从他怀里接过瓜,交给旁边库房的统计姑娘先收着。两个人在门口站着说了一会儿话,站累了,韩秋燕便邀请吴东方跟她一起去吃饭,让他把车钥匙留给守库的同事,嘱咐同事等拉货车一走就卸货。吴东方看看表,正好十点半。

"这阵吃饭有点早了吧?"他说。

"哎呀,兄弟,你不饿我饿了呀!我可忙得连早餐都没有吃呢。"韩秋燕朝着他翻翻眼,用带着几分撒娇的口吻说道,"我总不能扔下你一个人去吃吧?你就当陪姐嘛!"

吴东方抬眼望了望车厢里的茧包，跟着韩秋燕就往厂门外走。

江城缫丝厂门口的小六饺子馆开张的时候只卖饺子，随着缫丝厂的吃客嘴越来越刁，老板小六的小馆子变成了有两三个雅座包间的大饭馆，经营范围也从单一的饺子变成了各种口味的珍馐，天上飞的，地上跑的，河里游的，但凡食客能想到的常见食材，小六饺子馆都有。也不知从哪年开始，江城缫丝厂对人员较少的小型接待就定点在这里了，财务科特地在这里挂了账，只要是接待一律签字记账即可。但是自打方文贺退休后，好像少了一些约束，厂里但凡当了个科长的，谁在这里吃饭都没利利索索掏过钱，以至于现在厂办业务量明显减少，挂账的接待费反而高出以往许多倍。韩秋燕早就发现了端倪，还专门就管理问题跟韩青阳提过这事，但韩青阳貌似并没有要管一管的意思。韩秋燕猜想，自己兄弟那一张嘴本来就挑剔，吃腻了厂里的伙食，一日三餐都在这里解决，他自己都管不住自己，大概也是没脸管别人了。

此时还不到午饭时间，店里空无一人。韩秋燕领着吴东方直接进了一个包间，点了四菜一汤，有吴东方爱吃的炒腊肉和红烧鱼。

"四个菜，你慢慢吃，这可都是你爱吃的。平常，咱们自己做的味道可没人家大厨师的好。"韩秋燕言语温柔又亲切，让吴东方心里说不出的熨帖。等菜的当口，两个人从上次的被骗说到各自单位的处境，生活的不易，直说得两个人惺惺相惜。吴东方之前听韩秋燕说过自己的事，如今又提起还是让他唏嘘不已，对韩秋燕不免生出许多同情。

这顿饭细嚼慢咽吃完已经十二点半了。两个人返回仓库门口，货才卸下一半，吴东方无奈，只好又跟韩秋燕去她办公室喝了半个钟头的茶，才把这一趟货卸完，转身再去拉第二趟。

韩秋燕则赶紧叫来质检员抓紧时间抽检验货。

守库的同事笑道："韩科长，你这顿饭可让他吃美了，两个小时最起码一包茧减十斤是有的。"

"哼，中午还没让他喝酒呢！下午我还得让他吃美喝美，他辛苦送货，我可不亏人家！"韩秋燕意味深长地笑着说。

"你们手脚放慢点，别着急忙慌的，知道吗？"

同事乐了，附和道："放心吧，韩科长，下午收货最少磨叽三小时。你陪吴师傅多喝几杯，一定让他喝痛快了。"

韩秋燕知道吴东方是收茧送茧的行家。曾经她跟吴东方闲聊的时候，她说庄稼人老实可怜，吴东方不赞成她这个一概而论的说法，便跟她讲起自己收茧遇到的事："你当他们谁老实？他们人人都知道头天晚上把茧子下到口袋里捂着，赶一大早来卖，就怕干了水汽短了斤两。甚至有人卖之前还喷喷水……你说哪个收茧子的不会看？喷没喷水手一抓就知道。可为啥还是会有人那么做？他们还不是心存侥幸，想打马虎眼，耍个小聪明。收茧子的人傻吗？我为啥早上开秤半天不收货，就是磨叽时间——一边让人排队等，一边让人把茧子摊开倒在蒲篮里，跟他们瞎扯谝闲。太阳一照个把小时，我不相信把他喷水的茧子晒不干！"如此精明的男人，韩秋燕用他讲过的方法磨叽几个钟头他能不晓得？他心里大概明镜似的！有意思的是，明明知道却装糊涂，由着她韩秋燕作弊。

吴东方给她面子，她心里记着吴东方这一份情呢，只是没想好怎么还而已，所以眼下她在吴东方那里更要装糊涂。大家都是在讨生活，或许有能力有技术的男人比她这个单身女人活得要容易点罢了。韩秋燕自我开解着，以此来减轻自己心里的愧疚。

韩秋燕和几个同事肆无忌惮地开着玩笑，没注意范大力已经站在门口许久，看着他们，脸拉得老长。

厂里干茧的采购是个没啥油水的活，供销科老吴懒得管，有段时间推给总务科，后来牵扯钱款数额大，这两年就直接将这事甩给了韩秋燕。

韩秋燕心里对厂里存着愧疚，对自己力所能及的事倒是尽心。本县干茧入库后，又托人在四川达州收购了五十吨干茧，因为价低，收购的人不送货，让自己去拉。韩秋燕便叫吴东方和自己一起跑一趟。因为那边的茧层率高得没话说，也不是第一次买了，所以韩秋燕并没有特别跟其他科室负责人或者兄弟韩青阳打招呼，直接跟本科室的同事提了一句"我去达州拉车茧子"就直接走了。

原本一切顺利，偏偏到地方装好车之后下起了大雨。

原想着等等看不下了就走，一等就到了晚上，那夜雨下得更大。两个人一商量，索性在达州住下。

这一住就住出了问题。

吴东方有吃夜饭的习惯，雨大，街上小吃都收摊了。他在宾馆看电视看到九十点光景，实在熬不住了，下楼在宾馆门口的商店买了花生米、蚕豆和秦洋大曲，兀自先喝了一阵。雨水天气，又在异乡，一喝酒难免就生出些无聊情绪。吴东方没忍住去敲了韩秋燕的门，让她陪自己一起喝。韩秋燕也被窗外的雨声惊扰着没睡意，吴东方一叫，她立马应了。

说实话，她自知比吴东方大七八岁，一开始也没往歪处想。但是，谁都说酒是色之媚药，两个人一边吹牛一边很快将一瓶喝完。吴东方没尽兴，又去拿了一瓶，结果可想而知，两个人喝到后来都醉得不知西东，不晓得咋回事就滚到了一起。

韩秋燕这么些年没有找另一半，主要是因为除了方文贺，她还没遇到能一眼打动她的人。就连吴东方，那也是日积月累交往多了才没有任何防备的。

她知道吴东方虽然怜悯她，关照她，但也没有到为了她不管不顾家庭的地步。因此，她压根没想过后来要他怎样。

次日见了面，两个人都有些不自然。

但吴东方到底更放得开一些。往常都是韩秋燕招呼他吃喝多一些，这一下猛然反过来了，吴东方主动点了韩秋燕爱吃的菜，吃完饭又硬拉着韩秋燕去商场，给她新置了两套高档衣服。

不管是不是想堵韩秋燕的嘴，他能做到这份上，韩秋燕感到满足了。再上了车，两人的眼神里便多了些暧昧。快到江城的时候吴东方有些飘飘然，时不时回味起头天晚上的曼妙。这心劲儿一上头，便忍不住去抓韩秋燕的手，一腻歪就分了神，忘了踩刹车，车子直接撞上路内侧的石崖。

路外边，万丈悬崖。

韩秋燕失去意识之前，眼前一片红色。晕倒的刹那，她脑海里竟闪过一丝好奇：要是两个人就这样死在一起，会不会有人怀疑他们的关系？

但其实什么桃色新闻也没有。

韩秋燕受的只是轻伤，额头和胳膊被碎玻璃划开了好几个口子，外加脑震荡，在医院住了一个礼拜就出院了。

吴东方比她严重许多，除了头部的撞伤，还有胳膊肘骨裂，小腿骨折。晓鸥一直守在病床前。

韩秋燕出院前去看过吴东方。那时吴东方已经醒来，晓鸥正在给他一口一口地喂粥。韩秋燕与他也没多话，相视一笑算是彼此问候过了。但韩秋燕也在这片刻感受到吴东方媳妇对他的温情，她有些羡慕，羡慕到嫉妒，但同时也生出敬意。这种五味杂陈的感受冲击着她的自尊，她感到羞耻，同时又为自己的将来感伤。

半个月之后，韩秋燕被自己当厂长的兄弟叫到办公室，原以为是因为这次的事，去了之后才知道，自己被人举报了。举报人不但将信寄给县纪委，还贴了一张在县政府门口。因为缫丝厂之前被骗的事传得沸沸扬扬，这次举报再次涉及同一个人，县政府和县纪委当即责令韩青阳尽快进行调查并做出解释。

韩青阳不顾自己姐姐才受过伤，不分青红皂白斥责她不该尽给自己惹是生非，之前丢脸丢到公安局，现在丢脸丢到县纪委、县政府。然后将县纪委转给他的举报信拍在桌子上，让姐姐自己看。

韩秋燕知道弟弟的火暴脾气，懒得跟他理论。但当她看到举报信上列举的两条举报内容，禁不住怒火中烧，委屈不已。

信上说，她趁接待便利利用公款与送茧车司机大吃大喝，还鼓动工人上班时间与其配合偷懒懈怠。其二，怀疑她和送茧司机存在不正当男女关系。

韩秋燕一看就知道这信是那范大力写的，当即要去找他对质，却被韩青阳一把拉住，厉声道："你那些歪门邪道的事情还嫌知道的人少吗？再说了，你自己一个单身女人，对自己的行为就不能多加检点吗？你不嫌丢人现眼，我嫌！"

韩秋燕一听，气得眼泪在眼眶里打转，甩开他的手，面对自己亲亲的兄弟第一次义正词严地反问道："我歪门邪道？他一个小屁孩说啥你也信？那我问你，我陪着司机吃吃喝喝拖延时间为了啥？我省下的钱多还是吃喝用的钱多？这钱是进我韩秋燕的荷包了还是省到公司财务账上了？你说呀！"

看姐姐气得眼泪在眼眶里打转,脸上的肌肉都在抖动,韩青阳一时间说不出话来。

韩秋燕冷笑着,抹了一把泪,继续道:"你不是厂长吗?你不是也在小六饺子馆挂账吗?你倒是问问自己,这些年当了厂长,是你搞的歪门邪道多还是我搞的多?别人不晓得,我晓得!我是单身,我行为不检点我乐意,你看不惯又怎样?嫌我丢人了,那你开除我呀!"

说完,她扭头就走。

韩青阳不得已,还是动用自己的关系解决了这件事。

但韩秋燕并不领情,一来,她是真被韩青阳的几句话伤到骨子里了,不为别的,就为骂她的人是她亲兄弟。二来,她发觉自己被吴东方迷住了,他身上粗犷又不失修养的男人味是她这半辈子都在渴望的东西。她不想因为自己,让他遭受流言蜚语。

就在韩秋燕郁郁寡欢、开始厌倦周遭这些烂事的时候,政策文件下来了。她孤寂的心像突然找到了一个出口。女儿还有一年就毕业,也没多大负担了,她下定决心要为自己的后半生重新做一回选择。

缫丝厂一车间和二车间已不复最初热火朝天的生产景象,现在就像一头费劲喘息的老牛,走走停停。许多年龄稍大的或是另有门道的女工看情形不对,便借此机会提前离岗离职。等三个月过去,人心稳定下来再一统计,一千一百多名女工只剩下了六百。

第九章

1. 就到此为止了

二〇〇四年秋天，东莞市文昌路。

这里距离厂区有四五百米的距离，原来是城中村，改建后建筑多以两三层小楼为主，下层是商铺，上层住着当地居民和外来打工仔。街面不宽，两边梧桐树枝丫交错，让安静的街道显得怀旧又充满情调。在一众糖水铺子和工艺首饰店铺中间，有家古朴的小酒馆，原木的招牌上写着"夏天味道"四个字。

店外，门口挂着一方小黑板，上面写着供应的品类和营业时间。

店里，复古的木窗，白色带流苏的窗帘和桌布，带着深沉釉光的高级餐具，角柜上排放着三四列书籍和点缀的小绿植，泛着金属光泽的双卡录音机里反复播放着杨钰莹的情歌。这一切，似乎都显出店主与众不同的品位与格调。

有三四桌顾客正在小声聊天喝酒，夏莉莉系着围裙在厨房配菜，一个小姑娘脚步轻盈地穿梭在厨房和餐室之间。

除了身材比过去丰腴了几许，夏莉莉脸上并没有过多的岁月印记。相反，人到中年的她甜美柔和的脸上依然泛着少女般的红润光泽。

夏莉莉的这家小酒馆已经开了九年了。

当初她来到东莞一整年都没有确定要干什么，虽然小芳变着法子在酒店给她安排活干，想尽办法让好姐妹跟自己待在一起，但夏莉莉始终觉得自己心里不踏实。毕竟已经中年了还孑然一身，既不能再像年轻女孩子一般可以由着性子混日子，也不能老气横秋没有希望地活着。很长一段时间里，她是迷茫的，始终没有找到属于自己的路，整日丢了魂似的。

有一次她和小芳两口子想找个干净有氛围的小馆聊聊天喝点小酒，发现街道上都是针对打工仔打工妹的大排档、湘菜馆、川菜馆，这些店铺的特点就是价格便宜分量足，客人也是鱼龙混杂，环境喧闹，卫生堪忧。这让追求文艺情调的她特别不舒服。

事后，她跟小芳探讨："难道打工仔打工妹就一定只配在这种环境喝酒就餐吗？打工人就一定跟粗俗和低廉挂钩吗？"

孟苏州和小芳两口子结婚前也都是爱赶时髦的人，小芳说："我觉得不是。对于下了班的打工仔打工妹来说，吃饭喝酒，和工友聊天，就是放松，是他们离开流水线唯一可以选择的另一种生活。如果有更好的餐饮环境，我肯定不会选择大排档。"

"是啊，就餐环境也是体现身份档次的嘛！但太文艺也不行，太高档也不行，会吓得人不敢进的。"孟苏州颇有见解地说，"但如果有装潢上档次、价格又适中的馆子，先不说别人，那些拍拖的打工仔打工妹肯定会去，还有坐办公室的文员、车间里有点文化有点身份的拉长、班长……"

"你说得对！"夏莉莉若有所思，"虽然大多数打工人的收入并不高，但每个人都有对美好事物的向往，每个人的生活观念、消费观念都不一样。所以，给打工人这个消费群体统一贴上低层次、廉价的标签，本来就是片面的、带有偏见的。"

小芳明白过来，笑着问："莉莉姐，你有想法了是吧？说吧，想怎么做？我支持你，或者给你投资也可以！"

夏莉莉摇头："有点想法，但是还不完善。我要先去做市场调研，不做便罢，要做，我就必须把生意做起来！"

孟苏州不禁对夏莉莉刮目相看，他还是第一次听说"市场调研"这个词。夏莉莉解释道："市场调研也就是我要走到设定的消费者中间了解他们的需求，问问他们跟恋人一起去就餐喝酒的时候对口味、服务有什么样的要求和想法。"夏莉莉的一番理论让小芳也豁然开朗，联想到自己的酒店生意，她心里不免多了几分对夏莉莉的敬佩之意。

那一年，夏莉莉的"夏天味道"开张没多久就大火了。

夏冬两季是旺季，小芳和孟苏州一有空闲也来小馆帮忙。两个季节的一热一冷，似乎更能激发人的乡愁和冲动消费，渐渐地，光顾小馆的客人不光有想要浪漫氛围的恋人，还有来这里躲清静的老板、经理等。这让夏莉莉交到很多天南地北的朋友，积攒了一大批老顾客。后来她也是在这个小馆邂逅了她现在的丈夫。

方文贺的到来是夏莉莉怎么也没想到的。那是二〇〇〇年一个在南方也能感受到寒冷的冬季，就在夏莉莉为小馆的里里外外忙碌不堪、几乎快要忘记这个人的时候，忽有一日，他提着旅行包站到小馆门口，咧着嘴冲她粲然一笑。夏莉莉丢下手里的东西，惊讶地跑过去，看着他傻傻地笑着，眼泪扑簌簌流了一脸。

她这才晓得方文贺已经退休几年了。多年未见，两个人似乎有一肚子话要说，但又不知从何说起，一时之间百感交集。那天晚上，夏莉莉特意烫了一壶广东米酒，第一次旁若无人地陪方文贺小酌，她原本渴望能借着酒精的刺激将这些年心里压抑的话都一吐为快。换作以前，她定是小女生似的尽情地哭，尽情地笑，尽情地诉说。然而现在，面对这个在她心里藏匿了太久的男人，她却说不出话来，好像一切都释然了，好像所有语言在此刻都苍白而矫情，她什么动情的话都说不出口。只有岁月催人老，"流光容易把人抛"的浓浓感伤在此时伴随着流淌的音乐传递给他。

方文贺岂能不懂？但他只能继续压抑着内心的激动，他和她都像浪淘沙一样在漫长的时光里淘洗掉了那份对感情的执念。他只能跟她讲家乡江城这些年的变化，聊厂里过去的事，描述他退休后的生活，唯独没办法细说情思。他压抑不住冲动来看望她——到此时面对面，他都无暇顾及这个行为本身是对还是错。他只想来看看她。

他对这个女人充满了深深的歉疚和悔恨，即使她一言不发，未曾跟他抱怨过半句，但他仍然能感受到是自己的畏首畏尾耽误了她一辈子，他不值得她如此的。酒喝到微醺，他说："遇到合适的，你还是要结婚……你要是没个归宿，我就是个罪人，我会内疚一辈子。"

她含着泪笑意盈盈地让他放心："感情的事……顺其自然吧！在这里也遇到一个还不错的人，他对我很好，我只是还没下定决心。"她的话似给他的辜负找了个台阶。

那夜一直喝到凌晨。她曾有一瞬间很想拥抱他，或许他也有这个念头——但两人都胆怯着没有动。丝毫没有睡意的两人，坐在小馆外的台阶上，默默地在寒风中看巷子里的霓虹招牌，看空旷而漆黑的夜空，听远处工厂里传来的隐隐约约的机器轰鸣。

街道上不时摇晃过两三个跌跌撞撞的打工仔的身影，他们喝醉了酒，将廉价的西装脱下来在头顶舞动，旗帜一样招摇。

2．浪潮席卷的前奏

相比于夏莉莉和小芳的人生得意、风生水起，在江城的杨海玉、吕蒙夫妇此时却在焦虑中度日如年。

自打一九九六年国际国内丝织市场动荡，生丝价格下跌，江城县蚕农和江城缫丝厂迎来了一连串的恶性循环。蚕茧价格由十块陆续跌至现在的四块，买一斤猪肉得卖两斤茧了。曾经享誉全国的江城白厂丝也由三十八万每吨陆续跌至现在的八九万一吨。

二十一世纪伊始，县上便有厂子改制的传言，说了几年也没兑现。厂里的原材料库存要么茧子出来了没钱收，要么收不够还得出去买，好在订单并不多。为了维系车间的正常运营，除了让年龄大的职工提前办退，时不时也给工人轮流放放假，降低生产量。对于生产源头的蚕农，他们更是盼了一年又一年，茧价依然只跌不涨，盼到年关，没希望了，砍树的砍树，出门的出门。这两年，每到正月，就会有五六辆从深圳、东莞来的旅游大巴开到江城，专门来接愿意出去的打工仔打工妹。蚕农也不再有人唉声叹气了，既然一斤茧子连一斤猪肉都买不上，那索性拖家带口的都趁着正月走了。

既是如此，改制的事情终于提上日程。

七月一日，市委市政府下文，对江城县企业改制工作做出重要指示。县委县政府紧接着上会，响应号召，制定方案，筹备和组建改制工作领导小组。

江城县的龙头企业就三家、缫丝厂、水泥厂、栲胶厂，从哪家开始至关重要。一来改制工作领导小组的领导们虽然人员确定下来之后被安排去南方培训了几日，但实际上，南北地域差异、文化差异、经济差异非常明显，可借鉴性并不大。所以，改制方面可参考的经验并不多。具体政策制定出来之后，能否顺利执行下去，他们完全是摸着石头过河。所以，这次第一个实施改制的厂，江城县委给出指示：只许成功，不许失败！领导小组的领导们审时度势，在预测哪个厂能率先成功改制时，着实费了一番功夫。二来，无论从哪家开始，对其他几个厂来说，都是参考。所有面临下岗的工人都盯着呢。

因此，等到一系列条条框框制定好，已经到重阳节了。

十月底的江城，天气还算温和，但从汉江吹过来的风已不再轻柔，阳光也不再炽烈和通透，如麻的细雨时常在黄昏和清晨缱绻而至，悄悄在人心头种下寒意。

早早从方海嘴里得知缫丝厂将第一个面临改制的消息，吕蒙和杨海玉顿时体会到看不到未来的慌张和迷茫，夜不能寐，食之无味。

早晨六点半，天还没大亮，杨海玉起来给刚刚进入高中的女儿备好早餐。女儿一走，她又回床上倚在丈夫肩上发呆。

"你今天不是要上班吗？咋又躺下了？"

正准备穿衣服起床的吕蒙奇怪地看着妻子。

"是啊，休了半个月，轮到我们这个组上班了。"杨海玉一挺身坐了起来，"可是真的没心思。你说，以后没班上了我们怎么办……"

吕蒙叹了一口气，拍了拍自己的胸脯，笑道："我都说几遍了，让你别想这些。车到山前必有路，活人还能让尿憋死？再说，你老公我是干啥的？！难不成还能让你出去挣钱养我？"

杨海玉眼睛一翻，精神十足地说："我真想过，我出去打工，养你也可以呀！你把小雅带好就行。你看小芳和夏莉莉……"

"得了！你以为工作那么好找？"吕蒙笑着打断她，"小芳人家娃有老人帮忙带呢，夏莉莉一个人吃饱全家不饿，咱们拖家带口的能跟人家比？少打那个主意，我不同意。"

"那我就回我妈家种地去。"杨海玉赌气地白了他一眼，径直去了卫生间。吕蒙望着她的背影，心里掠过一些沉重，又长长地吐出一口气，像是要把郁积的烦恼都吐出来。

韩青阳老早也知道了消息，但他大概是厂办唯一不动声色淡定应对的一个。这些天除了去县里参加会议，谁也不知道他在忙什么，车间生产的事几乎全扔给吕蒙了。熬到十月中旬，韩青阳召集厂办所有科室开会，终于给吕蒙下了利用一周时间做停产准备的指令。一个缫丝车间留一半人上班即可，煮茧车间将已经领出的干茧生产完就不要再领料了。但那时，他也没讲太多实质性的东西，只叫吕蒙会同财务科的人尽快安排全面清理各项库存，登记造册。

这个指令一下，人心惶惶。有人开始后悔没有早做打算，羡慕那些果断离厂还奔到好前程的人。只是这会儿县上文件迟迟不见下来，大家聚在一起叽叽喳喳，有的虚张声势为自己壮胆，有的没完没了抱怨哀叹，可谁也说不出个道道来。

退休六七年的方文贺每日守着汉江边过着钓鱼翁的逍遥日子，他仍然一个人住在老房子里，怎么也不愿意搬去与儿子儿媳同住。方海知道父亲的固执，也不强求，去省里出差给父亲带回一个"小灵通"，让父亲出门时时带着，有事了直接打电话。方海早几年已经用上"大哥大"了，说要给他也买一个，他不要，觉得那玩意砖头似的看着太招摇。这次的"小灵通"他喜欢，遂了儿子心意收下了，买了个小巧的皮套把"小灵通"挂在腰间。

这些天，但凡碰到熟人，一开口都是跟他说厂里停产的事，向他打听改制之后的政策。工人没几个说得清"改制"是咋回事，但他们知道，厂子是倒闭了。

"厂子倒闭了，总要给我们些补偿吧？干了那么多年……"他们眼巴巴地望着他，好像他还管着厂似的。

他听着"厂子倒闭了"那五个字分外刺耳。

是啊，五六百个女工当中至少有一大半还没到退休年龄，三四十岁，正是干活的好年纪，却如同一个原本乘坐长途汽车的人突然得知司机要把她扔在半道上了，前不着村后不着店的，不心慌才怪！

"你倒是好哇，退休了高工资拿着！厂子死也好，活也好，跟你都没啥关系了。"见他答不出什么，问的人心里不是滋味，免不了对他也生出些愤懑，有时候丢下半句话能噎得他伤神半天。

这个厂是他一手建起来的，他和这个厂一起度过了整整十三个春秋！就是生下十三年的娃，如今站在面前也是半大小伙子了，咋能说跟他没有关系呢？他生气，胸口憋得慌。

他去厂里找吕蒙，见往日车间热火朝天的景象已不复存在。缫丝车间只有一半的立缫机前站着人，依然是机器轰鸣，蒸汽缭绕，女工们却没了往日的神采，一个个疲沓沓的。有人认出他来，惊讶地望着他笑。他转了一圈并没有看到吕蒙，一个女工给他指了指扶摇车间，他进去，便看到吕蒙正在一排一排的篚子中间指挥十几个女工将已经质检过的白厂丝进行整理，一包包地捆扎。

他这才相信街上的传言是真的，江城缫丝厂是真的要停产了。怎么会走到这一步呢？韩青阳呢？他这个厂长是怎么当的？

方文贺胸口一阵揪心的痛，心里沉甸甸的东西突然就变成了说不出的愤怒。

"吕蒙!"沉吟许久,他压了压心里的怒火,叫了一声。

声音不大,很快被机器的轰鸣遮盖,胸口又一紧,一阵接一阵的潮热从毛孔里汹涌而出。他抹了一把眼睛上的汗,视线却越发模糊,隐约看到几个人拖着拖车朝门口这边走过来,他的腿一软,在天旋地转中倒了下去。

这次心梗几乎要了方文贺半条命,在医院住了半个月,他依然满脑子都是对江城缫丝厂的回忆和担忧,根本没办法做到像身边所有人说的那样置之不理。儿子方海明白,父亲的思想还停留在缫丝厂的鼎盛时期。那时候多风光啊,每年给县里上缴利税一两百万,甚至有人打了个比方,县里的机关干部每三个当中就有一个是缫丝厂养活的。但父亲已经退休好几年,市场经济变成什么样了父亲根本不了解。国有企业的改制,其实在他退休前就已经开始了,他并非完全不知道。说白了,父亲还是舍不得这个一手创办的厂子,更不愿接受厂子亏损必须倒闭的事实。

但父亲的心结得解开,否则,谁的话也听不进。想到这些,方海一针见血地指出:"如果一个大厂成了国家的负担,全靠财政养着,那这个厂就没有存在的必要了。"

方文贺听他这样说,摆摆手,愤愤地赶他走。方海担心他一生气血压升高就躲了一个礼拜,每天让媳妇来给父亲送饭。心想着等他身体恢复了再带他到缫丝厂走一遭,让他看看现在的缫丝厂什么样,也许他的心结就解开了。

但实际上还没等方文贺出院,立冬过后没几天,作为改制工作领导小组班子成员的方海就接到通知,政府三天之内会将缫丝厂改制的文件通知下发,让他们提前做好思想准备,时刻关注缫丝厂职工的动向，做好相关解释工作。经委在二〇〇二年已经改为经贸局，方海作为经贸局局长，一方面要去工厂指导改制工作，一方面要随时将进展向领导小组其他成员汇报，和他们进行面对面沟通，所有实施方案的临时变动要同县委、县政府的意见保持高度统一。方海不敢把改制相关的消息告诉父亲，又特地给常来探望的吕蒙夫妇嘱咐了一番。

十一月十五日清早，韩青阳主持召开了江城缫丝厂的改制工作厂部班子扩大会。江城缫丝厂此时已坠入绝地，改制的啥政策都是透明的，不必藏着掖着，所以韩青阳索性将党委会和中层干部会一起开，他在会上详细介绍了改制工作的详细分工。早在过去的半年时间里，江城缫丝厂近百名机关干部职工已经调走一大半，现在来参会的科室干部也就是根据文件要求各科室留下来协助的二十来人，韩青阳和吕蒙作为厂部负责人属于改制工作小组成员，供销科老吴和另外两个车间的车间主任作为工人代表也在改制工作小组成员名单中。韩青阳拟了三个议题：一是关于他们自身的归属安置问题；二是家属安置和思想工作的落实，也就是要动员在缫丝厂的家属做出表率，拿出姿态；三是协助县企业改制工作领导小组做好其他职工的思想动员工作。

根据人事局文件，韩青阳在改制完成后会调往其他局机关任职，吕蒙也将回到经贸局工作，其他人会根据情况安置到其他厂矿企业。至于第二个议题，牵扯到吕蒙的妻子杨海玉面临下岗的问题。早先已经思考了很久，所以吕蒙并没有多少犹豫，率先表态自己妻子会按照政策配合改制服从下岗。另外七八个有家属在缫丝厂工作的人见吕蒙答应得爽快，立马脸色都变了，他们原还指望着吕蒙能出头说说话，对他们的家属区别对待，不指望做正式职工，能安置到其他厂里去有个饭碗就行啊！几个人你望我看你，心就落到了谷底，不禁有了树倒猢狲散的悲凄之感。韩青阳再讲到后面协助的事，听的人大都心不在焉了。

这个会一开完，江城缫丝厂改制的通告和改制条例细则就贴到了宣传栏。一切依照破产程序进行，企业整体产权进行拍卖，为保护本地蚕桑产业和丝织业发展，要求购买人必须继续从事缫丝生产。另外，江城缫丝厂的所有职工全部买断工龄，解除全民所有制身份。

江城缫丝厂的改制工作在这一天正式拉开了序幕。

3. 时代的一粒灰落下便成山

江城缫丝厂倒闭清算，厂子要卖掉，职工要下岗。这消息像长了翅膀，几个小时就传遍了江城县的大街小巷。

"那么些工人，没工作了可咋生活哟！"人们议论纷纷，在扼腕叹息的同时不禁为职工们下岗之后的生活担忧。

而工人们自己也都六神无主了，家里老的老，小的小，正是花钱的时候，为此，他们忧心忡忡。可摊上这事，已经由不得他们自己了，曾经引以为傲的江城缫丝厂国家正式职工的身份，全都给硬生生冠上一个流行的词——下岗工人。他们脑壳里还没转过弯来，还没闹明白好好的厂子为啥突然就倒闭了，而且从此这个厂将不复存在，他们陡然失去了管束，再不用惦记几班倒，迟没迟到，谁接娃，谁送娃，几点吃饭，几时发工资。生活把大把的时间还给了他们。

十年前被当作"香饽饽"，如今成了"下岗工人"，都下岗了还能叫工人吗？但他们的迷茫无人理会，面对一家人即将陷入的生活困顿，这些迷茫显得特别矫情。

这天星期六，吕蒙和小雅都还在睡懒觉，海玉去菜市场买完菜回来，远远看见煮茧工魏婶在她家楼下单元门口等着。

这个女人自称是韩青阳亲戚，但从来没见韩青阳姐弟搭理过她。她平时人前爱咋呼，背后东家长西家短，海玉上班时就特害怕跟这样的人打交道，现在不上班了遇见更想绕道走。可偏偏魏婶今天就是专门等她的，老远看见她就"杨班长""杨班长"地招呼着，一路小跑过来，帮她接下手中的菜。

"魏婶，你这是干吗呢？我自己拎得动。"海玉闪躲着，可手里的东西还是被她抓了去。

"这算啥呀，你婶子我手劲大！你们家吕大厂长也不帮你，让你一个人提这么多东西！"魏婶全然不把自己当外人，拎着海玉的菜就朝海玉家走。

"他晚上加班睡晚了些，就让他早上多睡会儿。"海玉说。见她抢在头里往楼上爬，突然明白她是想进自己家去，连忙紧走几步，在门口从她手里接过装菜的网兜。

"魏婶，还是我来提吧……不好意思哈，我改天请你到家里做客。这会儿确实不方便，吕蒙半夜两点才睡，我怕吵醒他。"

魏婶讪笑着，但并没有要走的意思，抓住她的话头问道："吕厂长加班是不是为厂里工人遣散费的事呀？哎，你给婶子透露一下，我们买断工龄政府给多少钱哪？"

"这我真不知道，他也没说这个呀！"海玉为难地说。

"我不信，这事除了我侄子，就你家吕厂长知道。现在厂子这样了，我们以后的日子也没着落了。你看你家还买得起肉，有吕厂长护着，你自然也不会没有工作，可我呢？我家老头子摆地摊一天也卖不了几双鞋，挣那点小钱还顾不住他自己的嘴！我家马上连蜂窝煤都买不起了。杨班长，你可得有点同情心哪！"

魏婶一开始说得酸溜溜的，说着说着就抹起了眼泪。

"那你咋不去问问你侄子呢？婶子，他知道的内情可比吕蒙多，他才是厂长呢！"海玉看着她，搞不清眼前这个女人的眼泪有几分真假。

"我那侄子是厂长不假，可他就是翻脸不认人的白眼狼。他最近哪，听说天天忙着讨好县上领导给自己找位子呢，哪会管我这个表婶？"魏婶恨恨地说。见海玉不吭声，又道，"你不一样啊，杨班长，你们两口子平时在厂里那都是有口碑的。"

"具体什么情形我真不知道。再说这也没啥好问的，有啥消息就贴在厂区宣传栏里了，我也一样要去看消息才知道的呀！"海玉苦笑着安慰她，"你也不要急，也不是你一人操心这买断工龄的事，咱们厂六百号人呢，有他们的，自然也有你的对不对？"

"你说的也对，少不了我一个！你真不知道啊？"魏婶半信半疑。

海玉苦笑着摇摇头。

魏婶神色黯然。

"你可得跟吕厂长说，将来不要亏我，我家的情况你给他说说，啊？"

"行，我记下了。"看着海玉点头，魏婶这才转身噔噔噔地下楼。海玉看着她的背影，感觉既可怜又无奈，想想自己心里的失落，真不知说什么才好。

一开门，却见吕蒙站门里瞅着呢。

"不多睡一会儿？我们说话你都听见了？看看，你们工作还没开始，人家都找上门来了。"海玉抬了抬眼，将菜赶紧拎进厨房。

"嘿嘿，好日子是到头了，以后找上门来的会更多。"吕蒙苦笑，套上棉衣就要出门。

海玉叫住他："今天周六，你出去干啥？"

"我们分的组，约好要去工人家里做工作。吃饭也别等我，说不准几点才能回家呢！"吕蒙说。

等拉开门，吕蒙又想起海玉的事，站住叮嘱道："我已经在会上表态要带头执行下岗政策，所以……若有人来跟你说什么，你就说厂里都是统一政策，你会带头下岗。其他的一律不知道。"

海玉说："好。"

听见门砰的一声，她择菜的手顿了一下。

这时小雅揉着眼睛出来，蹲下来亲昵地偎着她肩膀，顺手撩起她耳边掉下来的一缕长发。

"妈，你在愁什么呀？你看你都有白头发了。"

海玉望着女儿那一张还不识愁滋味的满月似的脸，心头原本氤氲着的丝丝悲戚便被突然涌出的无限柔情所遮蔽了。

想起自己当值班班长不过才几年光景，想起那些个在车间里缫丝、补岗、查验和计算工资的日日夜夜，眼角随即一阵酸涩。

改制工作领导小组的负责人是汪汉江，方海负责协助。第一周因为缫丝厂还在做资产清算，汪汉江没有到场。第二周，清算工作基本完成，因为前期会议已经商讨过，所以倒闭和改制申请报上去三四天就批复下来了。根据改制工作程序，接下来要给干部职工核算工龄补贴。

已经寒冬时节，从汉江吹进街道上空的风盘旋几个来回再砸在人脸上，就有了一股凛冽的狠劲儿。

汪副县长和方海抽空到厂里召集领导小组成员和工作组成员开了个碰头会，然后在厂办设立了工作组改制协调工作办公室专门负责接待来访以及签订协议。

屋中间一个炭炉子烧得很旺,炉盆架边搁着一大茶壶已经烧开的水,突突冒着热气,炭炉子边上一纵一横放着两个长条椅,此时挤挤挨挨坐着的、站着的全都是人。相对于六百多的职工总人数,主动来访咨询的不算多,但就这间小小的办公室来讲也不算少。他们大多是带着忐忑不安的心情来的,但问过之后反倒加深了他们的愁苦。"给太少了,这么几个钱就想把我们打发了……"有人叹息,有人倾听,便也不着急走,开始絮絮叨叨讲述自己进厂的历史和家里的困难,讲给工作组接待的人听,也讲给周围的人听。讲完了,周围听的人唏嘘不已。"我们家还不是一样!"也总有站出来跟着叹息一句半句的人,他们的语调将无奈和凄苦拉得老长。工作组负责接待的人一遍一遍给他们讲厂子走到这一步的无奈和买断工龄长痛不如短痛的好处,一批人摇着头沉默着离开,另一批人又进来接着说。如此这般,七八天过去了,却没有一个人在拟好的协议书上签字。

这阵势再拖下去也毫无进展,方海将情况汇报给汪汉江,汪汉江让方海召集开会。在几番商议下他们决定分组入户,工作组被分成了三组,每组五人。一组由方海带队,吕蒙协助;二组由韩青阳带队;三组由汪汉江带队。不过入户效果并不佳。面对工作组,大多数人持观望态度,支支吾吾,不说同意也不说不同意;有的人期望值过高,提出的补偿数额比县上方案里拟订的要高出好几倍。

也有人还对厂子抱有希望,不愿意正视厂子倒闭的现实,比如库房主管范大力。范大力的父亲老范是原来部队转业安置在氮肥厂的职工,后来转到缫丝厂安置。老范为人忠厚老实,干活力气大又分外认真,方文贺那时特别信任他,让他在库房顶了一个副主管的职。老范四十多岁才讨了一个哑巴老婆，后来生了范大力，属于老来得子。范大力上完初中就辍学了，在街上跟个混混似的，今天帮人讨账，明天帮人打架，社会上混了近十年也没搞出什么名堂。倒是老范替儿子着想，提前五年退休硬是让儿子赶上了最后一批接班政策。考虑到他们家庭困难，方文贺让顶岗的范大力直接做了库管，工资能稍稍高一点。老范没钱买商品房，一家三口一直挤在厂里的母子楼住。一天中午，方海带着吕蒙到范大力家，谁知范大力宿醉未醒。老范的老伴神情呆滞地坐在门口的小凳子上望天，脚边放着一个破旧的红色收音机，电流的杂音伴着唱戏的咿咿呀呀，实际上什么也听不清。屋里拥挤而潮湿，老范不好意思让人在屋里坐，拿了凳子摆在楼道里招呼方海和吕蒙几个坐。

老范指了指屋里的儿子，悻悻地说："起初，让他顶我的班他还不同意。后来进厂了，每个月有固定工资拿，他得意着呢，嘴上不说，每天下班回来哼着歌。旱涝保收，有个像样的身份，你说这辈子还图啥呀？原本说，今年就托亲戚在乡下张罗着给他找个对象呢，谁能想到说不让上班就不让上班了。他现在天天朝死里喝……别说他一时接受不了，我也接受不了，好好的厂子，怎么就……你们说，这算啥事呀！你们今天不来呀，我也要去找你们的。"

"不是不让上班，是厂子亏损着呢，不能再生产下去了。国家财政已经养了厂子两年了，咱们成百上千号工人，不能老耗着国家和政府呀，是不是？您是厂里的老人了，我一说，想必您就明白。您说我们一个厂就几百上千人，现在，咱们国家有许许多多我们这样的厂，就有许许多多的工人，自己生产的东西卖不上价，工资靠国家发。您说说，国家拿啥养活这么多职工？缫丝厂资产不到七百万，负债达七百多万，银行都只收不贷了。现在关掉厂子，还能挽救一点损失。这两年，国家财政就这么被大批吃'大锅饭'的国营厂拖垮了。即使眼下让企业改制，我们的政府也没有说不管下岗职工的话，还要拿出钱来安置大家。"方海跟老范解释说。

"你是说，国家没钱了，厂子也在赔钱，是不是？"老范定定地看着方海，目光像是要钻进他心里去，看得他揪心，不忍。见方海肯定的眼神，老范面色悲戚，垂下头不吱声了。许久，他抬抬手，示意方海等他一下，转身进了屋。

不一会儿，老范拿出一个手帕，当着方海的面打开，拿出一本存折递给他。存折很旧很旧了，污渍斑斑的。

方海翻开存折，上面密密麻麻的，几乎每月存款一次，存款金额不等，有三十五十，有八十一百。存款金额共计五千一百八十五元三角。

"这是我这一辈子的积蓄，就这么多。"老范说，"这点钱请你转交给厂里，做点贡献。如果国家、政府能让厂子再转起来，我儿子这辈子有个指望，我们死了也心安哪！"

他话音刚落，范大力搓着脸从屋里走出来，看到方海和吕蒙，立马警告父亲："爸，我跟你说，他们说啥你都不要信！厂子现在这个样子，都是一帮蛀虫在胡日鬼呢！他妈的机关吃白食的有多少？那库房里存了多少高价买回来的根本用不上的东西？"

说完，范大力又转头朝吕蒙发火："外人不清楚，你吕副厂长、吕大科长还不晓得？是官官相护还是自己也不干净不敢说呀？厂子挣的钱都让蛀虫吞了，举报信贴到县政府都被人压了，当官的只管自己喝酒吃肉，有谁顾得上工人死活？我跟你说，吕蒙，别跟我家做工作，你们要让我签同意改制协议还是买断工龄啥的，我就三个字'不同意'！我爸说了不算……"

"你住口！"老范打断儿子的话，起身冲儿子吼道。他盯着眼前的儿子，眼里夹杂着怒火和哀求。

"进屋去！"

见儿子恨恨地看着工作组的几个人，知道他不服气，老范跺了一下脚，又吼了一声。

吕蒙在一旁听着看着，鼻子发酸，对老范说："范叔，您的积蓄您好生收着。我跟您保证，将来这个厂还开的话，我肯定第一时间来通知您，通知大力。"

方海取了老范的手帕将存折包好，重新塞他手里，动情地说："是呀，将来，江城的缫丝肯定还要继续，可能只是换了私人来接手而已。但是，一码归一码，眼下这个缫丝厂该破产还得破产，该清算还得清算，给大力买断工龄补偿安置的政策，您老再仔细琢磨琢磨，有啥不懂的，或者家里有啥困难你就找吕蒙，我相信他不会不帮你。大力也没说错，厂子发展到今天，养活了一大批工人的同时，也养肥了一些不顾人民利益、假公济私的蛀虫，正因为如此，厂子改制才势在必行，所谓不破不立呀！"

"买断工龄一年就不到六百，然后失业金补两年，每个月一百五。按大力这个工龄和年龄，估计能补九千左右。"吕蒙说。

对于吕蒙和方海的话，屋内的范大力听懂了，默默地抹了一把迷蒙的眼睛。老范似懂非懂，怔了很久才将手抽出来，泪眼婆娑地看他们离开，一句话也说不出来。

下到楼下小广场，一阵冷风吹过，方海紧了紧身上的大衣，看着脸色沉重的吕蒙叹了一口气，问道："你们厂不在一线的行政干部有多少？"

"一百一十七个。"

"哼,难怪人都说呢,江城缫丝厂能撑到今天,县财政已经付出很大努力了。"方海苦笑着说。

他看出吕蒙心里也压抑着愤懑,开导道:"群众的眼睛是雪亮的!机构臃肿,管理混乱,一些人趁机中饱私囊,这些问题想都能想到。再好的白厂丝,卖再高的价,也禁不住折腾。可是要处理,直接受伤害的却是下面的职工。我们眼下能做的除了让职工理解改制,配合改制,再就是跟上级领导协调,尽可能给下岗职工争取到最大利益,并帮助他们找到生活的出路。这也是你眼下要思考的问题,明白吗?"

这次入户工作持续了半个多月。

然而,到工作组办公室签订国有身份退出协议的只有十几个像海玉这种和厂办的人有亲属关系的。

拿了下岗证的海玉跟丢了魂似的。签了协议,曾经引以为傲的工人身份名义上就不存在了。但那些真真切切犹在耳边的机器声以及那些在机床前忙忙碌碌的记忆能消除吗?

这天中午,孩子吃完饭去了学校,收拾完碗筷百无聊赖的海玉决定下楼走走。走出老远猛然发觉忘了带钥匙,摸摸口袋,小灵通也没有带。环顾眼前,正好离方文贺家不远,她索性买了点心和罐头拎着去了方文贺家。

刚走进楼道,就听见了从方文贺家传出的说话声。她凑到窗口瞟了一眼,见方文贺坐在中间的沙发上,身边或站或坐围着四五个厂里的老职工,正在你一言我一语说着对改制的不满。她心里一惊,先前还听吕蒙说方厂长的病得静养,在医院的时候有方海两口子轮番守着,基本上不让厂里的人去打扰。现在出院回家,想必方海忙得也顾不上自己的父亲了。这些个老职工都是当年跟着方文贺从氮肥厂转到缫丝厂来的,见证了缫丝厂的兴起与发展,对厂子有真感情,显然是眼下过不去改制的坎,来找方文贺诉苦,无非是想仰仗方文贺的身份,请他站出来为工人说说话罢了。但就怕方文贺急火攻心又犯病,那就麻烦了。

海玉提着东西在楼下花圃坐着等了半个小时,才见那几个老职工离开。送他们出门的方文贺在楼道看到了杨海玉,叫了她两声,招招手,让她上去。

"海玉,我还真想你们两口子了,你再不来看我,我可就要厚着脸皮去你家了。从医院回来这么久,连你家吕蒙面都没见着,估计他跟我们家方海一样……"

方文贺接过海玉手里的东西,亲热地招呼她坐。

海玉入冬这一个月没见着方文贺,现在才注意到他之前的肚腩不见了,本来棱角分明的面庞如今显出几分病态的消瘦和苍白。

"方叔,是我来晚了,我跟吕蒙早该来看您了。之前您在医院,怕您知道厂里的事跟着着急上火,所以也没好去打扰您。现在您回来,怕也是清静不了,厂里这些乱七八糟的事您怕是都知道了。"海玉不好意思地解释。

方文贺沉默了,他端起茶杯,看着在水中浮浮沉沉的茶叶,禁不住伤感万千。

许久,他才痛心疾首地说道:"海玉呀,你也是见证了这个厂的发展壮大的,应该理解我的心情。说不难受是假的。想咱们厂创建之初从三四百人做到一千二百人,从年产七八十吨白厂丝到年产四百多吨。我查过,这十七八年时间,产值两亿八千万,给国家上缴的利税少说也有一千六百万之多。可以说是江城十几年的顶门杠子啊,为什么会走到今天的地步?说是受国际国内丝织市场形势的影响，我信，也不全信。总觉得这个厂……不应该就这么倒了，还是有些事没有想明白呀！"

海玉听着他的话，联想到自己眼下的处境，心里有说不出的委屈，眼圈跟着就红了。

"你心里难受，是带头下岗了吧？"方文贺注意到她的神情，关心地问道。

海玉点点头。

方文贺叹了一口气，安慰道："时代的一粒灰尘，无论是落到厂里还是落到人身上都是一座大山哪！吕蒙行事光明磊落，既有正义感又有责任心，这些年，我把他当成半个儿子看待，我了解他。你也要理解和支持他的工作。厂子倒闭了，他就会回到经委。有他一份工资拿，比那些两口子都下岗的双职工强多了，你愁啥？！"

看着方文贺坚定的目光，海玉心里受到了很大鼓舞。这些天，她夜不能寐，可是，每每看到吕蒙深夜才精疲力尽地回家，她心里对未来的恐慌、不安和失业带来的委屈都没法跟丈夫开口。

是呀，她是应该相信自己的丈夫，只是现在，他必须为更多人着想。

想到这儿，她舒了一口气，起身跟方文贺告别。

"我回头让吕蒙来看你，方叔叔。我猜，你肯定有话想跟他说。"海玉道。

方文贺故作轻松地笑了笑，并未否认。

"好，让他抽空过来。"他说。

海玉回到家便给方海打了电话，将今天遇到的情形跟他说了，叮嘱他抽空一定回去看看父亲，开解一下。毕竟方文贺才出院不久，万一心结太重，病情再反复就不好了。

但那天晚上方海和吕蒙都工作到很晚。

第二天午饭时间,方海才叫上吕蒙回了一趟父亲家。

方文贺以为他来吃饭的,说道:"我有小灵通嘛,你工作忙不打电话,来吃饭也不提前打电话。没买菜,凑合吃点剩饭?"

"我吃过了。厂子过不了几个月就搬空了,我想带你再去看一眼。"方海说。

方文贺愣了一下,很快点点头,拿了一件毛呢大衣套在毛衣上。

下楼就看见吕蒙也在楼下等着。

已经关停了一两个月的车间因为不通风,散发着一股难闻的怪味。吕蒙拉开电闸,开了一两盏灯,车间里顿时明亮了。

方文贺在自动缫丝机前站了许久。他想起最开始的五台手动立缫机,想起夏莉莉她们那一班刚入职的姑娘,嘴角不由自主地露出笑容。吕蒙指着那些缫丝机道:"这个车间的缫丝机一九九二年换了一批,一九九七年又换了一批。从最开始的两千绪,到后来每个车间四千绪,不仅产能提高了,缫丝机的更新换代也让效率大幅度提高。最开始一人可以看十绪,后来一个人看二十绪。但其实,工人看三十绪也没问题。从实际状况看,产能过剩,也根本用不着那么多工人。"

一旁的方海接过他的话,问道:"如果一个私人老板发现自己雇用的工人多了,他会怎么样?"

"当然是马上辞掉多余的工人,你考谁呀?"吕蒙笑。

方海意味深长地说:"是呀,这是再简单不过的事。但作为一个国营大厂,招进来工人容易,辞退工人就难了。明知道工人富余,产能过剩,却无能为力。特别是最近几年,你们没有自己的订单,全靠给别人加工勉强维持,对吧?有一点利润还不够买原材料的，哪来的盈利？"

吕蒙点头说："确实如此。后期工人上班再没有开厂之初那样饱满的热情了。我的感觉是，少了对工厂的热爱和对工作的激情，有活没活，每天来混到下班就算完事，反正工资照拿……"

方海看着父亲方文贺，说："这也就体现出'吃大锅饭'这种管理的弊端。"

方文贺面色沉重，什么也没说。往里面走了几步，发现地上一摊一摊的水，加上随处扔着的装茧筐、送茧桶，显得脏乱不堪。他奇怪地问："这是缫丝车间，又不是煮茧车间，生产线都停着，地上哪来这么多水？"

吕蒙指了指四面沿墙一直延伸到中间机床下的管道，说："你看这些管道，四处都在漏水。"

方文贺想起，这些管道是当时韩青阳重新买锅炉的时候全部新铺上的，自己当时在采购单上签的字，但后来怎么铺设、铺了多少自己都没再过问。又去看了看另一边墙根的管道，眉头越皱越紧，不等两个年轻人跟上，快步朝扶摇车间走去。这个车间几乎不用热水，但仍然沿墙全部铺设了管道。

"不看这个了吧，我带你们去一个地方。"吕蒙说。

吕蒙带着方文贺父子径直来到库房。

走到库房中间码放齐整的一堆木箱跟前停下，方文贺目测了一下至少有两百来箱。

"这是什么？"方海问。吕蒙看了他一眼没说话，到一张办公桌上找到一把螺丝刀，用力撬开一个木箱盖板，打开来，是一个个的小方纸盒。方文贺拿起一个，掂在手上沉甸甸的，打开来一看，是阀门形状的东西。

"是煮茧阀门。"吕蒙说。方海翻了两个木箱子，注意到用黑色记号笔写的数字"60":"这一箱子装了六十个,二百多箱岂不是一千多个?"

"这东西,五六年不换一个的。"吕蒙说。

方文贺点点头,不吭气。再往里走,又看到货架上堆着的长条形盒子。吕蒙细看了一下,告诉他是通丝管。

在库房最里面的角落,吕蒙看到了之前进库房从未见过的一个东西,一台崭新的蒸汽锅炉。

"为什么还有新锅炉在这里?这是什么时候采购的?"方文贺问。

"我猜应该是大半年之前了,我有半年没进到这最里面来。"吕蒙看了看锅炉部件上的编号,发现和锅炉房正用的一台是同一个型号,疑惑地说,"这两年从没有谁在会上提到过买锅炉的事,我只记得缫丝一车间的立缫机换过四台,韩厂长当时让换的杭州飞宇2000型自缫机。这锅炉,莫非是和几年前那一台一批采购的?"

方文贺心里咯噔一下,再结合刚刚看到的管道,突然有一种不好的预感。他还记得那次韩青阳找他签采购单的事,可是自己怎么会批两台锅炉呢?这中间是不是有什么猫腻……

"范大力肯定知道是怎么回事。"

吕蒙想到范大力那天说曾写过举报信的话。

方文贺冷笑:"哼,两台锅炉,带配套安装下来就三百万了。"

几个人从库房后门走出去,绕到侧边的空场地,是如山似的煤炭。

"刚才里面看到的那些,其实我也不知道,因为这一块儿总体是供销科管着的,韩青阳负责,又有老吴,我也就没有仔细留心过。我带你们过来，是想让你们看这个——煤。"吕蒙说，"早在五六年之前，我就听锅炉房师傅跟我提过，采购的煤炭一批不如一批，发热量连三千大卡都达不到，更别说五千大卡。"

方文贺蹲下身子，捡起一块拿在手上细细观察了一下，递给方海："你看看，咋不太像煤，这看起来像煤矸石。"

"不是像，就是煤矸石。"吕蒙说，"还记得最开始你管供销的时候，一天烧多少煤？"

"七吨到八吨。"

"但是，从你退休之后，我们每天要烧三十吨煤。"吕蒙说着，从方海手里拿过煤矸石掂了掂，"这个，说白了，就是煤矿不要的废料，我们却花钱买回来了。"

"我不相信老吴有那么大胆子，他可是跟着我从氮肥厂转战到缫丝厂的老伙计呀！"方文贺说。

"吴伯伯？没有厂部负责人的同意，他有胆量自作主张采购这些大宗进货吗？这些见不得人的事八成离不开有人操控。我倒真好奇，人家那账是怎么做平的！"方海说。

"我明白了。"方文贺点点头，正色道，"谢谢你们两个今天让我看到这些，我知道是怎么回事了。小海，到底谁来盘下这个摊子，县里是什么意思，你有没有听说？"

"这个……有听说，目前县上要求交易没谈成之前这方面信息保密。所以，具体姓名不清楚，只说是南方来的老板，曾经做过丝织业，中途改做了多年的贸易。据说那位老板现在就住在江城大酒店，已经来厂里看过了，价格还在洽谈当中。"

方文贺点点头，嘱咐道："那我就不干涉你们了！你们俩就放手配合县委县政府大胆工作，同时要把职工的利益放在首位。在职工的思想工作上，有什么需要我帮忙的地方随时跟我说。"

然而接下来发生的事,像一场积聚许久的风暴,不仅让方文贺他们始料未及,更让汪汉江主导的入户动员工作完全陷入被动。

起因是有人提及社保的问题,问到劳动局,才发现近三年江城缫丝厂并未给劳动局交过工人社保。但是社保中应自己缴纳的那一部分,每个工人发工资之前都由财务从工资里直接扣掉了。如果说厂里没交,那么,扣除的那一部分钱又到哪里去了?

这件事在下岗工人中传播得很快。

自打一九九七年韩秋燕离开后,接替她管理财务科的是那年新入财务科的年轻小伙,姓王。几个人打听到小王科长的家,硬是找上门,让他做出解释。他哪敢说真实情况,反反复复就一句话:扣下工人的这笔钱没有交到劳动局,一直在厂里财务账上,他没有贪污。

"糊弄谁呢,厂里账上是负数,钱早就没了。你没贪污是谁贪污了?"几个人气不打一处来,一副不说明白就不让走的架势。

他们的态度将那位王科长逼急了,他气呼呼地道:"厂里没钱也不是我用掉的,你们找我有啥用?有本事你们到县政府去要啊!"

他这句话像是把一粒火星扔进了干柴堆里。

"去就去!"有人就说,"那我们多叫些人去县政府找,去的人多了,县领导肯定会重视。"

4. 你们是有话语权的

是夜,供销科的老吴敲开了韩青阳家的门。

"啥事?电话里不能说,还非得见面!"韩青阳问。

"几个事,电话里不好说。"老吴意味深长地看了他一眼,"比较紧急的一个事,有人暗中煽动职工到政府门口闹事。"

韩青阳泡茶的手顿了下,抬了抬眼:"谁?"

"闹得最凶的是范大力那个'烧包',还有缫丝一车间的两个,煮茧的两个,扶摇车间的……"老吴说。

"有没有弄清他们说啥?"

"一是说单位这几年没交社保,个人部分又从工资里扣了的,所以要求补缴。他们先去找你姐问之前的事,你姐没说啥,他们又去找了王科长。至于王科长咋跟他们说的,那就不知道了。二是他们想提高失业补偿金和买断工龄的核算基数。"老吴说。

"哼,好啊,好事!让他们闹去。"韩青阳笑道。

老吴狐疑地看向他,说:"我是担心,事情闹大了会不会扯出其他的事?"

"王科长啥也不会说,我料他也没那么大胆子!"韩青阳说,"至于补偿金和其他啥,我们管那么多干啥!这个我们要睁一只眼闭一只眼由着他们闹,闹得越厉害越好。老吴,你想想,这些个刺儿头,能镇住他们的还有谁?"看老吴吐着烟圈,一副惶惶不安的样子,他又嘲笑道:"你看你愁眉不展的样子,不是做贼心虚是什么?"

老吴心里其实还有一件事,他盘算着要不要跟韩青阳说。但看到韩青阳对他不屑的样子,他便决定不说了。韩青阳见老吴没吭气,又问:"他们到政府门口去闹,那范大力没有提要告我什么吧?"

"没有。"老吴说。

"只要他不提上次举报的事就行。"韩青阳说着,看了眼老吴,"要是再把那些采买的事扯出来,你去跟他谈,想办法让他闭嘴。不能老指着我吧，老吴？"

老吴愣了一下，勉强笑了笑。

当年，他和韩秋燕受骗从深圳回来那天，韩青阳跟韩秋燕私下谈完之后，瞅着机会把他关在办公室，逼问他是不是在中间做了什么手脚。韩青阳和老吴曾一起出过两三次差，自然知道南方厂商接待的那些套路。韩秋燕是头一次到那么远的地方出差，虽然韩秋燕没有把责任推给他，但韩青阳压根儿不相信看似老实的老吴能在对方热情的攻势下保持清清正正。老吴当时料定韩青阳是冒诈自己，所以问什么都矢口否认。没想到韩青阳最后冷笑着说："没有？你敢说没有？要想人不知，除非己莫为！我姐姐让他们支到香港去了，你呢？天上飞的，地上跑的，海里游的，山珍海味供着你，你老吴敢说你一口没吃？！不但有红包拿，还有美女日夜侍候着，帝王待遇呀！你老吴敢说你片叶不沾，坐怀不乱？！"

见老吴吓得愣神，半天不吭气，韩青阳心里啥都明白了，这才点破了局。原来，韩秋燕并不知道老吴做了什么，是韩青阳跟毛毛聊天的时候无意中得知的。那天早上老吴在酒店半天没下楼吃早茶，毛毛自告奋勇去叫，谁知到门边正好碰到衣衫不整的女子从老吴房间出来。毛毛以为韩秋燕记错了房间号，便又折身往楼下跑。确定房间号没有错，毛毛正要再上去，就见老吴已经到餐厅了。也就是说，红包的事确属冒诈，但老吴已无反驳之力了。

自此，老吴在韩青阳面前几乎失去了话语权，韩青阳安排的事他只有照做，包括后来几年韩青阳一次次授意的大宗采购。当然，那些好处韩青阳并非都自己拿了。韩青阳接待市县各部门领导的应酬很多，还经常受他姑父汪汉江之邀去陪一些领导打牌吃饭，囊中羞涩肯定是没有风度的，这样一来，想办法搞点钱就是必然的事情了。不仅如此，韩青阳还时不时悄无声息地去老吴家一趟，以平易近人的厂长姿态慰问老吴年迈的父母和他多病的妻子，临了再塞一个红包。这么多年来老吴靠自己一个人的工资养活全家，天天过着捉襟见肘的日子。眼看儿女年龄大了，儿子要娶媳妇，女儿要陪嫁妆，家里用钱的地方陡然增多。随着方文贺的退休，老吴把跟韩青阳的这种"交情"渐渐看开了，无论韩青阳如何，他都受之泰然。

　　但是，厂子要倒闭了，他本来还有两年才退休的，现在也不得不以提前退休的身份收场。也怪不得别人，那些年轻的行政干部县上该安置就安置了，唯有他这种即将退休的人身份尴尬。劳动局放话出来，若自己能找到接收单位，他们只管协助办理调动手续就行；若找不到接收单位，就只有走提前退休这条路了。老吴想了很多天，决定去南方闯一闯，凭借之前他供销上的客户关系，他不相信自己找不到一个好的落脚地。

　　至于范大力，他犯不着去招惹这个头脑简单、做事冲动的小伙子，何况自己跟他父亲多少有些交情。说到底，这一家在他老吴眼中都是老实巴交的可怜人。

　　"明天我请假。有人要闹就让他们闹一会儿，突然失了业，谁心里都不好过。不让他们闹闹，这火气散不开呀……"

　　韩青阳的话打断了老吴的沉思。

　　老吴惊讶地看着韩青阳："你请假？那明天现场闹得阵仗大了，你不去压一压，县上领导还不得找你？"

　　韩青阳笑了笑，不以为然地说："正是知道一闹开了县领导就会找我，所以我才要请假。谁有本事谁去压呗！"

　　见老吴一脸蒙，又道："你也不想想，那帮孙子，还有那帮女人，是好说话的人吗？人一激动啥话都往外捅，指不定闹出啥乱子……我现在就给我姑父打电话。"说罢，拿出他的摩托罗拉手机。

范大力也没料到有如此多的工人响应。

一场风暴就这样猝然而至。

这天早上，汪汉江没到。方海到了办公室才知道韩青阳请了病假。方海、吕蒙召集其他小组成员对接了一下，各自说了一下当天的入户计划，然后就分头行动。

大家刚走出办公室，电话就响了。吕蒙返回去接听。

电话是汪汉江打来的，他声音都变了："吕蒙吗？你给方海局长说，所有工作组的工作暂停，你们马上到县政府来！"

"出什么事了吗？"吕蒙一惊。

"哼，你还好意思问我？！你应该问韩青阳，问你自己，你们一个厂长，一个副厂长、生产科长，这些工人有啥动静你们居然全都不知道！就是你们厂来了两三百人把县政府门口给堵了！县委书记都出不去了……青阳这小子，回头看我怎么收拾他，尽在关键时候给我掉链子！"

吕蒙脸唰地就白了。

""县委书记要去市里开会，出不去，发了大火，要工作组的人火速赶来处理！"

吕蒙放下电话，赶忙到外面叫上还没走远的一帮人。

这天也奇怪，忽地阴沉下来，冷风飕飕的。平常开车小心谨慎的方海今天把车开得飞快，车上坐着的几个一言不发。

在离县政府五十米的路口，车被县交警队的人拦下了。方海把车停在路边，从车上下来，他一眼就瞧见在前面焦急等待的汪汉江。

"汪县长。"

汪汉江说："我是从政府后门出来的，专门在这里等你。"他抬头扫了一眼跟来的吕蒙，问道："你爸呢？"

方海说："我爸？他都退休多年了，让他来不合适吧？再说他身体特别不好，这种场合让他一激动，再犯病命都没了。"

"哦，他身体不好？我不知道……"汪汉江着急地说，"那要不你先出面去谈吧，吕蒙一起去协助。刚才我出来之前县长说了，照这个形势看，别说韩青阳请假，他就是在，只怕也服不了众。老方不出面，这事怕压不下去。"

"我先去谈吧！"方海说。

此时，县政府大门外，四个保安一排站着，伸手拦着眼前簇拥着的几十号工人，一边劝解着，让他们别拥挤，再耐心等等。这几十号工人身后，是大批携家带口的扎堆站着的下岗工人，老老少少，全都在寒风中朝着一个方向张望。天冷极了，观望的女工一边给冻僵的手哈气，一边跺着脚在原地转圈。也有年龄稍大一点的女工，她们曾亲眼看着厂子一天天地发达兴旺，工作占据了她们生活的一大半，每天勤勤恳恳兢兢业业上班。现在，积聚在心里的委屈和愤怒也让她们全然顾不得体面了，高一句低一句骂着把大家饭碗砸掉的"恶人"。

方海走到人群前，望着一张张激愤的面孔，心里五味杂陈。从小，他就经常跟着父母出入车间，见惯了父亲跟工人们在一起的亲切，也见识过他们不怕脏不怕累为生产拼命的样子，后来在缫丝厂也是，眼前这些人当中或许就有看着他长大成人的叔叔阿姨。他理解此刻他们突然失去工作之后的茫然，理解他们面对一个没有保障的未来的无助，甚至也理解他们对受到轻视和不公正待遇的悲愤……

"同志们！我是经贸局局长方海。可能有些人认识我，我父亲是方文贺。"方海的话音未落，下面一片哗然。有人窃窃私语，有人震惊息声。

"我之所以站在这里，是因为我理解今天到现场的各位叔伯、阿姨、姐妹、兄弟，你们在江城缫丝厂工作了这么多年，舍不得这个厂突然就这么垮了，没了。因为对于你们来说，你们为这个厂付出了辛劳和汗水，有些人甚至是整个青年时代，最好的年华都是在车间度过的。对于你们来说，工作是你们这辈子最大的骄傲，也是赖以养家糊口的根本。父亲曾经对我说，这个厂就是他一手养大的另一个孩子。你们痛心、舍不得，我相信，我的父亲，他比你们更痛心、更舍不得。然而，一个厂，几百上千工人，靠啥生存延续？我们的白厂丝全国闻名，以前出口到国外为国家争创外汇立下过汗马功劳。而最近几年里，受经济危机影响，国际生丝市场饱和，出口价大幅度降低。厂里生产的白厂丝要么卖不出去，要么就亏本卖出去，厂里连买鲜茧的钱都拿不出来了，靠欠，靠贷，现在银行都只收不贷了。这两三年，江城缫丝厂靠给外厂做加工勉强维持生产线的正常运转，工资全靠国家财政负担。为什么要苦苦支撑？就是不想让你们失业！可是，国家、政府要负担的不仅仅是我们江城缫丝厂，还有好多家厂啊！我们不能眼睁睁看着国家、政府被拖垮吧，同志们！叔伯阿姨，兄弟姐妹们！我方海，今天在这里恳请各位也理解一下县委县政府的决策，你们有什么要求尽管提，有什么意见尽管说。我相信，县委书记、县长，他们也是乐意听到大家心声的，他们也想更好地帮助所有下岗职工解决后续问题。如果大家肯听我的建议，那就请配合县委县政府的正常工作，让大门敞开，我们移步到三米开外的地方，好不好？"

方海的一番肺腑之言，说到了很多人的心坎上，不仅让愤愤然的工人们哑口无言，没了火气，也让一边站着的吕蒙无限感慨，就连暗暗为他捏了一把汗的汪汉江也听到了心里，感动了一把。

人群中，领头的范大力和魏婶面面相觑。范大力在心里猜度着方海的话有几分真，魏婶见他不吭气自己便上前一步，大声说道："方局长，我看你说的比唱的还好听！你说，咱们厂六百来号人，即使我们这些年纪大的同意下岗给补点钱，那一大半年轻工人呢？人家路还长着呢，工作一下没了都扔社会上，以后一家人日子可咋过呀？这缺德不缺德呀？姐妹们，我们不能就这样被他糊弄了！"

她这样一嚷嚷，下面刚才平复了情绪的女工又开始跟着激动了。

"就是！他年轻，对这个厂没有感情。若是他父亲，肯定不会舍得偌大个工厂说卖就卖、说倒闭就倒闭了！"

"是啊，政府不能把我们就这样都扔到社会上，不管我们死活了！"

方海耐心听着人群中的各种抱怨和担忧，正想开口，汪汉江走到他跟前，对大家说："我是副县长汪汉江。方才方局长的话，大家都听到了，难为大家了！国家财政困难，我们广大的工人同志们要体谅国家，体谅政府，也要看到这两年政府所做出的努力。江城缫丝厂改制，是工业企业改革发展到今天的必然结果，我们都知道大家舍不得这个厂，但还是要实事求是地考虑到厂里连年亏损给国家和政府带来的损失。很多兄弟姐妹今天冒着严寒来政府门口，我想，大家也是怕政府不管大家了，是担心失去了工作以后没有生活保障了。我跟大家打包票，政府不会不管大家！所有缫丝厂面临下岗的兄弟姐妹，你们是有话语权的，你们派出代表，现在就可以提出你们的意见和建议。不过，政府在有些方面已经拿出了方案。改制之后，想做点小生意的，政府免费提供两年的贴息贷款。想去大酒店、饭馆当个服务员什么的，政府号召各私营业主优先招录。县委县政府已经在改制方案中明确提出来了。以后，不论谁来接下江城缫丝厂这个盘子，都必须要继续从事缫丝这一行，将这个产业延续下去。这样规定的目的，就是不忍心看着我们江城白厂丝这块招牌从此没了，就是不忍心这么多热爱缫丝厂的人找不到根儿了。改制之后，我们技术熟练的年轻缫丝工仍然可以进新的丝厂；年龄稍微大点的下岗，政府给予适当的失业补偿。买断工龄以后，你们拿着钱也一样可以到市场上去找活干，去做个小生意。只要勤劳肯干，没有过不去的坎！"

汪汉江侃侃而谈，很多人听了他的话自觉往后退出去好远。

方海说："大家可以现在选出代表，跟县改制工作领导小组的领导们面对面谈你们的要求。大家也不用都聚在这里，该回家的回家，大家说，这样好不好？"

吕蒙在一旁拽了方海一把，提醒道："你太心急了！这个时候，他们生怕受骗，一点风吹草动都草木皆兵！"

果然，他这话引起了范大力的警觉，范大力冷笑着，大声说："方局长，你该不是想空口说几句大白话就把我们打发走吧？我告诉你，选出工人代表，可以，我们马上选。我们即使听你的，愿意接受工厂倒闭的事实，也不代表我们同意改制工人安置条例上的补偿标准。想就这么轻易就打发我们走，没门儿！"

吕蒙赶紧过来帮着说："听我说，大家别着急！如果现在还不能完全相信我们，不相信政府的表态，可以留下来，等待我们进行协商。方局长刚才那样说，是考虑到许多同志身体不好，天寒地冻的,怕大家吃不消。如果有老人没穿棉袄棉鞋的,可以回家烤烤火,穿暖和了再过来嘛!"

"哼,这才叫人话嘛!"范大力道,随后看向身后的人群,"大家都听到了,再推选三个人出来,和我一起去和县领导面谈!"

一直站在人群中默不作声的老吴突然挤到范大力跟前,一把将范大力拉到了一边。

"吴科长,你拽我干什么!"范大力甩开他的手,奚落道,"你不是和韩青阳穿一条裤子吗?听说他马上提拔了,咋,不给你安排个秘书当当?"

老吴很是尴尬,不自然地笑笑,递给范大力一支烟,凑近了说道:"说啥呢?我这一把年纪了,给我个秘书我也当不了啊!"

"那你啥意思?"范大力警觉地看着他。

老吴说:"我和你一起去谈判,咋样?"

"你?"范大力迟疑地看了他一眼,转身要走,"韩大厂长对你跟哥们儿似的,你还愁没工作?用不着跟我套近乎!"

老吴又拉住他,认真道:"我知道这是蹚浑水,吃力不讨好的事情!补偿谈高了还好,谈不好几百号女工抱怨,那些女人,能把你撕着吃了!我是想帮你,县里有些啥政策,我比你懂!你想想……"

范大力犹豫片刻,点点头。

他们俩拉扯的这一幕恰好被吕蒙看到,他感觉有些不对劲儿,但也说不出来哪里不对。

韩青阳很快便知道了政府门口的情况。

"你反应还挺快的!"韩青阳夸道。

老吴摇摇头,解释说:"别看范大力他咋呼,其实傻着呢,肚子里藏不住话。我跟他一块儿去，是防着他谈事情的时候乱讲话，该说的不该说的都倒出来。"

韩青阳笑道："看不出来，方海关键时候口才还不错！不过，我倒有个计划，范大力既然爱咋呼，强出头，我倒是不能让事情这么简单就了了，得让他咋呼个够！老吴，你有没有听过，'鹬蚌相争，渔翁得利'？"

"你的意思是……"

"你想啊，县里闹出这么大动静，市里是不是很快就知道了？这个时候，谁能很好地平息这件事，既能贯彻落实领导的意图，又能让工人顺利接受下岗安置，谁就算立了大功，自然进入市上领导的视线。到时候不愁没个好位置，想不提拔都难哪……坏事利用好了就能变成好事，这就是个推手，不能让方海、吕蒙捡了便宜。"

韩青阳的分析让老吴开了眼。这方面，他着实佩服韩青阳。

"那你想怎么做？"他问道。

韩青阳胸有成竹地说："下午不是没谈出结果嘛，这样，你一会儿便去范大力那里，把他叫到你家……哦，对了，还有我那个爱出风头的魏表婶。等会儿我给你拿两瓶好酒，晚上你跟他们两个好好掰扯掰扯。其他还有谁能叫的，由你斟酌，一块儿叫上。"

"掰扯啥呢？你意思是激将法？"

韩青阳点点头，神秘一笑："巧了，我刚得到一个消息，正好可以利用一下。这个消息，怕是连你也想不到。"

与此同时，吕蒙家里也迎来了他们两口子都没想到的客人，夏莉莉、小芳和孟苏州。

"什么风把你们给吹回来了？"杨海玉喜出望外。

"改革的春风呗！"夏莉莉打趣道。

"海玉，你好意思不？厂子要倒闭了，这么大的事你都不通知你师傅？"小芳嗔怪道，"好歹我们的工作关系还在厂里呀，不管下岗还是自动离职，我们三个都得回来把手续办了吧！"

海玉醒悟过来，使劲拍了拍自己的脑袋："不好意思，看我这脑瓜子，压根没想到这个。"

吕蒙跟方海他们开完会也刚刚到家，见到夏莉莉他们回来很是兴奋，跟着笑道："你们就别怪她了。这些天，我忙着改制的事顾不上她，她丢了魂似的，整天唉声叹气，担心没了工作以后我养不活她。"

"那你咋不让她跟着车间姐妹去政府门口闹去？"孟苏州进门拎着大袋小袋的礼物，一直没说话。这会儿腾出手来接过茶水，才对着吕蒙认真地打量了一番，调侃道，"是她自己不敢去，还是你不让她去？"

"我怎么能给政府添麻烦呢？这点觉悟还是有的。倒是你们，咋啥事都知道？"海玉说。这突然的姐妹相见，让她脸上一直荡漾着喜悦的微笑。

"你呀，还这么老实！吕蒙虽然在那个位置，但你也是厂里的一分子，也是下岗工人，该争取的利益还是要自己争取。"夏莉莉看着海玉消瘦的模样，心疼地搂住她的肩膀。

"我已经签了下岗协议了，无论最后补偿多少，我都认！"海玉不好意思地看着夏莉莉，"不是我不争取，是我理解现在厂里的处境，也相信吕蒙和方海。我也相信，离开这个厂我一样能找到工作。再不济，我就回娘家和嫂子一起种地。"

几个人热切地看着海玉，她眼里的光芒让他们无端生出敬意。孟苏州忍不住跟小芳和夏莉莉赞道："看嘛！我就说，杨海玉不光是善良贤惠,还是心里有志向有主意的人!只不过,她的好让优秀的吕蒙压住了而已。"

吕蒙笑着说:"是金子在哪里都能发光,我怎么能压住呢?别看她有时候担心这担心那,其实她心野着呢!要是真柔弱不堪,我当年也不会娶她。以后她想干什么我都支持,我相信她的能力。"

夏莉莉和小芳对视了一眼,很是替海玉欣慰。

"吕蒙,要是缫丝厂还能开起来,你还愿不愿意继续留下来搞生产管理?"夏莉莉问。

"不是我愿不愿意的问题,是政策不允许。江城缫丝厂倒闭,我得回原单位上班。至于像海玉一样的下岗工人,以后找工作都是双向选择了。"吕蒙回答说,"县里要求买下江城缫丝厂的投资方必须继续从事缫丝工业。一来为安置一批下岗工人,二来也为县里的蚕桑产业着想。你们想啊,十来年了,全县搞了那么多密植桑园,突然没了缫丝厂,那些蚕农一寒心把桑树都砍了,多可惜呀!"

夏莉莉若有所思。小芳妩媚一笑,说道:"别悲观嘛,我们从广东回来,其实那边的国营厂早都改制了。私营企业的企业主追求利润,要经济效益,更注重物尽其用,人尽其才。从他们的管理来讲,人家计件发工资,奖罚分明,更能促进工作效率。"

吕蒙苦笑道:"下岗的工人都人到中年,确实难了点,面临又一次人生选择,本身就是一次挫折!"

"反正不管干啥,我们几个我相信都是爱这个厂的,爱这个职业的。我每天在车间绕着那机床来回都要走三四万步,不累吗?累啊,累得要死!但睡一觉第二天早上起来又是精精神神的一个我。做值班班长、做车间主任的时候,我每天看着车间里的姐妹们高高兴兴上班、快快乐乐下班，每个月发了工资大家一起兴高采烈地去看电影，去给父母买好吃的，去买毛线，买衣服，我就觉得当个工人特别骄傲，特别幸福！"夏莉莉怀念着过去的时光，满心都是甜蜜，"吕蒙、海玉，你们是不是也有这种感觉？所以，我现在特别盼望有一天还有机会能带领姐妹们一起工作……"

一屋子的人都被她的情绪感染，不禁心潮澎湃。

海玉去厨房鼓捣了几个小菜，吕蒙拿出酒来，几个久别重逢的朋友尽兴喝到深夜才各自散去。

5. 被愤怒击中的男人

因为头一天协商的事第二天一早要上常委会研究，这件事的解决程序已经跟几位代表沟通过，当时范大力他们并无异议，所以副县长汪汉江和方海在会同改制领导小组商议的时候并没有警惕和料想其中会有变故。所以，当第二天中午再次看到县政府大门外的小广场齐刷刷站满了工人的时候，两个人都预感到不妙。

方海见以范大力、魏婶为代表的四人站在队伍前，便将范大力拽到一边，问："昨天下午不是说好了，你们提出的条件将在今天早上的县委常委会上研究表决吗？会后，到底结果怎样自然会再与你们商量！怎么今天又叫这么多人来？"

范大力嘲弄地看着方海，嬉皮笑脸地说道："就兴政府作弄我们老百姓，就不允许我们反悔？哼，我跟你们没啥好说的！我们现在有重要情况要给县委书记、县长反映，有人利用私人关系想侵占江城缫丝厂的国有资产，如果县委书记、县长不出来，我们今天就一直在门口候着。同志们，对不对？"

"对！我们不走了，今天就堵在这儿！"人群中立即有人响应。

一旁焦急的汪汉江和吕蒙此时都注意到，后面站着的许多工人竟都带着小板凳，手里还提着火盆，显然是有备而来。

方海突然想起韩青阳，转头问汪汉江："汪县长，韩厂长又跟你请假了？"

汪汉江一愣，说："这鳖孙关键时候掉链子，说他发高烧呢，起不了床！"

"这你也相信？哼！"方海冷笑，说，"我咋觉得他在忙着呢？早不病晚不病，关键时候发病！只怕是心病吧？你这个当姑父的，就由着他……"

"你这是什么意思？怀疑他没病装病，还是怀疑他与这事有关？我看你也是不晓得轻重，都这个时候了，不去想怎么劝工人，倒在这里捕风捉影！"汪汉江被他说得脸上挂不住，抢白道。

方海懒得理他，走到范大力跟前严肃地问道："范大力，你刚才说这话是什么意思？如果确有其事，我们今天在场的汪县长会向上面反映！"

"我可以证明，确实有人想借机侵占国有资产。"不等范大力张口，一旁的魏婶抢先跟方海说道。

见方海在很认真地听她说话，魏婶立马胆大了一些，言语也十分有把握的样子："我问你，是不是有个南方老板来买缫丝厂？"

方海看了汪汉江一眼，点点头。

"县上准备将缫丝厂多少钱出售给他？我们工人也是这个厂的主人，也有权知道吧？"

方海眉毛一拧，又看了汪汉江一眼。汪汉江同样惊愕，他懂方海的意思，这种话不可能从魏婶嘴里说出来，唯一的解释，就是有人在背后教魏婶说这些话。联想到方海先前对韩青阳的质疑，汪汉江心里突然明白了。

汪汉江上前一步，严肃地说："这位同志，缫丝厂的事还在洽谈中，目前连我们都不知道是否能够成功出售，不知道你是从哪里知道的消息？如果是真的有问题，你不妨大胆地说！但如果是假的，诽谤、造谣、诬告，可都是犯罪行为！"

魏婶怔住了，心虚地看了范大力一眼："当然……当然是真的！我告诉你们……"

"你不用吓唬人！"一旁的范大力打断魏婶的话，直视汪汉江片刻，转身向着人群道，"大家听我说，来买缫丝厂的不是什么南方大客商、大老板，而是我们厂有人在背后操控，不顾我们工人的利益，不顾我们下岗以后的生活，只想蒙蔽县委县政府的领导，低价来倒卖国有资产！"

说到这儿，人群一阵骚乱。

"大力，你住嘴！你不能这么信口雌黄，编造谣言来煽动大家的情绪！你这是犯罪！"吕蒙上前拉住范大力的胳膊喝止道。他本想使劲儿将范大力往外推，却反倒被一旁的老吴和其他人合力推开。

"是不是心虚呀？看吕科长的意思是不敢让大力讲。"一旁的魏婶故意煽风点火。

"对呀，说不定是真的！"

"范大力，你知道啥赶紧跟我们说！"

"是谁这么坏呀？想骗国有资产砸我们的饭碗！"

人群激愤，大家七嘴八舌。

范大力看着被拽开的吕蒙，本来有片刻的犹豫，但很快，大家的话语让他热血沸腾。

"来买咱们缫丝厂的并不是什么南方大老板,这个人,就是大家都认识的夏莉莉!"范大力说,"她与某些人暗中勾结,想侵吞国有资产,她蒙蔽了县委县政府的领导,可蒙蔽不了我们缫丝厂的全体兄弟姐妹。若让她得逞,丢的不仅是我们的饭碗,我们生活的保障,还有我们缫丝工的尊严!先前,有人替她打掩护,说什么厂里亏损、政府财政在补贴我们工资,都是糊弄我们的,大家要团结起来,不能让他们得逞!"

他话音一落,众人七嘴八舌炸开了锅。

方海听了范大力这一番话,立马明白过来,拉住汪汉江道:"情况不对,这个范大力被人利用了!我们分头行动,汪县长,你去跟县长汇报吧,现场我跟吕蒙来想办法。万一不行,你叫个司机去将我爸接过来!"

"啊?你爸?你不是说他身体不好吗?"汪汉江大吃一惊。

"哎呀,你没看出来吗?他们拿夏莉莉出来说事,就是给改制制造障碍,说不定就是想破坏这次收购。具体想使什么坏我现在还没弄清。先不说了,这事八成少不了你那外甥的功劳。这都是些什么人哪,真是的……"

汪汉江一听,愣在原地,心虚地吞了吞口水。

方海还听出来范大力话里有话,而且将矛头直指夏莉莉和自己。

不管事情真假,在这样的场合范大力一瞎扯,下面不明真相的人还真就相信了,而且气氛很快被他带动起来,都在嚷嚷着要把牺牲工人利益、试图倒卖国家资产的败类揪出来。

"范大力,无凭无据你别在这里信口开河!你这就是造谣,污蔑!"吕蒙气急。

一看吕蒙跟范大力吵开了,方海匆匆到他跟前悄声跟他说:

"让我来，他肯定让人当枪使了，谁跟他杠，吃亏的就是谁！"吕蒙一愣，瞬间明白了过来。

方海微笑地走到人群前，站在范大力身旁，温和地对大家说："范大力同志是刚正不阿、一心为公的好同志，他能在大家维护自身权益的关键时候，坚定地站在我们大家一边，号召大家保护国有资产，抵制投机倒把、假公济私、试图损害国家和政府利益的不良行为，我作为改制工作领导小组的负责人之一，也深深地敬佩他这种大公无私的精神，同时也为他这种保持高度警惕的精神叫好！"

说到这儿，方海微笑地看着范大力并带头鼓掌。

范大力被他这一波表扬搞蒙了，一时半会儿也没反应过来到底是咋回事，就连下面刚才还躁动着的人也顿时鸦雀无声。

"但是，我们党和政府一贯要求实事求是。"方海看着重新安静下来的人群，加重了语气，"就在刚才，我们汪副县长已经将范大力同志反映的事汇报给了县委书记和县长，同时，为了大家的公平和正义，我们也电话通知了公安部门和纪检部门介入调查。所以，请大家少安毋躁。另外，吕科长在半个多月前配合清算小组进行财产清算的时候，意外发现了我们江城缫丝厂确实存在倒买倒卖、吃回扣、套取资金、中饱私囊的情形！下面，请吕科长将你看到的情况也给同志们说说，让大家明明白白地知道，这个厂是怎么弄成今天这个样子的！"

说罢，方海给吕蒙递了个眼色，将位置让给吕蒙。

"目前，有没有人想趁机侵吞国有资产我不知道，但据我们前段时间对资产的清算，发现咱们江城缫丝厂确实存在很多让人匪夷所思的地方。比如，库房里存放着上千件根本用不上的阀门开关，为什么不是经常更换的耗材却连年都在采购？为什么采购单上能释放五千大卡的煤变成了库房里山一般高的煤矸石，采购的优质煤到哪里去了？按说这些问题不该我来讲，最清楚的是范大力同志和原供销科的老吴，我想，这两位同志之所以没说，一定有他们的原因。都是缫丝厂出来的兄弟姐妹，范大力同志宽厚以待，也是希望这种做出损害厂里利益之事的人有一天能主动站出来跟大家说明问题，或者等候公安机关调查清楚。是不是，范大力同志？"

"你这是什么话？我范大力眼里可是揉不得沙子！"范大力果然禁不住激将，立马反驳道，"这事我早反映过了，我的举报信早两年都送政府门口了，那上头不去调查，人家有人保着呢！"

"同志们听到了吗？看来，江城缫丝厂早几年都有人在挖墙脚了，连范大力同志都举报过，说明事情就是真的，也说明是谁在捣鬼，范大力同志也是知道的，对不对？！"

"大力，是谁呀？你知道怎么不告诉大家？"

"把煤矸石当优质煤，这是吃了多少回扣啊？"

"那还不是供销科干的事！吴科长不是在这儿吗？"

"我看夏莉莉挺好的，这供销科的事怎么牵扯人家，瞎扯了吧，老范？"

吕蒙成功将大家的注意力引到采购事件上，听得老吴心惊胆战，不停地去看魏婶，跟她摆手，示意她让范大力别说了。

魏婶反应过来，立马站出来说："哎呀，你们别听这个吕科长的，我跟你们说，他和方厂长一家都跟夏莉莉关系好，肯定帮着夏莉莉说话。大家要听范大力讲，大力讲的才是真的！"

人群中有人开始不满："咱们今天来就是找政府谈买断工龄的事，怎么越扯越远了？"

范大力也给搅糊涂了，张了张嘴不知从何说起。

这时，阴沉的天空开始飘起雪花。拥挤的人堆在寒冷中开始松动，有人吸吸鼻子裹紧了毛线围巾，有人把捏了一早上的线手套重新套上。雪花落到火盆的炭火上，瞬间闪亮又瞬间黯然。

见范大力半晌没说话，许多人不耐烦了，退到小广场上坐下来烤火。也有越发好奇的，双手卷在袖筒里，大声追问。

"大力你告诉大家，你管的库房，那些煤矸石是咋回事呀？说来我们听听！听起来怎么像是供销科捣的鬼呀，那到底是谁想侵吞国有资产？"

老吴见状，知道范大力和这个魏婶成不了事，悄悄退到了人群后面。

魏婶一转眼不见了老吴，忙喊范大力。

"老吴跑了！大力，你搞啥不说话？"

范大力被魏婶一喊，灵醒过来，清了清嗓子，道："两码事！我告诉大家，吕科长说的采购那些日鬼的事是某些厂领导和供销科做下的，今天就不提了！咱们今天……"

"咋就不提了？为啥不提了？厂子就是被那些人掏空了呗！范大力，你管库房该不是被人收买了，不敢说了吧？"

"就是！做好做歹的都是他们！昨天，他还拉老吴当代表，我们天寒地冻在这里听他们掰扯，说什么非要逼县上领导给我们说软话。县上领导没出来，他们倒是说出个子丑寅卯来呀！"

女工们不乐意了，范大力带着她们来这里找政府的意图似乎已经偏离航向。一大早来站半天了，她们热切的心也和这突然下雪的天气一样，像是掉进了冰窟窿。

范大力已经完全控制不了这些愤怒又失望的女工，他不免气馁，语气也没了先前的劲头。

"我是说，有些事暂时先不说了。我们就说今天的，就说夏莉莉想低价收购咱们厂的事！咱们不能让国有资产就这么贱卖了！"

这时，司机带着方文贺和老范到了。老范下车听到儿子的话，气不打一处来，几步扑过来一边骂一边抡起手里的拐杖就打。

"你胡说啥呀！你连人家出多少钱买厂子都不知道就说人家想低价收购？不让卖你有本事把厂子开起来？你这个兔崽子，我说不让你来，你说是为了给大家谋福利！结果呢，你把大伙儿召集到这里不干正事！你给我滚回去！"

"爸！爸！"范大力被一拐杖打在小腿肚上，疼得他蹦出老远。

老范父子俩一闹，有人便看到了方文贺。

"方厂长来了。"

其实这两天方文贺一直揪着心，早晨去锻炼也没心情，走到哪里都有人谈论缫丝厂工人在政府门口聚集的事。仿佛无形之中有人给了他重重一棍，令他血气上涌，总是头重脚轻。之所以没有急于找方海打听情况，是知道儿子忙，怕自己关心则乱，所以竭力压制自己。吕蒙去接他之前，因为晕眩，他刚在床上躺了一小会儿。在车上，吕蒙将自己知道的情况悉数跟他讲了一遍。一下车，看到县政府门口黑压压的人群，把政府门口的路都堵住了，后面的人有的坐有的站，再加上围观的工人家属，一直延伸到一个小广场。

雪花纷飞，所有的人头发、衣服都湿漉漉的，一看便知他们在这儿已经很长时间了。

方文贺静了静气才昂首阔步走向人群。

可能是临危受命的庄严和神圣之感覆盖了一切不适，这一刻他晕眩、头疼和隐约的恶心症状全没有了，血脉偾张的感觉从心田一直涌向四肢，身上顿生出千万斤力气。

但方文贺并不像他自我感觉的那样威风凛凛。他往日清癯的面容此刻看起来有些浮肿，嘴唇毫无血色，只是眼睛里射出的两道精光令他不怒自威。

他在方才范大力站着的地方站定，默默地扫视了一下眼前攒动的人头。人群中响起一阵短暂的嗡嗡声，但很快又像风一样消失了。范大力站到人群边，垂下头不敢直视他。

"虽然大家都认识我，我还是做个自我介绍。我是方文贺，前任厂长，已经退休多年了。听说你们现在有很多疑问和担忧，我猜，归纳起来无非两点：一是担心来收购江城缫丝厂的人别有用心，你们也怀疑厂子没有到倒闭的地步，这样逼迫你们下岗，无非是想将你们赶走，骗取县委县政府领导的信任，刻意想压低价格，侵吞国有资产。二是担心下岗了，政府用极低的补偿遣散你们，以后生活没有保障了。不知我说的这两点对不对？"

方文贺再次扫视人群。人群一片肃静。

范大力还是大胆一些，瞥了一旁闷头抽烟的老范，梗着脖子说："你说的都对。但归根结底，政府没有人来正确地对待我们的要求。厂子倒闭了，给厂里累死累活卖命的人都成了包袱，厂领导一甩了之，政府也想一甩了之，就是打发叫花子也得给碗饭吧！"

"你个短命死的，人家咋没正确对待，那昨天不是还请你们进政府里面去座谈了吗？凡事都有个过程。你啥累死累活？你才进厂几天哪？亏先人哪……你把嘴给我闭了！"

老范跳起来用烟袋锅指着儿子脑门就骂。

但此时人心浮躁，被范大力一搅和，似锅里煮开的饺子，个个都争抢着说话。

"不管怎么说，我们要求失业金补偿要加，买断工龄的基数要加。"

"说的好听，就给两三个月失业金，撑死四五百块钱顶个屁用。我们以后怎么办？"

"还有社保呢，这几年社保没有交，看病报不了，养老也没指望！"

"我们要吃饭！要养老！"

"……"

纷飞的雪下大了，落到头发上，眉毛上，落到额头上，很快化成水珠顺着脸颊流下来。

"谁说厂领导对你们一甩了之，政府对你们一甩了之？韩厂长今天不在，不是还有方局长，还有吕科长吗？不是还有我吗？不是还有汪副县长吗？"方文贺声音激动得发颤，"这个厂，最舍不得的人是我，但是今天，我也要看着它关门、清算、倒闭！这是在剜我的心哪！没办法，国家办厂是为了利国利民，但走到这一天走不下去了。大家可以算一笔账，最近这三年厂里买不起蚕茧，大多数时候都在给别家代加工，但你们的工资除了奖金少一点，基本上是照发的吧？平均一个人工资按三百五算，全厂保守算八百人，一年工资就得三百四十万左右，三年就一千一百万左右。厂里代加工利润一年不到一百万，除去水电煤各种成本，利润不足六十万。你们说，这三年你们的工资从哪里来？当你们领工资的时候，领取的不是你们自己创造的价值，而是别的厂矿企业上交给国家财政的利税，是千千万万别的职工创造的社会价值，是别人的心血和汗水！我们如果今天逼着政府继续让这个厂存在下去，逼着政府继续扶持缫丝厂不让它倒闭，我们惭愧不惭愧？事实就是如此！同志们，现实逼着我们所有人，从今天起要重新走自己的路。政府不当我们的拐杖，但是，政府不会不管我们的死活。相反，会尽一切力量帮助下岗职工迅速再就业，走出困境。说到你们担心的问题，也对，因为你们和我一样爱这个厂，就不相信它已经到头了，怀疑来收购的人跟谁串通好，占国家的便宜，损我们的利益……我们的江城缫丝厂行政管理层，确实有令人不齿的败类，总以为神不知鬼不觉，利用一切手段为自己牟利。这其中，就包括不翼而飞的社保经费。但这些事就交给国家权力机关去调查、去审判吧！"

方文贺心神激荡，不得不将心头的悲愤一次次压下去。他清楚，他不能跟着工人们一起愤怒，也不能跟着他们一起悲观，他需要克制和冷静。

"至于未来江城缫丝厂的收购，你们不妨想一想，如果要再就业，你们需要一个怎样的老板？是不是夏莉莉来收购有什么关系？县委县政府和各部门单位领导都不是白干的，是不是来欺骗和侵吞国有财产他们难道不会判断吗？低价收购？哼，这是一件可以简单操作的事吗？亏有些人想得出来！"

方文贺掏心窝子的话将人带入思考，人群一片死寂，就连后边的围观者也屏声静气。他们也在反思，自打知道要下岗，似乎整个生活都被失业的烦恼忧愁裹挟成一团乱麻，从来没有清醒而认真地想过，一个千人大厂为啥会走到这一步？这个结果跟自己有什么关系？

就连半个小时之前还斗志昂扬的范大力也害臊地垂下了头。

人群前站着的魏姊心里七上八下地直打鼓，老吴缩头了，范大力看来也指望不住了，她能怎样？她想起韩青阳托老吴给她带的话，想想以后还得靠人家照顾，决定豁出去了。此时人群的安静，让她觉得是个时机。

"方大厂长，你都退休了凭什么来对我们指手画脚？"

魏婶突然发问，让方文贺惊讶。他对这个女人并不熟悉。

不等他回答，魏婶举起手在头顶挥了一下，继续道："同志们，我们再不能受蒙骗了，别的老板收购江城缫丝厂我信，夏莉莉收购就是不能相信！因为，方厂长，还有他儿子方局长，跟夏莉莉都是一伙儿的！大家不知道，这个夏莉莉在厂里一直没找对象，以前就跟方大厂长好着呢，谁知道他们现在是什么目的？有没有官商勾结？我是煮茧车间的老职工了，大家想一想，我能诓大家吗？我们千万不敢被这一家人牵着鼻子走了，大家听我一句……"

"你到底想干什么？还嫌这些姐妹在这里没遭够罪吗！"方文贺一把将魏婶推开。

"老吴！"方文贺一声怒吼，"你有种给老子站出来！"

人群为之一悸，魏婶吓得打了一个哆嗦。

"不敢是不是？不敢你就是软蛋、草包，就是孬种！我那天一看仓库里堆的东西，我就知道是你被人拉下水了。我不吭气，县上不动你们，你们就以为人人都不知道你们做了啥腌臜事，是吧！"方文贺双手叉腰，破口大骂，"你他妈的跟我从氮肥厂到缫丝厂，厂里哪点亏了你？你一把年纪了，跟着别人一起干缺德事，祸害这么一厂的兄弟姐妹不说，还在背后煽风点火，丧了你的良心！工厂垮了，资不抵债了，你还给人当枪使，找个女人来跟我唱戏，不用想我都知道你们给人许了什么愿！我呸！我今天就在这儿等着，你他妈的不来就找根卵毛去狗裆里吊死！"

面对方文贺的怒骂，不明真相的一些职工先是惊愕，然后纷纷开始猜测所发生的事。

不知不觉间，热血忽地涌上方文贺头顶，他不管不顾了，他要发泄多日以来郁积在心的忧郁和愤怒。反正退休了，让他心心念念的厂子也没了，发泄完哪怕再挨骂也行。他指着魏婶："你不是说我不该在这里指手画脚吗？来，你给我说说，这样关键的时候，韩大厂长为什么不在？他为什么就不能关心关心今天站在这里的工人明天有没有饭吃，有没有衣服穿？哼，我知道你们今天鼓动工人来闹的目的，你们不是帮工人们争取他们的权益，而是想借机表现，县委县政府离开你们就无法让这些工人顺利接受下岗，你们想趁机捞取政治资本！堂堂七尺男儿，我呸，连一点儿羞耻感都没有了吗？我方文贺今天明确地告诉你们，老吴，你回去跟你后面的人说，我方文贺活一天，就不能由着你们来！这些缫丝厂的兄弟姐妹，他们的权益，我来维护！从今天起，不需要你们惺惺作态，我替他们跟政府协商……"

倏地，方文贺觉得一团火点燃了胸膛，就连他的头也轰一声炸裂了，眼前一黑，整个身子散成了碎片……

离人群二十米远的地方停着一辆黑色的捷达小轿车。

孟苏州开车，车上坐着小芳、夏莉莉和她的丈夫蒋木楠。他们原本约好今天中午和相关领导继续洽谈，因为工人聚集的事，洽谈推后。几个人想来看看情况，被交警拦在路边。

方文贺被司机带来的时候，恰好他们也刚到一会儿，看着方文贺走进人群。

那边很嘈杂，他们从车窗探出脑袋也听不清方文贺在讲些什么。当看到有人七手八脚地抬着一个人放到警车上，方海跟着上了车，夏莉莉心里咯噔一下，打开车门就要下去，被小芳一把拽住。

"现在露面没有任何意义，让那些别有用心的人看到反倒说闲话。"小芳说，"这样，他们肯定去医院，咱们俩稍晚一点到医院去看，小孟和木楠大哥等消息，随时去洽谈。这个时候，咱们千万不能给方海和吕蒙添乱。"

警车鸣笛从他们旁边飞驰驶过，几个人静静地看着，谁也没说话。

大雪飞扬，落得人瞬间白了肩头。

雪中依旧人影幢幢，政府门口没有了高声喧哗，刚才拥挤的人群这时候自觉散开，有人满腹心事脚步沉重地离开，有人顶风冒雪依然在广场上肃立，更多的人三五成群围着一只炭火盆子坐下，眼巴巴地瞅着政府大门。

政府门口的汪汉江和吕蒙没有立即离开。吕蒙负责收集民意，重新选出工人代表，准备继续和改制领导小组协商。

看着重新恢复理智的工人，汪汉江又忧又喜，忧的是方文贺昏倒在了县政府门口，喜的是聚集在县政府门口的两三百人正在散去。看着风雪中那些走远的背影，汪汉江叹了一口气，忍不住自言自语道："我就不该批那小子的假……我看他有八百个心眼子，聪明压根儿没用到正道上。吕科长，我缺乏警惕性啊，疏于对自己亲戚的管教，这一点我得接受方海局长的批评！"

吕蒙看了一眼汪汉江，摇摇头。

"江城屁大个小县城，啥都讲关系和人情。你一个副县长，受这种关系牵绊也是难免。只是，我个人觉得，他某些做法确实愧对一个厂长的身份。这么多工人，原本对厂长寄予了多大的希望啊……唉，当初，有人建议老方退休后返聘，他坚决不同意。若有老方在，这个厂也不会下坡路跑得这样快！"

"唉，没想到你还能理解我。"汪汉江重重地叹了口气，拍了拍肩上的雪，很快调整到工作状态，"你把这弄完了赶紧去医院看看吧，我得先去给县长和书记汇报了。"

医院抢救室门口，方海和媳妇眼巴巴望着"抢救中"三个字心急如焚。退休赋闲在家的何立秋得知消息也赶了过来。方海一见她，眼睛就红了。

"哪里的问题？"她问。

"急性心梗，已经进去两个多小时了。"方海说，"曾叔叔说，要直接做支架……"

何立秋一听是自己丈夫主刀，宽心了些，用力抱了抱方海。她详细询问这次事情的经过，方海讲完，她看着他心里有了一些忧虑。这个孩子这些年是在她眼皮子底下成长起来的，三十五六岁的年纪，正处于事业上升期却遇到了改制这事。改制顺利也就罢了，中途出现这种事件，即使是自己的父亲当场倒下，但他作为县改制工作领导小组办公室负责人之一，处分肯定是免不了的。她心想，得赶紧先找汪汉江问问上面的意思，无论如何，她要替老方守护这个孩子。随即叮嘱方海在这里守着，她去去就来。

她找到汪汉江办公室等了一会儿，才见汪汉江灰扑扑地拿着会议记录本回来，看到她很是诧异。

"姐，什么风把您给吹来了？"

"还有什么风？西北寒流，冷风！"何立秋苦笑，"头一天，我也来望了一眼，本来以为他们闹闹，发发怨气也就偃旗息鼓了。没想到第二天还闹出这么大动静，还搞得老方直接昏倒。刚去了一趟医院，人在抢救室还没出来。我这心里难受，就到你这儿来了。"

汪汉江心里也不好受，沉吟一会儿才含蓄地说："这次的事本来就是节外生枝，我也没想到会闹得这样严重。"

何立秋看了看他的神色，大概猜出一些。

"节外生枝是什么意思？怕不仅仅是要求增加买断工龄基数

这么简单吧?"

汪汉江摇摇头,说:"有这个目的,但是还有两个原因。一是养老金,工人工资里扣了两年,但这笔钱并没有交到劳动保障局的账上,而是厂里挪用了。二是有人背后怂恿范大力,至于什么目的……"说到这,他停了一下。"哼,都是些投机钻营之徒。不说这个了,事情闹这么大,市上都知道了。听说电话都打到书记办公室了,处分我们是铁定的。姐你突然来我这里,怕不是听我唠叨这个的吧?"

"我就是来问这个的,我要替方海问问。"何立秋直言不讳,"上面的意思是要怎么处分你们?"

"没有明确。只是说,出了这么大的事故,我和方海两个作为改制领导小组的负责人谁都脱不了干系。"汪汉江说着,脸上透出一片苦涩,"你说,这件事,方海能有多大责任呢?不说他了,你就说我吧,有着三十年党龄的老党员了,还有一年就要退居二线了,难道我愿意在这时候背上一个处分?人生的结尾处啊,就像一场大戏快要谢幕时突然灭了灯,那是啥滋味儿呀?戏演砸了还可以再演,人生呢?我们谁能重来!"

汪汉江拿出一只塑料茶杯,放上茶叶,给何立秋沏了一杯茶。

何立秋听了他的话心里很是沉重,她明显感觉到,怂恿范大力在政府门口给解决改制问题故意设置障碍的事情没那么简单。她也知道汪汉江没有说出口的人是谁。从本质上说,汪汉江人不坏,爱见风使舵,上赶着巴结巴结领导,打牌喝酒甚至贪点小便宜,但耍阴谋诡计整人的事他倒真没干过。但她还是有点担心汪汉江最后会不会把责任都推到方海一个人身上。

"我理解你。"何立秋轻叹一声,"只是方海,他才三十多岁,我不希望他的政治生命栽在这件事上。处分如果非给不可,我也希望这个处分能小点。若是必须追究,那厂长也有推卸不了的责任,至少发现苗头没有及时制止,对下岗职工没有给予足够的安抚。再加上你刚才说的,原因之一,养老金的那笔钱……不能让方海,一个经贸局局长来替他背锅吧?!"

何立秋话点到这儿,汪汉江明白了。若给方海重处,何立秋势必会将火引向韩青阳。汪汉江沉思了一会儿,跟何立秋保证说:"放心吧,姐,方局长的处分若是重了,就算你同意我也不同意。就凭他父亲老方今天这拼死的勇气,我汪汉江也不能那样做。"

何立秋返回医院时,方文贺已经被送进重症监护室,曾一鸣站在门口刚刚跟方海交代完注意事项。

"何阿姨,您回去吧,反正待在这里也没办法见着。再说他现在一时半会儿也醒不过来。"方海指了指监护室的玻璃窗对她说。

何立秋从窗户看进去,护士正在病床前给方文贺挂输液瓶子。

"那过两天我再来看他。"何立秋说。

曾一鸣跟方海说:"你们这会儿也可以回去休息一下,没必要在这里守着。情况好的话,明天中午转到普通病房,你们明天一早再来陪护。不过,这是个大手术,还没度过危险期,我交代你的注意事项你要记着。"

方海点点头,他想再待一会儿。

何立秋和曾一鸣一起离开。曾一鸣一脸疲惫,到医生办公室脱下白大褂,一边拿起包和何立秋往外走,一边说:"进手术室之前,他有片刻的清醒。他说,万一有事,拜托你照顾方海。"

何立秋一愣:"还说了别的吗?"

"还说让方海无论如何把被骗的钱找回来,这笔钱找不到,他死不瞑目。他的身体状况本来就不是很好，心脑血管的问题很严重，虽说手术做了，但这几天还要很当心。"曾一鸣说。

何立秋听了眼角酸涩，说："他还是放不下，始终觉得这次被骗跟他自己的决策有关。"

"今天这事闹的，前后不过半天，差点两条人命就没了。"曾一鸣说。

何立秋以为自己听错了："你说什么？还有谁？"

"你不知道？我刚把这台手术做完，出手术室就听急诊那边说有个脑溢血的老人，缫丝厂来的。好像姓……范？对，就是姓范。"

何立秋心下一沉，站住不走了。

曾一鸣一脸疲惫地看着何立秋问："怎么了？你认识？"

何立秋摇摇头。

"那就先回去吧，我可是又累又饿。"曾一鸣祈求地看着她。

何立秋心念一闪，她听说政府门口闹事的年轻人叫范大力，该不会是他家里人吧？但她看了看丈夫，没再说什么，挽着丈夫的胳膊一路回家。

第二天，与工人代表的协商结果出来了：根据工人职级买断工龄一年八百到一千元的标准不等，失业补偿金每个月提高到一百八十元，由原定的两年增至两年半。同时，由劳动保障局组织下岗职工分批进行免费再就业和创业培训，自主创业的下岗职工可以申报最高三万元的两年无息贷款。政府为所有下岗职工补贴一部分社保缴费……具体细则很快张贴在了江城缫丝厂大门口的公告栏上。

紧接着，政府办通过与组织部的档案梳理，先列出全县和江城缫丝厂职工有亲属关系的党员干部名单，然后通知他们协调配合改制工作小组做下岗亲属的思想工作。当时有人不同意，说这样太得罪人。但推动江城缫丝厂完成改制的任务又迫在眉睫，从效果来说，可能没有比这种方法更快的了。

第十章

1. 牛有牛路，马有马道

小寒一过，眼看就到了腊月，电视机里元旦的欢庆还在继续。街上铺子里的扩音喇叭天天喊着新年新气象，这让海玉无端地焦虑。她觉得再这样下去，闲人变废人，就连即将到来的除夕也没法安生过了。

这天，海玉听说劳动局门口有招工信息，急忙赶去咨询，得知是县城一家音乐会所要招保洁和女服务员。海玉只想年关前后挣点钱，年后新厂开业的日子还没定。劳动局的人告诉她，女服务员要求长期干，如果只想临时做就只能当保洁。海玉其实既不知道音乐会所是做什么，也根本不懂保洁，但还是填了一张保洁的报名表。

过了三天海玉接到会所通知，让她去上班。去了一看，刚装修好的大厅和楼上楼下每一个房间里都满是水泥和沙子。保洁招了八个，有六个都是缫丝厂的，而令海玉没想到的是，魏姗也来了。海玉和大家一起，用铲子铲，铲完了清理出去，再用布擦。每天要干十个小时。不出两天，海玉几个指头都磨起了泡。海玉这时才体会到,社会上有的是比养蚕、比缫丝更苦的活。二十多个小房间,这样的慢工细活整整做了一个礼拜才算完。

会所的老板把八个保洁喊到一间全是电视机的房间,说:"我喊名字,你们一左一右分成两队。"海玉被分到了左边,魏婶被分到了右边,结果那天左边只留下三个,站右边的五个人全部到财务室结账走人。魏婶想留下来,把海玉拉到一边,让她跟老板说说好话。海玉很为难,但还是硬着头皮跟老板说了说魏婶的请求。老板摇摇头,指着那些电视一样的屏幕跟海玉说:"我一有空就坐在这儿看监控,你们在每一间房的一举一动我都看在眼里,什么人该走什么人该留,我心里都有数。"海玉不好再说什么。临走,她问魏婶过完年有什么打算,魏婶苦笑说:"我受人怂恿做错了事,只怕以后新厂开工我也没脸回去。再看吧,万一不行我也摆地摊去。"

会所隔日开业,老板让海玉当了保洁组长,那两个保洁工资每月六百,海玉七百,过年放假一个礼拜,年后可以接着上。让海玉欣慰的是,会所是晚上开,下午四点才上班。她有大半天时间可以在家给孩子和吕蒙做做饭,收拾收拾家务,下午四点去会所打扫,六点在会所吃饭,晚上十二点下班。

虽然海玉糊里糊涂,但吕蒙可知道音乐会所是干什么的,所以一百个不愿意让她在那儿干。但海玉认为,职业无高低贵贱之分,架不住她态度坚决,吕蒙答应让她干到新厂开工。

吕蒙自己已经接到组织部通知,处理完厂子的各项工作,三月份就得回经贸局上班。

各项申报、审核和批复手续烦琐,夏莉莉和小芳虽有方海指点和协助,依然焦头烂额,对车间的改造还得一些时日。但吕蒙闲不住,四十二岁的中年汉子精力旺盛,原先在车间他来回转上十个小时不知疲倦,现在大把闲暇的时间弄得他坐立不安,浑身不得劲。要是孟苏州正好也没事,他就会叫孟苏州过来和他一起进仓库分类整理物件。方海既要忙经贸局的工作,又要在医院照顾方文贺,分身乏术的时候,也会请他代劳。

方文贺时不时会胸闷,在医院住了二十天才出院。虽说在家里休养,但要时刻监测心率和血压,身边离不开人。寒冬腊月,天寒地冻,方海怕父亲感冒,家里火盆里的炭火没停过,更是很少让他下楼。因为急性心梗留下的后遗症,方文贺说话不似以前流畅,忽然有一天他自己意识到这一点,变得愈发不爱说话了,但他一见吕蒙就自然而然地亲热,比亲儿子都亲。

回想这一个来月发生的事,方文贺想不动情绪都难。不过,值得欣慰的是,县委县政府想让改制之后缫丝工业能依然存续的愿望得到了满足。

在他出院之前,夏莉莉和丈夫蒋木楠曾去探视。老实说,当初范大力指责是夏莉莉冒充外来客商收购缫丝厂他以为是信口雌黄。他压根儿没想到,夏莉莉会真的以丈夫的名义来投资收购,而且还联合了小芳一家,这让他惊喜不已。可能由于自己在鬼门关走了一遭,相比于这件事,更让方文贺动容的是看到夏莉莉终于有了一个满意的归宿,那一刻,他既像个怀有一丝丝嫉妒的孩子又像个慈爱的长辈,心里的安稳和满足几乎让他落泪。令他伤心的是老伙计老范死了,脑溢血,拉到医院几个小时没抢救过来。老范死的时候,他还在术后的昏迷中。这事方海和吕蒙都瞒着他,直到出院之后他才知道。

方文贺当时在政府门口昏倒,老范就在旁边。下午老范看儿子一进门,抡起擀面杖就打。其实范大力那会儿已经明白自己是着了老吴的道儿,他也清楚老吴背后就是韩青阳,只是后悔已晚，没有韩青阳的把柄，老吴也不会承认他说过的话。老范劈头盖脸的擀面杖让他躲避不及，硬生生挨了两下。一气急，跑到厨房摸了把菜刀就说要去找老吴算账。老范一路追下楼，眼看追不上了，气喘吁吁地喊了一声，范大力当时已经走远了也没听到。老范在路边默默地张望了好一阵子，后来，摇摇晃晃走了几步便倒下了。范大力不知道父亲出了事，气冲冲跑到老吴家没说几句就跟老吴扭打在一起，人倒是没砍，把屋里砸了个稀巴烂。老吴的老婆抱着范大力的腿不撒手，要不是邻居找来告诉他老范快不行了，他还走不了。老吴自知理亏，硬是拽开了自己老婆。

方文贺对老范的死耿耿于怀，他特意嘱咐夏莉莉新厂开业后，一定要把范大力找回去。

范大力并不知道老厂长还在关心着他。

父亲去世他先是难过，感觉父亲是被自己害死的，继而是一种空荡荡的慌，后来感到胸口被堵住了，每晚都堵得他睡不踏实，手脚发凉。父亲埋到他很少去的后山上，那儿一大片一大片的坟堆遮掩在高大粗壮的花栎树中央。父亲的坟堆跟他的人一样，佝成小小的一团，在树林边占去一小块地方。

他那天收拾父亲的遗物，寻到一只包裹，里面全是劳动模范的奖状奖章，还有一本作为奖品的日记本，本子里面夹了一张旧版的人民币纸币，五角面值的，上面印着的是纺织厂细纱车间的图案。素来不爱学写字的父亲在那一页歪歪扭扭写了六个字，"跟我们厂一样"，他忍不住笑父亲："怎么会一样呢？这织布机的样子明明跟我们厂织绸车间的不一样嘛！"

想了想，还是难过，父亲是有多爱这个厂啊，这个厂的一颗螺丝、一片砖瓦都让他骄傲，看着相似的机器就觉得珍贵得不得了。

范大力还从父亲不久前穿过的旧棉袄里翻出一张付上个月电费的收据。这个收据应该要给方文贺的，父亲曾说过，有一次他在厂区遇到方文贺，抱怨自从厂里生产区和生活区水电分开他就不敢开电视机和风扇，怕电费太高，他的工资还得省下给儿子说媳妇用。方文贺便让父亲每个月把电费收据给他，说自己工资高，以后就帮着付电费。收据上的电费五度电三元二角五分，范大力看着看着就模糊了眼睛，掩面而泣。

年关一天比一天近，许多下岗女工在城里找临时工做，但凡遇着招服务员的都抢着上岗。她们一面放下身段求着找点收入好过年，一面关注着老厂的动静。

夏莉莉和小芳从南方回来收购缫丝厂的事现在人人皆知，她们羡慕嫉妒又振奋，仗着自己是熟手，如果厂子动起来，挤破脑袋也是要去争一个位置的。

范大力整天在马路上东游西荡，他没有女人，在家守着不能言语的痴呆母亲他待不住。有一天，他在马路上认识了一个摆摊修鞋的鞋匠，说自己原先是上海皮鞋厂的工人，是正儿八经有技术含量的"铁饭碗"，但下岗了，比江城缫丝厂这拨下岗工人还早。在大城市不好混，索性回老家来改做修鞋补鞋的师傅，小县城开销小，人好活。鞋匠一再强调自己是"原装正版"的下岗工人，和"待业青年"不一样，人坐在地摊上也要有工人阶级本色。鞋匠穿一身原来皮鞋厂的蓝卡其布工装，带着黑粗布的袖套，人收拾得干净利落。范大力奇怪地问："我们都嫌下岗了丢人，怕人瞧不起，你下岗了咋还这么起劲？"鞋匠一边用锥子锥一个橡胶鞋底，一边平静地和范大力说话："人一辈子你能活多长你知道不？我不晓得，你也不知道。要在厂里一直干到老呢，就图了个安稳职业，觉得自己吃喝不愁，比起我亲娘老子那是了不得。可是，你这一个职业干到头，就跟你长年累月吃同一个菜是一样的道理，你厌不厌烦？三百六十行呢，别的你啥也不晓得，你亏不亏？所以说，下岗啊，不是啥坏事，不就是让你这辈子再选择一次嘛！就好比你以前在厂里做得不顺心，受人管制，看人眼色，被人瞧不起……好吧，现在下岗了，本来就是老天爷重新给你一次机会，你要不要活出个样子？我女儿考上了北京航空航天大学，你信不信，老子就靠这鞋摊非把她供出来！"

范大力在鞋匠脸上看到了一种令他热血沸腾的倔强与坚定。

他也想在马路边弄个摊子。

但他除了会修自行车，好像别的啥也不会。修自行车他也没专门干过——十三四岁的年纪，不上学的他偷父亲的钱曾买过一辆自行车，骑几年坏了就自己鼓捣。补轮胎还是跟父亲学的。将充了气的内胎放在一盆水里，一截一截地过，有冒泡，就捉到漏了。锉内胎皮，找到小洞眼，再剪一块内胎皮，锉，两块被锉过的内胎面露出一小片肉色，都涂上胶水晾一小会儿。这个过程，父亲通常会抽一袋烟……

他想好了，能不能做成他都不损失什么。原先库房的几个兄弟知道他想弄摊子都来帮忙。有人来帮他搭棚，有人送来一个工具柜，还有人送来几个马扎和小木凳。他拿来家里一套老虎钳、扳手。其他的工具现买，花不了几个钱。

没想到第一个来找他修自行车的是韩秋燕的女儿毛毛。楼上楼下住着，抬头不见低头见，都熟。只是他举报过韩秋燕，那女人记仇，一直不肯跟他说话了。不说就不说，他跟一个五十来岁的女人也没啥好说的。毛毛在市里上的中专，回来分到山里的一个村小教书，只有寒暑假在家。韩秋燕特意给她买了一辆女式自行车，轻便又好看。

"是范叔叔您呀！太好了，可累死我们了，您快看看吧，前轮瘪了。"毛毛和另外一个女孩子，好像走了很远的路才找到修车摊，气喘吁吁的。

范大力喉咙里"嗯"了一声，指指小凳子让她们坐，然后自顾自开始忙活。等到把两处锉好又涂过胶水的内胎皮再黏合在一起，他用手锤使劲敲打，黏实之后，将内胎重新放进外胎，再箍上钢圈，充气。临了，把自行车在地上颠几下，充气十足的车胎在地上有力地弹了几下。

"好了。"他说。

"多少钱，范叔叔？"

"要啥钱，不要，走。"

"那谢谢啊！"

"谢啥！走你的，路上慢点。"

两个小姑娘跳上车带着脆生生的笑走远了，范大力还盯着她们的背影发呆。他真羡慕她们的年轻啊，好像这样纯真的年华已经离自己很远了。

熟人嘛，第一单就没钱赚，但他还挺高兴的。

过几天，韩秋燕大清早碰巧遇见他下楼，主动叫住他。

"谢谢你帮毛毛修车。"她说，"下次她再找你修，你可要收钱哪。你不容易，我们都知道。"范大力还是讨厌她那种看谁都可怜的眼光，木着脸扯了扯嘴角："有啥不容易的？不就补个胎嘛，手边的活，多大个事！"他几步走到她前面去，她从后面紧赶几步又追上。

"哎，大力，你还没说媳妇吧？哪天我给你介绍一个。"

范大力怔了怔："下岗了，谁看得上？"

"过完年厂子开了你再回去呀！活人还能让尿憋死？自己年

轻力壮的，还愁养不活个人？"韩秋燕笑嘻嘻地说，"哎，过两天我给你带到摊子上……人你认识的呢！"

范大力没理会，一蹬脚踏板就走了。

说是过几天，第二天他正在忙的时候韩秋燕就领着人过来了，没想到是原来总务科的宋玲子。范大力当然认识。她整日踩着高跟鞋扭着腰肢在厂区来来去去，厂里的女工都说这女子一看就是水性杨花的人，为数不多的男职工，都恨不得去掐一把她水蛇似的腰。但她在厂子倒闭前两年就离开了，有人说她嫁人了，有人说她下海了，还有人说她自己在县城做生意了。范大力家境不好，从来都没有过非分之想，自然也没有过多关注人家的动向。

他不去看宋玲子，而是诧异地看着韩秋燕，很是生气，觉得她在戏耍自己。韩秋燕假装不明白他的意思，当着他的面神秘地冲宋玲子使了个眼色。

"咋了？以前在厂里火气挺大的人，现在看都不敢看我了？"宋玲子走到他跟前，用肩膀故意撞了他一下。

他抬起头，将她从头到脚迅速扫视了一遍，还是那么苗条。他苦笑道："哼，有什么看不得的？！我承认，你是天鹅，都说你挣大钱去了。可我知道自己的斤两，也没想着要当癞蛤蟆呀！"转脸看着韩秋燕说："秋燕姐，我是做过对不起你的事，可现在都下岗了还有啥过不去的？非要跑我摊子来作践人。你看，我一个修自行车的，跟她配吗？"

韩秋燕听了范大力的话，瞪了一眼宋玲子，解释道："我可没有作践你的意思，是宋玲子跟我打听过几次你的情况，人家看上你了。有啥不配的？别小看自己。拿套好衣服一穿，人精神着呢！"

宋玲子一看范大力这阵势知道他肯定误会了，便说："秋燕姐，我先去别处转转，你就跟他说实话吧！他若愿意，你打我电话我再回来。"

宋玲子让说实话，韩秋燕还是捏了把汗，她一直不赞成宋玲子把真实情况说出来的。在这小县城，芝麻大点的事都能在人嘴里传成天大的事。韩秋燕瞅了范大力好一阵，暗自忖度这个男人值不值得宋玲子托付。

原来，宋玲子当初离开缫丝厂并非嫁人，而是陪人唱歌跳舞出了事。要说这事的起因，韩秋燕的弟弟韩青阳脱不了干系。

事情还得从方文贺退休后的两年说起。那一年，茧子价很低，但厂子苦于接不到白厂丝订单，没有来钱的路，自然也没钱采购鲜茧。有段时间，全靠给外地大厂子做代加工挣加工费，人家把茧子送来，江城缫丝厂生产出来给人家再送回去。但即使这样，也免不了维护关系，否则做了这批没下批，而且还可能连加工费都要不回来。一次，广西一家和江城合作过两单的客户过来考察，一共来了三个人，经理叫潘大伟，还有一个业务员和一个司机。韩青阳和老吴陪着他们在县城吃喝玩乐了一整天，为了助兴，晚饭的时候老吴特地从厂办叫了宋玲子和另外一个姑娘一起喝酒作陪。酒喝到一半，老吴把韩青阳叫到一边，告诉他潘经理吃完饭想要去跳舞，点名要宋玲子陪。

"还有这种事？"韩青阳瞪大了眼睛，"舞厅里有的是小姐，给他安排最漂亮的就是。"

"可他说了，他不要舞厅的小姐。"老吴说，"我问了宋玲子，她说她不去，家里有事。"

韩青阳不吱声了。找厂里女工或者厂办的年轻女子作陪也不是一次两次了，但仅限于吃饭喝酒。毕竟缫丝厂一开厂就有明文规定，不允许女工出入舞厅陪舞喝酒，一旦发现立即除名。就是有非常重要的客人偶尔要去跳舞的,韩青阳私下找一两个女工陪也是拿捏着分寸,跟女工打包票说出了事他顶着,生怕落人口实。但眼下这个潘经理,胃口有点大,他说不准。

老吴看韩青阳不表态,只好说:"那我去告诉潘经理,安排其他活动吧!"

"不!"韩青阳脸色一沉,"人家既然提出来了,咱们尽量满足。别忘了,咱们接下来的订单合同还没签,之前加工的还有三四十万款子没收回来。你去跟宋玲子讲明利害关系,问她有啥条件。"

老吴把对方厂里欠款的事给宋玲子说了,还是要请她帮忙:"为了拉住这个客户,我跟韩厂长两次到他们厂求着人家,还不是为了给厂里找出路?现在人家送上门,看上你了,让你陪着跳舞,他就这么点爱好。你不也喜欢跳舞吗?"

"吴科长,你和韩厂长把我当什么人了?他看上我了我就得陪呀?我又不是三陪小姐!"宋玲子转身就想走,被老吴一把拉住。

"我不是这个意思。我怎么会不清楚你的为人呢?我们也就说只陪他跳跳舞,我保证别的啥也不让你干。韩厂长说了,事情跟你讲清楚,你自己拿主意。你不同意我们理解,你同意我们感激。这样,若人家给小费,小费归你,厂里另外再给你八百块报酬,怎么样?"

别看宋玲子平常像是很放得开,实际上却很保守。其实她下午见到潘经理第一眼就没什么好感,整个人肥硕得像一头熊,几乎看不到脖颈,眼睛细小,鼻梁平塌,一双大手毛茸茸的,戴着好几枚戒指很是扎眼。听了老吴的话她一时怔住了。帮吧,有点难为自己;不帮吧,厂里给足了面子,好歹自己也是厂里的职工……后来,她还是点头了,安慰自己——陪就陪吧,不就跳舞嘛,只当学雷锋为厂里做好事。

江城娱乐大世界是江城最大最豪华的娱乐场所,集舞厅、桑拿、录像厅、洗脚房于一体。韩青阳把车开进一个小院,把潘经理、宋玲子、业务员等人从后门送进去就借故离开了。

舞厅不论大小,一律灯光昏暗。宋玲子极力克制对潘经理的厌恶,搭上他的手滑入舞池。还好,这个熊一样的男人舞技不错,宋玲子差点跟不上,不得不摒弃一切杂念,陪这个男人左旋右转。中场休息的时候,潘经理从业务员那里拿过两张百元的票子塞到宋玲子手上。再跳的时候,潘经理附耳对宋玲子说:"宋科长这曼妙的身材,这独特的气质,真是让我倾倒啊!陪我一晚,怎么样?作为回报,我不会亏待宋科长……"宋玲子虽然已经预料到他会有进一步的举动,但没想到他这么直接。若是换一个人还好拒绝,可当面说出口……她只好脸别到一边,假装没听到。潘经理不死心,抓住她的一只手往他裤子口袋上摁了摁,能摸到厚厚的一沓。接着搂住她腰的手猛然往怀里收了收,宋玲子一不留神差点整个身子就贴着他了。

好巧不巧,公安机关突击扫黄,荷枪实弹的警察包围了娱乐大世界,十几名警察几乎在一瞬间冲进舞厅,所有人都惊恐万状。潘经理松开宋玲子想往后退,被一名警察用枪抵住肩膀,吓得他赶紧说:"我是外地的,我不是江城的,我是来谈业务的。"那警察一脚踹到他膝盖上,差点将他踹倒:"抓的就是外地的。""你……你们……你们不是要保护外地客商吗?我要找你们领导!"潘经理抗议。警察不理他,拽住他的衣领就往外拖。"走,全部到外面站着!"

宋玲子也被这变故惊到了,从未经历过这阵势的她像一只遭遇风暴的雏鸟,六神无主。

约莫半个小时后，宋玲子和另外十几个女子被一辆面包车拉到公安局关进一间大房子，讯问室就在隔壁，有隐隐约约的问答声传出来。偶尔一声大喝："你说不说？"吓得宋玲子她们心惊胆战，几个年龄小的姑娘嘤嘤地哭起来。宋玲子从她们遮遮掩掩的对话中知道了，除了自己，其他人大都是明码标价的小姐。

"刀架在脖子上也别承认，知道不？你们交代得越多他们越喜欢。你以为他们扫黄是为了社会治安？狗屁，见他妈的鬼，说穿了还不是为了几个钱嘛！"一个白裙子女孩跟那几个哭泣的女孩说。

隔壁传来一声惨叫，女孩们都吓了一跳。白裙子女孩也哆嗦了一下，不吱声了。宋玲子始终站得远远的，因心理防线正在土崩瓦解。那个白裙子姑娘长得和厂里的小芳有几分神似，特别是眉眼之间的风情，一点笑意就很是撩人。宋玲子不由得多看了两眼。

"你是哪个厂的？"白裙子姑娘也注意到了她，凑过来跟她打招呼。

"缫丝厂。"宋玲子说。

白裙子姑娘笑起来："我知道你们厂。不瞒你说，就那厂长也不是啥正经东西，都包过我好几回。你不知道，那厂长跟我说，他一年在厂门口的馆子都能吃十几二十万，还说有机会带我跟他去考察。其实说白了还不就是游山玩水……"

宋玲子还没听她絮叨完，就被带进了讯问室。

房间不大，一张桌子，两把椅子。一个面容黝黑的警察坐在桌后。

按惯例问了姓名之后，他话锋一转："你卖过几次淫？"

"一次也没有。"

"没卖淫今晚怎么到这儿来了？"

"我陪厂里的客户跳舞就被你们抓起来了。我也不明白你们为什么抓我。"宋玲子理直气壮。她心里感谢白裙子姑娘，若不是她的絮叨，她还没办法镇定。

这时，从外面进来一个警察附耳对黑脸警察说了几句，看了宋玲子一眼就出去了。

黑脸警察又抬眼盯着宋玲子看了看，问："你缫丝厂的？"

宋玲子点点头："总务科的。"

"总务科还兼陪客户跳舞？"黑脸警察扯着嘴笑了一下，露出讥讽的神色。

宋玲子愣了一下："什么兼呀？我……"

"好了，你也别辩解了。好好的一个女子，坐办公室还不自爱。"黑脸警察打断她，掏出钥匙解开手铐，"你走吧。"

宋玲子就这样被老吴领回了厂。她哪愿受这样的委屈，几乎没停留，直接闯进韩青阳办公室要讨说法。小县城没有秘密，宋玲子很清楚，一旦她被抓进公安局的事传开了，她整个人生就会毁了。韩青阳也担心宋玲子把他让女工陪客的事说出去有损形象，便先稳住宋玲子，又叫来老吴一起给宋玲子做思想工作，最后达成协议，由厂里一次性补偿她三万块钱，让她提前离岗。

宋玲子想到厂里效益不好，本来就是将就，加之其他车间女工也在陆续离职另谋出路，韩青阳一说补偿三万块钱，她立马就答应了。离职之后，她用这笔钱给自己开了一家小小的服装店。

韩秋燕竹筒倒豆子般将宋玲子的事讲完，意味深长地对范大力说："宋玲子是个好女子，她看上你是你的福气。你脑袋一根筋，有时候分不清是非，被人利用，但她认为你本性不坏，不嫌弃你的家庭，还愿意跟你一起奋斗，多好的事啊！"

话说开，范大力也不生气了。他没想到还有人能看得起他，心里还是挺感动的。刚好宋玲子也回来了，韩秋燕就借故离开，让两人自己谈去。她一走，范大力和宋玲子倒有些尴尬。宋玲子把自己的想法说了个清清楚楚。她其实怕范大力因为家境不好而自卑，但也着实不知道范大力会不会介意自己遭遇过那么一回难堪的事。

范大力想起那时候在厂里，同组的人说起宋玲子，就四个字"水性杨花"。现在，他突然觉得水性杨花是个好词，很美的词。他红着脸，支支吾吾说自己穷，说自己眼下没想好怎么能挣钱多一点儿，没想好怎么讨人喜欢。

"嫁汉嫁汉，穿衣吃饭，我总不能靠你养活吧！"他说。最后他答应宋玲子一个礼拜后给她答复。

宋玲子捂着嘴笑得咯咯的。她其实已经十拿九稳地知道，范大力是喜欢她的，只是面子上过不去而已。

自从范大力找上门跟老吴打了一架，老吴就下定决心不能再闲着了，他得自己找事做。牛有牛路，马有马道，再也不能把希望寄托在韩青阳身上了，他打心里怀念跟着方文贺干的日子。他十七岁当兵，参加过对越自卫反击战，至今左腿还有两块铜钱大的疤。退伍后分到氮肥厂，从保全到工长，再干到车间主任，然后又跟着方文贺进了缫丝厂，当了供销科科长。在这个位置，苦吃过，福也享过，该见的世面也都见过了——从氮肥厂到缫丝厂，这一路的风光让身边多少人羡慕呢！可是，他什么时候着了韩青阳的道儿了？这小兔崽子，总是拿住他一点点把柄就不停地旁敲侧击，让他怒也不得，放也不得。老吴就想，缫丝厂没了，我也不在江城待了。五十八岁的人了，从此就该坦坦荡荡活着，再不去想跟韩青阳做过的那些糟心事儿了。大半辈子过了,如果连范大力这样的愣头青都看不起自己,那活着还有什么劲儿?之前在广东和江浙谈业务认识的经理老总少说也有十来个,经常联系并处成哥们儿的也有四五个,他不相信自己找不到工作。

他分别联系了三个纺织厂和一个印染厂,就数印染厂的老总答应得最爽快,让他赶年前过去,说恰好缺一个懂生丝质量和市场、能和丝厂对接业务的人,去了就是业务部经理。电话里谈妥了大概待遇,他才跟老婆和儿子摊牌。眼看还有半个月就过年了,他老婆硬是不想让他走。小城里的人,都讲究个过年回家团圆,只见过年关往回赶的,没见过年关赶着出去的。老婆说:"又不是等米下锅。你走了,我们年过着啥劲哪!"老吴心里郁闷,直叹气,也不解释,给儿子交代一番就走了。

走之前,儿子问他:"听说新的丝厂年后要招缫丝熟练工呢,我媳妇能去不?"老吴闷头想了一会儿说:"她夏莉莉能有多大能耐?反正我不相信她能干长久。你媳妇去不去你们自己做主,我不管。"

老吴坐了三天三夜的火车,下了火车却和印染厂的老总失去了联系,电话打到家里没有人接,打手机老是关机。老吴疑窦丛生。还好他知道厂子地址,汽车站倒了两趟中巴,又搭了一个摩的,连饭也顾不上吃一口,到了傍晚才找到那一片工业区。那家印染厂很大,两个三层楼的车间灯火通明,厂大门前守着精神抖擞的保安。老吴向保安打听老总的去向,保安告诉他,老总不在厂里。

不在厂里,难道在家?老吴脑袋嗡嗡响,急忙问老总去哪儿了。保安把他从头到脚打量了几遍,许是猜出是从外省来的,不愿搭理他,说:"老总去哪儿了不是我们能问的,即使我们知道，也不用跟你说吧！"老吴一再保证是老总的朋友，提前跟他约好了才来的。但保安反反复复就三个字，不知道。包括老总家的住址，也一问三不知。

老吴在工业区找了家小旅馆，这是他有生以来第二次遇到这样突然的变故，第二次落到如此狼狈的境地。第一次是在皇岗得知受骗的那一夜，难道，这一次又被骗了？可他没有理由骗他呀！他再次像经历过的那一夜一样焦躁不安。

第二天，老吴一大早就来到印染厂大门前，跟着上班人流混了进去。走进办公楼，挂有董事长兼总经理的房门果真关着。老吴走进一间副总经理办公室，里面一位四十多岁的女人听完老吴的介绍，很遗憾地告诉他，老总涉嫌一桩经济案件被检察机关带走已经三天了。

老吴记不清自己是怎样离开印染厂的，只记得当他拎着旅行包走出工业区面对十字路口时，竟不知道该往哪里走。

幸运的是，另外三家熟悉的公司他当时没有直接回绝。因为年龄偏大，想进工厂办公室混个白领并没有他想象中那么容易。以前是业务往来关系，人家为了生意上的互利跟他称兄道弟是给他面子。脱离了这层关系，变成了他有求于人家，对方的态度立马有了微妙的变化。客气有余，动真格的不行，人家犯不着再贴人情，何况他那么大岁数呢！等他终于找到愿意在仓库给他安排个库管职位的那一家纺织厂，已经是腊月二十四了。老板告诉他，厂里过两三天就要放假，一直要放到正月十六，所以没必要马上上班。他如果不回家，没地方可去，可以先办理入职手续，这样就可以在宿舍住着。不过，春节期间没有工资，厂里也不管饭，生活需要他自己打理。如果回家，那就是正月十六前可以过来，十七日安排上岗。

一回一来又得花好几百,老吴觉着不划算,也没脸就这样回去。虽然过年前是挣不着一分钱了,但总算有了个遮风避雨的地方。走到哪一步说哪一步的话吧,老吴只能退而求其次。从国有企业的干部沦落为到南方讨生活的打工仔,他终于体会到了下岗连带着的身份贬值,再委屈也得这么受着了。

连日来,夏莉莉白天和丈夫蒋木楠跑县委县政府、经贸局、银行,来来回回商榷缫丝厂的改造事宜。晚上,她在蒋木楠的指导下翻阅了缫丝厂近五年的生产报表,调阅了厂中层以上干部档案,熟悉各项劳动纪律操作规程、现代企业制度的建立和市场行情,并叫上吕蒙、孟苏州一起到车间查看机床性能。

夏莉莉在车间干了那么多年,加上蒋木楠也有多年办厂的经验,他们深知管理好一家企业的艰辛。原本想吕蒙有生产车间管理经验,要是能留下就好了,但吕蒙已收到组织部的通知,他得服从组织安排。不过他答应,趁年关间隙好好教一教孟苏州。

蒋木楠曾问过夏莉莉,想经商、想挣钱做什么都可以,为什么非要回缫丝厂?为了向工友、向社会证明自己?

似乎是,又似乎不是。夏莉莉也在深夜问过自己很多次,她清晰地看到自己灵魂深处像大树一样伫立着的方文贺的身影。

她第一次参加技术大比武拿了奖,方文贺站在台上讲的话犹在耳畔:"作为缫丝人,一定不要小看你眼前细细的这根丝。一只蚕,一个茧,一根丝;一群人,一条心,一辈子,一起拼。这是'春蚕到死丝方尽'的蚕门精神,也是一个人安身立命、一个厂屹立潮头的精神。抽丝剥茧,别人看到的是我们手上的技术、人与机器的默契,而我们缫丝工看到的是茧层率,是丝的长短,是养蚕人的真功夫。没有你们,世人就看不到光鲜锦缎的华美;

没有你们，蚕农永远不知道他的一只蚕、一个茧能走到太平洋的彼岸。从这一点来说，缫丝工很伟大。"当时，这席话听得她血脉偾张，心潮澎湃，却没想到，那时已经不动声色地镌刻在了她的心上。正是对缫丝发自内心的热爱，让她有了点儿钱就产生了为此冲动一回的执念。

这次意图收购江城缫丝厂的并非只有夏莉莉一家。夏莉莉、蒋木楠和小芳两口子一起凑了八百九十万，临竞拍前他们综合各方面得到的信息分析出底价是九百一十万左右。关键时刻，方海送来方文贺转交给他们的五十万现金，最终帮助他们以九百二十万拍得。

四人终于长舒一口气，对他们来说，万里长征总算迈出了第一步。但开弓没有回头箭，夏莉莉知道，他们这个四人团的压力才刚刚开始。

新的丝厂名字在征询过方文贺和吕蒙的意见后最终定了下来，就叫金蚕丝业有限责任公司。

春节前，县里一连两天召开新年工业生产调度会，虽然江城缫丝厂倒闭，新的丝厂还在筹备当中，但还是特邀了蒋木楠和夏莉莉参加。参加会议的五六十号人，有与工业生产相关的县直部门和所有骨干企业的厂长经理。因为全县三分之一的国营企业由于缺乏流动资金处于半瘫痪状态，还有三分之一的国营企业也正在进行改制，所以会议议题沉重，在一些敏感问题上，政府也没办法答复。会议间隙，夏莉莉将一份《金蚕丝业有限责任公司筹建及年度生产计划》给方海，请他转交给县长办公会的领导同志，请领导们给予一些方向性的指导。这份计划让领导们大开眼界，纷纷对夏莉莉夫妇的理念表示赞许。夏莉莉也没料到，自己的计划反倒成了这两天会议中唯一有实质意义的东西。

一周之后,夏莉莉一家约了小芳一家、方海、吕蒙一起吃饭。几个人一边吃一边聊厂子的规划。

"我们只要三百名工人上岗,所以,我们现在能用得上的有办公区、煮茧车间、扶摇车间、缫丝一车间、一栋宿舍楼、食堂、澡堂、库房。质检和扶摇放在一个车间,县幼儿园、托儿所目前齐全,所以厂里的幼儿园取消。那剩下的是用不着的,织绸车间、车库、幼儿园,还有一栋宿舍楼。这一部分资产,我们在投产后,再注册新的公司来进行合理规划,预备做商住楼盘开发。还有,靠街道那栋宿舍楼的一层商铺,全部半价租给想创业的下岗职工。"

夏莉莉侃侃而谈。方海听着听着脑海里就闪现出最初见到夏莉莉的模样,再看看眼前的她,一番账算得令人只有佩服的份儿。不过,她只要保住缫丝厂核心在就成!

他忍不住笑:"莉莉姐,你为啥变得这么精明了?"

"当然是……压力跟成长。南下的日子,每一天看着街道上那些步履匆匆的打工人,自己不努力都不行啊!刚好,在我们家蒋先生的教导下,你莉莉姐就这么成长起来了。"

夏莉莉侧脸望着丈夫嫣然一笑。

"你这么聪明,无须我教。"蒋木楠瞅了她一眼,笑道,"你那是在小酒馆历练出来的。以小见大……"

"下一步呢,准备怎么做?"吕蒙问。

蒋木楠说:"厂区我们几个都仔仔细细看过了,下一步请你带带小孟,一是马上让电工和机修工把包括缫丝机在内的所有设备统统检修一遍。缫丝机看是不是B301B型的自缫机,如果不是,莉莉这边要安排进购。二是找些工人来帮忙干活。水、电及其他设施,厂区和生活区严格分离。管道现在到处漏,我们认为,只保证机头就行,要把没必要的管道全部拆卸。旧锅炉也要拆除,锅炉重新采购二十吨的快装锅炉。库房里凡是用不着的东西全部清算,折价售卖,回笼资金。"

"我觉得趁现在年关,把招工信息也要贴出去了,这样能稳住一部分有意愿返岗的下岗女工,人家也好早做打算。再说,投产前做培训也得预留一个月时间啊!"小芳插话道。

吕蒙看了一眼小芳,问:"听你的意思,你们已经确定了开业时间?"

夏莉莉笑道:"你看元月份马上都完了,我们计划春蚕开秤的那一天开业投产,来得及吗?"其实夏莉莉私下问过海玉,收茧开秤,也是农户开蚕门的时节,每家每户开蚕门的具体时间前后错不过一周。她心里都盘算好了,届时,可以请方海联系县蚕技站办一个大型的开蚕门仪式,一来可以为江城缫丝业的再度启航开篇造势;二来可以让蚕农重拾信心,看到政府对蚕桑扶持的希望。不过,这些想法藏在她心里,她并没有说出来。她喜欢在艰辛的生活背后有些仪式感的东西,那代表着信念。

"接下来时间抓紧些,应该来得及。"吕蒙看了看孟苏州,笑着说。

作为金蚕丝业的出资人之一,孟苏州现在行事老成持重多了。他总觉得自己能力不如夏莉莉和蒋木楠,所以这种场合他很少发声。见吕蒙看自己,笑着应道:"我随时都可以。家底全砸进去了,这感觉就是不一样啊,这以后,厂里的事可真就是自己的事了。弦绷着呢,想偷懒自己都不允许!"他的话说得一桌人都笑了。

2. 受的气多了，人就学乖了

市委组织部对韩青阳的考察和对方海的考察几乎同时进行。

韩青阳的提拔任用意向原本有两个，到邻县去当个副县长或者在本县当政协副主席。虽然都是副县级，但面对这两个选项，韩青阳几乎没有任何迟疑就选择了前者。说没有野心是假的，他才四十刚出头，正是事业上升的黄金期。都说政协是养老的好地方，他才不想把人生下半场这么快放到那个地方。相比于他，方海就简单多了，妥妥的市经贸局副局长人选。对他的考察，市委组织部派员参加，主要考察还是委托给了市经贸局。两人的资料一并送到市委组织部，领导们认真阅读了两个人的考察材料，发现针对他俩反映集中的问题都在改制上。韩青阳有乡政府基层工作经验，群众工作基础扎实，但原则性不强，在缫丝厂改制前后都收到过工人对他滥用职权、挪用公款、中饱私囊等问题的举报。加之改制工作中处理问题不及时，工作推诿，工作作风与政风都令人质疑。方海年轻，有高学历，政治可靠，有管理中小型企业的经验，工作踏实又有责任担当。但在改制工作期间作为改制工作领导小组成员没有及时跟踪掌握下岗职工思想动态，没有及时处理下岗职工的意愿诉求。

在讨论中，组织部的领导们一致认为方海那不算什么原则问题，但韩青阳的问题就值得深思了。虽然举报没有查实，但质疑一直存在，且多次曝出。部长办公会定下推荐名单后，一位熟悉汪汉江的部长亲自打电话给汪汉江，征询他的意见。如果放在前两年，汪汉江一准打听侄子的胜算有多大，会为侄子美言几句。但经历了上次的事件，汪汉江怕万一有一天出事会把自己牵扯进去，因此给人的回答也是滴水不漏："青阳是党培养起来的年轻干部，无论组织上怎么考虑，我都相信组织，我都坚决拥护。"

这事过去半个月，县委组织部没有动静，韩青阳就知道副县长这事儿可能泡汤了，去姑父家两次都没见着人。又过了一个星期，县委组织部找他谈话，说是综合考虑下来，拟让他出任江城县政协副主席一职。韩青阳蔫蔫的，又心怀不甘，找到姑父汪汉江的办公室。汪汉江恰好在，但他也只是叹息，说自己之前并没有收到任何消息，现在再去托人给市委组织部说情，显然已经晚了。

见韩青阳不吭气，汪汉江好言劝道："你还年轻，即使等不到你想要的结果，再历练两三年也是可以的。心急不一定是好事！你之前就该稳稳地将改制这段时间过渡好，不是我说你，你私下动作多了反倒弄巧成拙。你要知道，跟你在同一水平的人，谁不比谁聪明？你能想到的，别人也能想到。"

汪汉江尽量把话说得含蓄，但韩青阳并不觉得自己做的事姑父都知晓，所以辩解道："我私下有啥动作？姑父，你是不是听人说啥了？我可啥都没做，说实话，我就怕蹚那些浑水，所以你看，政府门口闹的时候我就干脆面都不露！"

汪汉江听了不免生气，不满地看着他："青阳，我们是自己人，你那些花花肠子我还不知道？你是没露面，那方文贺昏倒之后，最后汇总职工意见的时候你咋来了？'鹬蚌相争，渔翁得利'，你想给县长、书记留个会处理事的好印象是不是？就你那点儿心眼，谁看不出来？你当县委县政府每个人都是吃素的？我告诉你，你们这些下面负责的人，每一个人的一举一动，上面领导都一清二楚。我劝你眼下沉住气，大不了两三年，你稳稳当当向上走。这次如果提拔任用受到影响，百分之八十的可能就因为改制的事。"

韩青阳脸色红了又青，青了又红。心下愤慨："你倒是说得轻巧！这次走不了，那些该送出去的人情可都送出去了，等两三年这些人情不都打水漂了吗？"

但他想归想，不敢说出口，只能自己将火气闷在心里。这一路走来，从乡政府到县委组织部，再到现在副处级的位置，姑父对自己的支持提携功不可没。到现在，姑父仍是他唯一的靠山，别的用金钱维系的关系都是一件事一件事地顶，说白了，就一个临时桥梁搭好，你用了，人家就拆掉，断然不会给你留着让你永久使用，关键时候还得是自己的亲人。

韩青阳心事重重地走在大街上，远远地看见了宋玲子，看她竟然和范大力在一起有说有笑，不禁有些吃惊，同时生出一些嫉妒。他从二十五岁遇到小芳再到三十五岁与一名普普通通的小学老师结婚，前前后后谈了三四场恋爱，但十年的漫长时光并没有让他彻底弄明白女人这种生物，也没明白该怎样讨女人喜欢。即便是与他结婚的小学老师，也是他觉得是时候该有个工作体面的媳妇来彰显他的成功。而宋玲子在他心里是白月光一样的存在，也是唯一一个让他爱而不得、一生遗憾的女人。

当初，他和缫丝厂所有男职工一样，看着宋玲子扭来扭去的腰肢就想入非非。可他是有身份的人，他当然不会像那帮人一样用色眯眯的眼神和露骨的玩笑去撩她，甚至每当他同宋玲子擦肩而过，他也没有表露出一丁点的非分之想。但他确实很认真地想过要追求这个女人，也为此开了个头，只不过很快偃旗息鼓。这事仅限于他和宋玲子两人知道。

有一次，他和老吴在饭厅吃饭，见宋玲子打了盒饭在饭厅角落一个人坐着，他盯着多看了两眼。老吴见状，便怂恿他过去。

"你未婚，她未嫁，而且身材长相都好，你还挑个啥？就是你不愿意找本厂的做老婆,那也可以先交往嘛!我跟你说,你不下手别的男人就下手了。"

他听了老吴的话便过去坐到了她对面。旁边几张桌都没人,他边吃饭边跟她闲聊,聊到中途,他停顿了一下,说:"听说你没有谈对象,如果我想跟你处,你愿不愿意?"宋玲子惊愕地看着他,把头摇得跟拨浪鼓似的。

"不行,你条件太好了。我要跟你处,我爸就不会让我在缫丝厂干了。"宋玲子一脸无奈地说。宋玲子告诉他,他们家就她一个独生女,父母是做家具生意的,所以要求她找对象一定也要找会做生意的人,这样好接手家族生意。不管城里乡下,但凡在体制内和企业内上班的,即使是当着大小官的,也一律免谈。

"你爸妈……真好笑,人家都是巴不得自己女儿找个体制内、最好有权有势的女婿,稳稳当当地跟着享清福!"韩青阳笑,"我有点不相信,莫不是你哄我的吧?"

"你要不信可以试试。"宋玲子一副无所谓的样子。

韩青阳果真拎着礼品就去了。她父母得知他是厂长,一脸淡然,客气话说了一堆,归结下来就三个字:不合适。宋玲子父母气场强大,韩青阳在冷落中感受到人家故意跟他拉开的距离,他平时对工人那套作派在人家这儿根本施展不开。

自那次之后宋玲子也躲他躲得远远的,不得不见的时候也是要多客气就多客气。韩青阳在他的职位上早已习惯了被人捧着,他也不敢再像以前对小芳那样明目张胆,所以看出宋玲子对他无意,虽自尊心受挫但不妨碍他继续端着他的身份。再后来,也只在宋玲子跟前自嘲了一句:"财大气粗的大户人家果然不是我们能高攀的!"

这才有了后来他借潘经理的好色给宋玲子挖了一个大坑之事。

当时，他一是想收回潘经理那儿的账，二来还想续新一季的合同，但潘经理胃口太大，一张口就要十个点的回扣。听老吴说潘经理点名要宋玲子陪跳舞，他便和老吴商量了一计，把人送到舞厅后他们就在路边公用电话亭打了举报电话。潘经理抓进去半个小时以后，他拿着厂里的证明亲自去将其接出来，潘经理怕这样的事被业务员知道后传回厂里，当然不会声张。韩青阳把他带到酒店让他洗洗晦气，顺便送他一套高档西服，然后又带他去喝酒压惊。后来，韩青阳自然得偿所愿，回扣的事潘经理提也没提。至于宋玲子，他只想打击打击宋玲子的气焰，给自己找点心理平衡而已。

这事儿只有他和老吴两个人知晓。事成之后，他暗自得意了很长一段时间。但是现在，当他看到宋玲子和范大力亲亲热热在一起的一幕，顿感自己好像被宋玲子戏耍了。

他突然想起好久不曾见过老吴了。要是老吴知道宋玲子竟在跟范大力处对象他会怎么想？韩青阳这样无聊地想着，嘴角露出嘲笑，一路信步到了老吴家。他几乎没有信得过的朋友，老吴算是他的盟友，他此时就想找老吴喝一杯。

"早走了，去广东打工了。"老吴媳妇看到韩青阳没好气地说。韩青阳愣了一阵才悻悻离开。

走出去很远，老吴媳妇还在发牢骚："以前啥事都找我们老吴，在厂里给你当牛做马，轮到他下岗了，你眼睛都斜不到他身上……"

冬夜，天黑得格外早，才六七点光景，家家户户的窗户里就透出了橘红的光。白天熙熙攘攘的街道此时在寒风中渐渐冷清下来。"卖米馍了！热米馍谁要？卖米馍了，热米馍——"一阵叫卖声惊扰了闷闷不乐的韩青阳，他抬头一看，才发现自己不知不觉已经走到了老街。远远地,一个戴着帽子、裹着围巾、体态臃肿的女人推着自制的小推车正在沿街叫卖。

听声音似乎有点熟悉,韩青阳走近好奇地多看了两眼,认出是魏婶:"表婶,你……你卖米馍?"

"是青阳啊!"魏婶认出他来,麻利地揭开锅盖,取出一个冒着热气的白米馍用点心纸包好,不由分说地递到他手里,"我自己蒸的,尝尝!"

"这……我给你钱。"韩青阳赶忙在兜里摸钱包。魏婶爽朗一笑,一摆手:"大侄子吃个米馍算啥,别掏钱!你真是见外。"

"那谢谢表婶了。"韩青阳说,"米馍一般不是早上卖的吗?晚上这不好卖吧?"

"早上卖得快,晚上少些,能多卖一个是一个吧!我现在从早卖到晚,从城东走到城西,一天走三个来回。"魏婶说,"下岗了,挣一个是一个,一家人要生活嘛,总不能闲在家里。"

韩青阳笑:"这么久不见表婶,表婶倒是比以前豁达了!以前见你,不是抱怨这个就是抱怨那个……"

"嗐!不怕大侄子你笑话,刚出来找活干的时候处处受气,受的气多了人就学乖了,就晓得不容易了。抱怨谁呀?谁都有自己的活法,你自己不攒劲,别人能帮你多少?"魏婶苦笑,"现在社会上一听说'下岗工人'就好像低人一等,遭人看不起。要我说,没有工作,又不是我们工人的错。往时,严重违反了劳动纪律才会被开除。可我们有啥错?做得好好的,说不让你干了就不让你干了……唉,我现在想开了,手脚勤快点,饿不死的。过个十年自己老了,动不了,就真正退休了。"

魏婶继续叫卖着,走远了,韩青阳还怔怔地站在那里看着她的背影。

如果说，与宋玲子和范大力的重逢以及与魏表婶的重逢，像是一场隔年的碰撞。那么，小芳呢？与小芳的重逢，更像是猛然间发现早年间随意丢弃在地窖的酒竟然已经变成了人间佳酿，只是已经成别人的了——韩青阳有次开车在路边偶遇小芳一家三口，小芳宽松时髦的羊毛外套刚好盖住屁股，下身穿一条这两年特别流行的踏脚健美裤。他看着她的曲线，第一次发现踏脚健美裤是紧裹着女人下身的。那紧绷的曲线一直往羊毛外套深处延伸……他看着的那一瞬，思绪也随之延伸。

　　其实他在这么多年里，无数次想象和她并肩走着的是自己，也蓦然发现原来心底最重要的人就是她。他从来没有告诉任何人，她也一定想象不到，时隔多年，他再见到她是多么惊喜，若不是她挽着孟苏州的胳膊，他甚至冲动得想去跟她打招呼，告诉她他是多么思念她。

　　这世间许多故事讲述的是情人之间的重逢，还有一些故事，讲述的是仇人之间的重逢。如果人生故事的圆满必须经过许多年，那重逢就是为了完成等待，完成自我伤口的修补和自我罪孽的救赎。

　　当然，最终他什么也没做。

　　如同现在，魏表婶走远了，他才从过往的思绪中挣脱，几口咽下热乎乎的米馍。

　　出了老街深巷，沿江一栋三层小楼是水文站单位的房子。韩青阳上到顶层，推开一扇虚掩着的房门，房间里的女人被他吓了一跳。她正坐在床边织毛衣，卷着裤腿的脚放在洗脚盆中泡着。

　　"你咋突然来了？"

　　他笑笑，没讲话。搬一个小凳子过去坐在她对面，手伸进水盆里就去捏她的脚。

她抬起一只脚娇嗔着轻轻踩了一下他的手："哼，一晃半年了，我以为有些人当了大官就把人忘了呢！"

他笑了笑，握住了女人的脚："哪能呢！这段时间乱七八糟的事太多。"女人是水文站的职工，她老公不知怎的，下海一两年就没了音讯。他在结婚前就跟这女人纠缠着，一郁闷了就来找她，结婚后来往渐渐淡了些。这女人有一好，就是从不主动找他，也不奢望他的钱财。他来了，她就当他是自己男人，陪他上床，陪他说话解闷或者喝喝小酒。

"不洗了，我来擦。"女人冲韩青阳一笑，柔柔地说。

韩青阳看着她的笑有些恍惚，那张脸一会儿是小芳，一会儿是宋玲子。他不由自主地将手往女人小腿上抚摸过去，随后将面孔埋进她的腿间。女人本来是坐着的，被男人一压，身子骨也软下来。韩青阳顺势把女人往床上推了一把，只一下，女人湿答答的脚从脚盆出来，直接搁在床架子上了。女人慌乱地伸长胳膊，将床边的窗帘使劲往一边拽了一把，屋里的光顿时暗淡下来。

韩青阳闭着眼睛，心里比较着小芳和宋玲子的好，用力冲撞着身下的女人。他的意识里，别的男人也许也像他现在一样正在冲撞那两个女人。范大力？孟苏州？他冷笑。现在，是我，是我韩青阳……这样的念想让他情绪高涨，生出无穷无尽的力道。身下的女人被他弄得哼哼唧唧动了情，便稍微用身体给了他一点迎合。韩青阳立刻感应到，两个人就这样呼应起来，水乳交融。

韩秋燕承认宋玲子眼光"毒"，她看准范大力是实在人，就是缺乏正确引导，所以宁愿放下身段主动追求。她说韩秋燕"老了"，一是缺男人导致的，一是舍不得钱保养。她说的很准，女人到了奔五的年纪，容颜肯定会自然老化的，但人为的刺激和保养却也很容易在容颜上反映出来，比如内在的失调，阴阳不调和……这个早上，韩秋燕一个人坐在镜子前，看着镜中的自己，叹息宋玲子的一番话，搞得她患得患失，满心伤感。

她忽然怀疑起来，对着自己这张脸，男人是不是还会有想亲吻的冲动。她想，她是老了，已经不知道如何激起一个男人对自己的兴致，自己也对男人丧失了亲热的兴致。当初，她离开缫丝厂，无论是对自己的感情还是对自己的工作状态都是失望至极。后来有一天深夜，她脑子里很空，喝了很多的酒还是寂寞，忍不住拨了吴东方的小灵通，响了两声，她怕了，又赶紧挂掉。很快，吴东方电话打过来，韩秋燕对着话筒一时觉得也没什么话好说的，只是听着他的声音能够激起她的某种情绪，令她的心安稳又踏实。吴东方约她第二天一起吃顿饭，她想也没想就答应了。她知道，见了，就不仅仅是吃顿饭。这便是吴东方对她的好处——韩秋燕在内心一边悲哀得要死，一边嘲笑自己作践自己的身体。那次之后，一别六七年她没有再和吴东方见过面，因为她无意中听说吴东方媳妇在跟他闹离婚，她吓坏了，害怕是因为自己。

分开的时间如此漫长，可内心，又仿佛一刻都没有分离过。

已经年过半百。韩秋燕从镜子里看自己的这张脸，看出了岁月的痕迹，也看出了一个单身女人的苦涩。她慢慢地，用手抚摸自己的脸，去想象，这是另外一个人的手，一个男人的手。

这些年，她在县里一家私立幼儿园做财务。这里除了孩子，就是青春年少的幼儿园老师和年轻家长，她喜欢这种小环境里的单纯，也越发觉得，长期置身这种环境有助于心灵的净化。除了本职工作，在早饭和午饭时段她也帮着生活老师照顾孩子吃饭。虽然工资并不高，但这份工作她做得很开心——这何尝不是属于她的幸福呢？

3. 一开春就有了新的奔头

腊月二十六，杨海军像往年一样，风尘仆仆地从河源赶回家过年。一个尼龙袋子装着他的铺盖卷，一个鼓鼓囊囊的大旅行袋，还有一只装得满满当当的大塑料桶。头发跟杂草似的堆在头顶，脸色黑黄，满脸胡子拉碴，人瘦得跟电线杆似的。他的样子着实把老母亲和媳妇杨柳吓了一大跳。

"我的个娘啊，你这怕是讨饭回来的吧？"母亲拉住他的胳膊，前看看后看看。

杨柳接过丈夫的行李，心酸得直抹眼泪："挣不到钱就早些回来嘛。看你造孽成这样子，我看着心里就难受。"

"我们一个班组的工人都是这样回来的。你们见过谁讨饭还带这么些行李吗？"杨海军嘿嘿直乐，"我怕赶不上火车，下了早班洗了把脸就走的。想着火车上反正都会脏，所以没换衣服，头发也没拾掇。"他们开挖的山距离河源市区还有五六十公里，工地离最近的集镇也有十来公里，平常吃住都在简易工棚里，生活条件简陋，两三个月不刮胡子不理发都很正常。

海军被母亲叫到火炉边烤火，他让母亲把做针线的剪刀拿来，起身将自己裤腰带松开，翻出内裤边，就看到里面缝着一个蓝布荷包，鼓鼓囊囊地紧贴在腰间。"这可是我一年到头攒下的血汗钱！"海军小心翼翼地用剪刀挑开缝线，扯开荷包，露出里面厚厚一沓钞票。

母亲不解地问："你咋把钱缝在内裤上？"

"他肯定是防贼呗。"杨柳给丈夫烧好洗澡水出来。

"是啊，火车上扒手很多，一不小心钱被偷了就再也找不回来了。"海军把钱抽出来几张给母亲，又抽出一些给杨柳，剩下的在手上理了理一把递给杨柳,"这些明天去信用社存上。给你和妈零用的你们收着,明天带妈和娃上街买新衣服。"

"今年挣了多少?有五万没有?"母亲热切地看了一眼杨柳手里的那沓钱。

"那没有,只比去年多一点。"海军笑,对媳妇说,"你坐妈跟前数一数,让妈过过眼瘾,也好踏踏实实过年。"杨柳真就在母亲跟前坐下开始数。海军看着婆媳俩兴奋的模样,说不出的满足。

这八年来,他在外面开石挖山做钻工,每年只在过年回来半个多月,家里轻重的活计全靠这婆媳俩。丝银堡有一半的蚕农放弃了养蚕,只有没人外出挣钱的农户依然坚守着一年三季的蚕事。海军家自从那年海军外出,就没养蚕了,原先十几亩桑林只留下了一少半,大部分桑树被连根挖掉。重新清理干净的土地用来冬种油菜和小麦,夏种苞谷和大豆,应季小菜也样样都有。看着家里被打理得井井有条,海军感动得忍不住偷偷掉眼泪。

杨海军吃饱喝足,习惯性地转到屋后。

这片原先长势最好的桑林如今只剩下一半,另一半是一片一尺多高的青碧澄澄的麦苗。地边这个石头高台,父亲在世的时候常常坐这儿歇脚、发呆,这些年,他每次回来都要先来这儿坐会儿抽支烟。他先点好一支搁在石头上,说一声:"爸,儿子这次给你点的烟可是最好的带过滤嘴的香烟,你闻闻,可比你以前那烟叶子劲大多了!"山风呜呜地从对面的山洼吹过来,海军咧嘴一笑,感觉那就是父亲杨宝根的回应。他会说什么呢?他也许在说:"嗯嗯,这烟好哇,过瘾!"海军开心地朝半空吐出一连串的烟圈。

山脚下,直河沿岸原先布阵似的大片桑园现在剩下零星的一部分,一小块一小块光秃秃的枝丫,补丁似的,镶嵌在油菜地中间。其他那些一块块的绿,深深浅浅的绿,哪儿是麦苗,哪儿是油菜,哪儿是萝卜,海军从上到下从左到右,一块地一块地看过去。

树木和庄稼地中间的瓦屋上飘出袅袅青烟,还有不时的鸡鸣狗吠,这些在海军眼里都无比亲切,他在一瞬间突然想起父亲最后一次坐在这儿跟他说过的话。

"你看咱这山窝窝下面像个啥?"

"像啥?"

"像个盆盆嘛。人家都把咱丝银堡叫坝子,说咱这里平坦呢,咱住的就是盆盆底嘛!"

"再看看,看看像不像一片桑叶?"

"你一辈子兴桑养蚕,啥东西到了你的眼睛里不是桑就是蚕!"

"人一辈子干啥事都是定数。咱家住在桑叶窝窝里,又让咱家挖到金蚕,这说明啥?说明咱家子孙注定靠蚕神娘娘赏饭吃呢!"

"……"

搁在石头上的那支烟化为灰烬,风一吹,只剩下一个烟头。海军捡起来捏在指间,软软的,带着温度。

他叹了一口气,默默地在心里念道:"爸,咱家这些年都不靠蚕神娘娘赏饭了,你说说,这是啥定数啊?可惜了……咱们家多好的桑树啊,如今,就剩下这么点念想了。爸呀,你知道不,屋里闻不到蚕沙味道,闻不到漂白粉的味道,我这心里总觉得少了点啥……"

海军从杨柳那里了解到缫丝厂倒闭的事,晚上特地去了一趟海玉家,邀请海玉和吕蒙带着孩子回丝银堡过年。

海玉还在上夜班，吕蒙和孩子小雅在家。得知海玉在做保洁，海军以为妹妹妹夫生活遇到了困难，硬是掏出裤兜里的一百块钱要给吕蒙留下。吕蒙知道他误会了，告诉了他新的金蚕丝业年后重新开业的事。见海军半信半疑，吕蒙索性领着海军找到正在上班的海玉，亲眼见着了，海军的心才落地。

　　除夕，一大家子热热闹闹过了一个团圆年。海玉跟哥哥嫂子建议，年后乡上如果发桑苗的话，还是重新把桑苗栽起来。母亲不愿意，说："为挖这几块地，我和杨柳累得腰都直不起来了。海军在外面把钱挣着，我们娘俩在家把这点地种上，再养头猪，喂几只鸡，日子就这么过了，还折腾啥呢！现在你都成下岗工人了，谁又知道将来茧子是个啥价？"

　　不光母亲不乐意，海军也犹豫。蚕茧价格的起起伏伏，让海军和其他蚕农一样，灰心了。再说，他若不在家，仅靠杨柳和母亲，连带家里的菜地、庄稼、牲口、家禽，婆媳俩根本忙不过来。

　　杨柳说："等年后再看吧！厂子不是还没开吗？反正地里年前就已经种上了麦苗和油菜，即使今年栽下桑苗，今年也养不了蚕，咋都到明年了。"

　　海玉一想，她说的也对，栽下的良桑想养蚕，得等到来年了。

　　海玉和嫂子杨柳约着周四去给晓鸥拜年。

　　撤乡并镇之后的两年时间里，晓鸥搞的优质蚕种生产管理与技术体系研究项目在省上获了奖，晓鸥因此也顺利当上了蚕种场的场长。而原先蚕种场吴东方他们搞的县蚕茧购销公司撤销，县政府重新成立江城县茧丝绸有限责任公司，吴东方也按照县上的要求注册成立了东方茧丝绸集团，他自己担任法人代表。原先的直河乡蚕技站搬回江城的县蚕技中心，晓鸥家也在县城买了房，离海玉家并不远。只是这些年各忙各的，渐渐就没了交集。

时隔多年未见，晓鸥的儿子都上小学二年级了，个头高，长得虎头虎脑，跟吴东方翻版似的。

晓鸥家虽然装修布置讲究，但看起来冷冷清清，没有一点过年的样子。海玉和杨柳跟晓鸥聊了好半天，才知道晓鸥和吴东方两人自打回城各自有了一官半职，非但没有幸福安稳，反倒是已经分居两三年了。晓鸥和儿子住，吴东方和父母住，也就是最近她才重新开始接受吴东方。这个春节是和吴东方在他父母家过的。老人希望他们住回去，一家人一起热闹。

说起原因，晓鸥苦笑，说是自打当年吴东方出过一次车祸，她就有所怀疑。那时，女人的第六感就告诉她事情没那么简单，只不过她的心思都在蚕桑上，无暇深究而已。时间一晃，他们在县城有了新房，入住那天因为兴奋，吴东方跟她亲热，酣畅之际嘴里竟喊着别的女人。在她的逼问下，吴东方承认他跟其他女人上过一次床。但吴东方宁可跟她下跪，也不肯说出对方的姓名，这让晓鸥很恼火。

"你没打听一下到底是哪个女人？"杨柳替她愤愤不平。

海玉也说："他当时嘴里叫的名字是什么，你没听清楚吗？"

"他呀，当时嘴里叫'小燕'，叫'燕子'，我也不知道是鲜艳的'艳'，还是天上飞的'燕'。不过这种事情，我觉得抓那女人没用，是自己男人的问题。他若想出轨，即使没有这个'燕子'，也还会有别的人。"晓鸥苦笑。

"燕子？"海玉一下子想到了韩秋燕。韩秋燕当年出差返程路上出车祸的事她是知道的，当时的司机正是吴东方。

"唉，已经过去了，不去想了。"晓鸥见海玉面色凝重，怕她替自己担忧，跟她和杨柳解释道，"那时候我们都才提拔，我不想闹得太难堪，所以也没想过去找别人麻烦，只是跟他提出离婚。奈何孩子太小，双方父母都极力劝我们，这事就搁那儿了。不过，你们也知道，我这个人有点感情洁癖，一想起他和别的女人睡过，我就觉得他脏，没办法跟他同床共枕……好在这些年我们虽然没在一起，他还挺顾家的，我一忙孩子全靠他。他要能保证洁身自好，为了儿子，我也就不计较了。"

听完她的讲述，杨柳吁了一口气："就是要自己想开点，为了儿子嘛，别轻易就离婚。只要他愿意改，你就要朝好的方面想，对吧！"

"是啊，你们都已经在一起过年了，想必也不排斥他了吧？说不定你们夫妻感情在经历了这件事情之后，还会变得更牢靠了呢！"海玉说。

晓鸥笑道："但愿吧！人就是怪呀，好像每年一开春就有了新的奔头，心情也豁达了！"

几个人正说着，吴东方敲门进来，说是来接晓鸥和儿子回去。父母让他们都搬过去住，那边房子大，一家人一起住也热闹。

海玉和杨柳趁机告辞。

在回家的路上，海玉说出了自己的猜想，杨柳听了大吃一惊忙说："你以后见了她千万别提，两口子能和好比啥都强！"海玉点头，笑道："当然，我又不傻。我的猜想，说不准晓鸥心里也知道呢，她多聪明！韩秋燕这个人，晓鸥也见过……人这辈子啊，真的难保啥事不会砸自己头上。晓鸥可真够好强的！她能再接受吴东方，真是难为她了。"

方海根据组织部要求，正月初七到市经贸局报到。三月中旬，便被派到北京参加为期十天的理论实践学习。可去机场之前，突然听媳妇说父亲最近连续几次胸口疼，不放心，又急急忙忙先回了一趟江城。碰巧，在楼下遇到了刚探望完父亲的何立秋阿姨。

何立秋一脸凝重地说："你爸爸说胸口疼，这可不是小事。他的伤口还在恢复期，这个时候若是感染就麻烦了。我回去找你曾伯伯来给他检查一下。"

方海吓了一大跳。何立秋见他脸色都变了，意识到话说重了，着急走，可又担心方海，便停下来安慰他："也不一定就是伤口问题。你别太担心，有事就忙你的，你媳妇在，还有我和你曾伯伯照应。"走了几步，又回头叫住方海，小声嘱咐说："我听你曾伯伯说，上次你爸进手术室之前留了话，说他如果不在了，你有机会无论如何要想办法把之前厂子被骗的几十万给要回来。你爸呀，责任心太强，啥事都往自己身上揽。他总觉得这笔钱被骗是他不该让人去那边处理存货……我听说你要到北京去学习，若遇到深圳那边的官员，你记着，一定要托人打听一下当年的案子。那可是你爸的心病。"

方海见到父亲，果然气色不好。

"爸，要不北京学习的事我跟单位请假，让派其他人去，先陪您去医院要紧。"

方文贺不满地瞅了一眼儿子说："你才到单位几天就请假？派你去学习自然有派你去的道理，这样的机会你当儿戏呢？！"他一再坚持，说自己这几天不舒服大概是因为没睡好。方海只能作罢，想着等曾一鸣检查了再说。

过了个把钟头，何立秋和曾一鸣一同过来。曾一鸣简单检查了一下，跟方海说："问题不是很大，但就怕再突发急性心梗。我给他开点药先吃上三天试试，如果有什么反应，随时给我打电话，我们再及时进医院检查。"想着妻子白天要上班，只有下班了才能来看望父亲，方海去找了吕蒙，吕蒙说自己忙完就来，每晚可以在这里陪着一起住。方海这才安心离开。

令方海没想到的是，何立秋嘱咐他的事，没几天还真让他撞着了机缘。

同省一起参加学习的同学邀请了他在北京的几位好朋友吃饭，请方海作陪。饭局上，同学介绍了一位从广东省公安厅调到北京某部委任职的朋友，方海特别留意跟他多攀谈了一会儿，临走，记下了那位朋友的联系方式。学习即将结束，方海将缫丝厂被骗的事与同学说了，两人交流了一下，同学答应帮忙，赶在临走前将他朋友单独约出来和方海见了一面。那位朋友也是个爽快人，听完事情经过之后便告知方海，东莞和深圳都有村民专门联合起来做这种事，之所以寻找起来有难度，是因为他们组织严密，相互接应。不过，他答应帮忙，当着方海的面就直接给原单位打了一通电话，那边答应马上安排调查。

海军正月初六约了江城的其他工友一起出门，谁知正月刚过完，他们扛着大包小包的铺盖卷又回来了。原来是之前的老板把没做完的工程项目转卖了，让他们等了整整一个月，结果新老板找了自己的工程队，把他们这批人全换掉了。

车间正在拆除清理多余的管道，要协助技术人员，又要搬运零部件、安排工人打扫卫生等，吕蒙忙得不可开交。向组织部书面申请，好不容易才同意他延期一个月回经贸局上班。得知海军回来，吕蒙赶紧把海军叫来给他帮忙，自己腾出空来专门带孟苏州。孟苏州到底是在厂里干过，又管理过酒店，上手很快。如何及时处理每个车间经常遇到的问题，每个车间的突发状况有哪些，如何处理车间职工之间的矛盾，每天的原材料供应量，每个车间的生产进度把控，每天的生产量出货率……吕蒙事无巨细地一条条列出来举例讲解，再进行模拟现场机床数据分析，将他这么多年的经验倾囊相授。

几个车间的机床检修进入尾声时，已是仲春时节。小芳领着几个临时叫来的下岗女工在打扫办公区。她脱了外套，穿着里面的单衫，长裤的裤腿卷了老高，露出捂了一个冬天的粉白的小腿。她哼哧哼哧地擦着桌子柜子，脚下的水没多大一会儿便摊开了一大片。她像是立在一张纸上，在画一幅很大的图画，手上的抹布来回刷着颜色。风从窗户吹进来，那张纸就慢慢地卷边……

招工海报一贴出去，三天时间就报了近四百人。鉴于用不了那么多人，厂里用半天时间组织了一场考试，夏莉莉负责缫丝工的测试，小芳负责对其他车间职工的业务能力进行考评，吕蒙负责对报名做管理的几名车间主任、值班长进行简单考评。这样筛选了一轮，只留下了他们认为比较合格的三百五十人，其中有二百多个都是之前的下岗女工。随后，全部工人分组进行岗前技术培训，值班长负责带新手。蒋木楠将招来的七八个供销业务人员全部送到他朋友的厂里进行业务跟单培训。一切准备工作都在这个草长莺飞的春天全部铺开。

夏莉莉趁这个时候去找了范大力，请他到丝厂上班。范大力不肯，不愿意失去自由时光。

"我已经有媳妇了。"他说。

"你有媳妇稀奇啊？我又不是让你回丝厂找媳妇的。有媳妇就不用上班了？"夏莉莉觉得范大力的想法很怪异。

范大力嘿嘿一笑，说道："有媳妇，又有摊子，回丝厂上班意义不大。再说，我媳妇说了，等我们结了婚，这修车摊子也不摆了，和她一起接手她们家的生意。"

夏莉莉笑着点点头，叹了口气，转身走开。范大力一直看着她的背影，看着她走远，最后只剩下轻盈的衣裙颜色还在视野尽头摇摆，忽然心里空落落的，觉得有点对不住她，也对不住老厂长方文贺。

方海返回市里就接到父亲已经在医院的消息。

原来，他走后，吕蒙在他家陪住了两晚，发现方文贺半夜咳嗽得厉害，一咳醒就再也睡不着了，胸口疼起来连曾一鸣开的药也止不住，便将方文贺送进了医院。经过详细检查，发现他肺部已经严重感染，引发伤口撕裂渗血。方文贺说一句话就得喘半天，精神也迅速萎靡，但倔强的他不让把消息告诉儿子，一直瞒到他学习结束。

"他才动了大手术不过三个月，身体虚弱，没啥抵抗力。可能开始是感冒，他不当回事，白天也没啥症状，所以就忽视了。但身体撑不住啊，说垮就垮。"曾一鸣告诉他。还有一两项检查没做完，曾一鸣拿出X光片给方海和他媳妇看。"目前看，肺结核是肯定的。而且结核生长得这么快，情况绝对不正常。这几天先稳住病情，再等进一步检查结果。"

方海一听心里就明白了，却又不愿意相信。他想，父亲劳累了一辈子，还没过几天好日子，怎么就要走到头了呢？

方文贺住的是特护病房，跟普通病房没啥区别，只是不和其他病人合住而已。见儿子来了，他笑了一下，示意儿媳给儿子拿一旁的香蕉吃。

"去了一趟北京感受咋样？"他关心地看着儿子。

"很好，学习内容安排得翔实，老师讲得生动，我很受启发。"方海愧疚地看着父亲，"爸，我的事您别操心了。您自己的身体才要紧,啥也别想,安心治病。"

方文贺点点头,欣慰地看着儿子说:"我自己的身体我知道,还死不了。小海,你调到市里,又马上到北京学习,你晓得我心里多惊喜不?"

"我晓得。"方海说。

"我还没讲完。"方文贺说,"你走之后,那天晚上我想了很多。想多了,事情就在我心里,唉,一晚上咳到天亮,痰里头都是血丝。"

"您还是操心我?"方海说,"我都快四十的人了……"

"你都做得这么好了,我还操心个鬼呀!"方文贺苦笑,"我是不甘心哪!我江城缫丝厂咋就垮了,那么多工人啊!还有那被骗的几十万……我本想着身体好了,再亲自去那边公安局跑一跑,看看有没有眉目,又怕身体拖不起。唉,想起这些心火就直往上冒啊。"

方海说:"爸,我正要告诉您好消息呢。"

他将在北京托人的事悉数跟父亲讲了。

"那位朋友说了,已经查到了一些线索,让我们再耐心等等。说不定过不了多久,咱们真可以找回那笔钱呢。"方海说,"说到缫丝厂,您没听吕蒙讲吗?莉莉姐她们的金蚕丝业准备在夏初投产,日子基本都定了,就在开蚕门时节。"

"小海,这些你咋早不跟我讲?"方文贺一听瞪着眼睛就要起身,忽然的兴奋使他嗓音嘶哑,"吕蒙也是忙昏头了,啥都没跟我说。哎呀,你快说说,那个,你说的那个北京朋友,贵人哪!他要是真帮忙把这笔款子找回来了,我方文贺说什么都要好好感谢他!"

方海见父亲高兴,将水杯拿给父亲喝了几口水,眼见他气都出得顺畅了。

"放心吧,他人很好,能信得过。"方海说。方文贺不停地点头,用力握住方海递水的那只胳膊,另一只手轻轻拍了拍他的手背:"哎,我这下心里就踏实了。"

父亲这动作很少见,在方海的记忆中,父亲从未跟他如此亲密过,心里顿时感觉到一种亲人的信任和托付,沉甸甸的。

4. 接过江城丝业的星星之火

海玉三月辞了保洁的工作,夏莉莉让她继续做值班班长,还把几个才招的生手交给她。三月底,生产前期准备工作已经全部安排就绪。四月一日起,吕蒙便回到经贸局上班了。

海玉本来以为哥哥习惯了在厂里干活,会愿意留下来,但出乎意料的是海军却坚持要回家。他这段时间了解到政府又在鼓励农民兴桑养蚕,既然这样,茧价应该不会太差。所以,他想好了,屋后那点桑枝剪下来扦插正好,不够的话还可以到别家找些良桑的枝条回来。今年回去抓紧时间弄,下半年移栽,快的话明年伏蚕就可以领蚕种了。没想到孟苏州舍不得海军,晚上专程为这事找到海玉家,劝海军留下来做总务主管。

"他做事认真又细心,而且做啥事都提前想好,安排得井井有条,很有头脑。"孟苏州夸道,"现在厂里就缺他这样能吃苦,有耐心又负责的人。"

孟苏州讲得很真诚。海玉告诉孟苏州,哥哥回去是要为明年养蚕做准备,不过,扦插育桑的活干得快的话十几二十天就完了,她可以跟哥哥商量商量。如果厂里允许的话,可以让哥哥育完桑苗再来,干到明年初夏关蚕门时节恰好一年。孟苏州一听,立马答应。

周末，海玉为哥哥的事特地回了一趟丝银堡。

直河春水涌动，沿岸绿柳依依，河滩上的油菜花刚刚露出黄色的花骨朵，风过处，如绿波之上浅浅卷起的黄色潮汐，轻盈而美丽。

海玉将孟苏州的意思一讲，嫂子和母亲都赞成，哥哥犹豫了片刻也答应下来。但他一再讲明，等桑叶长起来，自己还是要回到丝银堡。杨柳不太理解丈夫的想法，跟海玉唠叨："村里的男人都高兴出远门打工赚钱，他以前也巴不得早早出门去。现在倒是怪了，偏要守在家里。自己养蚕的时候羡慕人家出门挣大钱的；自己不养蚕的时候，远门也出了，可回头一想，又开始怀念养蚕的日子。人哪，自己都搞不懂自己。"

海玉说："他顾家多好啊，你还不明白吗？他可能想着咱妈年纪大了，你一个女人家做地里的农活太辛苦了。再说了，既然缫丝厂还得开，县上也极力鼓励各村大力发展蚕桑，蚕茧价格肯定会起来的呀！我哥可不傻……"

海军远远地站在一旁抽烟，听着姑嫂两个的对话，暗自咧着嘴憨笑。

杨柳让海玉别着急回去，她准备做些青蒿馍馍带给小雅和吕蒙尝尝。海玉便留下帮着母亲纳了一会儿鞋底。海军陪着杨柳出去了一阵，回来的时候果真见他们篮子里割了香蒿，还有不少的嫩桑叶。

"又没蚕你摘那些桑叶做什么？"海玉顺口问了一句。

杨柳说："一会儿你就晓得了。"

半晌工夫，一桌热气腾腾的菜出来，蒸好的青蒿馍馍也端上了桌，青碧喜人，看着就像是把春气儿都揉进了面里。最后杨柳端出一盘绿绿的圆饼，上面还有花纹，跟月饼一样好看。

"猜猜这是什么？"杨柳看着海玉，很是神秘地说。

海玉掰了一块放进嘴里，软软糯糯的，有点甜，嚼起来齿间又带点清凉的疏离感。"这不是青蒿做的。"海玉说，"但是……说不上这个味道，怪怪的，不过很好吃。"

"这是杨柳自己发明的糯米桑叶饼。"海玉母亲笑着揭开谜底，"这不是蚕月嘛，往年这时候就是关蚕门的日子。咱家不养蚕了，也没有蚕吃桑叶了，人就替蚕宝吃点呗，清肺败火。"

海玉羡慕地说："天哪，嫂子你的手可真巧。用桑叶做饼，好吃，还能这么好看！教教我，咋做的？要是哪天再失业，我们两个可以去街上卖呀！"

"这个饼能做成，可有你哥的功劳。他给我刻的模子，等八月十五中秋节，还可以做月饼。"杨柳笑，"我就是自己没事的时候鼓捣着玩呢，做法简单——把桑叶捣碎成浆和糯米面，用酵母粉发酵，再用模子做成这样的圆饼就可以了。"

"嫂子，你的技术一点儿不比蛋糕店的糕点师傅差。可惜了，你和我哥一样，喜欢守着房前屋后的一亩三分地，就是对赚钱不开窍。"海玉一边吃一边叨叨。

海军听了没好气地说："我们都不守老家了，都走得远远的，等将来你再回娘家来，要啥没啥，满屋蜘蛛网，破破烂烂，冷冷清清，你觉得那还像个家吗？你还愿意回来吗？"

海玉一想也是，扑哧笑了。

夏莉莉和小芳去医院邀请方文贺出席金蚕丝业的开业庆典。

那会儿看起来，方文贺像是一点事儿也没有。他一见两人，一拍巴掌就笑起来，高兴得不得了，忙招呼一旁照顾他的儿媳给两人倒水喝。自己则麻溜地坐起来,利落起身,走到窗边的一张靠背椅上坐下,让小芳和夏莉莉坐到床边说话。他说话爽朗,精气神十足,俨然他才是来探望病人的亲友。

听说她们的厂要开业了,他兴奋极了。

"你们这好消息对我来说,可就是灵丹妙药啊!我去,我肯定去。"他说道。

"那好,方厂长,您到场啊,就是对我们最大的鼓舞。我们可给您留着剪彩的位置哟!"小芳笑道。

方文贺使劲点点头,激动得有些哽咽:"我没想到你们俩会这么有出息,有骨气!我高兴啊……"

夏莉莉看着激动的方文贺心里五味杂陈,她柔声说道:"我们能成事也有您的功劳,我们竞标的时候您不是还拿出了五十万吗?我和小芳改造丝厂又花了两百多万,所以这五十万,我俩暂时没法还您。但作为感谢,我们决定将您这五十万作为一笔入股资金,您看合适吗?"

"别这样,我可不要入什么股。"方文贺很干脆地摆摆手,"我拿的那点钱,就算是无偿赞助。要说感谢,我才最想感谢你们两姐妹,让我没有遗憾哪!"

走出医院,夏莉莉回头看了一眼住院大楼,心里隐隐不安。

就在几天前,她和蒋木楠去市里办事,顺便去看了一下方海。方海告诉她,医生最后的检查结果就是癌症,方文贺肺部的肿瘤在短短三个月时间里已经长到快要压住动脉血管了,而且医院会诊,手术下刀的位置避不开动脉血管,所以才建议保守治疗。

既然病情已经到了难以逆转的程度,他今天怎么会红光满面?怎么就能够起身下床呢?夏莉莉不得不怀疑这大概是一种回光返照。就是不知道,他能否撑得到那一天——他能为自己带出来的缫丝女工感到骄傲的那一天。

事实证明,方文贺的意志力确实超出所有亲人朋友的预料。

五月十日。天公作美,不到九点光景,太阳暖暖的光辉轻柔地洒满大地,空气中弥漫着浓郁的花香。海玉母亲一大早便提着香烛去了草庙子,海军连日来一直在修剪桑枝穗条,她就知道,又该祭拜蚕神娘娘了。一路上,养蚕户敞开了院门,碰到有人扛着蒲篮竹匾去河里刷洗,她欢喜地跟人家打招呼,就好像自己家也开了蚕门似的,憋了一个月的热情以及卸去疲惫的轻松都需要释放。

的确是个好日子,县里的"开蚕门"活动也定在这一天,而金蚕丝业的开业剪彩庆典便安排在"开蚕门"仪式结束之后。

此时,江城街道上锣鼓喧天,各乡镇组织的游行队伍从东门排到了街中心,他们要绕城一周,用铿锵的锣鼓声宣告今年第一季蚕事的结束和对丰茧的祈盼。打头的是各乡镇的养蚕大户,四个美丽的养蚕女托举着金蚕,四个精壮的汉子托举着蚕神娘娘的画像,紧跟着后面的一队蚕农有的手捧蚕花,有的手执桑枝。喜气洋洋的杨柳此时也行走在直河乡的蚕农队伍中,她手捧着的是一碟玉琢一般的桑叶饼。

"开蚕门,开蚕门……你说说,什么是蚕门?"站在围观人群中的蒋木楠问夏莉莉。

夏莉莉想了想,说:"所有养蚕人家可以统称为蚕门,也可以特指自家的蚕室、院子。对我们缫丝人来说,破茧成丝,也是蚕门。"

"你理解得没错。不过,从宏观上来讲,我们可以看得更长远一些。"蒋木楠点点头,"让蚕丝漂漂亮亮地走出国门,中国蚕丝代表中国，这才是最为荣耀的蚕门。开蚕门，也将是我们的目标啊！"

夏莉莉听着，心潮澎湃。

两人回到丝厂，大门已经装饰一新，鎏金的"金蚕丝业"四个大字在大理石的立柱上闪闪发光。走进大门，彩色气球装点在道路两旁，红色的横幅写满祝福语，花园广场被鲜艳的海棠花簇拥，中央搭起的高台铺上了火红的地毯，八名礼仪小姐托着手里的红花红绸也已经准备就绪。

夏莉莉和小芳今天都化了淡妆，一身干练的职业装让她俩纤柔中透出干练。

十一时整，几个人做完最后的检查，接领导的车和接方文贺的车几乎同时进了厂。在喜庆的乐曲声中，庆典开始了。吕蒙担任主持，他介绍了金蚕丝业几位负责人从收购到改造再到培训职工一路走来的不易。

夏莉莉以厂长的身份上台，讲了当年她刚进江城缫丝厂的感受，讲了后来离开厂的不得已，讲了得知厂子倒闭时的锥心之痛，讲了她、小芳、孟苏州以及蒋木楠，他们要接过江城丝业星星之火开始一场长跑的初衷和对未来的期盼。她像是在讲自己的感受，又像是讲完了所有女工的心声，直讲得现场重返车间的职工湿了眼眶。

之后，是代表市经贸局的方海和县委县政府的领导讲话。

方文贺在嘉宾席后的轮椅上坐着，红光满面，眼含热泪，目不转睛地盯着台上。孟苏州守着他，生怕他有什么不适。还好，讲话很快结束，开始剪彩，夏莉莉、小芳招呼领导们移步台上。方文贺本来在轮椅上坐着，方海和孟苏州一左一右护着他，原本准备把轮椅抬上去，被他一伸手挡住。在众人关切的目光中，方文贺面带微笑，镇定自如地站起身，挽着方海的胳膊，一步步走到红毯中间站好。随着冲天礼炮声响起，剪刀剪下朵朵红花，大家鼓掌祝贺，现场一片欢腾。

夏莉莉、小芳和蒋木楠将领导一一送上车，立马跑回去看方文贺。方文贺已经失去重心，方海和孟苏州一人一边扶着已经不能站立的他，豆大的汗珠从他额头上冒出来。下了一级台阶，方海一躬身背起方文贺就往车跟前跑。

方文贺没有失去意识，他被方海平放在后排座椅上，仰着头躺在那里，张着嘴大口喘着粗气，喉咙里发出呼呼的响声。夏莉莉心里一阵发紧，她交代了蒋木楠几句，便一脚上了车蹲在方文贺身边，让方海赶紧开车去医院。方文贺听着夏莉莉的喊叫，却没有力气抬头看她一眼……

尾　声

又一年的五一劳动节，从全市民营企业表彰大会回来的夏莉莉和蒋木楠夫妇在丝厂门口下了车，胸前的大红花没有摘下，煞是亮眼。

大门口的小六饺子馆正在往外搬那些用不上的大餐桌，听说这里要改成卖小笼包的早餐铺了。自从厂子开业，夏莉莉颁布了"三不准"。第一条便是不准在厂外餐馆挂账公款吃喝。无论是接待上级还是客户，一律在本厂餐厅就餐。仅这一项，一年就给公司省下了十几万元。

两人等来孟苏州和小芳，又一同上车，径直往后山的陵园开去。夏莉莉扭开车里的交通广播，电台正在播送本省新闻，突然，她听到了"江城"二字，下意识地屏住了呼吸——"安康市江城县原国有企业江城缫丝厂深圳被骗案近日被广东警方破获。一九九五年秋，江城缫丝厂两名业务员在深圳皇岗……"

正听着，夏莉莉的手机响了，是方海哽咽的声音："莉莉姐，告诉你个好消息，缫丝厂的案子破了，被骗的几十万追回来了。我爸……我爸的心愿终于……"

夏莉莉和小芳相视一笑，喜极而泣："我们已经知道了，我们正在去看望你爸的路上。这个好消息,等会儿我们会告诉他的。"

方文贺的墓地三面倚山,正前方视野开阔,放眼望去,缫丝厂区的全貌赫然可见。

几个人把墓地前后打扫干净,摆放好水果点心,起身肃立,一起鞠躬致意。夏莉莉牵着蒋木楠的手上前,将胸口上的大红花摘下来系在墓碑上,动情地告慰道:"方厂长,请允许我再叫您一声厂长吧,我们今天来是告诉您喜事的,让您也高兴高兴。第一件,就是跟您汇报一下我们的成绩,从开厂投产到现在整整一年了,我们金蚕丝业七组缫丝机两千八百绪生产动力,年缫丝二百三十吨,产值五千万元,缴纳税金九十多万元。我和蒋木楠今天去市里领奖了,我们把大红花都献给您,因为是您让我找到这一生追求的目标。您的教诲我们也记着呢……"说到这儿,夏莉莉转眼看了看身后的小芳与孟苏州,轻轻念出:"一只蚕,一个茧,一根丝;一群人,一条心,一辈子,一起拼!"

"这第二件喜事呀,是刚刚得到的好消息。就是当年被骗的案子破了,款子也追回来了。方厂长,您高兴吗?"

几个人静静地伫立在坟前,默默地倾听微风掠过树梢的声音。他们坚信,他们崇敬的方厂长一定也在默默地看着他们,祝福他们,祝福丝厂。

祭奠完毕,孟苏州点燃准备好的两挂鞭炮。骤然响起的声音惊扰了树冠上的几只灰褐色的德胜鸟,它们顶着冠羽,扑翅而起。

循着它们飞去的方向,夏莉莉惊奇地发现,对面那满坡葱茏,分明是一片绿意浩瀚的桑海。

后　记

　　创作这部小说的念头得从2020年的一次采访说起。

　　那时间疫情正盛，县作协和经贸局联合搞一个征文活动，要求写一些反映当地大中小企业在经济发展中如何践行"六稳""六保"的文章。文联的领导让县里我们几个主要写作者无论如何支持一下征文活动。经贸局当时包联着天成丝业，我就选定了这家。

　　那天，接待我采访的是天成丝业的副总经理孙浩勇先生，在天成丝业已经干了十几个年头的他是经贸局下派到厂里的非公企业党建工作指导员，当时兼着厂里的党支部书记。天成丝业成立在石泉县缫丝厂改制之后，石泉县缫丝厂倒闭的前几年，当时在经贸局刚刚参加工作不久的孙浩勇就被派到缫丝厂协助支部开展工作。那时的他还很年轻，采访时提及当年的事，他也只记得其中一部分。即便如此，孙总的回忆还是让人听得心潮澎湃。那天陪我一起去采访的文友黄兆莲老师很是惋惜地跟我说："缫丝厂多好的素材，改革开放时期人们对事业追求的历史烙印都在那里，草草写个应景征文太可惜了！"她的话让我恻然，但也仅仅是恻然了一下。想到手头诸多未完成的事情，想到搜集海量素材需要的时间和精力，一些妄念就没有了。

  2022年春夏之交，我接连去了几次池河金蚕小镇。在那里，一级文物鎏金铜蚕的发掘与献宝的故事已广为人知。几道道山坡的桑海绿意春深，灰瓦白墙的农家院掩映其中，浓浓的烟火气和清澈蜿蜒的池河水一样生生不息。我的外祖父外祖母就生活在当年池河乡一个叫草庙子的地方，如今虽然面目全非，但这个汉江沿岸秦岭腹地深处的小乡镇说到底也是我的根，每次行走在这里的山水草木间，我心里都会升腾起莫名的温暖和感动。也就是在那段清闲的日子，我脑海里第一次有了故事的雏形，开始构思这部贯穿农桑与缫丝业发展的小说。

  石泉县很多年前因为鎏金铜蚕的出土，在对蚕桑文化进行深入研究的基础上就有人提出"丝路之源"的说法。蚕桑始终是根本。石泉的蚕茧蚕丝通过秦岭子午古道运往长安，再经长安通达闪耀着万丈光芒的丝绸之路。

  当然，石泉蚕桑文化的根脉延续也不单单体现在池河。比如我工作的城关镇就有一个叫丝银坝的小村子，相传因百姓土法缫丝银白如雪而得名。后来，小说当中给小地方取名字的时候，我定了"丝银堡"这个名字。这部小说起初也不叫《蚕门》，当时我叫它《蚕织天下》。后来在书写的过程中，逐渐意识到"蚕织天下"的含义太大，大到我的写作水平不可企及——这令我无所适从，犹豫了很久，还是决定舍"天下"而取小小的"蚕门"。

  《蚕门》取自蚕农养蚕过程中的"关蚕门""开蚕门"仪式，狭义来讲，单单是养蚕户院门的开与合。关蚕门，防止邻家串门，害怕冲撞了蚕神得不到蚕神眷顾护佑是一说，害怕人来人往携带病菌影响蚕的健康生长也是一说。开蚕门，即养蚕过程结束，检验茧的质量与收成好坏由此开启，也是由茧进入抽丝剥茧过程的开端。广义来讲,蚕门不单指蚕农的蚕门,还可以泛指从养蚕到缫丝的所有从业者。总之,我认为关蚕门是为了专注地把工作做得更好,是下决心摒弃杂念和贪欲的过程;开蚕门则预示着打开大门迎接新的希望,预示着对万事万物开放、包容、接纳的态度。蚕门既是农桑兴盛之门,也是中国丝绸的荣誉之门。这道门,自在每个人心中,既是有形的,也是无形的。

小说跟报告文学不同,与生活有很大差距,人物形象的树立、人物关系的构建、故事情节的架构都将通过虚构串在一条线上,最终沿着时代前行的脚步走向某个结局。我收集素材的工作并不顺利。原始档案随着当年的搬迁转移大部分遗失,即便石泉县缫丝厂在当年是风靡一时的"花花世界",从厂子兴盛、衰败再到轰轰烈烈的改制,有很多被传得神乎其神的事,但在采访中问及其中的细枝末节,却没有几个人愿意和盘托出。这是我始料未及的,我以为过去这么多年,当年置身其中的人应该对许多是是非非有了清晰而客观的认知。但事实上,他们大多讳莫如深。

大厂遗存处,曾有云飞扬。后来,每每创作陷入瓶颈的时候,我就去缫丝厂旧址的那条路走一走。站在一幢还没有拆除的低矮的宿舍旧楼下,看风吹过白杨树梢,等蚕蛹浓烈的气息穿过亘古的时空缓缓触摸我的嗅觉,我便又一次心神荡漾。我一直试图从历史碎片中找到一些没有被完全掩盖的脉络,我相信,那些曾经为蚕桑和缫丝事业奋斗过的人,曾经在厂房里激情燃烧的岁月,都会是有温度的存在。用心,一定会感知。

承蒙错爱,这部小说有幸入选2022年安康市文艺创作重点扶持项目。在这里,要感谢各级领导对我的关心与支持。特别是贾平凹、白描、李春平等文学前辈在创作、出版过程中给予的鼓励和指导。同时,也要对在采访过程中给予我热心帮助的孙浩勇先生、周祖斌先生、王开明先生和何萍女士一并致谢。

我会继续努力写作，以回报生活和朋友们给予我的一切。

李思纯

2023年12月31日于石泉